BASTEI
LÜBBE

Über den Autor:

Michael MacConnell, Jahrgang 1973, ist Australier, fühlt sich aber auch in den Vereinigten Staaten zu Hause.
Er studierte Politik und Geschichte an der Universität von Sydney und arbeitet in einer Behörde von New South Wales. Er lebt mit seiner Frau an der Central Coast. Zu seinen Hobbys gehören Bogenschießen, Reiten und das Lesen von Spannungsliteratur.
Für sein Thriller-Debüt nahm er sich James Patterson und Lee Child zum Vorbild.
Über den Roman mit der sympathischen FBI-Agentin Sarah urteilte der *Newcastle Herald*: »Michael MacConnell ist ein großer Wurf gelungen.«
Women's Weekly schrieb dazu: »Einfach unmöglich, dieses Buch aus der Hand zu legen.«

Michael MacConnell

Killer

Thriller

Aus dem australischen Englisch von
Sabine Rissmann

BASTEI
LÜBBE

BASTEI LÜBBE TASCHENBUCH
Band 16282

1.+2. Auflage: Juni 2009

Vollständige Taschenbuchausgabe

Bastei Lübbe Taschenbücher in der Verlagsgruppe Lübbe

Deutsche Erstausgabe

Titel der australischen Originalausgabe: »Maelstrom«
Originalverlag: Hachette Australia
Dieses Werk wurde vermittelt durch die
Literarische Agentur Thomas Schlück GmbH, 30827 Garbsen

Published by arrangement with
Hachette Livre Australia PTY LTD, Sydney, NSW, Australia.
Lektorat: Regina Maria Hartig
Titelillustration: Mauritius Die Bildagentur GmbH
Umschlaggestaltung: Kirstin Osenau
Satz: hanseatenSatz-bremen, Bremen
Gesetzt aus der Stempel Garamond
Druck und Verarbeitung: GGP Media GmbH, Pößneck
Printed in Germany
ISBN 978-3-404-16282-6

Für Heather, ohne die nichts möglich wäre

Die Tragödie des menschlichen Lebens …
ist das, was in einem Menschen stirbt, während er lebt.

Norman Cousins

1

LACONIA, SEENGEBIET,
NEW HAMPSHIRE. AM HEUTIGEN TAG.

Terry drückte den Fuß fester aufs Gaspedal. Neben ihm schlief seine Freundin Janice so tief, dass sie von dem riskanten Fahrstil nichts mitbekam. Ihr Freund hielt sich nie sonderlich an die Verkehrsregeln, und heute hatte er allen Grund, sein Fahrziel möglichst schnell zu erreichen. Nachdem Janice Falsom ihn mehr als zwölf Monate hatte warten lassen, würde Terry Chambers sie endlich – endlich! – flachlegen.

Nicht, dass er das in ihrer Gegenwart so ausdrücken würde.

Man musste sanft vorgehen. Hatte charmant zu sein, romantisch und all dieser Mist.

Er grinste, als sein Lieblingslied von Eminem im Radio gespielt wurde. Während er die Lautstärke etwas aufdrehte, wanderten seine Augen über die sinnlichen Kurven von Janice. Sie war bei Weitem die heißeste Kleine, mit der er jemals zusammen war. Er dachte ständig an sie. Bei einem jungen Mann, der wenig Zeit hatte für romantische Gefühle, war das schon eine ganze Menge.

Er heftete den Blick wieder auf die Straße. Die letzten Strahlen der untergehenden Sonne schimmerten auf den entfernten Hügeln. Terry runzelte die Stirn. Er wollte in der Hütte sein, bevor es dunkel wurde. Das leise Geräusch des Dodge-8-Zylinder-Motors war wie ein verführerisches Surren, das ihn lockte, immer schneller zu fahren. Als er die Interstate 93 an der Abfahrt Tilton/Laconia verließ, war unglaublich wenig Verkehr. Es sah beinahe so aus, als hätte das Universum die Wirklichkeit geformt, um einem hormongesteuerten Neunzehnjährigen zu gefallen.

Eine halbe Stunde später stieg Terrys Adrenalinspiegel, als er eine Kurve ein wenig zu schnittig anging. Er fühlte, wie das Auto ins Schleudern geriet, und verlor für einen Moment die Kontrolle über den Wagen. Die Reifen quietschten. Wäre Janice wach gewesen, hätte sie dafür gesorgt, dass er langsamer fuhr. Doch Terry kannte dieses Auto besser als jeder andere. Es war sein Baby. Er hatte beinahe genauso viel Zeit mit Basteleien an seinem Wagen verbracht wie mit Janice. Was ihr gar nicht passte.

Mit einem leichten Freudenschrei sauste er an einem Schild mit folgender Aufschrift vorbei:

WILLKOMMEN IN LACONIA, NEW HAMPSHIRE
Gegr. 1898
EINW. 17130

Terry hatte vorgehabt, in der Stadt anzuhalten, um Proviant zu kaufen, doch er fuhr weiter. Das hatte Zeit bis morgen. Er hatte Champagner, Pralinen, Erdbeeren und ein wenig Musik für die tragbare Stereoanlage. Sein älterer Bruder hatte ihm geraten, lieber Neneh Cherry zu nehmen und nicht die P.-Diddy-Songs, an die er zuerst gedacht hatte. Auch für Bettlaken, Kissen und eine Bettdecke hatte er gesorgt. Glücklicherweise gab es immer einen guten Vorrat an Feuerholz für den steinernen Kamin in der Hütte.

Yeah, das würde *rocken.*

Laconias Polizeichef Seth Adams, der gerade aus der Stadt herausfuhr, sah das Auto in rasender Geschwindigkeit auf sich zukommen. Er ließ es vorbeidröhnen, bevor er seinen Bronco zu einer scharfen Hundertachtzig-Grad-Wende herumriss. Er schaltete die Warnbeleuchtung und das Martinshorn an und griff nach dem Funkgerät.

»Adams hier. Die Einheiten südlich von Gilford sollen umkehren.«

»Sorry, Chef«, erwiderte die Stimme des Polizisten in der Zentrale des Police Department von Laconia. »Außer mir sind alle auf Streife am Winnipesaukee. Brauchen Sie Unterstützung durch die Staatspolizei?«

Adams rieb sich gereizt das Kinn. »Nein, Charlie, es ist nur eine Geschwindigkeitsüberschreitung. Sah aus wie ein paar Jugendliche. Out.« Er knallte das Funkgerät zurück auf die Gabel und umklammerte entschlossen das Lenkrad.

Ooh, Scheiße!

Terry bemerkte, dass der Polizeiwagen wendete und ihm folgte. Obwohl das Auto keine der üblichen weiß-blauen Limousinen war, welche die Cops von Laconia normalerweise fuhren und denen er auf früheren Fahrten zur Hütte begegnet war, saß doch mit ziemlicher Sicherheit ein einheimischer Polizist am Steuer. Laconia galt offiziell als Stadt, und er wusste, dass die hiesigen Cops einen ebenso gut in die Mache nehmen konnten wie die guten alten Jungs in irgendeinem Kaff von Alabama.

Und er hatte immer noch ein paar offene Rechnungen beim Laconia Police Department.

Scheiße! Auf keinen Fall würde er sich den heutigen Abend ruinieren lassen. *Auf keinen Fall.*

Er drückte das Gaspedal bis zum Anschlag durch, und der Dodge sauste dem schwerfälligen Bronco davon. Terry hoffte, dass der Cop das Nummernschild im frühen Abendlicht nicht hatte erkennen können.

Der Verkehr nahm zu, je mehr sich die beiden Fahrzeuge dem Ortszentrum näherten. In wilden Überholmanövern scherte Terry aus und schlängelte sich durch den Gegenverkehr. Er versuchte, alles aus dem Wagen herauszuholen, doch mehr ging einfach nicht.

Nachdem Terry eine schmale Kurve genommen hatte, von der er wusste, dass ihr Serpentinen folgten, fuhr er von der Straße ab und bog in einen Schotterweg ein, der zur Hauptzufahrt zum Lake Opechee führte. Abrupt hielt er inmitten einer Gruppe von Bäumen, würgte den Motor ab und schaltete die Scheinwerfer aus. Ein Kick der Erleichterung erfasste ihn, als der Bronco vorbeiraste, ohne abzubremsen. Es würde etliche Meilen dauern, bis sich vor dem Cop ein gerader Straßenabschnitt auftun und er realisieren würde, was passiert war. Zu diesem Zeitpunkt würde Terry bereits in der Hütte sein – sich betrinken und vögeln.

Das Leben war schön.

Verdammt, das Leben war *super.*

Terry ließ den Motor wieder an und rumpelte langsam den Schotterweg entlang. Janice bewegte sich. Er war erstaunt, dass sie nicht früher aufgewacht war.

»Bald da, Baby?«, fragte sie mit leiser, sanfter Stimme.

»Fast«, antwortete er, den Blick auf die Fahrbahn geheftet. »Schlaf weiter! Du wirst deine gesamte Energie brauchen, wenn wir da sind.«

Sie lachte. »Das hättest du wohl gern!«

Auf der gegenüberliegenden Seite des Schotterwegs, in den Bäumen versteckt, stand ein dunkelfarbener Chevy. Der Mann am Steuer ließ den Motor an und nahm langsam und mit ausgeschalteter Beleuchtung die Verfolgung des Dodge auf. Außerhalb des blendenden Lichts der Straßenlaternen war es fast unmöglich, ihn zu sehen.

Genau darauf spekulierte der Fahrer.

Als das junge Paar schließlich in eine unbeleuchtete Einfahrt einbog, fuhr der Chevy zunächst vorbei. Dann bog er um eine Kurve, und der Fahrer wendete abrupt; er lenkte den Wagen auf den Standstreifen und parkte ihn so, dass er von den herabhängenden Ästen der Bäume verdeckt wurde. Neugierige Einheimische würden so weder die Automarke noch das Nummernschild erkennen können.

Nicht, dass diese Information besonders nützlich wäre; ebenso wie der Führerschein in der Brieftasche des Mannes waren auch die Autokennzeichen gefälscht – gestohlen, um genau zu sein, wie der Chevy selbst. Exakt vor vierundzwanzig Stunden, auf dem Parkplatz für Langzeitparker am Flughafen von Claremont. Der Führerschein und die Nummernschilder waren gut genug, um bei beiläufiger Betrachtung nicht weiter aufzufallen, einer detaillierten Überprüfung hätten sie allerdings nicht standgehalten. Und diese detaillierte Überprüfung galt es um jeden Preis zu vermeiden. Vorsicht war dem Mann in Fleisch und Blut übergegangen. Er arbeitete stets systematisch. Der einzig zufällige Teil seines Plans war die Wahl des Pärchens im Dodge. Aber nicht einmal die war willkürlich. Von seinem Versteck beim Schotterweg aus war der Mann an diesem Nachmittag bereits anderen Paaren gefolgt, aber keines war den ganzen Weg die Straße hinunter bis zum Seeufer gefahren, und keines hatte vorgehabt, allein in eine der Hütten zu ziehen.

Große Familien eigneten sich nicht besonders.

Zu viele Variablen, die bedacht werden mussten.

Ein isoliertes Pärchen war besser.

Das konnte er kontrollieren. Es passte ins Profil.

Perfekt.

Der Mann beobachtete aus der Dunkelheit, wie Terry aus dem Auto sprang, um das rostige Eisengitter aufzuschließen und zu öffnen. Dann sprintete er zurück zum Wagen und fuhr den Pfad hinunter auf die Hütte zu.

Der Mann rieb sich die schmerzenden Augenlider und entschied, die Kontaktlinsen herauszunehmen. Das konnte er riskieren. Mit geübten Bewegungen nahm er die getönten Linsen heraus, die seinen Augen den gleichen dunkelbraunen Farbton verliehen wie der Person auf dem Führerschein, den er bei sich trug. Er rieb noch eine Weile weiter und lehnte sich dann erleichtert zurück. Wie eine Schlange, die darauf wartet, dass ihre

Beute die richtige Position einnimmt, richtete der Mann die angespannten, fast leuchtend veilchenblauen Augen konzentriert auf den Weg, der hinunter zur Hütte führte und sie umrundete.

Er zog den Schlüssel aus dem Zündschloss, nahm eine kleine Ledertasche vom Beifahrersitz und glitt aus dem Wagen. Mit festen Schritten verschwand der Mann mit den veilchenblauen Augen in der Dunkelheit.

Janice kam aus dem kleinen Badezimmer, hinter ihr ein dichter Schweif Dampf, und frottierte mit einem Handtuch die langen dunklen Haare. Terry hockte vor dem Kamin und fluchte leise vor sich hin.

»Du würdest einen guten Trapper abgeben«, sagte sie lachend.

Terry drehte sich herum und warf ihr einen finsteren Blick zu. Doch als er sie dort stehen sah – den Körper nur knapp bedeckt durch den dünnen Stoff des feuchten weißen Handtuchs, wandelte sich sein Blick in ein lüsternes Starren.

»Gefällt dir, was du siehst?« Janice nahm eine aufreizende Pose ein.

Eine heftige Erektion beulte Terrys Jeans aus. Als er antworten wollte, merkte er, dass sein Hals trocken war.

»J-ja. Das weißt du doch.«

»Dann bring das Feuer in Gang!«

Das musste er sich nicht zweimal sagen lassen. Als Janice mit zwei hohen Champagnergläsern aus der Küche zurückkam und die Stereoanlage angeschaltet hatte – sanfte Klänge von Neneh Cherry –, loderten im Kamin bereits die Flammen.

Sie kam näher, und Terry stand auf. »Du siehst so heiß aus … Ich meine hübsch.«

Janice warf ihm einen zufriedenen Blick zu. »Danke. Du siehst auch nicht schlecht aus.« Sie reichte ihm den Champagner und nippte bereits an ihrem eigenen. Als sie das Glas absetzte, leckte sie genüsslich ein paar Tröpfchen von den vollen Lippen. »Hmm … gut.«

Terry konnte sich gerade noch zurückhalten. Statt ihr das Handtuch vom Leib zu reißen, probierte er seinen Champagner, ohne den Geschmack überhaupt wahrzunehmen, und nickte. »Ja, er ist lecker.«

Janice trat näher. »Ich habe Hunger, Terry.«

Terry ging zu dem Korb mit Vorräten, die er mitgebracht hatte, und zog ein Schälchen mit frischen Erdbeeren heraus. Er suchte die größte und röteste Frucht, die er finden konnte, heraus, und als er sich umdrehte, lag Janice auf dem kleinen Teppich vor dem Feuer, nur spärlich mit dem Handtuch bedeckt. Noch vor wenigen Monaten hätte sie hektisch versucht, sich vollständig zu verhüllen. Jetzt wirkte sie vollkommen entspannt und im Einklang mit sich selbst … und mit ihm.

Er trug nur seine verblichene Jeans; das T-Shirt und die Turnschuhe hatte er gleich nach der Ankunft in der Hütte ausgezogen. Mit vorsichtigen Bewegungen setzte Terry sich neben Janice auf den Boden. Als er in ihr Gesicht sah, ihr perfekt geformtes Gesicht, auf dessen symmetrischen Zügen sich das goldene Glühen der Flammen widerspiegelte, fühlte Terry, wie sich tief in ihm etwas regte; und zu seiner Überraschung hatte es wenig mit seinen Lenden zu tun.

Sie war einfach … so … *wunderschön.*

Fühlte es sich so an, verliebt zu sein?

Das war nicht gerade etwas, worüber sexbesessene Kerle oft nachdachten. Aber jetzt, hier mit Janice, fühlte er sich irgendwie … vollständiger. Alles war so, wie es sein sollte.

Als Janice ihn aus großen Augen anblickte, beugte er sich über sie, und sie küssten sich. Musik, Erdbeeren, Champagner, sorgfältige Planung und Ausführung, all diese Dinge schossen Terry durch den Kopf. Als sie sich schließlich ganz nah waren und die letzten Kleidungsstücke abgeworfen hatten, hatte er nur noch *sie* im Kopf. Ihre Lippen auf seinen, ihre Zunge, die zitternd in seinen Mund glitt, ihre Brüste, die sich gegen seine Brust pressten, ihre Beine, die seine Hüften umschlangen ... Eine zarte Wärme hüllte ihn ein.

Der Mann mit den veilchenblauen Augen stand draußen in den Bäumen und beobachtete alles. Während er den Blick abwandte, um auf die Armbanduhr zu sehen, lächelte er und lehnte sich behaglich gegen den Baumstamm.

Genieß es, Junge!

Kurz vor der Morgendämmerung wehte eine kühle Brise am Seeufer und ließ die Baumwipfel lautlos schwanken. Hier – wie überall im Seengebiet von New Hampshire – gab es eine große Dichte von hochgewachsenen Kiefern. Diese Tatsache gefiel dem Mann mit den veilchenblauen Augen. Während das Pärchen in der Hütte in einen tiefen Schlaf fiel, vertrieb er sich die Zeit damit, das umgebende Gelände systematisch auszuspähen. Das Risiko, auf ein Sicherheitssystem zu stoßen, das über ein Riegelschloss hinausging, war äußerst gering. Dennoch war der Mann mit den veilchenblauen Augen vorsichtig. Diese Eigenschaft hatte ihn lange, lange am Leben gehalten. Die Vorsicht hatte ihm bei seiner Suche geholfen und sichergestellt, dass er sich immer streng an das Profil hielt, selbst wenn dies auf Kosten des Genusses ging. Das Profil war alles – es gab ihm die Freiheit, unsichtbar zu sein.

Das Grundstück, auf dem die Hütte stand, passte ins Profil. Es lag direkt am Seeufer, in einer stark bewaldeten, abgeschiedenen Gegend, die nur von einer Seite aus zugänglich war. Sicher, es hätte noch besser sein können. Wenn er zum Beispiel ein adäquates Zielobjekt und einen Ort am angrenzenden Lake Winnipesaukee gefunden hätte. Dort war der *echte* Lakeshore-Killer besonders aktiv gewesen. Aber der hatte sich seine Opfer auch in unmittelbarer Nähe zum Lake Opechee gesucht und zur Paugus-Bucht, dem Gewässer, das die beiden Seen miteinander verband. Diese Wahl lag also noch im Rahmen. Außerdem hatte er beim Erkunden möglicher Orte rund um Winnipesaukee scharfe Patrouillen des Laconia Police Department bemerkt.

Also hatte er heute beschlossen, die Abfahrt zum Lake Opechee zu beobachten. Und es hatte sich gelohnt. Nicht nur war die Hütte ideal, außerdem gab es die beiden unerlässlichen Kiefern, die in einigem Abstand zur Baumgrenze und einen Steinwurf vom Ufer entfernt standen und von höchster Wichtigkeit waren, wenn er dem Profil treu bleiben wollte.

Und er blieb dem Profil *immer* treu.

Als er seinen Streifzug durch das Gelände beendet hatte, blickte er auf die leuchtenden Ziffern der Armbanduhr.

3.18 Uhr.

Das war die Zeit, wo der menschliche Körper im Schlaf den tiefsten Punkt erreichte. Bei jedem Menschen mit normalen Schlafgewohnheiten war das Risiko, dass er durch Störgeräusche aufwachte, zu diesem Zeitpunkt geringer als zu jeder anderen Zeit.

Während der Mann mit den veilchenblauen Augen wie ein Phantom durch das Blattwerk huschte, fühlte er, wie sein Puls schneller ging. Schweißperlen bildeten sich auf Augenbrauen und Oberlippe, und er atmete schneller.

Das Alter …

Es war ein unbehaglicher Gedanke; einen, über den er nicht gern nachdachte. Er war der Meister der Schatten, unzählige Opfer hatten durch ihn ihr Leben gelassen. Die genaue Anzahl wäre längst vergessen, hätte er nicht detaillierte Aufzeichnungen gemacht.

Unnötig zu erwähnen, dass er in seinen Augen die namhaftesten Serienkiller der Welt weit in den Schatten stellte. Er hielt sie für unbedeutende Amateure, getrieben von dem Bedürfnis, perverse Rituale auszuführen, infolge derer letztlich *sie* die Opfer ihres eigenen Wahnsinns wurden. Am Ende waren sie immer erwischt worden, weil ihre Morde genau widergespiegelt hatten, *wer sie waren.*

Seine Morde dagegen nicht. Er war ein Chamäleon. Er ging los, tötete und zog weiter. Er hatte nicht das Bedürfnis nach frivolen, eigentümlichen oder bizarren Ritualen. Die Mittel borgte er sich von denen, auf die er bei seinen Nachforschungen gestoßen war. Das Motiv des Mannes mit den veilchenblauen Augen war einfach – es gefiel ihm zu töten. Nach jahrzehntelanger Selbstbeobachtung war dies die einzige Schlussfolgerung, zu der er hinsichtlich seiner wahren Natur gelangt war. Die Mittel waren nicht wichtig.

Es gefiel ihm einfach, seine Opfer zu beobachten, während sie starben.

Und das ist auch der Grund, warum kein Profiler mich je kriegen wird, wie verdammt clever er auch sein mag.

Er näherte sich der Hütte bis auf wenige Schritte. Ein paar Waschbären, die ihn wohl eher gerochen als gesehen hatten, stoben auseinander. Sie machten nur ein leises Geräusch, doch er zuckte nicht einmal und heftete den Blick augenblicklich auf die Verursacher. Ohne innezuhalten, schritt er zur Tür.

Er spähte durch das Glas in die Küche. Diese Gebäude am Seeufer waren alle gleich. Selbst wenn er nicht gewusst hätte, wo sich das Pärchen befand – was nicht der Fall war –, wäre es ein Leichtes gewesen, es herauszufinden.

Er zog eine schallgedämpfte Ruger-Pistole Kaliber .22 aus der Jacke, legte sie auf die Erde und kniete sich mit einem Knie auf den Boden. Lautlos zog er mehrere professionelle Dietriche hervor und machte sich an der Tür zu schaffen. Es war höchst einfach, die alten wackligen Stifte im Innern zu verschieben, und innerhalb von dreißig Sekunden sprang das Schloss mit einem fast unmerklichen *Klick* auf.

Er verstaute die Schlüssel wieder in der Tasche und griff nach der Pistole. Mit unendlicher Vorsicht öffnete er die Tür, die Ruger im Anschlag, nur für alle Fälle. Die Tür schwang weit auf, und sein Blick strich durch die leere finstere Küche.

Als er sicher war, dass die Luft rein war, trat er leise ein. Seine flachen gummibesohlten Schuhe waren identisch mit den wenigen Schuhabdrücken, die an Tatorten um Winnipesaukee gefunden worden waren. Sie dienten dazu, jegliche Geräusche zu dämpfen.

Er musste nicht suchen. Er hatte sie beobachtet, wie sie eng umschlungen eingeschlafen waren. Es war wirklich rührend.

Sicheren Schrittes ging er von der Küche ins Wohnzimmer. Lautlos stand er über den schlafenden Gestalten der beiden jungen Liebenden. Während er sich die schwarze Kapuze über das Gesicht zog, hob er die Waffe so, dass der Lauf direkt auf den hübschen Kopf des Mädchens gerichtet war.

Dann versetzte er dem Jungen einen harten Stoß.

Mit einem Schnauben wachte Terry auf. Er blinzelte sich den Schlaf aus den Augen, riss sie weit auf und sah einen großen, völlig verhüllten Mann mit einer Pistole, der genau über ihnen stand.

Die Waffe zielte direkt auf Janice' Gesicht.

Was zum …

Jetzt redete der Mann. Terry wusste nicht, über was er mehr erstaunt sein sollte: das plötzliche Auftauchen des Mannes oder den ruhigen Klang seiner Stimme.

»Tu nichts Dummes!«, riet ihm der Mann. »Ich will Geld und Schmuck, alles, was ich tragen kann. Tu, was ich sage, und zwar genau das, und ich verspreche, dass ich keinem von euch etwas zuleide tue.«

Die lähmende Panik verebbte so weit, dass Terry wieder zusammenhängend denken konnte; er nickte. »Okay, Mann … Bitte, tu nur meinem Mädchen nichts.«

Ein leises Lachen, frei von wahrer Belustigung, ertönte von tief unterhalb der im Schatten liegenden Kapuze. »Ich will dein Geld, nicht dein Mädchen. Jetzt weck sie und steh auf!«

Janice aufzuwecken erwies sich als schwierig. Sie schlief tief und fest, und der Mann musste sie noch einmal anstoßen, um sie aufzuwecken. Sie begann zu schreien, doch Terry brachte sie zum Schweigen.

»Janice, *es ist okay.* Der Typ will uns nur ausrauben«, sagte er ruhig. »Er hatte nicht damit gerechnet, dass wir in der Hütte sind.« Er wollte ihr ein Vertrauen einflößen, das er selbst nicht hatte. »Wir müssen nur tun, was er sagt, dann verschwindet er wieder.«

»Wirklich …?« Janice blickte Terry an, unfähig, die schwarze Silhouette direkt anzusehen, die bedrohlich über ihnen aufragte.

»Ja.« Terry bemühte sich, sicher zu klingen.

»Steht auf, beide«, sagte der Mann mit schneidenden Worten. »Zieht euch was über!«

Der letzte Befehl setzte Janice in Bewegung. Am meisten fürchtete sie sich vor einer Vergewaltigung. Ihre Angst ließ nach, während sie sich aufrappelte. Sie und Terry zogen sich ihre Sachen an.

Der Mann mit den veilchenblauen Augen hatte genau gewusst, welche Wirkung seine Worte haben würden. Menschen waren wie Schafe, so leicht zu beeinflussen. »Die Schuhe nicht«, sagte er, als Terry gerade nach seinen Tennisschuhen greifen wollte. »Ihr werdet sie nicht brauchen. Ich will doch nicht, dass ihr zu den Nachbarn rennt, sobald ich weg bin, nicht wahr?«

Terry nickte. Er zog an seinem Hemd. Wegen Janice bemüht, tapfer zu sein, führte er sie behutsam am Arm in die Richtung, die der Mann vorgab.

Er trieb sie zum hinteren Teil der Hütte, in Richtung Küche und Hintertür. Der Mann lächelte zufrieden angesichts ihrer Beunruhigung und ihrem fehlenden Willen, Widerstand zu leisten.

Als die beiden vor der Türschwelle zögerten, musste er sie nur ein wenig mit dem Lauf der Pistole anstupsen, um sie zum Weitergehen zu bewegen.

Begleitet vom Licht des Mondes, das durch die Baumwipfel fiel, gingen sie durch das kurze Gras, während Janice Terrys Hand mit beiden Händen umklammerte. Sie zitterte, und ihre Augen, die sie vor Angst weit aufgerissen hatte, waren voller Tränen. Terry versuchte, sie zu beruhigen, aber je weiter sie sich vom Haus entfernten, desto unsicherer wurde er.

Als sie an zwei hohen Kiefern vorbeigingen, die ungefähr dreißig Meter vom Seeufer entfernt standen, kam der Mann, der dem Paar zuvor in einigem Abstand gefolgt war, plötzlich näher, und haute Terry mit dem Pistolengriff gegen die Schläfe. Der Schlag traf ihn hart, aber nicht hart genug, um ihn völlig bewusstlos zu machen.

Terry sackte stöhnend zu Boden. Janice schrie.

Der Mann drehte sich auf der Stelle herum und fuhr ihr mit dem Handrücken über das Gesicht. Janice sackte zu Boden und fasste sich an die Wange. Sie krabbelte rückwärts und erwog davonzulaufen.

Doch bevor sie überhaupt eine Bewegung machen konnte, sah sie, wie der Mann das Ende des Pistolenlaufs an Terrys Schläfe setzte.

»Wenn du wegläufst, stirbt er. Danach kümmere ich mich um dich. Dann stirbst *du*.« Der Mann mit der Kapuze sprach mit einfacher, knapper Bestimmtheit.

Janice wusste, dass er es ernst meinte. Weder kannte sie das Gelände, noch konnte sie sich orientieren. Eine Flucht war unmöglich.

Der Mann deutete auf eine der beiden Kiefernbäume. »Lehn dich gegen den Baumstamm, und rühr dich nicht! Ich werde euch beide festbinden. Ich will sichergehen, dass ihr nicht davonrennt, während ich die Hütte durchsuche. Vielleicht werdet ihr es ein paar Stunden unbequem haben, bis euch jemand findet, aber euch passiert nichts.«

Das ergab Sinn, und Janice wollte dem Mann unbedingt glauben. Sie gehorchte, denn sie sah keine andere Möglichkeit. Widerstandslos stellte sie sich mit steifen Armen und Händen vor den Baum.

Es bestand kein Zweifel, dass der Mann in der Vergangenheit bereits Menschen gefesselt hatte. Er zerrte Terry zu der Kiefer gegenüber von Janice, stieß ihn mit dem Rücken gegen den Stamm und umwickelte ihn unzählige Male mit einem schwarzen Nylonseil von den Füßen bis zum Hals. Sich von dem Seil zu befreien würde die Fähigkeiten eines Entfesselungskünstlers wie Houdini erfordern. Zu guter Letzt klebte er Terry noch einen Streifen schwarzes Klebeband über den Mund.

Dann ging er zu Janice. Sie war wesentlich kleiner als Terry und erforderte weniger Seil, aber auch sie wurde am ganzen Körper gefesselt. Fast behutsam klebte der Mann ihr das Klebeband über die zitternden Lippen.

Dann zog er sich die Kapuze aus dem Gesicht.

Die veilchenblauen Augen musterten Janice, wie eine Schlange eine Maus taxiert, kurz bevor sie zuschlägt. Kalt und emotionslos waren diese Augen. In diesem Moment wusste Janice, dass alles, was er zuvor gesagt hatte, eine Lüge gewesen war.

»Es tut mir leid«, flüsterte der Mann. »Wenn es nach mir ginge, müsstet ihr überhaupt nicht leiden. Es hätte mich genauso glücklich gemacht, euch im Schlaf zu töten. Das wäre auch viel humaner gewesen. Eure letzten Momente auf Erden, zufrieden schlafend in den Armen eures Liebsten. Wirklich, *das* wäre besser gewesen. Für alle Beteiligten.«

Er ging zu Terry. Er fasste den Jungen am Haar und zog sein Gesicht nach oben. Mit dem Handrücken der anderen Hand schlug er ihm leicht auf die Wangen, bis die Lider des jungen Mannes flatterten. Hinter dem Klebeband versuchte Terry zu reden, zu schreien, zu bitten und zu flehen. Doch Widerstand war sinnlos. Er war stramm gefesselt und völlig hilflos. Dann sah er Janice, und heftiges Schluchzen schüttelte seinen schmalen Körper. Mehr als alles andere wollte er sich bei ihr entschuldigen und ihr sagen, dass er sie liebte. Nur ein einziges Mal.

Der Mann mit den veilchenblauen Augen lächelte. »Jetzt komm schon«, sagte er. »Du musst versuchen, tapfer zu sein. Tu es für die junge Dame hier. Oh ... jetzt *verstehe* ich. Du hast's kapiert. Was für ein schlauer Bursche! Ist es, weil ich die Maske abgezogen und dir erlaubt habe, mein Gesicht zu sehen? Ja, das wird es sein. Nun wissen wir es also alle. Wie *nett!* Ich hasse es ja so, zu enttäuschen. Eine furchtbare Sünde.«

Langsam ging er zwischen Janice und Terry umher, wobei er darauf achtete, Spuren zu erzeugen, die denen ähnlich waren, die der Lakeshore-Killer immer hinterließ. Sie hatten dieselbe Schuhgröße – Größe 43,5 –, ein kleiner Vorteil, den das Schicksal für ihn bereitgehalten hatte.

»Wie ich gerade schon deiner Freundin erzählt habe«, fuhr er mit ernster Stimme fort, »es ist nicht so, dass ich *möchte,* dass ihr beide leidet. Ich meine, wieso auch? Das Leben an sich ist nichts anderes als Leiden, eine Qual, die im Laufe der Jahre deutlich schlimmer ist als ein paar Minuten Messerstechen, Rumgehacke oder was auch immer. Es gibt schon Verrückte. Wirklich. Was geht ihnen bloß durch den Kopf?« Er lachte in sich hinein. »Aber ihr kennt die Menschen. Welch grausame Spezies wir doch in Wirklichkeit sind!«

Er schnellte vor und prügelte gezielt auf Gesicht, Hals und Schultern des zappelnden Terry ein. Als letzte schmerzhafte Zugabe versetzte er ihm mehrere kräftige Hiebe in die Leiste. Schließlich wurden die Schläge langsamer, und der Mann ließ von Terry ab und wanderte wieder auf und ab.

»Es tut mir leid. Wirklich. Ich weiß, du musst mich hassen, aber ich verspüre noch einmal das Bedürfnis zu betonen, dass dies getan werden *muss.* Das kranke Individuum, das von der Presse als ›Lakeshore-Killer‹ bezeichnet wird, hat offenbar ernsthafte Probleme. Er macht das mit allen seinen Opfern.« Er baute sich vor Janice auf und lächelte. »Ich würde es ja tun, nachdem ihr beide tot seid, um euch das Leiden zu ersparen – aber traurigerweise können diese cleveren Spezialisten von der Spurensicherung heutzutage genau sagen, ob die Wunden vor oder nach dem Tode zugefügt wurden. Ihr seht also, ich *muss* euch diese Dinge antun, bevor ihr sterbt. Es gab eine Zeit, vor Jahren, noch bevor ihr beide geboren wart, als die Dinge in dieser Hinsicht gnädigerweise einfacher waren.«

Seine Hand schnellte vor, die kräftigen Finger packten Janice' schmales Kinn. Mit der rechten Hand griff er in die Tasche, die er über der Schulter hängen hatte, und zog einen Gegenstand hervor, der im schwachen Licht schimmerte.

Ein Messer mit gezackter Schneide.

»Es tut mir wirklich leid.«

Janice erbleichte und riss die Augen auf.

O Gott! ... Oh, nein ... Bitte ... mach, dass es ein Traum ist ... Ich will aufwachen ... Bitte, lieber Gott, lass mich aufwachen!

Mit präzisen Bewegungen verstümmelte der Mann mit den veilchenblauen Augen Janice' Stirn vom Haaransatz bis zu den Augenbrauen. Das hatte der Lakeshore-Killer mit allen seinen weiblichen Opfern getan.

Zu seiner Überraschung schrie Janice nicht trotz der unvorstellbaren Schmerzen, die sie vermutlich fühlte, während ihr das Fleisch grob vom Gesicht gerissen wurde. Ihr Körper versteifte sich, und sie hielt die Augen fest geschlossen. Ihr Rücken krümmte sich, und sie zitterte heftig wie bei einem Krampfanfall.

Terry schrie. Die gedämpften Laute veranlassten den Mann mit den veilchenblauen Augen schließlich, sich ihm zuzuwenden. Er wischte das Blut von der Klinge an Janice' Oberteil ab und ging auf den Jungen zu.

»Du würdest wahrscheinlich alles geben, damit ich jetzt aufhöre, nicht wahr?«

Er seufzte und schüttelte den Kopf, als Terry verzweifelt nickte. »Aber das würde nicht gehen, verstehst du? Dann würdest du hinter *mir* her sein. Entweder mit der Polizei oder auf eigene Faust mit … nun ja, mit anderen Plänen.« Er lächelte und trat näher, die Stimme wurde zu einem Flüstern. »Aber das ist in Ordnung, verstehst du? Es liegt in unserer Natur. Der ganze Wirbel um Gesellschaft und Zivilisation – alles nur Ablenkung, um Geist und Seele abzustumpfen. Du hast genau deshalb zwei Augen auf der Vorderseite deines Kopfes, weil du ein Raubtier bist. Von deiner genetischen Ausstattung her bist du dazu bestimmt zu töten. Dann kommt die Gesellschaft und sagt: ›Oh nein! Du darfst nicht töten, das ist *falsch*. Es ist *böse*.‹ Gott hat uns so erschaffen. Glaubst du, Gott ist böse?«

Terry blinzelte ihn an; Schweiß rann ihm in Bächen über die Augenbrauen und mischte sich mit den Tränen auf Wangen und Kinn.

Der Mann mit den veilchenblauen Augen blickte auf die Armbanduhr und wieder auf Terry. »Bringen wir 's hinter uns! Wir verschwenden nur Zeit.« Er sank auf ein Knie und öffnete den Reißverschluss an Terrys Hose.

Terry fühlte, wie sich seine Angst in Panik wandelte. So gut er konnte, versuchte er verzweifelt, sich wegzubewegen von dem Mann mit den veilchenblauen Augen und dem Messer, das dieser in der Hand hielt.

Der Mann mit den veilchenblauen Augen zog Terrys Genitalien hervor. Dann führte er fachmännisch das Messer.

Als er aufstand, um in Terrys Augen und das totenbleiche Gesicht zu blicken, fragte er sich, ob er jemals zuvor jemanden solche Qualen hatte erleiden sehen. Der Junge stand unter Schock; er zitterte und warf sich gegen die Fesseln. Den Mann mit den veilchenblauen Augen berührte das nicht.

Er drehte sich um und ging zurück zu Janice, die mittlerweile ohnmächtig geworden war. Eine kleine Gnade für sie, die das Profil jedoch nicht beeinträchtigte. Mit langsamen Schritten, im Geiste bereits die Vorfreude auf sein *eigentliches* Vorhaben auskostend, ging er zu ihr, um sie mit schnellen, präzisen Schnitten von den Fesseln zu befreien. Sie sackte augenblicklich nach vorn, und er fing sie auf. Ohne große Anstrengung legte er sie sich über die Schulter.

Durch einen Nebel aus Schmerzen sah Terry eine Pfütze aus Blut.

Er sah, wie der Mann ins Wasser watete.

O Gott ...

Er sah, wie der Mann Janice sanft von der Schulter nahm.

O Gott im Himmel ...

Er sah, wie der Mann die behandschuhten Hände um Janice' Hals legte und ihren Kopf unter Wasser drückte.

Verzweifelt versuchte Terry, sich die Worte des Vaterunsers ins Gedächtnis zu rufen.

Vater unser im Himmel ...

Sie wand sich, kämpfte und strampelte.

Geheiligt werde dein Name. Dein Reich komme ...

Der Mann mit den veilchenblauen Augen veränderte leicht seinen Stand, hatte jedoch keine Schwierigkeiten, das Mädchen unter Wasser zu halten.

Dein Wille geschehe ...

Hinter dem Mundknebel stöhnte Terry vor unsagbarer Pein.

Wie im Himmel so auf Erden ...

Janice' Strampeln wurde langsamer und hörte schließlich auf.

Der Mann mit den veilchenblauen Augen ließ sie los und erlaubte ihrem leblosen Körper, mit der leichten Strömung davonzutreiben.

Der Mann mit den veilchenblauen Augen wandte sich zu Terry um und kam auf ihn zu.

Terry spürte, dass seine Angst einem anderen Gefühl wich.

Er wird mich losbinden und versuchen, mit mir das Gleiche zu tun.

Terry war in der Mittelstufe Ringer gewesen und hatte sich seitdem fit gehalten.

Ich werde ihn umbringen.

Der Mann mit den veilchenblauen Augen blieb vor Terry stehen und musterte den Jungen. Schließlich lächelte er. »Du hast vor, dich zu wehren, nicht wahr?«

Terry ging nicht darauf ein.

Der Mann mit den veilchenblauen Augen blickte zu Boden. »Du bist ein guter Kerl. Mutig. Aber weißt du, was wirklich schade an der ganzen Sache ist?«

Terry spannte sich an und bereitete sich darauf vor anzugreifen, sobald die Fesseln gelöst wurden.

Ohne dass der junge Mann überhaupt die Bewegung wahrnahm, zog der Mann mit den veilchenblauen Augen das Messer und stieß es nach vorn. Die Klinge drang tief in Terrys Brust ein und bohrte sich in sein Herz, das die letzten krampfhaften Schläge tat.

Der Mann mit den veilchenblauen Augen war Terry so nah, dass er den letzten warmen Atem, den sein Opfer ausstieß, spürte. Er packte die Schulter des Jungen mit der freien linken Hand, lehnte sich vor und rammte die Klinge noch tiefer.

Dann zog er das Messer heraus, trat einen Schritt zurück und wischte die Klinge an Terrys Hemd ab. Aufmerksam beobachtete er, wie das Leben aus Terrys Augen wich. Er war tot.

Dieses Mal war es nicht so gut gewesen. Es hatte auch in diesem Fall eine wundervolle Phase der gespannten Erwartung gegeben, als er die beiden aus dem Schatten heraus beobachtet hatte. Doch der Lakeshore-Killer forderte nicht einfach nur Opfer, er pflegte eine Schau daraus zu machen. Seine Grausamkeit war so ausgeklügelt und der Sadismus verlief so ritualisiert, dass der Mann mit den veilchenblauen Augen ganz frustriert war.

Aber es würde stets ein nächstes Mal geben. Sorgsam warf er einen Blick über das mondbeschienene Gelände, um zu prüfen, ob er etwas übersehen hatte, und schritt auf die Hütte zu. Lange bevor die ersten Strahlen der Morgendämmerung den Osthimmel erhellten, war er verschwunden.

2

MELS SCHÄNKE, EAST BOSTON

Als die Happy Hour sich dem Ende zuneigte, lichtete sich die Zahl der spätabendlichen Gäste in der kleinen Kneipe im Hafenviertel von East Boston. Sie war ebenso trostlos, eng und hässlich wie viele andere Lokale dieser Gegend. Die Abendluft war das ganze Jahr über feucht, nur war sie hier noch versetzt mit der unangenehmen Mischung aus Körperausdünstungen, Zigarrenqualm und dem Geruch von abgestandenem Bier. Zu den Stammgästen gehörten Matrosen, die bis zum Auslaufen ihres Schiffes die Zeit totschlugen, Huren, die ihren schmerzenden Füßen Ruhe gönnten, bevor sie zurück auf die Straße gingen, Drogenhändler, die sich bemühten, nicht aufzufallen, und Junkies, die nach dem nächsten Schuss lechzten und unruhig umherliefen.

Einer der Dealer, ein kleiner, dünner Mann, den die meisten nur als »Sparky« kannten, stand aufgewühlt am Tresen. Er hatte die Augen auf den Spiegel hinter dem Barkeeper geheftet und ließ den Blick durch den Raum wandern. Er reagierte unwirsch auf jede Begrüßung und bedeutete mit seiner Abgelenktheit zweifelsfrei, dass er keine Gesellschaft wünsche.

Vereinzelte Schweißperlen rannen ihm in die Augenbrauen. Er griff nach seinem Wodka, trank davon und stellte das Glas wieder ab, wobei seine Hand einen fettigen Abdruck darauf hinterließ. Seine Füße trommelten auf dem Holzfußboden ein ungeduldiges Stakkato, und die schmale Brust hob und senkte sich, als sei er gerade von einem Dauerlauf zurückgekehrt.

Wäre er doch nur vorsichtiger gewesen!

Verdammte Schlampe!

Sie hatte die Bullen gerufen, als er sie aus seinem schäbigen Apartment geworfen hatte. Wie zum Teufel hätte er wissen sollen, dass die Tussi erst dreizehn war? Sie hatte mindestens sechs Jahre älter ausgesehen. Also hatte er vergeblich protestiert, als die Bostoner Polizei ihm Unzucht mit einer Minderjährigen vorgeworfen hatte. Sie hatten ihn, obwohl er nur eine Jogginghose trug, aus seinem Apartment gezerrt, im Boston Police Department des 15. Bezirks in Untersuchungshaft genommen und erst Stunden später dort abgeholt.

Es hatte nicht lange gedauert, bis Sparky unter dem Druck des Verhörs nachgegeben hatte. Konfrontiert mit einer möglichen Zuchthausstrafe – mit der er nicht klarkommen würde –, hatte er den einzigen Trumpf ausgespielt, von dem er wusste, dass er sie interessieren würde. Mit zitternder Stimme hatte er völlige Straffreiheit und Aufnahme in das Kronzeugenschutzprogramm gefordert.

Die ihn verhörenden Polizisten hatten ihm mitten ins Gesicht gelacht. »Was hat ein nichtsnutziger, kleiner Drogendealer uns schon Wertvolles zu bieten?«, hatten sie ihm entgegengehalten und erneut gelacht. Sie hatten so lange gelacht, bis Sparky beharrlich wiederholte, er werde seine Informationen *einzig* an Agenten der Bostoner Außenstelle des FBI weitergeben, und auch nur, wenn diese ihm auf der Stelle Straffreiheit zusichern würden.

Sparky wurde zurück in die Zelle gebracht und musste dort warten, bis er schließlich in einen anderen Vernehmungsraum geführt wurde, wo ein Mann und eine Frau saßen.

Der Mann war um die dreißig und hatte das markige Aussehen eines Kerls von der Straße. Er hatte kurzes, strubbeliges braunes Haar und ein kantiges Gesicht. Der stählerne Blick ließ auf ein Leben voller harter Erfahrungen schließen. Über dem muskulösen Körper trug er einen dunkelgrauen Anzug, dessen Stil nicht wirklich zu ihm passte, und eine Krawatte, die allein ein Farbenblinder guten Gewissens gekauft haben konnte.

Die Frau neben ihm war ganz anders. Das lange rötlich-goldene Haar, die helle Haut, die auffallend grünen Augen und das scharfe Gesicht verliehen ihr eine vornehme Schönheit, durch die sie vollkommen fehl am Platz wirkte. Ihre Kleidung war zweckmäßig: grobe Crosstrainer-Turnschuhe, eine locker sitzende Cargo-Hose und ein dunkelgrüner Pullover. Das Haar, das sie zu einem Pferdeschwanz gebunden hatte, war teilweise verdeckt von einer Baseballkappe der Boston Celtics. Die Frau war offenbar ein paar Jahre jünger als ihr Kollege; sie hatte noch den idealistischen Blick aus College-Zeiten. Sie war offenbar drauf und dran, Sparky eine Resozialisierungsmaßnahme anzubieten, während der Typ neben ihr darauf brannte, ihm eine gründliche Tracht Prügel anzudrohen. Als sie sich vorstellte, wirkte sie definitiv wie ein College-Girl. Ihr Akzent verriet ihre Herkunft aus South Boston.

Nachdem Sparky darauf bestanden hatte, dass sie ihm ihre Ausweise zeigten als Bestätigung, dass sie wirklich vom FBI waren, blickte er Spezialagent Andrew Dyson finster an.

»Wo ist meine gottverdammte Straffreiheit?«, fragte er provozierend. »Ich werde nämlich nichts sagen, solange ich die nicht habe.«

Dyson lehnte sich vor und verschränkte die Finger über dem Tisch. »Wie kommst du darauf, dass du etwas zu bieten hast, was wir brauchen?«

»Zeigen Sie mir die Dokumente zur Straffreiheit, und wir werden –«

Sparkys Dreistigkeit wurde kurzerhand durch Dysons fleischige Hand abgewürgt, die über den Tisch geschnellt und ihm an die Gurgel gegangen war. Mit einem erschreckend kräftigen Griff zog Dyson Sparky so nah zu sich heran, dass der Dealer Zwiebelgeruch im Atem des Agenten riechen konnte.

»Hör auf, unsere Zeit zu verschwenden, du kleiner Scheißkerl!«

Schließlich ging die junge Frau dazwischen. »Lass das, Drew! Mit zerquetschtem Kehlkopf kann er uns gar nichts erzählen.«

Als ihr Partner widerwillig losließ, lächelte die Frau Sparky an, rutschte mit dem Stuhl näher an den Tisch und schlug eine Akte auf. Als sie weitersprach, war ihre Stimme sachlich, aber freundlich.

»Gut, hier steht, Sie heißen ›Sparky‹, aber wir sind unsere Fotos durchgegangen und wissen, dass Ihr richtiger Name Alfonso Salazar ist.«

»Ziemlich blumiger Name für einen Mistkerl«, murmelte ihr Kollege und zwang Sparkys Blick nieder.

»Das reicht!«, zischte seine Partnerin ihn an. Sie genoss es, das Gespräch zu bestimmen. Als sie sich wieder Sparky zuwandte, war sie wie ausgewechselt. Sie war eine aus dem Süden, und Sparky wusste, dass er mit ihr verhandeln konnte.

»Ich nenne Sie Sparky, wenn Ihnen das lieber ist«, sagte sie höflich.

Sie schien ziemlich nett – für eine vom FBI. Er nickte zögernd.

»Gut. Also, Sparky, wir wissen, dass Sie Straffreiheit wollen, und das respektieren wir. Niemand wird versuchen, irgendwas aus Ihnen rauszuprügeln.«

Sparky blickte zu ihrem Partner, dessen wölfisches Grinsen ihm sagte, dass dies genau das gewesen wäre, was *er* getan hätte, hätte er die Wahl gehabt.

»Wir müssen nur sichergehen, dass Sie uns nicht auf der Nase herumtanzen«, fuhr sie fort. »Sie können sich nicht vorstellen, wie oft wir gerufen werden, um potentielle Zeugenaussagen zu hören, nur um zu erfahren, dass alles Bockmist ist.« Die Frau lehnte sich über den Tisch und legte behutsam ihre Hand auf seine.

Es kam völlig unerwartet, und Sparky zuckte leicht zusammen aus Angst vor einem erneuten Angriff. Doch als der ausblieb, erwiderte er ihr Lächeln. Er befeuchtete die rissigen Lippen.

»Ja«, begann er zögernd. »Das verstehe ich. Okay. Ich gebe Ihnen einen kleinen Vorgeschmack, nur damit Sie weiter interessiert sind, bis dieses Straffreiheitspapier da ist.«

Und das tat er. Er erzählte ihnen von einem Mann – einem seiner Kunden –, der im Monat zuvor an ihn verwiesen worden war. Der Typ kam von auswärts. Er kaufte immer kleine Mengen, immer Methamphetamine, gerade genug, um einmal richtig high zu werden. Anfangs, erklärte er, war nichts Ungewöhnliches daran. Im letzten Monat hatte er den Typen jeweils einmal wöchentlich getroffen, in einer Kneipe bei den Bostoner Schiffswerften.

Nach ihrem dritten Treffen war ihm der Gedanke gekommen, dass irgendetwas an diesem Kunden nicht stimmte. Er hatte etwas in den Nachrichten gesehen, das ihn beunruhigt hatte. Dort wurde von einer Reihe von Morden berichtet, die alle in unmittelbarer Umgebung der Schiffswerften stattgefunden hatten. Irgendein Verrückter – vermutlich vollgepumpt mit Drogen – holte sich Prostituierte von der Straße, fuhr sie zu einem abgelegenen Gelände und zerstückelte sie auf eine Art und Weise, die an die grausamen Morde von Jack The Ripper in London vor über einem Jahrhundert erinnerte. Die Polizei hatte nicht definitiv erklärt, dass es das Werk eines einzigen Serienkillers sei, doch das hatte den Nachrichtensprecher nicht von wilden Spekulationen abgehalten.

Was Sparky stutzig gemacht hatte, war am Ende des Berichts gesagt worden, als nämlich die Daten genannt wurden, an denen der Killer zugeschlagen hatte. Sie stimmten haargenau mit den Nächten überein, in denen er sich mit seinem Kunden getroffen hatte.

Damit hatte Sparky ihre Aufmerksamkeit gefesselt. Er hatte zwei Schlüsselaspekte der Ermittlungen beschrieben, von denen die Medien nichts wussten. Erstens wurde tatsächlich vermutet, dass der Mann nicht aus Boston kam, und zwar aufgrund der von ihm gewählten Tatorte. Sie alle waren – was Geheimhaltung und Abgeschiedenheit anging –, weit weniger geeignet gewesen als zahlreiche andere Orte ganz in der Nähe. Zweitens hatte die FBI-Spurensicherung Spurenelemente auf der Kleidung zweier Opfer gefunden, die sich als sehr starke Form von Methamphetaminen herausgestellt hatten.

Als Sparky zu Ende erzählt hatte, verließ Dyson schnellen Schrittes den Raum. Noch im Gehen zog er ein Mobiltelefon aus der Tasche. Seine Kollegin blieb und drängte Sparky behutsam, noch mehr Details zu erzählen.

Was er auch tat. Teils, weil sie eine verdammt gut aussehende Frau war, hauptsächlich jedoch, weil ein Blick in die Gesichter der beiden Agenten ihm gesagt hatte, dass er die Straffreiheit bereits in der Tasche hatte.

Er beschrieb den Mann, hinter dem sie her waren, als Anfang dreißig, weiß, extrem muskulös – ein Bodybuilder –, der bei den meisten ihrer Treffen praktische Kleidung getragen hatte. Als Sparky gebeten wurde, die Kleidung genauer zu beschreiben, verglich er sie mit der von Mechanikern oder Werftarbeitern.

Die Frau entschuldigte sich und verließ den Raum. Sparky musste mehr als dreißig Minuten warten. Als sich die Tür schließlich wieder öffnete, erschienen die beiden Agenten in Begleitung eines Mannes, der sich als stellvertretender Bezirksstaatsanwalt der Bostoner Staatsanwaltschaft vorstellte.

Zu Sparkys Freude wurden mehrere offizielle Dokumente vor ihm ausgebreitet, die alle zu tun hatten mit seiner Zeugenaussage und den Garantien, die der Staatsanwalt im Gegenzug zu leisten bereit war. Sparky schnappte sich den Stift und schickte sich an, die Dokumente zu unterschreiben. Sein Lächeln verschwand, als Dyson ihm den Stift aus der Hand riss.

»So einfach ist das nun auch wieder nicht, tut mir leid«, sagte Dyson, der offensichtlich jedes Wort genoss. »Wir brauchen mehr als deine Zeugenaussage, *Alfonso.* Denn weißt du, wenn du nur Straffreiheit oder ein vermindertes Strafmaß erwarten würdest im Gegenzug für das, was du uns jetzt vielleicht erzählst, wäre alles in Ordnung – keine weiteren Fragen. *Aber …*«

Sparky gefiel der Klang dieses *Aber* gar nicht.

»… die Situation ist weit gravierender als deine bisherigen Straftaten. Wenn das Ganze nicht klappt und der Typ uns entwischt, weil wir nicht nah genug an ihn rankommen, werden Menschen sterben. Junge Frauen, deren Leben hätte gerettet werden können. Die willst du doch sicher nicht auf dem Gewissen haben, oder?«

Nein, das wollte Sparky nicht. Er war ein elender, selbstsüchtiger Krimineller, aber Mord und Totschlag lagen jenseits einer Grenze, die er niemals überschreiten würde. Er schüttelte den Kopf.

»Du verlangst von uns – abgesehen von der völligen Straffreiheit für dein Verbrechen –, dass wir dafür sorgen, dass du dich auf Staatskosten in einer geschützten Umgebung niederlässt, mit einem neuen Job, einem Haus, Auto … einem völlig neuen Leben. Verstehst du, worauf ich hinauswill, Alfonso? Um dir diese Dinge zu geben, musst du erst einverstanden sein, *uns* im Gegenzug das zu geben, was wir brauchen.«

»Was wollt ihr von mir wissen?«

Sparky blickte in den Spiegel, in dem er einen Tisch nahe der Eingangstür beobachten konnte, wo zwei Mitglieder des FBI saßen – beides Männer –, die als ortsübliche Ganoven gekleidet waren. Einen der Männer erkannte er als Dyson wieder. Er blickte auf die Uhr: 23.25 Uhr.

Der Mann neben Dyson machte einen hageren Eindruck. Er war zweifellos älter als der junge Mann neben ihm. Während Dysons Versuch, dem üblichen Publikum im Hafenviertel zu ähneln, nicht sehr gelungen war, lag der alte Mann genau richtig.

Hätte Sparky nicht gewusst, dass er der FBI-Oberboss war – leitender Spezialagent der Außenstelle Boston –, hätte er ihm die Aufmachung sofort abgenommen.

Ein großer Mann in schmutziger grauer Latzhose betrat die Kneipe. Für den Bruchteil einer Sekunde setzte Sparkys Herz aus, und sein Gaumen wurde trocken. Der Mann schaute zur Theke, doch es war nicht sein Kunde.

Sparky biss sich auf die Unterlippe. *Versuch, dich zu entspannen. Relax! Du kannst das.*

Aber konnte er das wirklich? Sparky hatte kein Problem damit, den übelsten Zuhältern, Gangstern oder Junkies von ganz Boston weiß Gott was für Mengen illegaler Substanzen anzudrehen, aber wenn es um Serienkiller ging …? Solche Irren waren unberechenbar.

Sparky nahm noch einen großen Schluck aus seinem Glas. Normalerweise beruhigte das seine Nerven, aber heute Nacht half selbst Wodka nicht. Er hatte einfach eine Heidenangst.

Was hatte die Agentin Sarah noch gesagt, als er vor einer Stunde aus dem Kleinbus gestiegen war? Ach, richtig … *Angst ist nicht das Problem. Jeder hat Angst. Der Trick ist, die Angst zu akzeptieren und zu lernen, damit umzugehen.*

Normalerweise hätte er das als das übliche Bullengeschwafel abgetan. Aber gerade war es das Einzige, was half. Er wusste, dass er von Natur aus nicht besonders mutig war.

Als er sich wieder dem Spiegel zuwandte, betrat der Kunde die Kneipe. Sparky erstarrte; er vermochte kaum zu atmen. Aber als der kräftig gebaute Mann näher kam, machte etwas in Sparky *Klick:* ein Überlebensmechanismus, der ihm half, wieder die Kontrolle über die Situation zu erlangen.

Sein Herzschlag wurde langsamer, er konnte wieder normal atmen, und er schaffte es sogar, die Stimmlage zu halten, als der Mann sich zu ihm an den Tresen setzte und ihn begrüßte.

»Hey, Mann«, erwiderte Sparky auf den tiefen, einsilbigen

Gruß, den er erhalten hatte. »Besondere Wünsche heute Nacht? Oder das Übliche?«

»Wie immer.« Die Stimme des Mannes war ebenso nichtssagend wie sein Gesicht. Doch Sparky bemerkte, dass sein Blick wachsam war und ständig prüfend von einer Person zur anderen huschte.

Sparky nickte dem Mann zu und schaute sich um. Dann wandte er sich wieder an den Kunden, bemüht, entschuldigend zu klingen. »Sorry, Kumpel, aber vorhin waren hier ein paar Bullen auf Streife, haben Leute durchsucht und so 'n Scheiß. Wir machen lieber an einem weniger öffentlichen Ort weiter.«

Die Augen des Kunden verengten sich, während er Sparky scharf musterte, aber er akzeptierte den Vorschlag. »Wo?«

»Toilette hinten. Wir können die Tür für 'ne Minute festklemmen, damit uns keiner stört.«

»In Ordnung«, sagte der Mann. »Nach dir.«

Sparky verdrängte die Angst, die allmählich wieder wuchs, und ging auf die Toiletten zu; der kräftig gebaute Kunde folgte dicht hinter ihm.

Vom Tisch neben der Tür hielten Frank Gideon und Drew Dyson sie im Auge, ohne auch nur im Geringsten interessiert zu wirken. Als sie Sparky und ihre Zielperson in Richtung WC gehen sahen, führte Frank die Hand zum Mund und gab vor, ihn abzuwischen. Er sprach leise in ein kleines Mikrofon, das in seinem Hemdsärmel versteckt war.

»Achtung. Der Verdächtige geht zum Klo. Sarah, triff die letzten Vorbereitungen!«

Eine knappe Antwort über den Ohrknopf bestätigte den Erhalt der Nachricht, und er legte die Hand zurück auf den Tisch. Dann blickte er den Mann neben sich an und seufzte.

»Drew, ich weiß, dass du nicht glücklich darüber bist, dass Sarah beteiligt ist. Aber wenn du weiter so schmollst, verrätst du uns. Reiß dich zusammen, und lass die Gefühle aus dem Spiel!«

Drew runzelte die Stirn.

Lass die Gefühle aus dem Spiel!

Das oder etwas sehr Ähnliches hatte Sarah einen Monat vorher zu ihm gesagt, als sie die Beziehung zu ihm beendet hatte. Er hatte es nicht gut verkraftet. Er liebte sie, aufrichtig, innig, bedingungslos, auf eine Weise, auf die er nie zuvor jemanden geliebt hatte. Er hatte die Zuneigung zu ihr schon gespürt, als sie das erste Mal miteinander gesprochen hatten. Eine Zeit lang hatte er gedacht, sie würde das Gleiche empfinden.

Aber er hatte erkannt, dass Sarah Reilly nur mit ihrem Job verheiratet war. Je mehr sie sich in die einzelnen Fälle vertiefte und je intensiver sie gearbeitet hatte, desto weniger hatte Drew von ihr gesehen. Es war beinahe lächerlich. Denn die einzige Zeit, die sie miteinander verbracht hatten, war während der Arbeit gewesen. Aber niemand im Büro hatte von ihrer Beziehung erfahren dürfen, was das Ganze noch schwieriger gemacht hatte. Also hatte Drew sie zur Rede und – im Nachhinein dummerweise – vor die Wahl gestellt: ich oder der Job.

Er hatte ihre Antwort gekannt, noch bevor er die Frage gestellt hatte. Trotz ihrer jungen Jahre war sie bereits für ihre gute Arbeit und ihr untrügliches Gespür bekannt. Natürlich hatte sie ihm die Enttäuschung schonend beigebracht – mit dem Versprechen, auch weiterhin mit ihm befreundet zu bleiben.

Drew vertrieb den melancholischen Gesichtsausdruck und nippte an dem hellen Bier. Er war innerlich so aufgewühlt, weil Sarah an diesem Einsatz beteiligt war – auf eine Art, die er überhaupt nicht gut fand –, dass ihm die übliche Begeisterung bei der Beobachtung eines Verdächtigen dieses Mal vollkommen abging.

Um sich von seinen Grübeleien abzulenken, führte auch er jetzt unauffällig die Hand zum Mund, um das Überwachungsteam, das vor der Kneipe in der Dunkelheit lauerte, zu beauftragen, sich bereitzuhalten, und ihm einen Lagebericht zu geben.

»Dyson hier. Ich will, dass alle wachsam sind. Die körperliche Beschreibung trifft auf den Verdächtigen zu. Weiß, Anfang dreißig, zwischen eins dreiundachtzig und eins neunundachtzig groß, hellbraunes Haar, dunkler Teint und sehr kräftig gebaut. Dieser Typ ist ein Monster. Er sieht aus, als hätte er die letzten zehn oder fünfzehn Jahre nur Gewichte gestemmt. Ich gebe noch eine letzte Warnung raus, kurz bevor er die Kneipe wieder verlässt. Ihr beschattet ihn bis zu seinem Auto, wie geplant. Und baut bloß keine Scheiße!«

Die Männer, mit denen er sprach, wussten, wie viel Sarah ihm bedeutete. Zum Teufel, jeder in der Bostoner Außenstelle wusste es! Sarah und Drew hatten sich selbst etwas vorgemacht, als sie glaubten, sie könnten ihre Gefühle verheimlichen – man kann in einer Gruppe nicht eng zusammenarbeiten, ohne dass die anderen etwas mitbekommen.

Drew wechselte die Frequenz und zögerte einen Moment. Dann sprach er leise. »Sarah?«

»Ja, Drew?«

Ihre Stimme war so ruhig. Es lag nicht die leiseste Spur von Unbehagen darin. Das Freundschaftsangebot, das sie ihm gemacht hatte, war ernst gemeint, und ab und zu erschreckte ihn diese Tatsache, als würde er im Grunde von ihr erwarten, ihn zu ignorieren.

»Bist du sicher, dass du das durchziehen willst?«

Draußen vor der Kneipe, im Fond des Kleinbusses, stieß Sarah einen Seufzer aus.

»Ja, Drew. Ich bin sicher. Außerdem könnte niemand anders es tun, deshalb sind wir hier. Bitte, frag Frank, ob ich da drinnen mithören kann!«

Drew lehnte sich zu Frank. »Sarah will wissen, ob sie bei Sparky und dem Verdächtigen mithören kann.«

Frank nickte. »Ich hatte angenommen, das würde sie längst tun.«

»Frank sagt, es ist kein Problem.«

»Danke, Drew, dann schalte ich jetzt um. Out.«

Frank lächelte, obwohl er versucht war, die Augen zu verdrehen. Der Junge war hartnäckig. Doch Frank kannte den Reilly-Clan besser als die meisten anderen. Sarahs Vater war sein ältester und engster Freund. Hartnäckigkeit führte bei keinem der Reillys zum Ziel.

»Ihr wird schon nichts passieren«, sagte er beruhigend. »Wir passen gut auf sie auf.«

Drew nickte, aber unter dem Tisch ballte er die großen Hände.

Sarah lehnte sich über den Vordersitz und tippte dem Kommunikationstechniker – einem jungen Agenten, den sie nur als »Jack« kannte –, auf die Schulter. Als er die Kopfhörer abnahm und sich umdrehte, blinzelte sie ihm zu, eine Bewegung, die dem jungen Mann das Blut in die Wangen trieb.

»Wie ist das Signal auf meiner Leitung?«, fragte sie.

»Stark und deutlich«, erwiderte Jack und schob die Brille höher auf die Nase.

Sarah setzte die Kopfhörer wieder auf. »Schalt mich um auf die Primärfrequenz. Ich will mithören.«

Jack nickte und legte einen Schalter um. Augenblicklich hörte Sarah über die Kopfhörer Sparkys unangenehme Nasallaute deutlich. Er plauderte über Gott und die Welt, um Zeit zu schinden, und versuchte offensichtlich, seine Nervosität zu überspielen.

Sarah schüttelte den Kopf.

Vermassle es bloß nicht!

Zum scheinbar hundertsten Mal zog sie an den schwarzen Netzstrümpfen, die ihre langen Beine bedeckten. Es war nicht die Art Kleidung, die sie gewöhnt war. Auch das übertrieben enge und kurze schwarze Kleid und die hohen schwarzen Plateaustiefel nicht. Noch unbequemer war jedoch die kleine Beretta .22, die sie mit Klebeband unter der linken Achsel befestigt hatte. Jedes Mal, wenn sie sich bewegte, spürte sie das kalte Metall.

Als sie in diesem Aufzug am frühen Nachmittag durch die Büroräume der Arbeitsgruppen gegangen war, das Gesicht stark geschminkt, das rötlich-goldene Haar offen um das Gesicht wallend und mit dem knappen Kleid, das ihre attraktive Figur unterstrich, hatte sie viele derbe Witze und anzügliches Grinsen auf sich gezogen. Sie hatte sich bisher tapfer geschlagen in ihrem Job, aber sie wusste, dass sie sich als Frau noch bewähren musste.

Ein Lächeln huschte über ihr Gesicht, als sie sich inmitten dieser Possenreißer ihren Vater vorstellte. Wäre Harry Reilly an ihrer Seite gewesen, als sie den Gruppenraum durchquerte, wäre der Empfang sicherlich gedämpfter ausgefallen. Obwohl er das FBI vor Jahren verlassen hatte, war Harry immer noch eine lokale Legende. Er war der arbeitswütige, trinkfeste, irisch-katholische *Southie,* der den Millennium-Killer ausfindig gemacht und erschossen hatte. Er hatte ein großes Erbe hinterlassen, und Sarah hatte den festen Vorsatz, dem gerecht zu werden.

Doch dann dachte Sarah an ihren Vater, wie er heute war, und ihr Lächeln erstarb. Er arbeitete zwar immer noch – als Ausbilder an der Bostoner Polizeiakademie –, aber um diese Zeit befand er sich höchstwahrscheinlich in irgendeiner Kneipe im anderen Teil der Stadt, wo er sich mit ein paar seiner Kumpels von der Akademie sinnlos betrank, oder er war bereits wieder daheim in Brookline, in dem Haus, das sie mit ihm teilte, und lag auf dem Boden oder der Couch.

In der Nacht, als Louise, Sarahs Mutter, gestorben war, war auch ein Teil ihres Vaters gestorben. Es war die schlimmste Nacht in Sarahs Leben gewesen. Sie war diejenige gewesen, die ihre Mutter im Schnee gefunden hatte. Sie hatte sie ins Haus getragen, einen Krankenwagen gerufen und eine Herz-Lungen-Wiederbelebung durchgeführt, bis die Sanitäter eintrafen. Da sie ihren Vater auf dem Handy nicht erreicht hatte, hatte sie ihm eine Notiz hinterlassen und ihre Mutter ins Krankenhaus begleitet. Sarah war bei ihr gewesen und hatte ihr die Hand gehalten, als Louise Reilly starb.

Der bestürzte Harry war zehn Minuten zu spät gekommen.

An die folgenden Monate erinnerte Sarah sich nur vage. Ihre Gewissensbisse, ebenso wie die ihres Vaters, hatten sie in Trostlosigkeit gestürzt. Ihr Vater war in eine tiefe Depression versunken, und es hatte Wochen gedauert, bis Sarah und Frank Gideon es schafften, ihn überhaupt aus dem Bett zu bekommen. Sie hatten ihm geholfen, die ersten Stadien völliger Verzweiflung zu überwinden, nur um ihn dann in eine subtilere, konstantere Form der Melancholie verfallen zu sehen. Wenn er nachts nach Hause zurückkehrte, versuchte er, den schmerzlichen Erinnerungen im Schlaf zu entrinnen.

Es hatte viele Male gegeben, an denen Sarah ihn wie wild hatte schütteln wollen. Auch *sie* litt. Manchmal war der Schmerz unerträglich. Wieso konnte sich nicht zur Abwechslung mal jemand um *sie* kümmern?

In dieser Verfassung, aufgrund ihrer emotionalen Bedürfnisse, war sie in die Arme – und ins Bett – von Drew Dyson gesunken, ihres unmittelbaren Vorgesetzten. Sie hatte die ganze Zeit über gewusst, dass die Sache nicht von Dauer sein konnte, aber in Drew hatte sie wenigstens für eine Weile gefunden, was sie brauchte: einen Mann, der sie liebte, auf sie aufpasste und sich um sie kümmerte in dem Wissen darum, dass sie nicht fähig war, seine Gefühle gänzlich zu erwidern.

Die Beziehung zu beenden hatte einen Wendepunkt in ihrem Leben bedeutet. Manchmal, wenn sie lange genug in den Spiegel blickte, wusste sie, dass sie wahrscheinlich einfach die gleichen Eigenbrötler-Neigungen auslebte, die sie so oft an ihrem Vater kritisiert hatte. Doch als ihr im Laufe der Zeit die ersten Fälle zugeteilt wurden, stellte sie fest, dass sie sich im Grunde immer nur dann begeistert, glücklich und lebendig fühlte, wenn sie arbeitete. Sie konnte nichts dafür, und sie konnte es auch nicht ändern. Das war ein Teil von ihr.

Ein plötzliches Geräusch drang in ihr Ohr.

Sparky keuchte.

Sie hörte einen Kampf.

Dann Stille.

Frank meldete sich in der Leitung, seine Stimme klang aufgeregt, aber kontrolliert. »Alle zuhören. Ich bin ziemlich sicher, Sparky ist erledigt. Ich blase den Plan ab. Alle zurückkommen. Nur das Überwachungsteam macht weiter und folgt dem Verdächtigen in vorsichtigem Abstand.«

Sarah fühlte, wie sich ihr Innerstes zusammenzog.

Sie griff nach dem Funkgerät und drückte die Sende-Taste.

»Frank«, sagte sie und befeuchtete die Lippen. Ihr Verstand arbeitete auf Hochtouren. »Bei allem Respekt, aber ich glaube, das solltest du noch mal überdenken.« Ohne ihm Zeit für eine Unterbrechung zu lassen, fuhr sie fort. »Überleg doch mal, die Zielperson kann jede Sekunde rauskommen! Sicher, wir *könnten* versuchen, ihm zu folgen, aber was, wenn er die Leute sieht, die ihn beschatten, und es schafft, uns abzuhängen? Dann würden wir wieder ganz am Anfang stehen. Sparky war die einzige Verbindung, die wir zu diesem Typen hatten. Er wird von jetzt an viel vorsichtiger sein, ob er das Kabel findet oder nicht.«

Drew unterbrach sie. »Sarah, hör zu: Frank und ich gehen jetzt rein. Wenn er Sparky getötet hat, dann ist das ein Grund für uns, ihn festzunehmen.«

»Aber ohne Sparky haben wir nichts, um ihn mit den anderen Morden in Verbindung zu bringen«, protestierte Sarah. »Und dann kommt irgend so ein Staranwalt und behauptet, sein Mandant habe sich nur in Notwehr vor Sparky verteidigt. Lasst uns realistisch sein, wem wird es schon leidtun um einen toten Drogendealer?« Sie bemühte sich, ihre Stimme zu beruhigen. »Lass es uns versuchen. Wenn er uns nicht bemerkt hat, sollten wir es zumindest *versuchen.*«

»Okay, das reicht«, sagte Frank über Funk. »Drew bleibt, wo er ist, und beobachtet ihn, wenn er rauskommt. Dann werde ich nach Sparky sehen. Wenn ich denke, dass der Typ das Körpermikro nicht bemerkt hat, können wir weitermachen. Ich will, dass alle Agenten, die ihn überwachen, doppelt vorsichtig sind. Dieser Typ steht unter Strom, egal, ob er von unserer Anwesenheit weiß oder nicht. Sarah, wenn es nur das geringste Anzeichen gibt, dass etwas schiefläuft, musst du abbrechen. Hast du verstanden?«

In der Dunkelheit des Kleinbusses lächelte Sarah. »Verstanden.« Sie legte ihren Kopfhörer ab und hielt ihn dem Techniker hin.

Der junge Mann nahm ihn und erwiderte ihr Lächeln schüchtern. »Ich muss dein Körpermikro checken, Sarah. Um sicherzugehen, ob die Übertragung funktioniert.«

Sarah nickte. Der Techniker setzte sich wieder die Kopfhörer auf, und Sarah tätschelte mehrmals spielerisch die Stelle zwischen ihren Brüsten. »Gut genug?«

Der Techniker nickte, errötete abermals und räusperte sich. »Ja … ähm … sehr deutlich. Danke.«

Sarah schüttelte den Kopf.

Männer!

Der kräftig gebaute Mann stand schweigend in der letzten Kabine der schmuddeligen Herrentoilette und blickte hinunter auf den Drogendealer, dessen Genick er gerade gebrochen hatte. Er hatte eigentlich nicht vorgehabt, den Mann heute Nacht umzubringen, aber Sparky hatte zu viele Fragen gestellt. Letztendlich hätte er ihn auf jeden Fall getötet, um ihn zum Schweigen zu bringen, aber er hätte es lieber morgen als heute gemacht. Es gab noch viele dreckige Huren in dieser gottlosen Stadt, die er läutern wollte.

Er wusste, dass seine Zeit begrenzt war, und so durchsuchte er Sparkys Taschen, bis er fand, wonach er suchte: ein kleines Plastiksäckchen voller winziger weißer Pillen. Er steckte es ein und packte den Drogendealer am Hemd. Er positionierte Sparkys kleinen, schlaffen Körper so, als säße er ganz einfach auf der Toilette. Dann sah der Killer sich ein letztes Mal um. Zufrieden verließ er die Kabine und verkeilte die Tür hinter sich. Es war unwahrscheinlich, dass Sparkys Körper in der nächsten Zeit gefunden wurde. Es gab also keinen Grund zur Eile.

Der Killer ging an der langen Waschbeckenzeile vorbei und blieb stehen, um einen Blick in den Spiegel zu werfen. Er bemerkte, dass sein Oberteil während der kurzen Rauferei mit Sparky zerknittert worden war und strich es glatt. Mit der anderen Hand fuhr er sich durch das kurze, borstige Haar.

Er konnte nicht anders, als seinen vor Kraft strotzenden Körper im Spiegel zu bewundern. Die kräftigen Muskeln und starken Arme waren auch durch seine unscheinbare Kleidung hindurch zu erkennen. Die Versuchung war groß, bei diesem Anblick zu verweilen.

Er erinnerte sich, dass Eitelkeit eine schwere Sünde war, und tadelte sich dafür. Wenn sein Körper schön und leistungsfähig war, so doch nur, um Gott als Werkzeug zu dienen.

Dein Wille geschehe …

Und er geschah. Wieder und wieder. Boston war nicht die erste Stadt, in der er seinen göttlichen Kreuzzug geführt hatte. Und sie würde nicht die letzte sein.

Der Killer warf seinem Spiegelbild ein strahlendes Lächeln zu und verließ vorsichtig die Herrentoilette.

Frank Gideon verschwand in der Herrentoilette. Er brauchte nur wenige Augenblicke, um Sparky ausfindig zu machen und den Verdacht zu bestätigen, dass er tot war. Der Kopf des Drogendealers hing nach unten, als sei er ein kaputtes Spielzeug.

Frank sprach in sein Mikrofon. »Sparky ist tot. Wie sieht's da drin aus, Drew?«

»Alles in Ordnung, Boss. Der Typ hat bestimmt nicht gesehen, wie du reingegangen bist. Er steht jetzt an der Theke und zahlt wie ein pflichtbewusster Gast die Getränke.«

»Pitcairn, Ross, Smith«, sagte Frank an die drei Jungs vom Überwachungsteam gerichtet, die vor der Kneipe standen, in der Dunkelheit versteckt. »Ihr wisst, was zu tun ist. Verhaltet euch unauffällig, wenn der Typ rauskommt. Wenn es offensichtlich ist, dass er in sein Auto steigt, macht ihr mit dem Wagen weiter.«

Die drei Beobachter waren vorbereitet. Es gab keinen Anlass, sie zu warnen. Jeder von ihnen war ein erfahrener Profi, der bereits alle Arten von Typen beschattet hatte, von Drogendealern bis hin zu Terroristen. Diese Aufgabe würde nicht übermäßig schwierig werden.

»Sarah, du kannst immer noch aussteigen.« Franks Tonfall verriet Besorgnis, die er für gewöhnlich wesentlich besser verhehlen konnte als sein Stellvertreter Drew. »Niemand wird es dir verübeln.«

»Ich verlasse den Kleinbus jetzt«, erwiderte Sarah mit fester Stimme. »Sag mir dann nur, wo ich hinsoll.«

Frank akzeptierte das Unvermeidliche – in dem Wissen, dass Harry Reilly nicht gerade begeistert davon wäre zu wissen, dass er seiner Tochter erlaubte, eine solche Rolle zu spielen – und schüttelte den Kopf. »Okay, wir sind so weit. Viel Glück allen.«

Drew saß immer noch am Tisch. Als der Killer vorbeiging und die Tür öffnete, blickte Drew hinunter auf sein Glas. Einen Moment lang inspizierte der Killer die Straße, bevor er hinaustrat.

»Verdächtiger hat die Kneipe verlassen«, flüsterte Drew in sein Funkgerät. »Er geht zu Fuß nach Norden. Er trägt einen Arbeitsanzug und dunkle Arbeitsstiefel. Folgt ihm vorsichtig!«

Drew ließ ein wenig Trinkgeld auf dem Tisch, stand auf und wartete, bis Frank wiederkam. Dann gingen die beiden zum Ausgang. Auf der Straße wendeten sie sich nach Süden, nur für den Fall, dass der Verdächtige prüfte, ob er verfolgt wurde.

»Ich sehe ihn«, sagte Pitcairn, einer der Beobachter. »Ich folge ihm auf der rechten Straßenseite ein Stück versetzt.«

»Ich komme dazu«, gab Smith zurück. »Er ist gerade an mir vorbeigegangen. Ich bleib hinter ihm.«

Smith, der wie ein Obdachloser gekleidet war, trat verstohlen aus einer Seitenstraße und torkelte die Straße entlang. Hin und wieder hielt er an, um Abfalleimer zu durchwühlen.

Sarah, die noch zweihundert Meter weiter die Straße hinauf stand, hoffte, der Verdächtige würde tatsächlich in ihre Richtung fahren. Wenn nicht, müssten sie ihm mit dem Wagen bis in seine Wohngegend folgen, eine Vorgehensweise, die große Risiken barg. Sarah jetzt noch an einen anderen Ort zu bringen, an dem es wahrscheinlicher wäre, dass er dort vorbeikäme, dazu war es zu spät. Ohne den Einsatz von Blaulicht und Martinshorn würden sie niemals genügend Vorlaufzeit gewinnen.

Sarah wusste, dass alles auf das verdammte Glück hinauslief.

Sie drückte die Daumen und lehnte sich gegen das Heck des Kleinbusses.

Auch Drew wünschte, er würde dem Mann noch mal begegnen. Um den Scheißkerl abknallen zu können. Sparky war ihm egal gewesen – ein nichtsnutziger, mit Drogen dealender Pädophiler –, aber jetzt setzte Sarah ihr Leben aufs Spiel, damit sie den Killer auf frischer Tat ertappen konnten. Ginge es nach ihm, er hätte es nicht erlaubt. Doch es war Sarahs Job, und sie kannte die Risiken. Und wenn nicht sie den Typen kriegen würden, dann niemand. Zum zweiten Mal innerhalb einer Minute schlängelte er die Hand in die Tasche und tastete nach dem beruhigenden Griff seiner 9-Millimeter-Pistole. Er folgte Frank mit gesenktem Blick, bis sie schließlich kehrtmachten, um die Verfolgung des Verdächtigen aufzunehmen.

Der Killer bekam von alldem nichts mit. In dem guten Gefühl, den sündhaften Drogenhändler erledigt zu haben, pfiff er eine fröhliche Melodie. Der Mann war ihm eine Last gewesen, und nun stellte er für ihn und für seine heilige Mission keine Bedrohung mehr dar. Der Killer erreichte sein Auto, einen einfachen hellblauen Ford, entriegelte die Tür und glitt hinters Steuer. Er ließ den Motor an und hielt einen Moment inne, um sich – nur für den Fall – ein letztes Mal umzublicken.

Außer ein paar Obdachlosen und Drogendealern, die unruhig herumstanden, waren nur einige Werftarbeiter zu sehen.

Wieso fürchtest du dich?, erschallte die Stimme in seinem Kopf. *Du bist das Schwert Gottes. Du musst keine Angst haben.*

»Genau«, sagte er, während er den Ford vom Bürgersteig rollen ließ und langsam in Richtung Norden davonfuhr.

»Er hat einen hellblauen Ford«, sagte Smith schnell in sein Funkgerät. »Sarah, er kommt genau auf dich zu.«

Sarah stieg aus dem Kleinbus und ging zu der Kreuzung, an der der Verdächtige vorbeifahren würde. Sie stellte sich an die Ampel und stolzierte dort verführerisch auf und ab, wie sie es mit einigen Kolleginnen von der Sittenpolizei geübt hatte. Sie geizte nicht mit ihren Reizen, legte die manikürte Hand auf die Hüfte und streckte die Brust heraus.

In ihrem Inneren war sie ein Nervenbündel. So ängstlich war sie nicht mehr gewesen seit … Sie konnte sich gar nicht mehr erinnern, seit wann. In diesem Moment drang eine Stimme in ihr Ohr.

»Denk dran, Sarah, wenn du in das Auto steigst, spiel die Coole, aber bleib immer auf der Hut! Sei nicht einen Moment unachtsam. Wir werden den ganzen Weg direkt hinter dir sein und eingreifen, sobald du das Stichwort sagst. Wann immer du dich bedroht fühlst, mach Gebrauch von deiner Waffe. Um den Papierkram können wir uns später immer noch kümmern.«

Ein Lächeln huschte über Sarahs Gesicht. Das waren genau die Worte, die sie gebraucht hatte.

Die Ampel an der Kreuzung sprang von Grün auf Gelb und dann auf Rot. Ein blauer Ford bremste ab und kam ihr gegenüber zum Stehen.

Der Killer hatte die erbärmliche Kreatur genau bemerkt, schon bevor er an der Ampel gehalten hatte: eine dreckige, widerliche Schlampe, die nicht zögern würde, für Geld mit egal wem egal was zu tun. Satan hatte von ihrer elenden Seele Besitz ergriffen, und all die entarteten Menschen, die sie in ihr ranziges Bett holte, würden ihm für immer ausgeliefert sein, verdammt zu ewiger Qual.

Widerliche, dreckige Schlampe!

Der Killer fühlte, wie sein Blut kochte.

Warte nur …

Es wäre nicht klug, die Schlampe zu töten. Wer wusste, wann die Leiche des Drogendealers gefunden würde? Bald schon könnte die Gegend vor Polizisten nur so wimmeln. Es war zu riskant. Sosehr er auch Gebrauch von seinem göttlichen Messer machen wollte, um sie zu läutern, es wäre nicht klug, es jetzt zu tun.

Nicht hier.

Die Ampel wurde grün, und er drückte die Sohle seines Stiefels langsam auf das Gaspedal.

Als er den Kopf von ihr abwenden wollte, sah er es aus dem Augenwinkel.

Hatte er das wirklich gesehen?

Schnell blickte er in den Rückspiegel, und seine Vermutung bestätigte sich.

Diese dreckige Hure …

Sie hatte für ihn die Brüste entblößt.

Er stieg auf die Bremse und legte den Rückwärtsgang ein. Einen Moment später war er bei ihr. Sie stiefelte selbstsicher zum Fenster der Beifahrerseite.

»Guten Abend, gnädige Frau«, sagte er, während das Fenster hinunterglitt und die Hure sich hineinlehnte. Schamlos stellte sie ihr Dekolleté zur Schau, das aus dem schwarzen Kleid hervorquoll. »Diese Gegend ist mir nicht besonders vertraut … Ich habe mich gefragt, ob Sie mir vielleicht heute Nacht Gesellschaft leisten würden, ich fühle mich irgendwie so allein.« Er versuchte, so schüchtern wie möglich dreinzublicken.

Sie zuckte lässig mit den Schultern. Wie schon die anderen vor ihr schätzte sie ihn mit den Augen ab. »Vielleicht, klar.« Sie kaute Kaugummi, eine Gewohnheit, die der Killer verabscheute. »Wird Sie allerdings was kosten.«

Er griff ins Handschuhfach und zog mehrere brandneue Hundert-Dollar-Scheine hervor. »Geld ist nicht das Problem.«

Sie lächelte, die Augen auf das Geld geheftet.

Gierige Hure …

»Sicher, einverstanden.«

Sie stieg in das Auto und schloss die Tür hinter sich. Seine Nasenlöcher zitterten beim Einatmen ihres Parfüms. Es war ein widerlich süßlicher Geruch, der nach Sünde stank. Doch er ließ sich nichts anmerken, wandte sich wieder der Straße zu und fuhr los.

Er sah weder den Kleinbus noch die schwarze Limousine, bemerkte nicht, wie die beiden Fahrzeuge aus ihren Parklücken herausglitten und wenige Sekunden nach ihm die Kreuzung überquerten. Er war zu sehr damit beschäftigt, sich auszumalen, was er der Schlampe alles antun würde.

Nur wo?

Er konnte sie nicht mitnehmen in das kleine Einbettzimmer, das er im anderen Teil der Stadt gemietet hatte. Das stand völlig außer Frage. Und er wagte es nicht, einen der Orte wieder aufzusuchen, an denen er bereits zuvor getötet hatte.

Der Herr wird eine Lösung finden …

Er beruhigte sich und blickte zu dem Mädchen.

Ein zu langes Schweigen wird sie nervös machen.

Widerstrebend räusperte er sich. »Und, machst du das schon lange?«

Sie kicherte. »Zu lange, Süßer.«

»Aber du siehst aus wie … vielleicht fünfundzwanzig. Sechsundzwanzig?«

»Ja, sechsundzwanzig.«

Unglaublich.

»Hast du mal daran gedacht, etwas … anderes zu machen?«

»Sicher, vielleicht kandidiere ich für den Kongress.« Sie verdrehte die Augen.

Er umklammerte das Lenkrad so fest, dass das Leder vor Spannung knisterte.

Sie blickte sich ein wenig um und richtete ihr Haar.

»Hör mal«, sagte sie, ein wenig verärgert. »Ich kann nicht so weit fahren. Das da hinten war *meine* Ecke. Wenn ich zu lange weg bin, kommt irgend so 'ne Schlampe und nimmt sie mir weg.«

»Du weißt doch, dass ich nicht –«

»Dass du nicht von hier bist, ja, ich hab's kapiert.« Sie streckte die Hand aus und zeigte auf eine Abbiegung vor ihnen. »Fahr hier rechts rein und danach sofort wieder links. Da ist es *ganz* gemütlich und abgelegen.« Sie lächelte ihn herausfordernd an.

Da weder ein Polizeiauto noch eine Polizeiwache in Sicht waren, war der Ort so gut wie jeder andere. Er riss das Lenkrad herum und trat abrupt auf die Bremse, da er nicht erwartet hatte, dass die Gasse gleich hinter der Kurve lag. Er fuhr hinein und schaltete den Motor aus.

»Der Verdächtige und Sarah sind in der zweiten Alternativposition«, teilte Frank der Gruppe über Funk mit.

Er saß zusammen mit Drew und den Technikern im Kleinbus, das Überwachungsteam folgte gleich dahinter in der Limousine. Ungefähr zwanzig Sekunden, nachdem der blaue Ford verschwunden war, passierten sie die Abzweigung und parkten gleich dahinter. Die Limousine fuhr noch ein Stück weiter, wendete dann und hielt auf der gegenüberliegenden Seite.

Blitzschnell waren die drei Beobachter aus dem Auto gestiegen und hatten sich unauffällig in die Umgebung eingefügt, bereit, die im Halfter steckenden 9-Millimeter-Waffen bei Bedarf augenblicklich zu ziehen. Drew und Frank blieben im Kleinbus und verfolgten Sarahs Gespräch mit dem Verdächtigen über Funk. Offenbar war er sich noch nicht sicher, ob der Ort ihm gefiel.

»Wir sollten jetzt langsam in Stellung gehen.« Drews Anspannung war offensichtlich. »Was meinst du, Frank?«

»Ich denke, wir sollten noch warten.« Er blickte auf die Uhr. »Der Verdächtige hat noch nichts getan. Wenn wir zu schnell vorgehen, dann war's das mit der Operation. Gib Sarah die Chance, ihn zu bearbeiten! Vertrau ihr. Sie wird ihn schon so reizen, dass er aus sich rauskommt. Vergiss nicht, in ihr fließt irisches Blut!«

Drew war nicht überzeugt. Es schien Sarah zwar gut zu gehen, aber wer konnte das schon mit Gewissheit sagen? Er zog die 9-Millimeter aus der Pistolentasche und überprüfte die Munition. Dann setzte er den Ladestreifen wieder ein und zog den Schlitten zurück. Eine Patrone glitt sauber an ihren Platz, und er schob die Waffe zurück in das Halfter.

Sarah war auch klar, worüber der Verdächtige nachdachte, als sie sah, wie er den Ort inspizierte. Sie räusperte sich, denn sie wusste, es wäre seltsam, wenn sie so gar nichts über die Verzögerung sagen würde. Gleichzeitig wollte sie jedoch nicht, dass er verfrüht handelte. Er musste zuerst etwas sagen, was die Bostoner Staatsanwaltschaft später bei Gericht gegen ihn verwenden könnte. Irgendetwas. Bei einem zufälligen Angriff würde es nur auf Körperverletzung hinauslaufen oder bestenfalls auf versuchten Mord. Sie musste ihn provozieren.

Sie kurbelte das Fenster hinunter, spuckte den Kaugummi auf die Straße und drehte sich zu ihm herum. So verführerisch wie möglich fragte sie: »Na, was ist, Süßer, worauf wartest du noch? Die meisten Typen wollen immer gleich zur Sache kommen.«

»Ich bin nicht wie die anderen Typen.« Seine Stimme klang distanziert, und er wandte den Blick nicht von der Umgebung ab.

»Du hast zwei Minuten, Süßer«, insistierte Sarah. »Dann fährst du mich zurück zu meiner Ecke. Fürs Plaudern werde ich nicht bezahlt.«

Der Mann wandte sich zu ihr, und noch bevor er den Mund öffnete, las Sarah in seinen Gesichtszügen alles, was sie zu wissen brauchte.

Er war es.

Er verzog die Lippen vor unverhülltem Ekel, die Augen brannten vor Hass und Rechtschaffenheitswahn. »Die anderen waren genau wie du. Selbst Schweine haben mehr Würde als ihr.«

»Oh«, spottete Sarah. »Du Armer! Was ist passiert? Hast du ihn bei den anderen nicht hochgekriegt?«

Der Killer biss die Zähne zusammen und lächelte. »Oh doch, das habe ich. Und das war das Letzte, was sie je erfahren haben.«

Bevor Sarah reagieren konnte, hatte er sie am Genick gepackt und über den Sitz gezogen. Dann stieß er die Fahrertür auf und zog sie ins Freie. Er spürte ihr Gewicht kaum, und es strengte ihn so gut wie gar nicht an, sie aus dem Wagen zu zerren. Sie wehrte sich, doch es war sinnlos.

Es war immer sinnlos.

Niemand konnte sich dem Willen Gottes entziehen.

Im Dunkeln des Kleinbusses sprang Drew von seinem Sitz auf, zog mit der einen Hand die Waffe und legte die andere auf den Türgriff. Im letzten Augenblick hielt Frank ihn zurück. Er verständigte die anderen.

»Männer, es tut sich was. Erzählt mir, was ihr seht.«

Nach einer kurzen Pause, die ihnen wie eine Ewigkeit erschien, ertönte Ross' leise Stimme über die Leitung. »Ich stehe direkt auf der Straße gegenüber und beobachte sie. Der Verdächtige zeigt keine, ich wiederhole, keine Tötungsabsichten. Er steht ein Stück vom Auto entfernt und blickt sich um. Sarah lehnt an der Fahrertür. Sie ist unverletzt. Ich wiederhole, unverletzt.«

»Verstanden.« Frank setzte das Funkgerät ab und blickte zu Drew. »Beruhige dich!« In seiner Stimme lag eine Schärfe, die keinen Einwand duldete.

Drew schäumte leise vor sich hin. Er weigerte sich, die Waffe aus der Hand zu legen.

Sarah schaute zu dem Killer, der sich wieder in der Gasse umblickte. Sie wusste, warum er das tat. Sie wusste, dass er das auch bei all den anderen Mädchen getan hatte, bevor er sie in die abgeschiedensten Winkel gezerrt hatte, um sie zu verstümmeln.

Im Auto hatte sie nur eine Seite von ihm zu sehen bekommen. Das knabenhafte Lächeln und das scheinbar sorglose Auftreten hatten für einige Momente in ihr die Frage aufkommen lassen, ob er wirklich zu den Verstümmelungen *fähig* war, die er seinen Opfern zugefügt hatte. Jetzt wusste sie es besser. Nicht nur war er dazu fähig, er wurde immer *besser* darin. Er hielt sie mit Leichtigkeit unter Kontrolle, der muskulöse große Körper schüchterte sie mehr ein als jede offen ausgesprochene Drohung. Er hatte die Augen zwar überall – prüfte nahe gelegene Fenster, Türen, den Bürgersteig auf der angrenzenden Straße –, in regelmäßigen Abständen schweifte sein Blick jedoch zurück zu ihr, um sicherzugehen, dass sie auch ja nicht flüchtete.

Sarah dachte an die kleine Beretta unter ihrer Achsel.

Glücklicherweise hatte er die Waffe weder bemerkt, noch war sie verrutscht, als er sie aus dem Auto gezerrt hatte. Es war zwar ein Trost, doch als sie den gewaltigen Körperbau des Killers betrachtete, fragte sie sich, ob ein Schuss, der ihn nicht aus nächster

Nähe in Schläfe oder Nacken traf, ihm überhaupt etwas anhaben könnte.

Der Killer bemerkte, wie sie ihn anschaute, und malte sich aus, was in ihrem Kopf ablaufen musste. Er lachte bei dem Gedanken. Sie glaubten doch nicht ernsthaft, dass Verhandeln oder Flehen irgendetwas bringen würde. Trotzdem taten es alle, jede Einzelne von ihnen; in der vergeblichen Hoffnung, dass er sie würde laufen lassen.

Er sah sich ein letztes Mal um. Die Luft war rein.

Der Ort war gut.

Es war so weit.

Frank versuchte, durch das reflektierende Fenster des Überwachungsbusses etwas zu erkennen, als Pitcairn sich meldete. Frank bemerkte sofort, dass die Stimme des Beobachters angespannter war als sonst.

»Der Verdächtige führt Sarah die Gasse weiter hoch.«

Frank klopfte gegen die Kopfhörer und warf Jack, dem Techniker, einen bösen Blick zu. »Wo ist der Ton? Ich kann weder Sarah noch den Verdächtigen hören.«

Jack überprüfte die Anlage. »Alles läuft einwandfrei. Wir hören nichts, weil sie nichts sagen.«

Frank zog die Pistole aus dem Halfter und öffnete die Schiebetür des Busses. Er trat auf die Straße, dicht gefolgt von Drew. Zügig und leise überquerten die beiden Männer das Pflaster. Einige Meter von der zur Gasse führenden Ecke entfernt blieben sie mit dem Rücken an eine Mauer gepresst stehen.

Frank führte das Funkgerät zum Mund und sprach leise hinein. »Alle Einheiten in Position gehen.« Er sah, dass ein städtisches Müllfahrzeug sich näherte. »Wenn der Wagen vorbei ist, gehen wir los. Denkt dran – ihr schießt erst auf den Verdächtigen, wenn Sarah unmittelbar in Gefahr ist.«

Als alle Beobachter den Empfang der Nachricht bestätigt hatten, schlich Frank dicht an der Mauer entlang auf die Ecke zu; Drew folgte dicht hinter ihm. Er konzentrierte sich auf seine Atmung, um wieder ruhiger zu werden.

Sie waren fast an der Ecke angekommen, als plötzlich alles aus dem Ruder lief.

Mit krankem, verzerrtem Lächeln führte der Killer Sarah die Gasse hinunter. Sie gab keinen Mucks von sich – nicht, weil er es ihr befohlen hatte, sondern wegen des großen Messers, das er aus der Tasche gezogen hatte. Die Finger hatte er auf die Lippen gelegt. Mit jedem Schritt drangen sie tiefer in die Dunkelheit.

Gott liebt dich …

Du bist sein Diener …

Du bist sein Schwert!

Die Stimmen im Kopf des Killers sangen wie ein Engelchor. Es war wundervoll. Es war *immer* wundervoll!

Seine festliche Stimmung wurde jäh unterbrochen durch ein lautes Quietschen und den dumpfen Aufprall eines Müllwagens, der die Ecke der Mauer am Ende der Gasse streifte. Der Eingang war jetzt blockiert.

Für einen Moment wurde der Killer von Panik ergriffen: Sein Auto war eingeschlossen, und bald schon würde die Polizei wegen des Unfalls auftauchen.

Gott sorgt für dich, hab Vertrauen …

Die Engelsstimmen in seinem Kopf hatten Recht, denn als er wieder nach vorn blickte, stellte er fest, dass die Gasse keineswegs eine Sackgasse war. Die schmale Straße führte direkt ins Herz des Hafenviertels – und bot mehr als genug Raum, um mit dem Wagen wieder herauszufahren.

Er würde einfach noch tiefer mit der Hure in die Dunkelheit hineingehen … und sich etwas weniger Zeit lassen, wenn er sie zerstückelte.

Drew stöhnte, als er sah, wie der Müllwagen nicht weit von dem Punkt, wo er und Frank standen, gegen die Mauer prallte. Beide Männer rannten zum Fahrzeug, die Beobachter folgten gleich hinter ihnen. Als alle fünf Männer das Auto erreicht hatten, wurde ihnen bewusst, wie ernst die Lage war.

Der einzige Weg, um die Gasse zu erreichen, war jetzt der durch die Fahrerkabine. Drew rüttelte wie wild an dem Türgriff.

Doch nichts tat sich. Er kletterte die Sprossen hinauf und spähte in das Fenster der Fahrerseite. Der Fahrer war nicht mehr da, die Tür der Beifahrerseite war geöffnet. Das Fahrzeug war zu hoch, um hinüberzuklettern, also bückte er sich, um darunter herzukriechen. Doch als er bei der Hälfte angekommen war, fluchte er vor Entsetzen. Zwei zylinderförmige metallene Objekte rollten über das Pflaster und kamen neben seinem Bein zum Liegen. Er krabbelte wieder heraus und schrie den anderen zu, sie sollten in Deckung gehen. Wenige Sekunden, nachdem auch er sich in Sicherheit gebracht hatte, bildete sich unter dem Fahrzeug, dort, wo er wenige Augenblicke zuvor noch gelegen war, ein Feuerball, und in Sekundenschnelle stand der ganze Wagen in lodernden Flammen.

Verzweifelt suchten sie jetzt nach einem Weg, um an dem Fahrzeug vorbeizukommen. Es war eine Ironie des Schicksals: Sie hatten die schmale Gasse wegen der hohen Backsteinmauer ausgewählt, die sie umgab. Aber was die Flucht des Verdächtigen hatte verhindern sollen, versperrte ihnen jetzt den Weg zu Sarah.

Der Killer bekam kaum mit, dass das Fahrzeug in Flammen aufgegangen war. Er war besessen davon, einen Ort zu finden, an dem er die Hure endlich läutern konnte. Mit einem Kick der Erregung erblickte er die perfekte Stelle: einen im Schatten liegenden Vorgarten eines Geschäftsgebäudes. Es gab keine Straßenlaternen, und das Gebäude war nicht beleuchtet. Er packte die Hure an der Gurgel, obwohl sie erst danach begann, sich zu wehren. Er lachte grausam angesichts ihrer Verzweiflung und zog sie weiter in die Dunkelheit.

Sarah fühlte, wie ihre Angst wuchs. Ihr Atem war nur noch ein abgehacktes Keuchen, da der Killer ihr mit seinem schmerzvollen Griff nur einen Bruchteil des Sauerstoffs gewährte, den sie brauchte. Sie wusste, dass er sich für einen Ort entschieden hatte, um sie umzubringen, denn er hatte den Blick, der zuvor suchend umhergeschweift war, nun starr auf einen Punkt vor ihnen fixiert. Die Heiterkeit in seinem Blick schockierte sie. Es lag kein Hass mehr in seinen Augen, nur ein grauenerregendes ekstatisches Funkeln.

O Gott …

Plötzlich wurde sie nach vorn geschleudert. Sie stolperte in der Dunkelheit und fiel längs zu Boden; ihr Atem ging stoßweise. Keuchend kämpfte Sarah ums Überleben, Blut rann ihr die Oberlippe hinunter. Instinktiv rollte sie herum und sah, dass der Mann über ihr stand. Sie griff unter den linken Arm, riss die Beretta hervor und zielte dorthin, wo es dem Killer besonders wehtun würde.

Doch bevor sie abdrücken konnte, schlug der Killer ihren Arm nieder. Ein heftiger Schmerz durchfuhr sie, und ihre Pistole wurde davongeschleudert.

Sarahs Angst verwandelte sich in Panik. Sie wusste, sie war jetzt völlig auf sich allein gestellt. Sie presste die Augen zusammen und drängte die wogende Panik zurück. Wie sie es jahrelang beim Kampfsporttraining geübt hatte, versuchte sie, die Angst durch etwas anderes zu ersetzen.

Wut.

Der Killer schrie vor Schmerz, als die Hure ihm plötzlich mit voller Wucht den Handrücken in die Kniescheibe haute. Sie fletschte die Zähne wie eine Wildkatze, richtete sich auf und schlug ihm erstaunlich schnell und kräftig auf Oberkörper und Magen, den pochenden Schmerz in ihrem Arm ignorierend. Er schwenkte das Messer, woraufhin sie sein Handgelenk griff und es schmerzlich verdrehte. Mit den Fingernägeln versuchte sie seine Augen zu zerkratzen, und ihr Knie glitt in seine Leiste.

Dann schrie sie wie eine Todesfee und rammte ihm den Handballen in die Brust, direkt über sein Herz. Er taumelte, ließ das Messer fallen und hob die Arme, um die Schläge abzuwehren. Doch es half nichts. Sie nutzte die Fäuste, die Handflächen, die Ellbogen und sogar die Fingerspitzen, rammte sie in sein Fleisch und versuchte, ihn zu verletzen, wo sie nur konnte, bis sein Geist vor Schmerz loderte. Blitzschnell war sie hinter ihm, packte ihn an der Jacke warf und ihn zu Boden. Er schlug hart am Boden auf. Sehr hart. Er konnte sich nicht bewegen.

Sie hatte nur einen Bruchteil seines Körpergewichts, doch ohne offensichtliche Anstrengung verdrehte sie ihm den Arm, zwang ihn auf den Bauch und rammte ihm das Knie in die Wirbelsäule. Mit einem widerlichen Knirschen zog sie den Arm noch höher. Der Killer regte sich nicht.

»Wenn du weiter Widerstand leistest, schneide ich dir die Luft ab, bis du das Bewusstsein verlierst«, fauchte Sarah, packte sein Haar und schlug sicherheitshalber noch seinen Kopf gegen den Beton. »Ich bin vom FBI, du bist verhaftet.«

Sarah fühlte Erleichterung durch ihren Körper strömen, gemischt mit einem gesunden Stoß an Adrenalin. Sie hatte es getan. Sie hatte überlebt, und sie hatte den Verdächtigen festgenommen. Als sie merkte, dass er sich rühren wollte, griff sie mit dem freien Arm nach seiner Hand und brach ihm mit einer präzisen Bewegung den Mittelknöchel am linken Zeigefinger.

»Ich habe gesagt keinen Widerstand«, sagte Sarah, als er vor Schmerz aufschrie. Er wehrte sich nicht mehr: Es war zwecklos. Einen Moment lang erlaubte sie sich ein wenig Selbstgefälligkeit. »Bravo.«

Dann hörte sie Schritte. Sie wirbelte herum. Tatsächlich kam ein Mann die Gasse entlang. Er sah aus wie Ende zwanzig, Anfang dreißig, mittlere Statur. Als er näher herangekommen war, sah sie, dass er kurz geschnittenes Haar hatte.

Sarah richtete sich ein wenig auf, ohne den Griff zu lockern. Lässig kam er auf sie zu, die Arme pendelten sicher neben seinem Körper.

»Sie sollten jetzt nicht hier sein, Sir«, sagte Sarah warnend. »Das ist eine Verhaftung. Bitte halten Sie Sicherheitsabstand, bis der Verdächtige in Verwahrsam gebracht ist.«

»Es tut mir leid, aber das kann ich nicht«, erwiderte der Mann, während er weiter auf sie zuging. »Unglücklicherweise hat Ihr Verdächtiger anderweitig dringende Geschäfte zu erledigen.«

»Sir, ich warne Sie nicht noch einmal.« Sarah gab ihrer Stimme einen drohenden Klang. »Entweder Sie gehen zurück, oder Sie werden wegen Behinderung festgenommen.«

»Vielleicht ein andermal«, sagte er und verzog belustigt den Mund.

Er griff in die Tasche und zog etwas hervor, was er auf Sarah richtete.

Sarah erkannte die Taser-Pistole, als es schon zu spät war. Die kleine revolverartige Waffe entlud sich mit einem *Plopp,* und der Pfeil bohrte sich in ihre Brust. Dahinter folgte ein dünner Draht, der die zehntausend Volt direkt zu ihr leitete. Ein entsetzlicher Stoß ging durch ihren Körper, und sie sackte neben dem Killer zusammen – hilflos und mit pochendem Kopf. Der Killer sprang auf die Füße und wich vor dem Fremden zurück, unsicher, ob er Freund oder Feind war.

»Oh zum Teufel, Bates. Du hast sie doch nicht getötet, oder?«

Sarah konnte ihren Kopf gerade so weit drehen, um *noch einen* Fremden auf sie zukommen zu sehen, diesmal aus Richtung des brennenden Müllwagens. Obwohl er physisch dem Mann, der auf sie geschossen hatte, in nichts ähnlich war – dem Mann, den er Bates genannt hatte –, war er dennoch zugleich *genau* wie dieser, auf eine subtilere Art jedoch. Sarah, die zwar benommen, aber immer noch konzentriert war, fiel die unscheinbare Outdoor-Kleidung auf, der lockere Gang, die Art und Weise, wie er alles um sich herum beobachtete, und die verhaltene Gefahr, die von seinen fließenden Bewegungen ausging.

Die beiden waren Raubtiere.

»Keine Namen vor Zivilisten, Idiot!«, rügte Bates den Neuankömmling.

Dann ging er zu Sarah hinüber, bückte sich und überprüfte ihren Puls. Als er merkte, dass sie wach war, zog er ihr den Pfeil aus der Brust und lächelte sie an. Er nahm die Beretta und steckte sie ein. Dann betrachtete er sie eingehend mit einer nüchternen Aufmerksamkeit, die Sarah bisher nur bei erfahrenen FBI-Agenten gesehen hatte.

Als er schließlich sprach, war seine Stimme sanft, aber drohend: »Du hast weder uns noch diesen widerlichen Typen je gesehen. Vergiss ihn! Er ist passé. Und vergiss auch uns. Denn wenn nicht … Nun ja, halt dich einfach an meine Worte! Was sonst passiert, darüber solltest du am besten gar nicht nachdenken.«

Sein Blick blieb noch einen Moment mit dem ihrem verschränkt, bevor er sich abwandte. Der Killer hielt sich immer noch in einigem Sicherheitsabstand zu den beiden Fremden. Sein Gesicht zeugte sowohl von Verwirrtheit als auch von Entsetzen.

Sarah betrachtete den Killer und die beiden Männer.

Wer sind sie?

Bevor sie darüber nachdenken konnte, wurde sie fassungslos Zeuge, wie die Männer auf den Killer zugingen, Seite an Seite, wie Gespenster. Der Killer wich weiter vor ihnen zurück, immer auf den gleichen Abstand zu ihnen bedacht.

Bates knurrte bedrohlich. »Lauf, Scheißkerl! Lauf!«

Ohne zu zögern, tat der Killer, wie ihm befohlen wurde. Sein schwerer Körper wankte im Laufen von einer Seite zur anderen. Er nahm den einzigen Weg, der ihm offenstand – weg von seinem Auto, weg von dem brennenden Müllwagen und der Hure, die zu läutern es ihn so verlangt hatte –, immer tiefer hinein in das Hafenviertel. Die beiden Männer setzten ihm nach, auch jetzt noch mit leichtfüßigen, langen Schritten. Sie rannten, wie sie zuvor gegangen waren: nebeneinander und exakt im gleichen Rhythmus. Sarah beobachtete sie wie hypnotisiert, bis alle drei die Gasse hinunter in der Dunkelheit verschwunden waren.

Es dauerte noch eine Weile, doch schließlich fühlte sie, wie wieder Leben in ihre Gliedmaßen zurückkehrte. Sie setzte sich zuerst auf und kam dann auf die Beine. Sie strich sich das Haar aus dem Gesicht, blickte langsam um sich und ging auf das Müllfahrzeug zu. Ihre Absätze klapperten laut auf dem kalten Asphalt. Als sie etwa dreißig Meter gegangen war, sprang Drew schwer atmend von einer Mauer. Die Waffe hielt er schwankend vor sich ausgestreckt, den Blick in die Gasse gerichtet.

»Sarah …?«

Sie ging an ihm vorbei und schenkte ihm ein lustloses Lächeln. Als sie zur Bordsteinkante kam, setzte sie sich seufzend hin. Sie wusste, dass sie aussah wie ein Wrack, doch es hätte ihr nicht gleichgültiger sein können.

»Funk Frank an«, sagte sie erschöpft. »Sag ihm, dass der Verdächtige zu Fuß unterwegs ist. Er wird von zwei Typen verfolgt, sie treiben ihn ins Hafenviertel hinein. Das Bostoner Polizeidepartment dürfte keine Schwierigkeiten haben, sie festzunehmen.«

Sie würde heute niemanden mehr verfolgen. Sie wollte nach Hause. Ins Bett.

Noch nie hatte der Killer solche Angst gehabt. Dass er es mit Satans Gefolgsleuten zu tun hatte, daran bestand kein Zweifel. Kein *Sterblicher* konnte sich bewegen wie sie. Immer konnten sie mit ihm Schritt halten. Egal, wohin er rannte und wo er sich versteckte, sie waren überall. Manchmal trennten sie sich, und es schien, als wollten sie ihn von der Flanke aus angreifen. Zum

Glück gab es immer eine neue Gasse, einen anderen Fluchtweg, den er dankbar einschlug.

Der Gedanke, dass er eine vorbestimmte Strecke entlanggetrieben wurde, kam ihm nicht eine Sekunde lang in den Sinn.

Er kannte die Stadt nicht gut, aber er wusste, dass er sich dem Wasser näherte. Er konnte es riechen. Er musste eine andere Richtung einschlagen. Diese Teufel würden ihn so lange verfolgen, bis sie ihm seine unsterbliche Seele genommen hatten, und das konnte er nicht zulassen.

Er hielt an.

Lauschte.

Blickte um sich.

Hatte er sie abgehängt?

Sie kamen aus der Dunkelheit, einer auf jeder Seite. Dann waren auf einmal drei von ihnen da! Der Killer war so gut wie umstellt, sein Herz pumpte wie wild, und er schlug den einzigen Weg ein, der ihm offenstand: auf ein großes, verlassenes Lagerhaus zu.

Wenn ich mich da bis zum Morgengrauen verstecken könnte, überlegte er krampfhaft, dann werden sie vermutlich verschwinden.

Er blickte sich verzweifelt nach einem Eingang um. Aber sein Entsetzen wuchs: Er fand keine Tür.

Eine alte Feuerleiter führte hinauf zur ersten Etage. Sie war wackelig und verrostet, aber er nahm an, sie würde sein Gewicht aushalten. Er griff danach, zog die Leiter hinunter und kletterte die ersten Sprossen hinauf. Erst, als er den ersten Stock erreicht hatte, merkte er, dass seine Verfolger stehen geblieben waren.

Er riskierte einen Blick über die Schulter. Die drei Männer standen einfach nur schweigend dort und blickten zu ihm hoch.

Sie machten keine Anstalten, ihm zu folgen.

Das Gebäude musste unter dem Schutz Gottes stehen!

Er verzog das Gesicht vor Erleichterung und Erschöpfung – er war zwar kräftig, aber nicht gut in Form – und trat durch ein zerbrochenes Fenster in die Lagerhalle. Der Ort war gespenstisch. Doch er wusste, er brauchte keine Angst zu haben, denn Gott wachte über ihn. Nichts Böses konnte ihm jetzt etwas anhaben – es konnte die Türschwelle nicht übertreten. Er lächelte triumphierend und ließ sich zwischen ein paar Kisten zu Boden fallen, um sich auszuruhen und zu warten.

Noch zwanzig Minuten später schlug ihm das Herz wie wild in der Brust. Er blickte wieder zur Fensterreihe, durch die er hineingekommen war, und beschloss, auf die Morgendämmerung zu warten.

Er ging langsam zum Fenster und blickte hinaus. Langsam hatten sich seine Augen an die Dunkelheit gewöhnt. Doch er sah … nichts. Endlich waren sie weg.

Gott sei gelobt!

Er wollte gerade über den Fensterrahmen ins Freie klettern, als er etwas Seltsames bemerkte.

Etwas Unnatürliches.

Ein rotes Licht. Es kam vom Dach eines anderen Gebäudes. Kein Licht. Es war ein Strahl – wie ein Laser.

Einen Augenblick nur, nachdem seine Netzhaut eine Reihe entfernter weißer Blitze registriert hatte, zerfetzten mehrere Explosionen die Mauer nur wenige Handbreit über seinem Kopf. Er hatte keine Schüsse gehört.

Er warf sich auf den Boden und schrie, während die Explosionen andauerten. Putz und Teile des Fensters rieselten auf ihn hinunter.

Gott …

Hilf mir!

Die Explosionen hörten auf.

Danke, Herr.

Es war der Teufel, der ihn mit Feuer bewarf … in dem Versuch, seine Mission zu beenden! Satan hatte Angst, er könnte erfolgreich sein als …

Und das würde er. *Ganz gleich, was geschah.*

Er krabbelte weg vom Fenster, zurück zu den gestapelten Pappkisten, als böten die ihm zusätzlich Schutz.

Erst dann sah er es. Auf dem Boden. Rechts neben der Stelle, an der er gesessen hatte.

Dort lag sein Messer.

Das er in der Gasse hatte fallen lassen.

Eine Sekunde lang war er entsetzt, glaubte, einer dieser Teufelskerle habe es aufgehoben und hierhergebracht, um ihn zu verspotten, ihm zu *zeigen,* dass sie hier hereinmarschieren konnten, wann immer sie wollten.

Dann wurde ihm leicht um die Brust.

Er wusste, es war Gottes Werk. Gott hatte die göttliche Waffe der Gerechtigkeit wieder in die Hände ihres rechtmäßigen Besitzers gelegt. Er lachte. Tränen der Freude rannen ihm die Wangen hinunter, als er es liebevoll in die Hände nahm. In diesem Moment erinnerte er sich an die Methamphetamintabletten, die er dem Dealer abgenommen hatte.

Du wirst deine ganze Kraft und dein vollstes Bewusstsein brauchen, um die Gegner Gottes zu bekämpfen.

Es war die Weisheit der Engel, die zu ihm sprach, und mit eifrigem Nicken legte er sich vier – zwei mehr als sonst – weiße Tabletten unter die Zunge und spürte fast augenblicklich, wie pure Kraft seinen Körper durchströmte.

Dann hörte er Schritte hinter sich.

Er ergriff das Messer, stand auf und drehte sich herum. Er wusste bereits, wer hinter ihm stand, noch bevor er ihn gesehen hatte. Er *musste* es sein. Nur einer in diesem Universum konnte die Macht haben, diese heilige Stätte zu betreten. Teufelskerle und Dämonen nicht. Nur einer.

Satan.

Seine Augen weiteten sich.

Satan hatte die Gestalt eines Mannes angenommen!

Er duckte sich mit gezücktem Messer und fühlte, wie die Macht des Herrn wie Feuer in ihm loderte.

»Ich werde dich zerstören, du verabscheuenswerte, trostlose Kreatur!« Sein Schrei hallte durch die Lagerhalle.

Satan blieb stehen und lächelte sogar einen Moment lang. Fast sah er aus wie ein gewöhnlicher Mann, sogar wie ein recht gut aussehender. Doch der Killer ließ sich nicht täuschen. Er durchschaute den Mann, sah die Gier in seinen Augen.

Zum ersten Mal in seinem Leben fühlte *er* sich als Beute.

Satan kam jetzt langsam auf ihn zu, sein Gesicht war weder gehässig noch mit Bosheit oder Zorn erfüllt. Er war ruhig, vollkommen frei von … allem. In dem Moment sah er, dass Satan ein Messer hatte.

Es war ein Bowiemesser.

Genau wie seins.

Identisch mit seinem.

Er erkannte nun die Bedeutung dieses Kampfes. Sein ganzes Leben war eine Vorbereitung darauf gewesen. All die langen Stunden im Fitnessstudio, die vielen Strapazen und das Stemmen von Gewichten – oft waren sie viel schwerer gewesen als er selbst – würden sich jetzt bezahlt machen. Er war stärker als diese Bestie. Auch größenmäßig überragte er diesen menschlichen Körper, den Satan angenommen hatte, um ihn zu täuschen.

Er *wusste,* er würde triumphieren. Es war sein Schicksal.

Mit lautem Gebrüll stürmte er vor und stieß das Messer in Satans Brust, in der Hoffnung, das schwarze Herz, das darin schlug, aufzuspießen. Es drang nur wenige Zentimeter ein, denn der wie immer schlaue Satan war einen Schritt zur Seite gewichen, hatte blitzschnell die linke Hand gehoben, deren starr ausgestreckte Finger wie Klingen wirkten, und rammte sie ihm in die Armbeuge. Schmerz schoss ihm den Arm hinauf.

Er ignorierte die Verletzung und ließ die Messerspitze durch die Luft sausen, um Satan den Hals aufzuschlitzen.

Doch Satan war längst nicht mehr dort, wo er einen Moment zuvor noch gewesen war.

Der Killer wurde mit kräftigem Griff gepackt und unbarmherzig über Satans Schulter gezogen. Dabei wurde sein Arm verdreht – der rechtmäßige, gerechte, strafende Arm Gottes –, sodass er ihn nicht mehr bewegen konnte. Er schlug zuerst mit dem Ellbogen auf dem Boden auf, und sein Messer polterte kurz darauf zu Boden. Sein Peiniger trat zurück und beobachtete, wie der Arm seines Opfers schlaff in der Gelenkpfanne hin- und herschwang.

So war es nicht geplant gewesen!

Er sah zu, wie Satan fast rituell den Arm ausstreckte und das Messer, das er in der Hand hielt, zu Boden fallen ließ.

Mit einem Messer hätte er ihn übertreffen können. Ohne war er verletzbar. Der Killer lächelte. Schon oft in der Vergangenheit hatte er erfahrene Gegner mit nur einer Bewegung seiner muskulösen Arme zu Fall gebracht. Es würde auch jetzt wieder so sein, so Gott wollte.

Er rannte auf Satan zu und schwang seinen unverletzten Arm in weitem Bogen nach vorn, in der Hoffnung, den Gegner am Genick zu erwischen und es ihm mit einem *Knack* zu brechen wie dem Drogendealer.

Aber Satan duckte sich und packte seinen Arm. Er hielt ihn gut fest und brach ihm gezielt den Unterarm.

Der Killer schrie vor Schmerz und Entsetzen und versuchte davonzurennen. Doch er wurde hinten am Haar festgehalten, unnachgiebige Finger krallten sich in seine Kopfhaut. Er wollte nach seinem Peiniger schlagen.

Es war sinnlos.

Satan schleuderte ihn auf die Dielen und hob das Messer auf – *sein* Messer. Er versuchte, sich dem Griff zu entwinden, wimmerte wie ein verängstigtes Tier auf der Suche nach einer Zuflucht.

Aber es gab kein Entrinnen.

Satan packte ihn an der Gurgel und beugte sich zu ihm hinab. Er hatte nicht die Absicht, ihn zu erwürgen, er wollte ihn lediglich bändigen – genau so, wie er einst die eigenen Opfer gebändigt hatte. Dann kam Satan näher – sehr nahe –, so, wie er sich einst den eigenen Opfern genähert hatte.

Aber anders als er selbst konnte Satan *wirklich* mit einem Messer umgehen.

Mit hängenden Armen beobachtete der Killer, wie die schimmernde Klinge in das Fleisch seines Unterbauchs glitt. Er fühlte, wie die kalte Penetration, die alle seine Opfer gefühlt haben mussten, ihn innerlich zerfetzte, und er schrie vor Entsetzen.

Die Hand, die ihn an der Gurgel gepackt hatte, verschloss nun seinen zitternden, offen stehenden Mund. Er konnte nichts dagegen tun.

Die Klinge drang immer tiefer, mühelos wich das muskulöse Fleisch seines Unterleibs dem geschmiedeten Stahl. Er erkannte mit stummem Entsetzen, dass die Klinge absichtlich in die Stellen seines Körpers gerammt wurde, an denen die geringste Gefahr bestand, die wichtigsten Organe zu verletzen. Sein Leiden würde weit länger anhalten, als es bei vielen seiner eigenen Opfer der Fall gewesen war.

Beim sechsten Messerstich glitt der Serienkiller in eine durch Schock verursachte Ohnmacht, aus der er nicht wieder aufwachen würde. Sein Angreifer runzelte leicht die Stirn und beendete die Stecherei. Mit einer einzigen geschickten, wirkungsvollen Bewegung rammte er die Klinge tief in die Brust des Opfers und durchbohrte dessen Herz mit einem tödlichen Stich.

Die Nerven des Serienkillers feuerten eine letzte verzweifelte Salve ab, sein Körper krampfte einen winzigen Moment, bevor er vollkommen leblos wurde. Seine starren Augen blickten auf zu dem Mann, der seinem göttlichen Kreuzzug ein erbärmliches Ende gesetzt hatte.

Aber dieser Mann war *nicht* Satan.

Der Jäger ließ die Klinge im Körper stecken, richtete sich auf und genoss die frühmorgendliche Meeresluft. Sie war ganz anders als der glühend heiße Sauerstoff der afrikanischen Steppe oder die Luft der duftenden Hochebenen von Afghanistan, aber sie war *gut.*

Die Beute war es wert gewesen.

Als die Euphorie langsam vorüberging, griff der Jäger in die Tasche und zog ein kleines Funkgerät heraus. Seine Stimme war ruhig und die Worte kurz und bestimmt, als er die Anordnung durchgab, die er schon Dutzende von Malen erteilt hatte, auf vier Kontinenten.

»Die Jagd ist vorbei. Fertig machen zur Säuberung.«

3

Wie Harry Reilly so im irischen Restaurant *Times* an seinem Bier süffelte, sollte man meinen, er sei ein glücklicher Mann.

Er war einundfünfzig Jahre alt und immer noch äußerst muskulös, was hauptsächlich von seiner Jugend herrührte, die er in den Kohlengruben von South Jersey zugebracht hatte. Auf dem kantigen irisch-amerikanischen Kopf hatte er mehr dunkle Haare als graue, und in seinen grünen Augen lag immer noch ein jugendliches Funkeln, das die Damen zum Kichern und Erröten brachte. Er hatte eine wunderbare Tochter, Sarah, die – nachdem sie ihren Diplom-Abschluss in Kriminalistik an der Notre Dame gemacht hatte – als Klassenbeste die FBI-Akademie in Quantico beendete. Das Wichtigste in seinem Leben war Louise. Seine Frau ertrug seine zahllosen Exzentrizitäten und lästigen Gewohnheiten und wies ihn zurecht, wenn er wieder einmal über die Stränge schlug.

Zudem war er vielleicht der erfolgreichste Ermittler von Serienkillern, den das FBI in Boston je hatte. Erst vor einem Jahr hatte er noch eine entscheidende Rolle gespielt, um der mörderischen Herrschaft des »Millennium-Killers« ein Ende zu setzen – einem unbarmherzigen Serienkiller, der in den Wintermonaten vor Sylvester 1999 jungen Bostoner Frauen aufgelauert und sie zu seinen Opfern gemacht hatte.

Harry hatte die Spur des Killers verfolgt, ihn in die Ecke getrieben und dann – in Notwehr – erschossen, alles mit Hilfe seines Partners Frank Gideon. Frank war bald darauf Harrys Chef geworden, leitender Spezialagent der Außenstelle Boston.

Harry war zufrieden gewesen mit seiner Medaille – die mittlerweile zusammen mit den anderen in seiner Sockenschublade verstaubte. Ihm reichte die Genugtuung zu wissen, dass das Morden, das die Gemeinde in Angst und Schrecken versetzt hatte, endlich beendet war.

In der kurzen Zeit, die seither verstrichen war, hatte Harry an einem eigenen Projekt gearbeitet, von dem er bisher noch niemandem erzählt hatte. Jetzt, wo die Dinge sich zuspitzten, hatte Harry diesen Zeitpunkt gewählt – diese Nacht vielmehr –, um Frank davon zu erzählen. Er hatte vor, das FBI zu verlassen und eine Lehrstelle an der Bostoner Polizeiakademie anzunehmen. So würde er mehr Zeit für sein Projekt und auch für seine Familie haben.

Er hatte Louise von seiner Entscheidung noch nichts gesagt, aber er wusste, dass sie sich darüber freuen würde. Nicht nur freuen, sie würde begeistert sein. Sie hatte sie gehasst, die Ungewissheit, die Tage und sogar Wochen, die er fern von zu Hause zubrachte. Es gefiel ihr nicht, die Frau eines FBI-Agenten zu sein. Unterschwellig hatte sie Harry die ganzen letzten Jahre hindurch bearbeitet, auf einen weniger anspruchsvolleren Posten innerhalb des FBI zu wechseln oder den Job sogar ganz aufzugeben. Ihr Vater war ein ziemlich wohlhabender Industrieller, und Harry hatte oft Anrufe von seinem Schwiegervater bekommen, bei denen der ihm einen lukrativen Alternativjob anbot. Harry hatte stets höflich abgelehnt.

Er löste den Blick von der rothaarigen Kellnerin mit den langen Beinen, die immer zu einem Grinsen bereit war, und blickte auf die Uhr. Er nahm einen Schluck von dem Guinness vor ihm und genoss es, wie die kalte Flüssigkeit ihm angenehm die Kehle hinunterlief. Frank war schon vierzig Minuten zu spät.

Arschloch.

Die Kellnerin, die Harrys Blick abgefangen hatte, kam koketten Schritts zu ihm hinüberstolziert.

»Hey, Harry«, sagte sie, und ein Lächeln erhellte ihr Gesicht. Ihre tiefblauen Augen funkelten, und die vereinzelten Sommersprossen auf ihrer Nase tanzten. »Frank hat gerade für dich angerufen. Ich soll dir sagen, dass er es heute Abend nicht mehr schafft. Wurde aufgehalten im Büro.«

Harry lehnte sich zurück und stieß einen langen Seufzer aus. Es war schrecklich still im Lokal, er war mittlerweile fast der einzige Gast.

Was jetzt?

Er stand auf, warf etwas Trinkgeld auf den Tisch und ging.

Die Kellnerin lächelte ihm zu. Da klingelte das Telefon. Sie nahm den Hörer ab und schaute auf, um Harry etwas hinterherzurufen, doch der war schon weg.

Er trat aus der Wärme in die eisige Februarluft hinaus und zog den Mantel enger um sich. Er blickte zu seinem Auto, das er die Straße hinunter geparkt hatte, und dachte einen Moment darüber nach, einfach hineinzuspringen und nach Hause zu fahren. Zum Teufel, er hatte nur ein paar Bier gehabt.

Doch dann gingen ihm die strafenden Stimmen von Louise und Sarah durch den Kopf, und er schob die Schlüssel zurück in die Tasche. Ein Taxi fuhr vorbei, und er hielt es an.

Er kroch hinein und beschrieb dem Fahrer den Weg zu seinem Haus in Brookline, einem Bostoner Vorort. Dann lehnte er sich zurück und entspannte sich. Es war ein langer Tag gewesen. Der längste, an den er sich erinnern konnte. Zumindest seit der dunklen Nacht in Faneuil Hall, als er den Millenium-Killer erledigt hatte. Die Wärme im Taxi, die leisen Geräusche der vorbeisausenden Autos und das sanfte Klimpern einer spanischen Gitarre im Radio ließen Harrys Lider schwerer werden.

Ach, was soll's!

Es war schließlich eine lange Fahrt.

Er schloss die Augen.

Eine unbestimmte Zeit später wurde Harry durch ein störendes Klopfgeräusch aufgeschreckt. Es war der Taxifahrer, der mit den Knöcheln gegen die kugelsichere Trennwand klopfte.

»Wir sind da, Kumpel. Raus aus den Federn!«

Harry nickte schläfrig und schob dem Fahrer eine Handvoll Scheine durch den Schlitz. Als das Taxi davonfuhr, stand er alleine vor seinem Haus, das am Ende einer ruhig gelegenen Sackgasse lag.

Es war ein großes Haus. Sie hatten es vor fünfundzwanzig Jahren gekauft, als Sarah noch ein Baby gewesen war. Harry und Louise hatten immer eifrig daran renoviert, was das Haus auch widerspiegelte, sowohl von innen als auch von außen. Einen Moment lang stand er davor und lächelte. Dann bemerkte er das Sternenbanner, das auf dem Fahnenmast im Vorhof lustig flatterte.

Wie oft hatte er Sarah angemeckert, sie solle es einholen, wenn sie nach Hause kam? Es war ihre einzige Aufgabe. Murrend stapfte er durch den Schnee, seine Stiefel knirschten laut. Er holte die Flagge ein, faltete sie ordentlich und klemmte sie sich unter den Arm. Als er den schmalen Pfad zur Haustür hinaufgehen wollte, fiel sein Blick auf etwas Ungewohntes, und mitten im Schritt blieb er stehen.

Die dicke hölzerne Haustür stand offen und bewegte sich langsam im Wind.

Harry blickte auf die Uhr, das glänzende Ziffernblatt leuchtete hell im Mondlicht.

1.13 Uhr.

Er sank auf ein Knie, die Flagge fiel geräuschlos neben ihm in den Schnee. Seine Augen wanderten in alle Richtungen. Es war viel zu spät, als dass Louise oder sogar Sarah noch draußen herumlaufen würden. Beide litten nicht unter Schlaflosigkeit, die ihn so oft quälte.

Sorgfältig suchte er die Umgebung ab. Als er überzeugt war, dass keine unmittelbare Gefahr bestand, lauschte er.

Nichts.

Nur die gedämpften Geräusche einer winterlichen Vorortnacht.

Hatten Sarah oder Louise vielleicht einfach vergessen, die Türe zu schließen?

Auf keinen Fall.

Harry ging in die Hocke, die Beine in Schulterbreite aufgestellt, um das Gleichgewicht nicht zu verlieren. Langsam zog er die kleine schwarze 9-Millimeter SIG-Sauer-Automatikwaffe aus dem Holster. Mit einer flüssigen Bewegung, die er, um weniger Geräusche zu machen, langsamer als sonst ausführte, zog er den Schlitten zurück und setzte eine Patrone in das Lager. Sein Daumen glitt herunter und legte den Sicherungshebel um.

Mit einer Langsamkeit, die er verfluchte, von der er jedoch wusste, dass sie notwendig war, ging er den Pfad hinauf und auf die Tür zu. Er trat nur mit den Ballen auf, um möglichst wenig Geräusche zu machen. Er hielt die Pistole in beiden Händen, die gebeugten Ellbogen ganz nah an seinem Oberkörper, damit ein unbemerkter Angreifer ihm die Waffe nicht entreißen konnte.

Harry stellte sich neben die Eingangstür und steckte vorsichtig den Kopf ins Innere, um den Flur abzusuchen. Als er sich so gut er konnte versichert hatte, dass niemand die Tür anvisierte, ging er mit gezogener Waffe hinein.

Innen angekommen, trat er sofort aus dem Türrahmen, um sich nicht im Licht der Straßenlaternen als Silhouette abzuheben. Er hatte sich mental auf einen Angriff eingestellt … auf plötzliche Schüsse oder einen Wahnsinnigen mit einem Messer, aber nichts geschah. Er bewegte sich im Schatten der Wand weiter und suchte nach Anzeichen eines Kampfes, nach irgendetwas, was ihn auf das vorbereiten würde, was er vielleicht zu erwarten hatte.

Doch alles war normal. Alles stand an seinem Platz, weder waren Tische und Stühle umgekippt, noch schien sonst irgendetwas anormal zu sein.

Aber wieso zum Teufel stand die Haustür offen?

Harry nahm sich die Zeit, einen Blick auf das Kontrollfeld der kostspieligen Alarmanlage zu werfen, die erst kürzlich gewartet worden war. Sie war normal deaktiviert worden, vermutlich mit dem korrekten Code, den nur Louise, Sarah und er kannten. Harry bewegte sich nun etwas schneller und durchsuchte jeden Raum im Erdgeschoss mit der ihm eigenen Gründlichkeit. Als er nichts fand, ging er zur Treppe. Er stieg die kleinere Treppe im hinteren Teil des Hauses hinauf, die ihm sicherer erschien als die größere im vorderen Teil. Er rechnete sich aus, dass *wenn* jemand auf ihn wartete, er aufgrund der besseren Sichtverhältnisse für einen Mord die andere bevorzugen würde.

Als er oben angekommen war, ging er mit dem Rücken zur Wand den Treppenflur entlang. Heimlichkeit war jetzt nicht mehr ganz so wichtig.

Er stieß sämtliche Türen auf – vom Schlafzimmer, vom Bad, ja, selbst die von seinem Büro, doch er fand auch dort nichts. Er versuchte, die Lichter anzuschalten. Der Strom funktionierte einwandfrei, und er suchte den begehbaren Kleiderschrank ab.

Nichts.

Nicht das kleinste bisschen.

Wenn Louise oder Sarah – oder beide – das Haus hätten in Eile verlassen müssen, dann hätten sie ihm bestimmt eine Nachricht hinterlassen.

Er warf jetzt alle Vorsicht über Bord und hastete die Stufen im vorderen Teil des Hauses zur Küche hinunter und schaltete die Lichter ein. Er ging geradewegs zur Merktafel, die an der Kühlschranktür hing. Und tatsächlich – dort hing eine knappe Nachricht in Sarahs Handschrift, die an ihn gerichtet war.

Dad, ich kann dich nicht erreichen. Ruf mich sofort auf dem Handy an. Sarah.

Harry legte den Sicherungshebel wieder um und verstaute die Pistole im Holster. Er griff in die Tasche und zog das Mobiltelefon heraus. Ihm wurde ganz flau im Magen. Es war ausgeschaltet.

Er hatte es ausgemacht, nachdem er mehrere lästige Anrufe von Drew Dyson aus dem Büro bekommen hatte, während er in der Kneipe saß und ungeduldig auf Frank wartete.

Danach hatte er es völlig vergessen …

Mit hektischen Fingern zog er das Adressbuch hervor und wählte Sarahs Handynummer. Einen Moment später hörte er die Bandansage. *Die von ihnen gewählte Telefonnummer ist vorübergehend nicht erreichbar …*

Harry haute auf den Aus-Knopf, sein Herz begann zu hämmern.

Wieso zum Teufel schaltet sie ihr Telefon aus, wenn ich sie doch anrufen soll?

Plötzlich wurde Harrys Mund trocken, und seine Oberlippe zuckte.

Es gab nur *einen* Ort, den man um diese Zeit aufsuchen konnte und wo man das Handy ausschalten musste.

Plötzlich klingelte das Haustelefon, was ihn derart erschreckte, dass er beinahe das Handy hätte fallen lassen. In Sekundenschnelle stand er daneben und riss den Hörer von der Gabel an der Wand.

»Louise? Sarah?«

»Daddy, ich bin's.«

Gott sei Dank …

»Dad, du musst herkommen, so schnell du kannst.«

Wieso klang ihre Stimme so merkwürdig? So als hätte sie …

»Wo bist du? Ist deine Mutter bei dir?«, fragte er angespannt.

»Daddy.« Seine Tochter klang, als wäre sie drauf und dran, in Tränen auszubrechen, was bei ihr so selten war, dass Harry es bei den ersten Sätzen gar nicht wahrgenommen hatte. »Ich bin … Wir sind … im Bostoner Allgemeinkrankenhaus. Es ist wegen Mom …«

»Was ist passiert? Geht es ihr gut?«

Harry konnte fühlen, dass sein Verstand nur noch von einem seidenen Faden zusammengehalten wurde.

»Daddy, sie hat im Schnee gelegen ... Ich hab sie gefunden, als ich nach Hause kam ... Sie war so kalt, Dad ... so kalt ...« Sarah Reilly gab den Widerstand auf und brach in ein nahezu hysterisches Weinen aus.

Er hörte, wie das Telefon weitergereicht wurde, und dann war Frank Gideons Stimme in der Leitung.

»Harry, ich bin's, Frank. Sarah hat mich auf dem Handy angerufen, nachdem sie dich nicht erreichen konnte.«

Frank sprach mit der gleichen Melancholie, die Harry zuletzt vor zwei Jahren bei ihm gehört hatte, als Franks Frau Cheryl gestorben war.

»Frank, sag mir die Wahrheit ...«

»Sie ist tot, Harry.« Franks Stimme klang leer. »Sie ist vor wenigen Minuten gestorben. Die Ärzte sagen, es war so eine Art heftige allergische Reaktion. Sarah hat sie gefunden, aber es war zu spät. Es tut mir so leid.«

Der Vorstellung, dass Louise allein, kalt und blau im Schnee gelegen hatte, drängte sich grausam in Harrys Gedanken, wie stark er auch dagegen ankämpfte. Heiße Tränen quollen ihm in die Augen, und eine kalte Hand erfasste sein Inneres.

»Ich habe mein verdammtes Auto an der Kneipe stehen lassen ...«, sagte er abwesend, bevor der Hörer ihm aus den schlaffen Fingern glitt. Er blickte auf, und sein Blick blieb an einem Bild an der Wand neben dem Telefon hängen. Es war ein Jahr zuvor aufgenommen worden und zeigte ihn mit Frau und Tochter auf der Bostoner Parade zum St. Patrick's Day. Sie lächelten alle drei über die Zeit hinweg auf ihn herab, völlig ungerührt von den Ereignissen, die das Schicksal für sie bereithalten würde.

Harry konnte hören, wie Frank über das Telefon nach ihm rief, aber er ignorierte es. Zärtlich nahm er das Bild von der Wand, ging aus der Küche und die Treppen hinauf zu seinem Schlafzimmer. Er setzte sich auf Louises Bettseite und presste das Bild an die Brust. Er weinte nicht, sondern schaukelte einfach nur mit geschlossenen Augen vor und zurück. Er hielt die Augen immer noch geschlossen, als er das Bild auf die Seite legte und sich die Pistole an die Schläfe setzte.

Ohne auch nur eine Sekunde zu zögern, drückte er ab …

Schreiend erwachte Harry in seinem Bett, sein Herz klopfte, und das Gesicht war tränenfeucht. Erst nachdem er einige Sekunden panisch um sich geschaut hatte, wusste er wieder, wo er war. Er schlug die Hände vors Gesicht und weinte.

Der Traum war immer der gleiche, doch diesmal war er realistischer denn je gewesen. Die Ereignisse jener Nacht lagen Jahre zurück, aber der Kummer hatte ihn all die Jahre begleitet. Nach ihrem Tod war der Schmerz über ihren Verlust so stark gewesen, dass er völlig aus der Bahn geraten war. Das Trinken half ihm, die Gedanken für eine Weile zu stoppen, doch sie bedrängten ihn immer wieder. So oft hatte er sein Leiden endgültig beenden wollen, doch nur in jener Nacht hatte er wirklich versucht, Selbstmord zu begehen. Die Pistole – die Pistole, die er jahrelang minutiös gepflegt hatte – hatte blockiert. Zum allerersten Mal. Harry wusste nicht, ob es ein Zeichen gewesen war oder einfach nur verdammtes Glück, aber seitdem hatte er sich gezwungen weiterzumachen. Nun lag er einfach da und ließ die Traurigkeit nach seinem Traum abklingen.

Ungefähr eine Stunde später hörte er, wie Sarah nach Hause zurückkehrte. Wie immer seit den düsteren Tagen nach dem Tod ihrer Mutter öffnete sie die Tür zu seinem Schlafzimmer und schaute nach ihm, um sicherzugehen, dass es ihm gut ging.

Plötzlich hatte er eine Erkenntnis, und die Schuld traf ihn tief. All die Jahre hatte seine Tochter sich vergewissert, dass er sich nicht umgebracht hatte. Er hingegen hatte bis zu dieser Stunde auch nicht ein einziges Mal darüber nachgedacht, wie es *ihr* in all der Zeit ergangen sein musste. Die Einsicht, dass sie mit der Angst lebte, ihn durch seine eigene Hand zu verlieren, trieb ihm die Tränen in die Augen. Louise war fort, aber er konnte nicht zulassen, dass Sarah so weiterlebte. Harry wusste, dass von diesem Moment an alles anders würde.

4

Der Geruch nach brutzelndem Speck und Eiern drang ihr in die Nase.

Nachdem sie wiederholt die Schlummertaste ihres Weckers gedrückt hatte, öffnete Sarah die müden grünen Augen mit einem Schlag, um dem neuen Tag argwöhnisch entgegenzusehen. Gefangen zwischen Schlaf und Wachsein, tat sie die traumatischen Ereignisse der letzten Nacht einen Moment als schlechten Traum ab.

Doch als sie sich geräkelt hatte, wusste sie: All das war tatsächlich passiert.

Sie setzte sich langsam auf, blickte auf die Uhr und rechnete nach. Abgesehen von dreißig Minuten mehr oder weniger, hatte sie nur fünf Stunden Schlaf gehabt.

Aus dem weichen, warmen Bett aufzustehen erwies sich als schwierig. Zu gern würde sie sich vor der Realität in die wohlige Umarmung des Schlafes flüchten.

Sie zwang sich, ins Bad zu gehen.

Sie wollte nicht in den Spiegel schauen. Stattdessen zog sie die Duschtrennwand zur Seite und drehte so lange an den Wasserhähnen, bis die Temperatur richtig eingestellt war. Das anfängliche Gefühl des glühend heißen Wasserstrahls, der ihr über Haare, Gesicht und Körper lief, wirkte Wunder. Wer die Reilly-Familie gut genug kannte, verstand, dass die morgendliche Dusche für den ganzen Clan eine Routine war, ohne die einfach gar nichts ging.

Sie hatte gerade begonnen, sich die Beine einzuseifen, als sie die Prellungen bemerkte. Sie beugte sich tiefer, um sie genauer zu untersuchen, und realisierte, dass ihre Beine nicht die einzigen Stellen waren, die in der Nacht übel zugerichtet worden waren. Sie hob die Hand, um einen schmerzenden Muskel neben der Wirbelsäule zu massieren. Als der Muskel langsam lockerer wurde, wagte sie einen Blick auf den gesamten Körper. Abgesehen von ein paar Kratzern, Beulen, blauen Flecken und einer unangenehmen Schürfwunde sah sie jedoch gar nicht mal so mitgenommen aus.

Sie drehte das Wasser ab und trat aus der Dusche. Dann griff sie nach einem dicken Handtuch und trocknete sich grob ab, richtete sich auf und blickte in den Spiegel.

Puh …

Es hätte schlimmer sein können. Immerhin hatte sie kein geschwollenes blaues Auge oder auffallende Prellungen im Gesicht. Ihre Unterlippe war etwas dicker als sonst, aber sie würde kein kunstvolles Make-up brauchen.

Der Grund ihrer Sorgen war nicht einmal, was für einen Eindruck sie auf andere machte. Für sie zählte nur der Eindruck einer Person: ihres Vaters. Es war ganz natürlich, dass ein Vater sich um das Wohlergehen seines Kindes sorgte, und Sarah verstand es völlig. Aber nach dem Tod ihrer Mutter war Harrys väterliche Besorgnis obsessiv geworden. Dennoch störte es Sarah nicht weiter. Ihr Vater liebte sie, und das war eben einer der Wege, es ihr zu zeigen.

Sie ging von ihrem Badezimmer zum begehbaren Kleiderschrank und zog sich schnell an. Nachdem sie das Haar nach hinten gebunden hatte, überprüfte sie noch einmal ihr Bild im Spiegel und griff nach dem Schulterholster, in dem ihre 9-Millimeter von Smith & Wesson steckte. Mit geübter Bewegung streifte sie es sich über den schmalen Körper. Dann nahm sie ihre Tasche, schloss die Schlafzimmertür hinter sich und stieg die Treppe hinunter. Der Geruch nach Frühstück wurde immer stärker.

Es war doch bestimmt nicht ihr Vater, der schon so früh auf war und in der Küche herumwuselte?

Harry stand *nie* vor zehn auf, eine Stunde, bevor sein Unterricht begann. Sarah schaute jeden Morgen nach ihm. Oft war er einfach auf der Couch eingeschlafen. Dann beugte sie sich zu ihm hinab, um ihn zärtlich auf die Stirn zu küssen oder ihn zuzudecken, wenn es kalt war, bevor sie zur Arbeit ging.

Als sie jedoch jetzt in die Küche trat, verengten sich ihre Augen. Sie konnte kaum glauben, was sie da sah: Harry stand vor dem Gasherd und schien tatsächlich Speck anzubraten. Auf dem Tisch neben ihm standen zwei Teller. Auf dem einen stapelten sich Waffeln, und auf dem anderen türmte sich eine riesige Menge frisches Rührei.

Sarahs Magen grummelte.

Harry, der seine »Küss mich, ich bin Ire«-Schürze trug, drehte sich um und strahlte seine Tochter an, die in der Küchentür stand und offensichtlich erst verarbeiten musste, was sich gerade vor ihren Augen abspielte. Ohne ihr Gelegenheit für Fragen zu geben, trat er zu ihr und küsste sie auf die Wange.

»Dad …« Sarah klang verunsichert.

»Du brauchst nichts zu sagen«, erklärte Harry, ging zu dem kleinen Küchentisch und zog einen Stuhl für sie hervor. »Setz dich einfach und iss! Du isst nicht genug zurzeit, dieses Tofu-Soja-Zeug zählt nicht. Du brauchst eine *richtige* Mahlzeit.«

Sarah ließ ihre Tasche neben dem Stuhl auf den Boden fallen und setzte sich. Harry hatte sogar den Tisch gedeckt; Messer, Gabeln und Servietten lagen fein säuberlich auf dem Tisch, daneben stand ein großer Glaskrug mit Orangensaft ohne Fruchtfleisch, auf den Sarah morgens einfach nicht verzichten konnte. Sie fühlte, wie ein Lächeln an ihren Mundwinkeln zog. Es war eine kleine Geste, aber für Harry Reilly war es ein bedeutender Schritt.

»Bist du heute Nacht aus dem Bett gefallen? Hast du dir vielleicht irgendwo den Kopf gestoßen?«, fragte sie, während sie zwei große Gläser mit Orangensaft füllte. »Nichts für ungut, Dad, es ist nur so, dass du sonst –«

»Sonst was?«, fragte Harry und drehte sich um, um seine Tochter aus zusammengekniffenen Augen zu fixieren. »Dass ich ausschlafe?«

»So könnte man es auch nennen.«

Harry seufzte und verschob die Antwort auf später, wenn er mit dem Speck fertig war.

Sarah lud sich Rührei auf den Teller und merkte, dass es die Käse-Rühreier ihrer Mutter waren. Es war das erste Mal, dass Harry sie gemacht hatte, ein weiteres Indiz dafür, dass irgendetwas anders war. Nachdem sie sich eine »gesunde« Portion Speck und Waffeln genommen hatte – nach ihrem Maßstab, nicht nach dem ihres Vaters –, beobachtete sie Harry, der immer mehr Speck brachte und sich dann auf den Stuhl ihr gegenüber setzte.

»Okay, also … was gibt's?«

Harry zog eine Augenbraue in die Höhe. »Frühstück.«

»Komm schon, Dad!«

Harry lächelte und stützte die Ellbogen auf der Tischplatte ab, wobei er sich vage dessen bewusst war, dass Louise ihn dafür gescholten hätte. Aber sie war nicht hier, und das war auch der Grund für diesen ganzen Morgen.

»Sarah«, begann er zögernd und senkte die Augen auf die Tischplatte, während seine sorgsam einstudierte Rede plötzlich aus seinem Gedächtnis verschwand. »Ich weiß, dass, egal was ich sage, es nie dem nahekommen wird, was ich sagen *sollte,* um dir zu danken für all das, was du getan hast, seit … Nun ja, du weißt, seit wann. Ich hätte mich damals um *dich* kümmern müssen, nicht umgekehrt. Ich will, dass du weißt, dass die Dinge von nun an … anders werden. Ich bin jetzt hier, und du brauchst dir um mich keine Sorgen mehr zu machen. Es tut mir leid, dass ich so lange gebraucht habe, um mir bewusst zu machen, was ich *nicht* verloren habe.«

Sarahs smaragdfarbene Augen glitzerten vor Tränen. Sie streckte die Hand aus und legte sie behutsam über die ihres Vaters. Er sah auf, und ihre Blicke trafen sich. Es gab keine Notwendigkeit, etwas zu sagen.

»Iss etwas, sonst bin ich wirklich beleidigt«, sagte Harry barsch, um die Stille zu unterbrechen.

Sarah lachte, wischte sich die Tränen mit dem Handrücken ab und aß ihr Rührei.

»Wie ist es denn letzte Nacht gelaufen?«, wollte Harry nun wissen.

Sarah blickte auf, und ein unschuldiges Lächeln verbreitete sich auf ihrem Gesicht. »Gut … Ja, es ist wirklich gut gelaufen. Ich meine – das heißt –, wir haben den Verdächtigen nicht *wirklich* verhaftet, aber wir haben uns ein ziemlich gutes Bild von ihm verschaffen können. Sein Auto ist beschlagnahmt, und die Chancen stehen hoch, dass die Männer in Schwarz ihm bereits einen Besuch zu Hause abgestattet haben.«

Bei der Erwähnung des Hostage Rescue Team, der elitären Geiselrettungstruppe des FBI, runzelte Harry die Stirn. »Du warst doch nicht in irgendetwas Gefährliches verwickelt letzte Nacht … oder?«

»Gott, *nein* Dad! Natürlich nicht.«

Die Lüge ging ihr erstaunlich leicht über die Lippen. Sie hatte gelogen, um ihren Vater nicht zu beunruhigen. Da sie die Überzeugungskraft ihres Vaters geerbt hatte, war sie die einzige Person, die Harry Reilly mit seinem berüchtigten Instinkt für alles, was faul war, täuschen konnte.

»Also, was auch immer ihr da gemacht habt … ihr wart bei den Schiffswerften, nicht wahr?«

»Ja, genau. Woher weißt du das?« Sarah versuchte, sich ihre Überraschung nicht anmerken zu lassen.

Harry lächelte. »Als du gestern Nacht wiedergekommen bist, war ich noch wach. Gesehen habe ich dich zwar nicht, dafür aber gerochen. Seeluft und Maschinenfett. Danach hast du gerochen. Es kam mir vor, als hätte ein Haufen Seeleute unser Haus überfallen.«

Harrys Blick wurde ernst. »Ich weiß, dass du immer vorsichtig bist, und ich weiß, dass du deinen eigenen Kopf hast. Ich will nur nicht, dass du irgendwelche unnötigen Risiken eingehst, okay? Gar keine. Das ist es einfach nicht wert.«

Diese Aussage ausgerechnet von dem Agenten zu hören, der zu ungeduldig gewesen war, um auf Verstärkung zu warten, und den Millennium-Killer bis in die dunkle Faneuil Hall verfolgt hatte, wirkte vielleicht ein wenig heuchlerisch. Doch Sarah wusste nur zu gut, dass Argumentieren zwecklos war.

»Natürlich, Dad. Zum Teufel, wenn ich Action gewollt hätte, wäre ich dem Hostage Rescue Team beigetreten.«

»Nur über meine Leiche.«

»Ich kann schon auf mich aufpassen.«

Harry schüttelte den Kopf und wandte seine Aufmerksamkeit der Titelseite des *Boston Herald* zu, der neben seinem Teller lag. Als er die ersten Seiten durchblätterte, wusste seine Tochter, dass jegliche Diskussion über eine Versetzung zu diesem Team damit offiziell beendet war. Sie führte eine Gabel voll Rührei zum Mund.

»Hattest du nicht gesagt, dass du und die anderen Jungs vom Büro gestern Nacht am Hafen wart?«

»Äh, ja.«

»Auf den Spuren eines Verdächtigen, der euch entwischt ist?«

»Soweit ich weiß, ist er das.«

»Wo *genau* wart ihr?«

Sarah biss sich auf die Unterlippe, während sie nachdachte. »Ein paar Blocks östlich vom Murdoch Boulevard. Ich habe den Namen der Straße vergessen, aber sie führte direkt zu den Lagerhallen. Wieso?«

Harry drehte die Zeitung herum, sodass sie sehen konnte, was er sich angeschaut hatte.

Auf der Mitte der Seite befanden sich ein Artikel und ein Foto, in denen es um den Brand in einer Lagerhalle ging, die zum Zeitpunkt, als die Bostoner Feuerwehr dort eintraf, bereits nahezu ausgebrannt war. Erst gegen Ende des Artikels bemerkte Sarah, dass die Lagerhalle nur sechs Blocks entfernt lag von dem Ort, an dem sie den Verdächtigen zum letzten Mal gesehen hatte.

»Könnte sich lohnen, das mal genauer zu überprüfen«, murmelte Harry, während er darauf wartete, dass sie zu Ende gelesen hatte.

Plötzlich schob Sarah ihren Jackenärmel zurück und spähte auf die Armbanduhr.

»*Mist!* Ich bin spät dran«, sagte sie entschuldigend und schob den Teller beiseite.

Sie schulterte ihre Tasche und rannte um den Tisch herum, um ihrem Vater einen Kuss auf die Stirn zu drücken.

»Fahr vorsichtig!«

»Das tu ich doch immer, weißt du doch.«

5

Nachdem Harry die Frühstücksteller abgeräumt und sich einen Kaffee gemacht hatte, ging er die Stufen zum Keller hinunter. Er stieß die Tür mit dem pantoffelbeschuhten Fuß auf, stellte die Tasse auf einem Tisch ab und tastete nach dem Lichtschalter über ihm.

Die Beleuchtung eröffnete den Blick in einen Raum, der in keiner Weise einem typischen Vorstadtkeller ähnelte. Wo man Werkzeuge, mechanische Bauteile und unvollendete Basteleien vermutete, befand sich etwas, was stark an ein Büro zur strategischen Planung erinnerte, wie es in allen möglichen Institutionen zur Strafverfolgung existierte. Die Tische waren übersät mit Hunderten von Aktenordnern, und überall, wo ein Stück Wand verfügbar war, hingen mit bunten Anstecknadeln gespickte Karten. Whiteboards, an die Wand montiert und auf dem Boden stehend, waren von oben bis unten vollgeschrieben. Und dann gab es noch die Fotos. Die meisten waren in Farbe und stammten von Tatorten. Sie klebten überall an Wänden und Tischen, und ein paar waren an Whiteboards geheftet.

Doch es fanden sich auch Fotos mit Gesichtern.

Immer, wenn Harry den Raum betrat, grüßten ihn die Porträts der Opfer, die Verwandte oder Freunde ihm zur Verfügung gestellt hatten. Ob männlich oder weiblich, jung oder alt, seit Jahren stellten die Augen dieser Menschen Harry morgens und abends dieselbe Frage.

Aber er konnte ihnen keine Antwort geben. Zumindest noch nicht.

Harry setzte sich an einen Schreibtisch und sah sich einen Stapel Unterlagen über einen Mord in Wisconsin an, den er vergangene Woche aus dem Internet zusammengetragen hatte.

Er ging die Berichte des verantwortlichen Kommissars über den Tatort durch und blätterte weiter zu den wenigen, relativ unbrauchbaren Berichten der Augenzeugen. Danach las er die Autopsiebefunde, die er einer wohlwollenden Dame im Archiv der Bostoner Polizeiakademie verdankte. Harry vertiefte sich in die Akte.

Zwanzig Minuten später schob er sie angewidert von sich.

Wieder so ein hoffnungsloser Fall!

Seine Augen blieben an dem Umriss des Mannes hängen, den er vor Monaten auf eines der Whiteboards gezeichnet hatte. Es war seine »Profil«-Tafel, und sie war bestürzend leer.

»Wer bist du?«

Die Frage stand im Raum und verhöhnte Harry. Er stand auf und ging die paar Schritte hinüber zur Tafel. Diese gesichtslose Person war ein brutaler Killer, der wie die meisten Serientäter kein Erbarmen mit seinen Opfern kannte. Aber Harry sah noch mehr in ihm; er glaubte fest daran, dass der Killer einmal Soldat gewesen war.

Neben der Silhouette klebte eine kleine Karte von Vietnam. Sie zeigte die Entwicklungen des amerikanisch-vietnamesischen Konflikts zwischen 1969 und 1973.

Dieser Mann war schon mit Zerstörung und Gewalt in Berührung gekommen, bevor er zu morden begonnen hatte, so viel stand fest, und das möglicherweise in Vietnam.

Harry hatte selbst in Vietnam gedient, und eins hatte er in dieser Zeit gelernt: Selbstdisziplin. In den unsäglichen Taten des Killers hatte Harry das gleiche methodische Vorgehen erkannt, das er selbst anwandte, um Mörder zu jagen.

Harry war überzeugt, dass der Killer Vietnam in den letzten Jahren des Krieges verlassen hatte, vermutlich nach mehreren

Einsätzen. Er war jemand, der nicht ins zivile Leben zurückgefunden und beschlossen hatte, sein eigenes Vietnam zu schaffen, mitten in Amerika.

Harry war sicher, dass es sich bei dem Killer um einen Trittbrettfahrer handelte, der sich bei seinen Morden auf die Vorgehensweise bekannter Serienkiller stützte und dann untertauchte. Indem er Sexualmorde vermied, wurde nie DNA, etwa von Sperma, gefunden, die hätte belegen können, dass der Täter ein anderer war – ein nahezu perfektes Verbrechen.

Aber trotz all seiner Vorsichtsmaßnahmen schien der Killer mit Vorliebe an der Ostküste zu töten, wo sich die Zentren befanden, die am dichtesten besiedelt waren. Harry vermutete, dass der Mörder eine besondere Affinität zur Ostküste besaß.

Aber das reichte nicht. Damit konnte der Killer noch nicht gefasst werden, ohne Namen und ohne Gesicht und – was die Behörden betraf – ohne Opfer.

Harry seufzte. Er allein konnte nicht viel ausrichten. Er war nur ein Einzelgänger, der mit äußerst begrenzten Mitteln arbeitete. Er wusste nicht, ob ihm jemand glauben würde. was er jedoch ganz genau wusste, war, dass ihm niemand, allen voran Frank, Mittel zur Verfügung stellen würde, um einen Killer zu jagen, dessen Existenz nicht einmal bewiesen war. Es war eine ausweglose Situation. Harry betrachtete erneut die Silhouette an der Tafel.

»Wer bist du?«

6

Sarah drängelte sich in ihrem silbernen Ford Explorer durch den Stoßzeitverkehr der Huntington Avenue, als sei sie ein Stürmer, der sich den Weg zum Tor des Gegners freikämpft. Sie überholte, schnitt andere Wagen, und die Lichter rasten nur so an ihr vorbei, bis sie schließlich am Ende einer langen Schlange vor der Abfahrt abbremsen musste.

Ein langer Morgen stand ihr bevor.

Drew Dyson, der sechs Häuserblöcke weiter an seinem Schreibtisch saß, hätte ihr zugestimmt. Er hatte die Nacht im Büro verbracht. Zusammen mit Frank hatte er das Überwachungsteam in die Mangel genommen, das an dem Debakel der letzten Nacht beteiligt gewesen war.

Es waren alles gute Leute, bestens ausgebildete Ermittler mit Berufserfahrung. Sie konnten sich ebenso wenig wie Drew – und sogar Frank – erklären, was in der letzten Nacht geschehen war.

Drew spielte mit einem Stift und lehnte sich auf seinem Stuhl zurück. Nachdem Sarah letzte Nacht gegangen war, hatten sie noch die Verfolgung des Verdächtigen aufgenommen und stundenlang das Hafenviertel durchkämmt – ohne eine Spur von ihm. Ihren Informationen nach war der Typ fremd in Boston. Wie in Gottes Namen hatte er ihnen dann entkommen können?

Es war unerklärlich.

Nichts ergab Sinn, vor allem nicht die Geschichte, die Sarah erzählt hatte, als sie wieder im Kleinbus war. Die ganze Sache war irgendwie *abwegig.* Wer würde schon die Verhaftung eines Verdächtigen verhindern, den verhaftenden Agenten mit einer

Taser-Waffe niederstrecken und dann davonrennen? Wie konnte es sein, dass diese Typen – genau wie ihr Verdächtiger – wie Geister einfach so in der Dunkelheit verschwunden waren?

Der zweite Typ, von dem Sarah erzählt hatte, war fast sicher der Fahrer des Unfallfahrzeugs. Der Vorfall konnte nur Absicht gewesen sein. Doch das war mehr als verrückt. Er musste aus dem beschädigten Fahrzeug gesprungen sein, offenbar unverletzt, und war dann auf den Typen mit der Waffe gestoßen, der Sarah gerade angegriffen hatte. Der wiederum war aus der entgegengesetzten Richtung gekommen, zu Fuß. Es war zum Verrücktwerden.

Drew hatte die Stadtreinigung kontaktiert. Der Unfallwagen war am selben Tag um die Mittagszeit aus dem Zentraldepot gestohlen worden.

Er brauchte sich das Gutachten der Spurensicherung gar nicht erst anzugucken (es war auch noch gar nicht eingetroffen), um zu wissen, dass der Fahrer des Wagens vorsichtig gewesen war. Es würden keine Fingerabdrücke zu finden sein. Wenn überhaupt, konnten sie auf ein vereinzeltes Haar oder Kleidungsfasern hoffen.

Ross, einer der Beschatter der Nacht zuvor, schielte Drew über den Tisch hinweg an. Er räusperte sich diskret.

»Oh, Entschuldigung«, sagte Drew, als er aus seinen Gedanken geholt wurde.

»Ist das alles, Sir?«

Drew wollte gerade verneinen, als Sarah das Büro betrat, muffelig wie jeden Morgen. Er nickte Ross zu, stand auf und ging ihr nach.

Er holte sie in der Teeküche ein, wo sie sich ein großes Glas Orangensaft einschüttete. Er musste unwillkürlich lächeln. Sie trank nie Kaffee, denn sie behauptete, davon Kopfschmerzen zu bekommen.

Er lehnte sich gegen den Kühlschrank und suchte nach Worten.

»Hey, Drew«, sagte Sarah, ohne sich auch nur umzudrehen. »Entschuldige, dass ich zu spät bin.«

»Ist schon okay. Frank und ich sind die Operation mit den anderen durchgegangen. Ich denke, wir sollten unsere Erwartungen nicht zu hoch schrauben.«

Sarah wandte sich um. »Du glaubst, dass er die Stadt verlassen hat? Schon?«

Drew tat sein Bestes, um das Bedauern zu verbergen, das ihn jeden Tag überfiel, wenn er das erste Mal in Sarahs Augen blickte. Er nickte. »Ja. Wieso auch nicht? Vor allem nach dem, was geschehen ist. Frank mailt dem New Yorker Einsatzkommando gerade den Stand unserer Ermittlungen.«

»Warum denkst du, dass er nach Süden geht?«

»Würdest du das etwa nicht?«

Sarah stupste ihn beim Vorbeigehen spielerisch an der Schulter. »Ich habe keine Mordgelüste mehr verspürt, seit du und ich nicht mehr zusammen sind, Drew; ich kann also nicht gerade behaupten, dass ich mich in den Typen einfühlen kann, der mich fast mit meinen Eingeweiden bekannt gemacht hätte.«

Drew lief ihr nach. »Wie geht es dir überhaupt? Warst du beim Sanitätsdienst?«

Sarah schüttelte den Kopf, als sie vor Franks Büro zum Stehen kamen. »Nö. Bin einfach schlafen gegangen. Mir geht's gut, Drew … wirklich. Nur ein paar Beulen und Prellungen.«

Drew wollte gerade darauf bestehen, dass sie sich untersuchen ließ, als Frank aus seinem Büro trat.

»Da seid ihr ja. Gut. Wie läuft die Nachbesprechung?«

»Gut«, sagte Drew. »Es fehlt nur noch Smith.«

»Schön, dann macht weiter!« Er wandte sich an Sarah und gab ihr ein Blatt Papier. »Heute früh wurde am Pier 14 im Hafenviertel eine Leiche gefunden. Ein paar Fischer haben sie gefunden. Sie sagen, sie ist nicht gerade in gutem Zustand, aber da du wohl den besten Blick auf unseren Typen werfen konntest, denke ich, es ist das Beste, dass du zum Leichenschauhaus fährst, um –«

»Um den Bericht des Coroners abzuholen.« Sarah verzog das Gesicht.

»Vielleicht sollte ich mit ihr –«

»Nein, Drew. Du führst die Nachbesprechung zu Ende. Sarah schafft das auch allein.«

Der Coroner war keine Hilfe. Sarah wartete stundenlang auf das Gutachten, nur um zu erfahren, was sie ohnehin vermutet hatte. Der Körper war übel zugerichtet – er war aufgedunsen und wies schwere Verbrennungen auf. Die einzige Verbindung, die sie zu ihrem Verdächtigen ziehen konnte, war ein grober Größenvergleich. Die Leiche war so stark zugerichtet, dass eine Identifizierung unmöglich sein würde. Die Fingerspitzen waren versengt worden, und die Überreste der Zähne waren unbrauchbar, da sie keine Ahnung hatten, wer er war. Als Sarah das Gebäude auf der Commonwealth Avenue verließ, fragte sie sich, was sie als Nächstes tun sollte.

Auf dem Weg zu ihrem Auto blieb sie an einem Zeitungskiosk stehen. Sie gab dem Verkäufer das Geld für eine Ausgabe des *Boston Herald* und stieg dann in ihren Wagen. Dort suchte sie nach dem Bericht, den ihr Vater ihr am Morgen gezeigt hatte. Sie fand ihn schließlich unter einem Artikel über eine Wohltätigkeitsveranstaltung irgendeines auswärts wohnenden Millionärs. Es dauerte ein wenig, doch nachdem sie den Hintergrund des Fotos genauer studiert hatte, bekam sie eine grobe Vorstellung davon, wo sich das ausgebrannte Gebäude befand.

Was zum Teufel hatte das zu bedeuten?

Frank würde die Befunde des Pathologen nicht sofort benötigen. Sie setzte sich die Sonnenbrille auf die Nase und legte den Gang ein. Dann fädelte sie sich in den mittäglichen Verkehr ein und raste zum Hafen.

Sarah fluchte leise, als sie die Lagerhalle fand, nach der sie gesucht hatte. Drew Dysons Auto parkte bereits dort samt Polizei- und Feuerwehrwagen. Sie stieg aus und tauchte unter dem Absperrband der Feuerwehr hindurch.

Es dauerte kaum dreißig Sekunden, bis Drew herbeistürmte und sie in einer Weise begrüßte, die er für besonders lässig hielt.

»Hey.« Er lächelte. »Ich sehe, du hast die heutige Zeitung gelesen.«

Sarah nickte. Sie blieb stehen und blickte sich um. »Ziemlich isoliert stehendes Gebäude. Ganz anders als die der Umgebung.«

»Ja, ist mir auch schon aufgefallen«, meinte Drew. »Bei den meisten anderen hat man vom Dach aus Zugang zu mindestens drei angrenzenden Gebäuden. Doch in diesem Fall nicht. Es steht völlig allein.«

»Wem gehört es?« Sarah ging hinein, wobei sie darauf achtete, keine potentiellen Beweise zu zerstören, die den Brandermittlern die Arbeit erleichtern würden.

Drew folgte dicht hinter ihr. »Das herauszufinden hat mich einige Anrufe gekostet. Was man mir sagen konnte, ist, dass es seit über zehn Jahren leer steht. Es gehörte einem malaysischen Import-Export-Unternehmen, das 1995 bankrottgegangen ist.«

»Das bedeutet vermutlich, dass niemand auf einen fetten Versicherungsscheck aus war.« Sarahs Augen brauchten einen Moment, um sich an die Dunkelheit der schwelenden Lagerhalle zu gewöhnen. »Die Struktur ist ja noch ziemlich intakt«, bemerkte sie abwesend.

Ein gutgebauter Afroamerikaner, der das Abzeichen eines Bostoner Brandermittlers trug, erschien in der Dunkelheit. »Der Brand ist bewusst so gelegt worden, dass nur ein Teil des Gebäudes abgebrannt ist.« Als er näher kam, erkannte Sarah ihn.

»Hey, Manny«, sagte sie und lächelte.

»Hey, Sarah. Drew.«

Drew nickte zur Begrüßung. »Und … Was denkst du, Manny? Kinder, die sich einen Scherz erlauben wollten?«

Der Ermittler schüttelte den Kopf. »Auf keinen Fall. Wie gesagt, der Brandstifter hat sich ausgekannt. Wer auch immer es war, er hat einen Brandbeschleuniger benutzt. Dadurch ist zwar fast der gesamte erste Stock ausgebrannt, der Großteil des Gebäudes hat aber nicht viel abgekriegt.«

Sarah stemmte die Hände in die Hüften. »Ich nehme an, ihr habt keine Spuren einer Schlägerei gefunden? Reste von Blutspuren oder etwas in der Art?«

»Gar nichts«, erwiderte Manny. »Wenn irgendetwas vorgefallen ist, wird man garantiert keine Spur mehr davon finden. Der Ort ist so gut wie steril. Aber was führt euch her? Ich würde zu gern wissen, warum zwei FBI-Agenten so neugierig auf meine Ergebnisse sind.«

Drew zuckte mit den Schultern. »Nur eine Vermutung. Noch nichts Handfestes.«

Sarah wandte den Blick von den beiden Männern ab und nahm in ihrem Augenwinkel eine Bewegung wahr. Angestrengt spähte sie zu einem Fenster und bemerkte ein kleines Gesicht, das sie durch die schmutzige Scheibe hindurch anblickte. Eine Sekunde später war es verschwunden.

»Ach … Drew«, sagte Sarah abwesend. »Ich geh mal grad ein paar Schritte. Du kannst Manny ja weiter ausquetschen.«

Nachdem sie den Feuerwehrleuten einen entschuldigenden Blick zugeworfen hatte, verließ Sarah die Lagerhalle. Am Eingang hielt sie sich links und ging um das Gebäude herum, wobei sie über wild wuchernde Grasbüschel und rostiges Gerümpel klettern musste.

Plötzlich wollte ein kleiner Schatten an ihr vorbeirasen, doch Sarah reagierte blitzschnell und packte den Jungen am Arm.

»Hey! Beruhige dich! Ich werde dir nicht wehtun«, sagte sie besänftigend. Als das Kind bedeutete, dass es nicht mehr wegrennen würde, ließ sie es los.

Der Junge blickte sie aus großen Augen misstrauisch an und erwiderte überraschend trotzig: »Ja, vielleicht. Aber ihr werdet vermutlich versuchen, *mir* das anzuhängen, und ich habe nichts gemacht. Aber das ist euch Cops ja egal.«

Sarah ging in die Knie, sodass sie sich mit dem Jungen auf Augenhöhe unterhalten konnte. »Mir ist es nicht egal. Ich bin keine böse Polizistin. Ich versuche, Leute zu beschützen.«

»Du meinst *weiße* Leute.«

»*Alle* Leute«, sagte Sarah mit fester Stimme. »Und du solltest eigentlich in der Schule sein.«

»Und Mama hätte nicht sterben sollen letztes Jahr, und ich sollte einen guten Ort zum Leben haben. Das heißt noch lange nicht, dass dann alles bald besser wird«, entgegnete er. »Und ich geh nicht ins Waisenhaus. Das kannst du dir gleich abschminken. Ich komme ganz gut alleine klar.«

Sarahs Blick wurde sanfter. »Es tut mir leid. Nein, ich mache dich nicht für das verantwortlich, was letzte Nacht hier passiert ist.« Sarah bemerkte, dass die Lider des Jungen leicht flatterten. »Also, wo wohnst du?«

Der Junge zeigte auf einen abgewrackten Versandcontainer, der einige Meter von ihnen entfernt stand. »Der da drüben ist meiner.«

Sarah nickte. »Du hast eine gute Aussicht. Das Wasser … und die Schiffe, die an- und ablegen.«

»Ist schon okay.«

»Und eine ziemlich gute Aussicht auf diese Lagerhalle und auf die Gebäude drumherum.«

Der Junge schwieg.

»Wie heißt du?«

»Lucas.«

»Nett, deine Bekanntschaft zu machen, Lucas. Ich bin Sarah. Ich will, dass du weißt, dass du keine Schwierigkeiten kriegen wirst, okay?«

Lucas nickte, aber in seinem Blick lag noch immer Misstrauen.

»Warst du gestern Nacht zu Hause?« Sarah entschied, langsam anzufangen.

»Ja.«

»Hast du irgendetwas gesehen, irgendwas Komisches oder Merkwürdiges?«

Lucas blickte hinunter auf seine zerlumpten Turnschuhe.

Sarah streckte die Hand aus und strich ihm sanft über die Wange. »Hast du Hunger?«

Der Junge sah auf.

»Ja, nicht wahr? Würdest du mit mir was essen gehen?«

Lucas dachte ein paar Sekunden nach, bevor er nickte. Er war hungrig, aber das war nichts Ungewöhnliches. »Okay.«

Sarah wollte Lucas gerade zu ihrem Auto führen, als Drew herauskam und neugierig von Sarah zu dem Jungen blickte. »Wer ist das?«

»Ein Freund«, sagte Sarah und unterdrückte ein Stöhnen. Drew hatte nicht gerade ein Händchen für Kinder. »Wir gehen was essen. Wieso gehst du nicht –«

»Warum ich euch nicht begleite?«, fragte Drew, ihren kaum verhohlenen Ärger ignorierend. »Ich habe nicht gefrühstückt heute, klingt also nach einer Superidee. Danke.«

Lucas warf Drew einen finsteren Blick zu, ging jedoch weiter auf den großen Ford Explorer zu und erlaubte Sarah, ihm die Beifahrertür zu öffnen. Als sie sich neben ihn setzte, legte er sich den Sicherheitsgurt an und tat sein Bestes, um möglichst lässig aus dem Fenster zu blicken. Aber als sie losfuhren, bemerkte Sarah, dass der Junge zitterte.

Drew betrachtete seinen Cheeseburger nicht gerade begeistert.

Sarah saß ihm gegenüber, biss fröhlich in ihren Burger und scherzte zwischendrin mit Lucas.

Der Junge verdrückte bereits seinen vierten Cheeseburger! Drew konnte nicht einmal einen zu Ende essen, ohne dass sich ihm der Magen umdrehte. Schließlich beugte er sich dem Unvermeidlichen, schmiss das fettige Teil auf das Tablett zurück und wischte sich den Mund mit einer Serviette ab. Als er sah, dass Sarah ihn anschaute, blickte er demonstrativ auf seine Armbanduhr.

Sarah ignorierte ihn, schluckte den Bissen, den sie noch im Mund hatte, herunter und unterdrückte den Impuls, Drew unter dem Tisch zu treten. Er war in seinem Element, wenn es galt, Verbrecher einzuschüchtern, aber wenn es um andere Leute ging – Kinder zum Beispiel –, war er ein hoffnungsloser Fall. Kinder, vor allem solche, die auf der Straße leben, müssen einem vertrauen. Wenn sie das nicht tun, dann sagen sie keinen Pieps, und alle Drohungen der Welt können sie nicht zum Reden bringen.

Aber mehr noch als das hatte Sarah Mitleid mit Lucas. Er hatte niemanden, der sich um ihn kümmerte. Etwas an ihm hatte sie tief in ihrem Innern berührt. Während sie dort saßen und aßen, hatte sie es geschafft, ihn davon zu überzeugen, dass er die Unterstützung durch eine soziale Einrichtung brauche, um wieder auf den rechten Weg zu kommen. Eine Unterbringung bei Pflegeeltern würde hart werden, aber das wäre besser, als in einem Versandcontainer zu leben. Sie sah, dass Drew wieder auf die Uhr blickte.

Arschloch.

Sie wischte sich den Mund mit der Serviette ab und lächelte Lucas an. »Fühlt sich dein Magen jetzt besser an?«

Der Junge nickte heiter und hielt dann inne, ein Gedanke schien ihm durch den Kopf zu gehen. »Also ich könnte noch ein Eis mit Schokosauce gebrauchen, um … Na ja … um richtig satt zu werden.«

Sarah lachte, und selbst Drew konnte ein Lächeln nicht unterdrücken.

»Okay«, sagte Sarah. »Wenn du mit dem Burger fertig bist, hole ich dir das größte Eis, das sie haben. *Aber* du musst uns helfen. Wir versuchen, einen Verbrecher zu fangen, und wir müssen so viel wie möglich wissen über das, was du letzte Nacht gesehen hast.«

Lucas kaute und dachte einen Moment nach, bevor er antwortete.

»Der Verbrecher, hinter dem ihr her seid – war er ziemlich groß, so wie Hulk?«

Sarah nickte. »Ja, ungefähr so, nur nicht grün.«

Lucas kicherte. »Also, über den Kerl braucht ihr euch keine Sorgen mehr zu machen.«

Plötzlich war Drew hellwach. »Und warum nicht?«

Lucas zuckte mit den Achseln und biss wieder in seinen Cheeseburger. »Weil die Schattenmänner ihn erwischt haben. Und dann haben sie ihn weggebracht.«

Sarah fühlte, dass ihr Herzschlag einen Moment aussetzte.

»Schattenmänner?«, fragte Drew.

Lucas nickte. »Ja.«

»Wen meinst du?«

Lucas blickte den Agenten an, als sei er schwer von Begriff. »Ich *meine* damit, dass sie aussahen wie Schattenmänner. Man bemerkt sie kaum, sie bewegen sich ganz leise, sodass niemand was von ihnen mitkriegt. Aber ich kenne den Ort. *Ich* krieg alles mit.«

»Haben diese Männer den Hulk-Typen verfolgt?«, fragte Sarah.

Lucas nickte. »Ja, einige von ihnen. Aber nicht alle. Einige waren schon da, bevor er kam.«

Sarah fühlte, wie ihr Adrenalinpegel stieg. »Wie viele von ihnen waren da, Lucas? Abgesehen von dem Hulk-Typen. Wie viele Schattenmänner?«

Lucas runzelte die Stirn, während er nachdachte. »Sechs. Oder … vielleicht auch ein paar mehr. So um den Dreh auf jeden Fall.«

Sarah sah, wie Drew die Kinnlade herunterfiel. »Was haben diese Männer gemacht, als der Hulk-Typ kam?«, fragte sie.

Lucas grinste, er liebte die Aufmerksamkeit – und das Essen. »Die meisten von ihnen haben sich die ganze Zeit nicht bewegt. Sie sind vielleicht zwanzig Minuten vor dem Hulk-Typen da gewesen. Dann kam er angelaufen, die Schattenmänner hinter ihm. Immer, wenn er in eine Straße einbiegen wollte, die ihnen nicht gefiel, ist einer der versteckten Schattenmänner aufgetaucht; der hat dafür gesorgt, dass der Typ einen anderen Weg nahm.«

»In Richtung Lagerhalle … Stimmt's?« Sarah bemerkte, dass ihre Kehle ganz trocken war. Sie nippte an ihrer Cola.

»Hmm. Als er davorstand, hat er eine Tür gesucht. Aber da war keine; und deshalb ist er die Feuerleiter rauf und durch ein Fenster reingeklettert.«

»In den ersten Stock? War er im ersten Stock?«, fragte Drew.

»Ja.« Lucas fragte sich, ob er erst auf sein Eis warten sollte, bevor er noch mehr erzählte. Aber als Sarah ihn aufmunternd anlächelte, fuhr er fort: »Dann war es eine Weile richtig still.«

»Und diese Männer?«, fragte Sarah mit leiser Stimme. »Keiner von denen wusste, dass du da warst?«

Lucas warf sich in die Brust. »Auf keinen Fall! *Mich* hat keiner gesehen.«

Sarah lächelte. »Okay, und was ist dann passiert?«

»Erst mal nichts. Die Schattenmänner sind in ihren Verstecken geblieben. Aber die waren irgendwie miteinander in Kontakt, da bin ich ganz sicher. Und schließlich, ganz plötzlich, sehe ich, wie der Hulk-Typ wieder da rauswill, wo er reingegangen ist, durch das Fenster. Und da ist dann die Wand explodiert.«

Sarahs Augen wurden größer. »Was ist passiert?«

»Die Wand. Über dem Fenster. Sie ist explodiert. Immer und immer wieder. *Peng! Peng! Peng!* So ungefähr.«

»Was hat der Hulk-Mann dann gemacht?«

»Krieg ich jetzt mein Eis?«

Sarah blickte Drew an, und der wusste, dass Argumentieren sinnlos wäre. Er stand auf und ging zur Theke.

Als er zurückkam, warf Lucas ihm ein triumphierendes Lächeln zu. »Danke, Mann.«

»Gern geschehen. Jetzt erzähl uns den Rest!«

Sarah verdrehte die Augen über Drews Ungeduld, worauf Lucas in ein Kichern ausbrach.

Der Junge atmete tief durch. »Der Typ ist ganz schnell von der Wand weggegangen, klar. Und dann hat die Explosion aufgehört. Es war für 'ne Weile still, und dann hat er geschrien.«

»Wer hat geschrien?«, wollte Sarah wissen.

»Der Hulk-Typ ... Also, zumindest glaube ich, dass er es war. Sicher bin ich nicht. Aber der blonde Typ ist kurz danach rausgekommen, und ein paar Schattenmänner sind zu ihm gegangen und haben mit ihm geredet. Die anderen sind in die Lagerhalle rein und haben da irgendwas gemacht. Ich weiß nicht, was das war, aber sie haben schnell gemacht, denn da, wo der Hulk-Typ reingegangen war, ist ein Feuer ausgebrochen. Das war vielleicht hell! Ich weiß nicht, wieso ... vielleicht hat jemand die Flammen gesehen oder so, jedenfalls hat man dann direkt die Feuerwehr gehört. Die Schattentypen sind *wieder* hochgelaufen und mit dem Hulk-Typen wieder rausgekommen. Er sah ziemlich schlimm verbrannt aus. Sie haben ihn in einen Van geladen, und dann sind alle abgehauen, noch bevor die Löschfahrzeuge ankamen.«

In Sarahs Kopf drehte sich alles. »Wart mal 'ne Sekunde, Lucas ... Blonder Typ? Was für ein blonder Typ?«

»Er war so was wie der Anführer. Auch ein Schattenmann. Er hat ihnen gesagt, was sie tun sollen. Er ist die ganze Zeit in der Lagerhalle gewesen. Als hätte er gewusst, dass der Hulk-Typ da reinkommen würde. Er war wohl noch schlauer als die anderen.«

»Glaubst du, dass *er* den Hulk-Typen getötet hat, Lucas?«, fragte Drew.

Lucas verschränkte die Arme, obwohl sein Eis bereits schmolz. »Keine Ahnung, Mann. Alles, was ich gesehen habe, habe ich gesagt. Ich habe nicht *gesehen*, wie jemand umgebracht wurde.«

Drew wollte gerade nachhaken, als Sarah mit der Spitze ihres Stiefels gegen sein Schienbein trat.

»Autsch!«

Lucas fand das alles ungeheuer amüsant, und er löste seine Arme wieder, um sich seinem Eis zu widmen. Während er es sich schmecken ließ, blickte er zu Sarah. »Mehr muss ich nicht sagen, oder? Es tut mir leid, aber ich bin keine Petze.«

Sarah lächelte und legte ihm die Hand auf die Schulter. »Kein Problem. Aber könntest du mir noch einen Gefallen tun, wenn du mit dem Eis fertig bist?«

Lucas nickte.

»Zeig mir, wo die Explosionen in der Wand waren.«

Eine Feuerleiter in Lederstiefeln hinaufzuklettern war ein gefährliches Unterfangen. Doch da sie gedacht hatte, sie würde den Tag im Büro verbringen, bei Franks mühseliger und langwieriger Nachbesprechung, hatte sie nicht wie sonst ihre Arbeitsschuhe angezogen. Sie hatte sich nicht auf körperliche Betätigung eingestellt. Als sie mit zitternden Knien oben angekommen war, nahm Sarah sich fest vor, dem guten Aussehen nie wieder Vorrang vor der Zweckdienlichkeit ihres Outfits zu geben.

Drew, der einen Anzug trug, war nicht viel besser dran. Lucas war bereits seit mehreren Minuten oben und wartete ungeduldig auf sie. Als Sarah und Drew schließlich neben ihm standen, zeigte er auf eine Reihe von großen, kraterförmigen Vertiefungen in der Wand, gleich über dem Fenstersims.

Sarah betrachtete sie neugierig; Drew war zunächst sprachlos.

»*O mein Gott …*«, sagte er schließlich.

»Was ist denn?«

Drew schüttelte den Kopf und ging näher heran. Er stellte sich auf die Zehenspitzen, um sie so genau wie möglich betrachten zu können. »So etwas habe ich nicht mehr gesehen, seit ich die Marines verlassen habe.«

Sarahs Augen weiteten sich. »Was hat das jetzt mit den Marines zu tun?«

Drew studierte die Einschusslöcher aus mehreren Blickwinkeln. »Als ich damals bei der Ausbildung in Quantico war, habe ich alle möglichen Kurse belegt. Einer davon sollte uns mit einer breiten Palette von Spezialwaffen vertraut machen. Dazu gehörte auch die Ausrüstung von Scharfschützen.«

»Du glaubst, das ist das Werk eines Scharfschützen?« Sarah wirkte fasziniert.

Drew nickte. »Und zwar keines gewöhnlichen Schützen. Er war perfekt ausgestattet. Die Patronen waren bestimmt vom Kaliber .50.«

»Wahnsinn.«

»Ja. Richtig große Geschosse. Schade, dass wir keins davon begutachten können.«

»Warum nicht?«, fragte Sarah.

»Weil irgendjemand – vermutlich die gleichen Jungs, die auf die Wand geschossen haben – sich die Zeit genommen hat, die Patronen zu entfernen. Das war bestimmt nicht leicht, sie müssen elektrisches Werkzeug dabeigehabt haben.«

»Also«, begann Sarah in dem Versuch, das Ganze noch mal logisch zusammenzufassen. »Wir haben es hier mit einer Gruppe unbekannter Typen zu tun, die sich besonders lautlos bewegen und sowohl im Nahkampf als auch beim Einsatz komplizierter Waffen sehr erfahren sind.«

»Und dazu einen toten Serienkiller.«

Sarah bat Lucas, hinunterzugehen und im Auto auf sie zu warten.

»Was denkst du?«, fragte sie, als der Junge außer Hörweite war. »Auftragsmörder?«

»Auftragsmörder?« Drew zog eine Augenbraue hoch. »Unser Verdächtiger hat Prostituierte umgebracht, keine Großerbinnen.«

Sarah zuckte mit den Achseln. »Gutes Argument. Aber wer sonst würde so etwas veranstalten, nur um Rache zu nehmen?«

»Wie viel von der Geschichte des Jungen hältst du für wahr?«

Sarah legte den Kopf schief. »Alles. Wieso? Du etwa nicht?«

Jetzt war Drew an der Reihe, mit den Achseln zu zucken. »Ich weiß nicht. Einen Teil fast sicher. Die wesentlichen Vorfälle stimmen überein mit den realen Beweisen. Aber es scheint einfach zu ...«

»Unglaublich. Aber unglaublich ist nicht das Gleiche wie *unmöglich.* Außerdem, was für ein Motiv hätte Lucas zu lügen? Ich schlage vor, wir nehmen ihn mit in die Stadt, damit er die ganze Geschichte vor Frank noch einmal wiederholt.«

Drew nickte zustimmend, und beide sahen schweigend zu, wie der Junge flink die Leiter hinunterkletterte und wohlbehalten auf den Boden sprang.

7

Frank Gideon beobachtete durch die verspiegelte Glasscheibe hindurch, wie Sarah und eine Vertreterin des Kinderschutzdienstes Lucas befragten. Die Geschichte, die der Junge zu Protokoll gab, glich bis ins kleinsten Detail der, die er Drew und Sarah im Restaurant erzählt hatte.

Nach ungefähr dreißig Minuten entschuldigte Sarah sich, schaltete das Tonbandgerät aus und verließ den Raum. Als sie in den Beobachtungsraum trat, sah sie Frank, der die Arme verschränkt hatte und Lucas durch das Glas betrachtete. Drew saß neben ihm auf einem Stuhl, das Jackett hatte er ausgezogen, seine Krawatte hing lose um den Nacken. Er wirkte erschöpft.

»Da hast du ’s«, sagte Sarah, während sie die Tür hinter sich schloss. »Wahnsinnsgeschichte, nicht wahr?«

Frank seufzte. »Ich weiß nicht, Sarah. Das erscheint mir alles sehr inszeniert.«

»Aber was er sagt, passt zu den Beweisen.«

»Schon«, erwiderte Frank zögerlich. »Aber was sind das für Beweise? Ein paar leere Löcher in der Wand und eine verschmorte Leiche.«

Unbewusst ballte Sarah die Fäuste. »*Ja,* stimmt. Doch wir sind erst seit heute Morgen dran. Ich weiß, dass mit ein wenig mehr Zeit …«

»Sorry, Sarah«, sagte Frank entschieden, löste die Arme und steckte die Hände in die Taschen. Er wandte sich ihr zu. »Wir sind aus dem Spiel. Es geht eindeutig um Mord. Darum kann sich die hiesige Mordkommission kümmern. Sollten wir tatsächlich die Bestätigung erhalten, dass das Opfer mit unserem Verdächtigen identisch ist, dann können wir vielleicht eingreifen. Andernfalls müssen wir sie ihren Job machen lassen.«

Sarah fühlte, wie ihr das Blut in die Wangen stieg. Sie stemmte die Hände in die Hüften. »Und was wird aus Lucas? Schicken wir den einfach wieder zurück auf die gottverdammte Straße?«

Frank kannte das Reilly-Temperament und verstand sich darauf, ihm auszuweichen, wie man einem sich nähernden Güterzug ausweicht. »Sarah, ich werde das jetzt nicht mit dir diskutieren. Lucas wird in eine soziale Einrichtung kommen. Ich bin sicher, sie werden sich gut um ihn kümmern. Vergewissere dich, dass du seine Aussage zusammen mit all den anderen Akten ans Bostoner Police Department schickst. Drew – das Gleiche gilt für dich. Ich will, dass sie alles kriegen, was ihr herausgefunden habt, bevor ihr heute nach Hause geht. An die Arbeit, Dyson! Ich will noch einen Moment unter vier Augen mit Sarah reden.«

Drew salutierte träge und verließ den Raum.

»Was ist denn, Frank? Ich muss zurück zu Lucas und dem Kleinen erklären, warum ich ihn im Stich lasse, obwohl ich ihm doch versprochen habe, ihm bei der ganzen Sache beizustehen.«

»Hör zu, Sarah, ich weiß, dass das Ganze ziemlich beschissen gelaufen ist, aber du musst verstehen, dass das meistens so läuft. So was läuft selten glatt.«

»Du meinst so glatt wie bei dir und Dad und dem Millenium-Killer?«

Das war ihr so herausgerutscht, und sie bereute es augenblicklich, während sie ängstlich auf Franks Reaktion wartete.

Frank verengte die Augen. »Wir sind nicht mit dem Ziel in die Faneuil Hall gegangen, den Typen umzubringen, ganz gleich, was diese Libertins danach behauptet haben. Dein Vater und ich wollten ihn vor Gericht bringen. Und jetzt hör auf mit dem Mist! Ich weiß, dass du sauer bist, aber ich habe einen anderen Fall für dich und Drew, und der ist dringend.«

Unwillkürlich spürte Sarah, dass er ihr Interesse geweckt hatte.

Frank bückte sich und zog einen Aktenordner aus der Tasche. Er warf ihn ihr hin. »Frischer könnte ein Fall von auswärts gar nicht sein.«

»Wohin schickst du uns?«, fragte sie, während sie den Ordner öffnete und den Inhalt überflog.

»New Hampshire. Laconia, um genau zu sein. Das ist eine kleine Stadt nahe dem Seengebiet. Sie haben da schon seit einiger Zeit ein ziemliches Problem. Ein organisierter Killer, der stets auf dieselbe Weise vorgeht.«

»Der *Lakeshore-Killer*?« Sarah hatte die Nachrichten über den nie identifizierten Mörder von Anfang an verfolgt.

Frank nickte. »Die lokale Polizeibehörde ist damit überfordert, und sie hat unsere Hilfe angefordert.«

»Wann soll es losgehen?«

»Ich will, dass ihr *beide* auf der Stelle losfahrt.«

Sarah nickte und ging in ihr Büro. An ihrem Schreibtisch war Drew zusammengesackt; er hatte den Kopf auf einem Aktenberg abgelegt und schnarchte leise. Da sie nicht besonders gut gelaunt war, knallte sie den Ordner direkt neben ihn auf die Tischplatte.

Drew schnellte mit einem Röcheln empor. Er blickte um sich und blinzelte, bevor er die Augen auf Sarah heftete, die mit gekreuzten Armen über ihm stand.

»Was ist denn jetzt schon wieder?«

»Wir haben eine Autofahrt vor uns. Alle Einzelheiten stehen im Ordner. Ich werde mich von Lucas verabschieden. Dann gehe ich duschen, mich ein wenig frisch machen und umziehen. Ich schlage vor, du tust das auch.« Ihre Äußerung ließ keinen Zweifel daran, wie er aussah … und roch.

Drew ignorierte ihren Spott, öffnete den Ordner und blätterte ihn durch. Sarah kehrte zum Vernehmungsraum zurück. Vor der Tür zögerte sie. Sie atmete tief durch, öffnete und trat ein.

Lucas saß immer noch am selben Platz und redete fröhlich mit der Frau von der Sozialeinrichtung. Als er Sarah sah, lächelte er, und es brach ihr fast das Herz. Sie erwiderte sein Lächeln, so gut sie konnte, und setzte sich neben ihn.

Lucas drehte sich um, um sie anzuschauen. »Ich hatte Angst, du würdest nicht wiederkommen.«

Sarah biss sich auf die Unterlippe. Als sie schließlich sprach, bebte ihre Stimme, sosehr sie auch versuchte, das Beben zu unterdrücken. »Tut mir leid. Lucas. Mein Chef wollte mich sprechen.« Sie wollte weiterreden, ihm die Wahrheit sagen, aber sie fand nicht die richtigen Worte.

»Du hast schlechte Nachrichten.« In Lucas' Gesichtsausdruck lag eine Weisheit, die ungewöhnlich war für so einem jungen Menschen. »Es ist in Ordnung, du kannst es mir erzählen. Ich werde nicht weinen, ich versprech's.«

»Es tut mir wirklich leid, Lucas, aber ich werde dich bei alldem nicht begleiten können. Mein Chef meint, dass die Bostoner Polizei sich um deine Sicherheit kümmern soll. Die Polizisten da sind sehr nett. Bei denen bist du sicherer, als du es bei mir wärest.«

»Das glaube ich nicht«, murmelte Lucas. Aber er schenkte ihr ein Lächeln, um zu zeigen, wie tapfer er war.

Sarah zog ihre Visitenkarte aus der Tasche und gab sie ihm. »Hier ist meine Nummer. Du darfst mich immer anrufen, wenn du mich brauchst.«

»Bitte vergiss mich nicht!«

»Das werde ich nicht, Lucas, das verspreche ich dir.«

Das Handy klingelte nun schon bestimmt zum dritten Mal, als schließlich jemand ranging.

»Bates hier.«

»Ich bin's.«

Bates schwieg. Er erkannte die Stimme des Mannes sofort. Es

war einer seiner Informanten, ein Mann, der für das Justizministerium arbeitete.

»Ich weiß, ich soll keinen Kontakt aufnehmen außerhalb der vereinbarten Zeiten, aber …«

»Ja?«

»Es ist was passiert.«

»Erzählen Sie! In allen Einzelheiten.«

»Sie hatten einen Zeugen. Letzte Nacht. Er hat die ganze Sache mit angesehen. Ein obdachloser Junge. Agenten des Bostoner FBI haben ihn gefunden.«

»Wird er Probleme machen?«

»Ich denke, ja. Die Abteilung Raub/Mord der Bostoner Polizei hat den Fall komplett übernommen.«

»Gut. Ich nehme an, Sie wissen, wo er sich befindet?«

»Ich weiß es für die nächsten Tage. Wer weiß, wo sie ihn danach unterbringen werden.«

»Geben Sie mir die Adresse!«

Bates schrieb sich die Adresse eines Apartments im Oberklassen-Vorort Beacon Hill auf. »Verstanden. Sonst noch was?«

»Nein, das ist alles.«

»Gut. Melden Sie sich, sobald Sie Neuigkeiten haben.«

Ohne auf Bestätigung zu warten, haute Bates auf den Aus-Knopf und hämmerte die Nummer eines anderen Handys in die Tastatur.

»Ja?« Eine seidenweiche Stimme ertönte, heiter und gelassen.

»Hier ist Bates, Sir.«

»Was gibt's?«

»Wir haben ein Problem.«

Bates berichtete von dem vorangegangenen Gespräch.

»Sind Sie sicher, dass diese Information stimmt?«

»Sie stammt aus einer verlässlichen Quelle, Sir.«

»Dann kümmern Sie sich darum – aber sorgen Sie dafür, dass es kurz und schmerzlos ist!«

»Und die Polizisten, die ihn beschützen?«

»Kein Kollateralschaden, Sergeant.«

»Ja, Sir.«

»Die FBI-Agenten, die den Jungen gefunden haben … Wer waren die?«

»Das kann ich rausfinden, Sir.«

»Tun Sie das, und überwachen Sie sie!«

Bevor Bates antworten konnte, wurde die Verbindung unterbrochen.

8

Laconias Polizeichef Seth Adams klopfte erneut an die Moteltür. Er lauschte angestrengt und hörte, dass sich dahinter jemand bewegte. Schließlich wurde die Tür aufgerissen und eine hübsche – wenn auch müde aussehende – junge Frau mit strubbeligen rotgoldenen Locken starrte ihn an.

»Das hat hoffentlich einen guten Grund«, knurrte sie.

Adams zog seinen Ausweis hervor und zeigte ihn mit freundlichem Lächeln. »Entschuldigen Sie die Störung, gnädige Frau. Ich bin Seth Adams, Chef der örtlichen Polizei. Ich bin derjenige, der Sie um Unterstützung gebeten hat.«

Die Frau lächelte verlegen und nickte. »Sorry, *Chief.* Ich habe in den letzten Tagen nicht gerade viel Schlaf bekommen. Ich bin Sarah –«

»Reilly«, sagte Adams strahlend, und seine dunklen Augen funkelten. »Ich weiß. Bitte nennen Sie mich Seth, das tun alle. Es ist eine Ehre, Ihre Bekanntschaft zu machen. Ich habe von Ihrem Vater und der Sache mit dem Millennium-Killer in Boston vor ein paar Jahren gehört. Er scheint verdammt gut zu sein.«

Sarah lächelte.

»Die Nachricht von der Ankunft zweier junger Profis aus Boston verbreitet sich rasch in dieser Gegend – besonders wenn es sich um überaus erfolgreiche FBI-Agenten handelt. Natürlich können wir die Besichtigung der Tatorte noch ein paar Stunden aufschieben, wenn Ihnen das lieber ist.«

Sarah wollte sein Angebot schon annehmen und sich noch einige Stunden Ruhe gönnen, als Drew mit einer Tasse Kaffee in der Hand und federndem Gang auf sie zukam. Er grüßte Sarah mit einem Kopfnicken und hielt ihr ein Gebäckstück mit dickem Zuckerguss hin.

»Morgen, Sarah. Hast du Hunger?« Drew klang so verdammt ausgeschlafen, dass es sie wütend machte.

»Nein, danke«, sagte Sarah mit verkrampftem Lächeln. »Drew, das ist Polizeichef –«

»Adams. Ich weiß. Wir sind uns schon begegnet.«

»Fein.« Sarah lächelte übertrieben.

Adams blickte vom einen zum anderen. »Ich warte da drüben im Bronco auf Sie, bis Sie beide fertig sind. Wir haben einiges zu tun heute, und je früher wir loslegen, desto besser.«

Er klimperte mit seinen Schlüsseln und ging zum Wagen zurück.

»Da läuft er, der Kuhdorf-Sheriff«, murmelte Drew. »Mein Gott, wie ich diese Kaffs hasse!«

»Er scheint ganz nett zu sein«, meinte Sarah. »Kann ich mich jetzt anziehen, damit wir dann losfahren und so tun können, als seien wir Profis?«

»Wie lange hast du geschlafen?«, fragte Drew, der ihren Sarkasmus gelassen ignorierte, und verschlang sein Gebäck.

»Nicht genug.« Damit verschwand sie wieder in ihr Zimmer, wobei sie schnell die Tür hinter sich schloss.

Drew ging zu Seth Adams Bronco und setzte sich auf den Beifahrersitz, um dort auf Sarah zu warten.

»Nette Lady«, bemerkte der Polizeichef.

»Ja, sie ist ein Schatz.«

Drew untersuchte seine Zähne im Spiegel. Er redete nicht gern mit anderen Männern über Sarah.

Sie warteten schweigend. Sarah erschien nach zehn Minuten. Ihrer Kleidung nach war sie auf körperliche Bewegung vorbereitet; sie trug locker sitzende Jeans, sandfarbene Wanderstiefel, einen dunkelblauen Rollkragenpullover und eine forstgrüne Outdoor-Jacke. Ihr Haar hatte sie zurückgebunden und unter ihrer Lieblingskappe von den Celtics versteckt. Man konnte es nicht sehen, doch ihre Pistole stieß beruhigend gegen ihre Hüfte, während sie ging.

»Wo geht's als Erstes hin?«, fragte sie, als sie sich auf dem Rücksitz niedergelassen hatte.

»Lake Winnipesaukee«, antwortete Adams. »Das war der Schauplatz für das erste halbe Dutzend Morde. Ich hatte angenommen, dass Sie der Reihenfolge nach vorgehen wollen.«

»Klingt gut«, sagte Sarah und lächelte den Chief an, der das im Rückspiegel sah. Dann bemerkte sie neben sich auf der Rückbank einen beachtlichen Stapel Aktenordner.

»Ist das das, was ich glaube, Seth?«

»Ja. Greifen Sie zu!«

Während der Bronco sich langsam in den morgendlichen Verkehr einfädelte, öffnete Sarah die erste Akte. Wegen des Schlafmangels arbeitete ihr Verstand immer noch langsam, und es dauerte eine Weile, bevor sich der Nebel in ihrem Kopf gelichtet hatte. Doch bei der zweiten Akte war sie bereits mittendrin. Der Lakeshore-Killer war ein klassischer Wiederholungstäter, der einem schmerzlich rigorosen Schema folgte, wenn er seine Opfer erledigte. Er ging methodisch vor und hielt sich stets an eine bestimmte Reihenfolge. Dies legte die Vermutung nahe, dass er einen überdurchschnittlich hohen IQ besaß, in jedem Fall aber besonders diszipliniert war. Sarah lächelte unmerklich. Das machte ihn auch berechenbar.

Von den drei Gesetzeshütern unbemerkt, hatte sich ein dunkelfarbener Chevy kurz hinter ihnen in den Verkehr eingereiht.

Sarah unterdrückte ein Gähnen, schaute auf die Uhr und dann aus dem Fenster.

»Das Licht sollte gerade noch ausreichen, um einen kurzen Blick auf den letzten Tatort zu werfen«, versicherte Adams.

Im Laufe des Tages hatte er bewiesen, dass er sowohl hilfsbereit als auch kooperativ war. Eine Eigenschaft, auf die FBI-Agenten nur selten stießen, wenn sie mit kleinen Polizeistationen zusammenarbeiteten.

Darüber hinaus hatte Sarah gespürt, dass der Chief unter der Dringlichkeit der Ermittlungen litt und die bisherige Erfolglosigkeit ihm ein schlechtes Gewissen bereitete. Seth Adams war ein Profi, er war tüchtig und arbeitete hart, doch dieses Mal hatte keine dieser Eigenschaften ihn seinem Ziel näher gebracht, die Einwohner von Laconia zu schützen. Sarah wollte ihn sehr gern unterstützen.

Drew saß auf dem Beifahrersitz und döste. Er hatte ein ausgesprochenes Desinteresse an den Tag gelegt, ungeachtet der Brisanz dieses Falles. Sie würde später ein Wörtchen mit ihm zu reden haben. Sarah lehnte sich vor, als der Bronco in die Zufahrtsstraße zum Lake Opechee einbog.

»Sie müssen etwas richtig gemacht haben, Seth«, bemerkte Sarah. »Für einen örtlich so stark festgelegten Killer scheinen Sie unseren Typen ziemlich weit nach Süden gedrängt zu haben.«

Adams zuckte mit den Achseln. »Wir haben ihn trotzdem nicht geschnappt. Wahrscheinlich kommt er auch das nächste Mal wieder einfach so davon.«

Sarah streckte den Arm aus und klopfte ihm auf die Schulter. »Nehmen Sie es nicht so schwer! Wirklich, ich habe mein Lob ernst gemeint. Wenn ein Mörder aus seiner Lieblingsecke vertrieben wird, ist die Wahrscheinlichkeit gleich viel höher, dass ihm demnächst irgendein Fehler unterläuft. Wobei es eigentlich seltsam ist … Es passt nicht so ganz zu dem Bild, das ich mir bisher von ihm gemacht habe, dass er so ohne Weiteres den Ort wechselt.«

»Es ist schade, dass ich nicht genügend Leute habe, um das gesamte Seengebiet demonstrativ von Patrouillen überwachen zu lassen«, sagte Adams mit aufrichtigem Bedauern. »Ich will mich nicht einmischen in das Profil, das sie von ihm erstellen, vor allem nicht so früh, aber könnte ich Ihnen eine Frage stellen?«

»Schießen Sie los!«

»Glauben Sie, er kommt aus dieser Gegend?«

»Absolut«, erwiderte Sarah. »Ich wäre sehr überrascht, wenn es nicht so wäre. Es kann höchstens sein, dass er vielleicht nicht direkt von hier stammt, sondern aus der Nachbarschaft. Das Seengebiet hat jedenfalls eine starke Bedeutung für ihn. Vor allem die Gewässer.«

Sarah hätte noch mehr sagen können, aber in diesem frühen Stadium wollte sie keine weiteren Prognosen abgeben. Sie nahm den Ordner, der zuoberst auf dem Stapel lag. Er enthielt die Unterlagen zu den letzten beiden Mordfällen. Sie öffnete ihn.

»Dieser Mord liegt erst wenige Tage zurück. Der Tatort dürfte sich noch nicht sehr stark verändert haben.« Sie wunderte sich über den Zeitraum, der zwischen den letzten beiden Morden lag. Er war fast dreimal so lang wie bei den früheren Verbrechen. »Das ist merkwürdig …«

»Was genau meinen Sie?«, fragte Adams.

»Es kann unwichtig sein, aber normalerweise haben Serienkiller die Tendenz, mit der Zeit eher *häufiger* als weniger zu töten. Das gilt praktisch für alle, weil das Morden für sie zum Zwang geworden ist. Entweder das, oder sie hören irgendwann einfach auf, wenn sie ihre mörderischen Triebe befriedigt haben.«

»Sie haben Recht, das ist merkwürdig«, stimmte Adams ihr zu. »Glauben Sie, es handelt sich vielleicht um einen dieser …«

»Nachahmungstäter?« Sarah dachte einen Moment nach. »Das ist natürlich möglich. Doch ich würde nicht gern Vermutungen anstellen, bevor wir nicht den Tatort besichtigt haben. Vor Ort entwickele ich ein besseres Gefühl dafür.«

Adams nickte, und dann murmelte er, fast als führe er ein Selbstgespräch: »Irgendetwas stimmt nicht bei dem letzten Mord. Etwas ist anders.«

Sarah hörte es, ging jedoch nicht darauf ein. Sie glaubte fest an Ockhams Prinzip, demzufolge man nicht zu viel diskutieren soll, und ihrer Erfahrung nach war die einfachste Erklärung bei den allermeisten Verbrechen *immer* die korrekte. Sie hatte wenig Zeit für Verschwörungstheorien.

Der Bronco wurde langsamer, wendete und hielt vor einem verrosteten Tor. Adams stieg aus dem Wagen, um es zu öffnen. Durch das leise Ächzen der Gitter wachte Drew auf.

»Schon da?«

»Ja.« Sarah streifte sich eine Locke aus dem Gesicht. »Ich hoffe, du bist ausgeruht, denn ich habe das Gefühl, dieser Tatort wird uns weiterbringen.«

»Ist doch immer so bei frischen Spuren«, kommentierte Drew, während er sich abschnallte. »Tatsache ist, dass wir Adams und seinen Jungs aller Wahrscheinlichkeit nach nur beratend zur Seite stehen können. Wir haben weder die Zeit noch das Personal, um eine komplette Ermittlung durchzuführen.«

»Geben wir einfach unser Bestes, okay?«, sagte Sarah und schaute sich bereits die Umgebung an. »Es deutet einiges darauf hin, dass der Killer in der letzten Zeit etwas nachlässig geworden ist, also *wenn* wir irgendwo besonders wachsam sein müssen, dann hier.«

Drew nickte, während Adams zurück zu ihnen ins Auto stieg und den Motor anwarf. Er blickte Drew einen Moment lang an, bevor er den Bronco langsam in die Einfahrt setzte. »Ich habe die Leichen selbst gefunden. Ich war Forellen fischen am See, ungefähr vierzig, fünfzig Meter vom Ufer entfernt. Es war sechs Uhr morgens, als ich das männliche Opfer bemerkte; es war an den Baum gebunden wie alle anderen auch. Starrte auf das Wasser wie eine Vogelscheuche. Das Mädchen haben wir später entdeckt. Es lag im Wasser.«

Drew rutschte ungeduldig hin und her und blickte auf die kleine Hütte, auf die sie zufuhren. »Der Ort ähnelt den anderen

Tatorten. Auch die Opfer waren ähnlich, nehme ich an. Was ist mit dem Tathergang?«

Sarah blickte von der Akte auf. »Alles identisch. Der gleiche Ablauf bei den Verletzungen, die gleiche Sorte Seile, mit denen die Opfer an die Stämme gebunden wurden, und die gleiche Sorte Messer, mit der er sie verstümmelt und ermordet hat.«

Der Bronco kam sanft vor der Hütte zum Stehen. Sarah sprang heraus, streckte die Beine und drehte sich einmal im Kreis, um das ganze Anwesen in sich aufzunehmen.

»Keine Nachbarn, keine direkte Sicht auf die Hütte vom See aus, von der Zufahrtsstraße auch nicht.«

»Richtig«, stimmte Adams zu, während er aus dem Wagen stieg und sich die Hosenbeine hochkrempelte. »Oberflächlich betrachtet sieht er aus wie die anderen Orte. Aber gehen Sie mal herum und *erspüren* den Ort. Irgendetwas ist anders.«

Sarah nickte und wandte sich Drew zu. »Übernimm du die Hütte! Ich guck mir die Umgebung mal genauer an.«

Bevor Drew Einwände erheben konnte, hatte sie sich bereits umgedreht und lief durch die Einfahrt zurück.

Mit gesenktem, aufmerksamem Blick suchte Sarah den staubigen Boden ab. Es gab eine Vielzahl verschiedener Reifenspuren, die vermutlich von der Polizei aus Laconia und der Spurensicherung stammten. Es wäre unwahrscheinlich, hier etwas Brauchbares zu finden. *Dieser* Killer näherte sich seinen Opfern nicht im Auto, sondern bevorzugte andere Wege.

Als Sarah am Tor war, lehnte sie sich dagegen und betrachtete die Zufahrtsstraße. Ein Stück weiter die Straße hinauf, auf der rechten Seite, sah sie, was sie erwartet hatte. Eine große Trauerweide stand dort inmitten anderer Bäume; ihre Äste hingen schwer nach unten. Trotz des schwächer werdenden Lichts hatte Sarah dort bald gefunden, was sie sich insgeheim erhofft hatte: eine Reifenspur. Sie betrachtete sie genauer.

Das Fahrzeug hatte eine beträchtliche Zeit unbewegt an einem Fleck gestanden, davon zeugten die tiefen Furchen im Boden. Da der Wagen jedoch hinein- und später wieder hinausgefahren war, war der Abdruck nicht ganz so deutlich. Sie verfluchte sich, weil sie ihre Kamera nicht mitgebracht hatte. Immerhin hatte der Wetterbericht keinen Regen für die Nacht angekündigt – sie könnten also immer noch ein paar Flutlichter auftreiben und später wiederkommen, um Aufnahmen zu machen. Nachdem Sarah einen letzten Blick auf die Spur geworfen und sich gemerkt hatte, wie weit sie vom Stamm der Trauerweide entfernt war, ging sie zurück zum Tor.

Auf halbem Wege blieb sie stehen. Ihr fiel auf, dass die Einfahrt zur Hütte eine Rechtskurve beschrieb und die Bäume, die den Weg säumten, dichter wurden und den Blick auf die Hütte versperrten. In allen anderen Fällen waren die Einfahrten vollkommen gradlinig verlaufen. Zudem waren die Häuser an den anderen Tatorten durch Hügel oder Ähnliches, nicht jedoch von Blattwerk verdeckt gewesen.

Sarah blickte die Einfahrt hinauf, überlegte einen Moment und trat dann vom Schotterweg ins spärliche Unterholz, das sich vor ihr erstreckte, so weit das Auge reichte. Sie vermutete, dass der Killer die Hütte zunächst aus der Ferne beobachtet hatte. Es ging nicht anders. Vermutlich hatte er gewusst, dass die Hütte rechts lag – er musste die Rücklichter vom Wagen der Opfer gesehen haben, als sie den Weg entlangfuhren. Er hatte sich also sicherlich rechts gehalten und irgendwo dort zwischen den Bäumen eine Stelle gesucht, von wo aus er sie unbemerkt hatte beobachten können.

Sarah versuchte sich in die Denkweise des Killers hineinzuversetzen. Langsam bewegte sie sich weiter, bemüht, nicht zu lange auf denselben Fleck zu starren. Zunächst einmal hatte er herausfinden müssen, ob der Ort seinen Anforderungen entsprach. Der zweite Schritt war dann gewesen zu beobachten und zu warten.

Die Bäume wuchsen jetzt immer dichter nebeneinander. Sarah

ging stets ein paar Schritte, blickte einmal um sich herum und dann auf die Erde. Der Boden war auch hier fest und trocken wie bei der Trauerweide. Wenn der Killer Fußspuren hinterlassen hatte, bestand die Möglichkeit, dass sie noch da waren. Von einem früheren Tatort waren bereits einige gute Stiefelabdrücke abgenommen worden.

Es dauerte fast eine halbe Stunde, doch nachdem sie noch einmal zum Tor zurückgekehrt und ihre Suche kreisförmig ausgeweitet hatte, war Sarah erfolgreich. Zwischen zwei kleinen Kiefern fand sie einen schön erhaltenen, fast makellosen Fußabdruck. Sarah erkannte die Größe und die glatte Sohle von einem der Fotos im Ordner wieder. Darauf bedacht, nichts zu zerstören, hockte sie sich neben den Abdruck. Sie betrachtete ihn möglichst aufmerksam, denn auf einer Schwarz-Weiß-Fotografie konnte man nicht so viel erkennen wie in natura.

Was ihr sofort ins Auge fiel, war, dass der Täter auf den Zehenspitzen gegangen sein musste, obwohl er noch so weit von der Hütte entfernt gewesen war. Das ließ auf eine vorsichtige Art schließen: Der Mann war geduldig. Viele Serienmörder schienen mit der Zeit selbstgefällig und nachlässig zu werden, *dieser* Typ jedoch wirkte so beständig wie das Ticken einer Uhr. Es war enttäuschend, denn Sarah musste damit rechnen, dass ihm keine Fehler unterlaufen waren.

Sarah blickte auf die Richtung, in die der Fußabdruck wies, und entdeckte weitere Abdrücke, die tiefer in den Wald hineinführten. Das Tageslicht wurde schwächer, doch es reichte gerade noch aus, um den Spuren zu folgen. Sie ging erst langsam und dann, als sie das Muster seiner Bewegungen erkannt hatte, schneller. Aufgrund des Abstands seiner Fußabdrücke voneinander schloss sie, dass er immer dann langsam gegangen war, wenn er von dichtem Blattwerk umgeben gewesen war, und sich im – selteneren – freien Gelände schneller bewegt hatte. Unter keinen Umständen hatte er seine Tarnung gefährden wollen.

Sarah seufzte.

Sie *hasste* die Schlauen.

Plötzlich kam eine Hand aus dem Gebüsch und packte Sarah an der Jacke.

Sarah wirbelte herum, ließ sich auf ein Knie fallen und schlug mit der Linken nach der Hand des unsichtbaren Angreifers. Mit der Rechten zog sie ihre Waffe.

»Keine Bewegung!« Ihr Finger legte sich um den Abzug.

»Stopp!« Drew wich zurück und hob die Hände. »Wenn du mich erschießt, dann weiß ich wenigstens, dass es endgültig aus ist mit uns.« Er grinste, obwohl er ganz blass geworden war.

»Mein Gott, Drew!« Sarah stand auf und steckte die Waffe weg; ihre Wangen waren gerötet, ihre Augen funkelten. »Wenn du das noch mal tust, drück ich auf jeden Fall ab.«

»Entschuldige«, sagte Drew und ließ die Arme sinken. »Aber im Grunde bist eher du in mich reingelaufen als umgekehrt. Ich nehme an, du hast die Spuren auch gesehen, nicht wahr?«

»Bist du ihnen von der anderen Seite aus nachgegangen?«

»Ich nicht. Adams. Aber ich hab was *anderes* gefunden. Komm und schau dir das an!«

Sarah folgte ihm entlang der Stiefelspur bis zu einem besonders hohen Baum, der dort stand, wo der Wald am dichtesten war. Drew wartete, bis Sarah neben ihm angekommen war. Sie wusste, dies war die ideale Stelle, um das Haus zu beobachten. Man konnte sowohl den See als auch die Hütte ungestört überblicken. Durch die großen Fenster war praktisch das gesamte Erdgeschoss einzusehen.

Sarah blickte auf den Boden. Und tatsächlich, da waren zwei Stiefelabdrücke. Offenbar hatte die Person, von der die Abdrücke stammten, lange regungslos am selben Ort ausgeharrt, stundenlang.

»Er ist offenbar geduldig, nicht wahr?« Seth Adams trat zu ihnen. »Diesmal war er 's sogar ganz besonders. Ich nehme an, er hat die halbe Nacht hier verbracht und gewartet, bis seine Opfer eingeschlafen waren.«

»Er hat gewartet, bis sie sich im Tiefschlaf befanden«, korrigierte Sarah ihn und schaute sich weiter um. »Er hätte so laut sein können, wie er wollte. Aber dennoch war er vorsichtig. So etwas ist ungewöhnlich.«

Drew blickte hinauf zum Himmel und bemerkte, dass die ersten Sterne bereits schwach funkelten. »Ich weiß, es ist spät«, sagte er mit Blick auf den Chief. »Aber wir sollten uns auch die beiden Bäume noch einmal angucken. Nur um sie auf uns wirken zu lassen.«

Sarah nickte.

»Folgen Sie mir!«, sagte Adams.

Sarah blickte auf die zwei frei stehenden Bäume am Ufer des Sees. Die Dunkelheit war bereits hereingebrochen, doch das Mondlicht reichte aus, um noch etwas zu erkennen. Die Baumwipfel schwankten leicht im Wind. Sarah schloss die Augen und versuchte für einen Moment, die Stille zu spüren. Gewöhnlich war sie an Mordschauplätzen von Dutzenden von Polizisten umringt, blaue und rote Lichter blitzten auf, und im Hintergrund ertönten die Geräusche der Stadt. Hier jedoch war sie umgeben von einer Stille, wie sie nur in der Wildnis herrscht. Sie fühlte, dass sich ihre Sinne schärften wie nie zuvor.

Adams stellte sich neben sie. »Ich kann verstehen, wie sehr dies von Ihrer üblichen Arbeit abweichen muss. Ich selbst stamme auch nicht aus Laconia.«

»Ich dachte bereits, einen Hauch von Akzent wahrgenommen zu haben. Kalifornien?«

»Beinahe. Washington State. Ich weiß, was Sie jetzt denken – was ist schon der Unterschied zwischen da und hier? Nun, schon damals habe ich die Ruhe in Laconia genossen.« Er lachte. »Ich war eben noch nie ein Städte-Typ.«

Sarah nickte, doch da sie durch und durch ein Bostoner Mädchen war, konnte sie das von sich nicht behaupten.

»Was meinen Sie: Warum wählt er die Orte immer nach den gleichen Kriterien aus?« Adams hatte abrupt das Thema gewechselt.

Sarah musste sich zwingen, sich wieder auf die Arbeit zu konzentrieren. »Das kann alles Mögliche bedeuten. Es kann persönliche Gründe haben, vielleicht wegen einer Person, die ihm wichtig gewesen ist. Eins steht jedoch fest: Die Opfer sind ihm egal. Er wählt sie nach ihrem *Wohnort* aus, nicht danach, wer sie sind.«

»Also ist der Ort für ihn das Wichtigste?«

»Soweit ich das beurteilen kann, ja. Seine Opfer sind stets Pärchen, doch es gibt keinen gemeinsamen Nenner zwischen ihnen allen. Ob arm oder reich, dick oder dünn, hübsch oder hässlich – es spielt keine Rolle, solange das Paar an einem Ort wie diesem lebt oder sich eine Weile dort aufhält. Aber zu diesem Zeitpunkt möchte ich lieber nicht noch mehr sagen. Wir stehen schließlich immer noch ganz am Anfang.«

Drew, der sich die beiden Bäume, an die der Täter die Opfer gefesselt hatte, genauer angeschaut hatte, trat zu ihnen. »Es passt alles zusammen.«

»Seilabdrücke an der Rinde? Positionierung der Opfer zum See hin?«, fragte Sarah.

»Ja.« Er nickte. »Der Typ arbeitet wie ein Uhrwerk.«

»Klingt fast, als bewunderten Sie ihn.« Adams blickte Drew scharf an.

Drew schüttelte den Kopf. »Nicht ihn, seine Methodik. Er ist so unglaublich genau. Es ist schwer, das nicht zu bewundern, selbst bei solch einem Geistesgestörten.«

»Ich wünschte, dieser Scheißkerl *würde* einen Fehler machen, damit ich ihn verhaften oder erschießen kann. Was von beiden ist mir im Grunde egal«, sagte Adams und blickte zurück auf den See.

Sarah wusste, dass der Chief es durchaus ernst meinte. Sie konnte es ihm nicht zum Vorwurf machen. Sie streckte die Hand aus und klopfte Adams auf die Schulter, was ihm ein freundliches Grinsen entlockte, das den finsteren, grübelnden Ausdruck auf seinem gutaussehenden Gesicht für einen Moment verschwinden ließ.

»Wir werden ihn schon kriegen. Fürs Erste haben wir alles getan, was in unserer Macht stand. Agent Dyson und ich können morgen früh noch mal mit unserer Ausrüstung wiederkommen, Fotos machen, Fußabdrücke und Fingerabdrücke abnehmen und so weiter. Was haltet ihr Jungs davon, wenn wir jetzt was essen gehen?«

Drew und Adams nickten, und die drei gingen zurück zum Auto. In diesem Moment klingelte Sarahs Handy, worauf sie leicht zusammenzuckte. Drew und Adams blieben stehen und blickten sie an, aber sie bedeutete ihnen weiterzugehen, während sie das Telefon aus ihrer Jacke fischte.

»Reilly.«

»Hey, Sarah.« Es war Frank. Ihr Chef klang müde und gereizt, als habe er einen langen Tag hinter sich. »Ich wollte nur wissen, wie es so läuft. Hattest du bereits Gelegenheit, mit den Einheimischen Kontakt aufzunehmen?«

Sarah berichtete ihm der Reihe nach von den Ereignissen des Tages und stockte, als sie mit der Beschreibung des letzten Ortes fertig war. »Ich weiß auch nicht«, endete sie schließlich. »Es kann bedeutungslos sein, aber dieser letzte Ort wirft meines Erachtens ein paar Fragen auf. Das Timing war anders, der Tatort stimmt nicht ganz mit den anderen überein, und auch die Wahl der Opfer – die ihm meiner Meinung nach weniger wichtig ist – wirkt irgendwie verkehrt. All die anderen Pärchen waren Einheimische. Das letzte Paar aber nicht. Es kann unbedeutend sein, doch ich denke, wir sollten uns diesen letzten Ort vielleicht noch mal genauer ansehen.«

Frank schwieg einen Moment. Dann sagte er langsam und mit wohl überlegten Worten: »Ich vertraue deinem Urteil. Es ist eine gute Idee, sich alle Tatorte anzusehen. In einem anderen Fall mögen die Unterschiede von Ort und Opfer vielleicht unbedeutend sein, nicht jedoch bei einem Ritualmörder. Wir wissen beide, dass Details solchen Tätern *alles* bedeuten. Wenn da etwas … ungewöhnlich war, dann solltet ihr tatsächlich euer Hauptaugenmerk auf den letzten Tatort richten.«

»Okay, danke, Frank. Ich rufe dich morgen an und erzähl dir, wie es so läuft.«

»Tu das!«

Sarah verstaute ihr Handy wieder in der Tasche. Sie ließ die Augen ein letztes Mal über das Gelände streifen. Bei Tageslicht würde es einfacher sein, den Tathergang umfassend aufzuarbeiten. Wir werden das Geheimnis des Ortes schon noch ergründen, dachte Sarah, während sie auf den Bronco zuging, in dem Seth und Drew auf sie warteten.

Tief im Inneren des Waldes stand der Mann mit den veilchenblauen Augen und beobachtete alles. Sie würden seinen Chevy nicht bemerken, wenn sie die Zufahrtsstraße zurückfuhren; er hatte ihn diesmal weitaus besser versteckt als in der Nacht, als er das letzte Mal hier gewesen war. Insgeheim tadelte er sich für seine mangelnde Umsicht.

Aber es spielte keine Rolle, ob sie anhand der Reifenspuren das Auto ermitteln könnten. Der Wagen würde sie trotzdem nicht zu ihm führen. Er würde ihn irgendwo abstellen und sich einen anderen suchen. Das alles waren nur Kleinigkeiten. Mehr Sorgen bereitete ihm die Frau. Er betrachtete sie und fragte sich, wer sie war. Sie und ihre Begleiter würden zweifelsohne morgen wiederkommen, wenn die Lichtverhältnisse besser waren.

Als nur der einheimische Polizist an dem Fall gearbeitet hatte, gab es keinen Grund zur Beunruhigung. Doch nun war ein neues

Moment ins Spiel gekommen. Er dachte darüber nach, als er langsam durch den Wald zu seinem Auto ging. Er kannte Chief Adams von den nächtlichen Nachrichtenmeldungen während der Jagd auf den Lakeshore-Killer. Die beiden anderen sahen sehr nach FBI aus. Der Mann wirkte tough, er hätte gut in einem Kinofilm mitspielen können. Aber er war nicht so wachsam wie seine Partnerin. Der Mann mit den veilchenblauen Augen war ein Experte für die verräterischen Züge, die jeder Mensch unbewusst zur Schau trägt.

Die Frau, wenngleich sie jung war, hatte eine ausgesprochen große Ausstrahlung. Sie war hübsch, aber für den Mann mit den veilchenblauen Augen war das nicht von Bedeutung. Ihn interessierte mehr, dass ihre Augen jeden Ort abgesucht und alles haarklein in sich aufgenommen hatten. Den ganzen Tag über hatte ihr Elan nicht nachgelassen. Ihr Blick verharrte nie zu lange an einem Ort, sondern huschte unaufhörlich von einem Punkt zum nächsten, und ihre Konzentration schien nie abzunehmen. Sie sog ihre Umgebung nahezu in sich auf, und – was noch wichtiger war – ihr Verstand arbeitete unentwegt, analysierte und beurteilte. Sie war gefährlich.

Doch der Mann mit den veilchenblauen Augen lächelte. Er hatte wenig zu befürchten. Schon in der Vergangenheit hatte er es mit FBI-Agenten aufgenommen, und nicht ein einziges Mal hatte die Gefahr einer Entlarvung oder Festnahme bestanden. Er hatte sogar vor mehr als einem Jahrzehnt einen von ihnen getötet, inmitten der Wüste von Arizona, einfach der Herausforderung wegen.

Er beeilte sich davonzukommen. Heimlichkeit hatte nicht länger Priorität, jetzt kam es auf Schnelligkeit an. Er hatte noch viel zu tun.

Zunächst einmal musste er entscheiden, wie er mit den Reifenspuren vorgehen wollte. Wenn er sie ließ, wie sie waren, müsste er den Chevy zerstören und ein neues Fahrzeug stehlen. Wenn er die Spuren entfernte, würden die Agenten allerdings wissen, dass er noch immer in der Nähe war.

Eine knifflige Wahl.

Aber es war nicht wirklich eine Wahl für ihn. Wenn etwas zu leicht gemacht wurde, wo blieb dann die Herausforderung? Er würde ihnen einen Anlass zum Nachdenken liefern.

Der Mann mit den veilchenblauen Augen nahm einen Pappkarton, den er am Straßenrand gefunden hatte, und riss ein großes Stück Pappe heraus. Das legte er auf die Spuren und trampelte darauf herum. Nachdem er seine Position einige Male geändert und immer weiter auf der Pappe herumgetreten hatte, war er zufrieden; er hatte die Spuren bis zu einem akzeptablen Grad überdeckt.

Als Nächstes machte er sich an den Fußabdrücken zu schaffen, die er hinterlassen hatte, als er das Paar in der Hütte beobachtet hatte. Es hat eigentlich keinen großen Sinn, doch er wollte die Ermittler so stark wie möglich verwirren. Er lächelte. Die tieferen Furchen waren schnell beseitigt.

Danach erwog er, die Hütte in Brand zu setzen, entschied sich jedoch dagegen. Sie niederzubrennen nur für den Fall, dass er einen Fehler gemacht und eine Spur hinterlassen hatte, war zu viel des Guten. Das würde zu viel Aufmerksamkeit auf ihn lenken.

Er trat aus der Einfahrt und überquerte die Zufahrtsstraße. Er lief über eines der kahlen Felder, die davor lagen, sein Atem blieb ruhig und leicht. Als er einen kleinen Staudamm erreichte, scherte er nach rechts aus und hielt auf ein Wäldchen zu. Sein Auto hatte er unter niedrigen Zweigen versteckt.

Ein paar Minuten später fuhr der Chevy zurück in Richtung Laconia. Der Mann mit den veilchenblauen Augen schaltete das Radio und die Klimaanlage ein und beschloss, sich auf jeden Fall des Wagens zu entledigen. Man konnte nie vorsichtig genug sein. Er würde ein paar Dutzend Meilen oder mehr aus der Stadt herausfahren und ihn einfach irgendwo stehen lassen. Dann würde er zu Fuß zurückkehren und sich ein anderes Auto besorgen. Er lachte. Diese kleinen Städte machten es einem zu einfach.

Seth Adams spähte durch den Feldstecher, den Sarah ihm gegeben hatte, als sie die Straße verlassen hatten, und schüttelte den Kopf. »Nein, ich kenne alle, die dort wohnen. Keiner von ihnen fährt so einen Chevy.«

Sarah spürte einen Adrenalinstoß. Herausfordernd lächelte sie Drew an. »Ich hab's dir doch gesagt. Ritualmörder kehren *immer* an den Ort des Verbrechens zurück – oft, wenn die Ermittler bereits dort arbeiten.«

Drew lachte und zog seine 9-Millimeter; Sarah tat es ihm nach. Er blickte Adams an. »Okay, Chief, wie wollen Sie das Spielchen spielen? Das ist Ihre Baustelle.«

Eine Sekunde, nachdem der Chevy vorbeigerast war, ließ Adams den Motor des Bronco an. »Wir führen eine routinemäßige Verkehrskontrolle durch, würde ich sagen. Und lassen Sie um Himmels willen die Waffen unten. Es könnte ja jemand aus Boston sein, der einen Verwandten in Laconia besucht.«

Mit ausgeschaltetem Licht lenkte er den Bronco zurück auf die Straße und beschleunigte. Problemlos folgte er den roten Rückleuchten des Chevy.

Er blickte Sarah über den Rückspiegel an. »Dürfte ich Ihnen eine Frage stellen?«

»Sicher.« Sarah überprüfte das Magazin ihrer Smith & Wesson und betätigte den Schlitten.

»Mal angenommen, er ist es tatsächlich … Wieso wussten Sie, dass er da draußen sein würde?«

»War nur so ein Gefühl. Es war nicht von Anfang an da, aber später, als die Sonne unterging. Zuerst dachte ich, es wäre die Unheimlichkeit des Ortes, aber nach einer Weile konnte ich spüren, dass er uns beobachtet.«

»Da warst du besser als ich«, gab Drew zu. »Damals bei der

Armee hätte ich es vielleicht auch gespürt. Ich schätze, ich werde alt.« Aber dann gewann seine Arroganz wieder die Oberhand, und er fügte hinzu: »Könnte aber auch jemand ganz anderes sein.«

Als der Chevy sich einer Kreuzung näherte, wurde er langsamer. Sarah konnte spüren, dass es nicht jemand anderes war. Die Straßen in dieser Gegend waren sonst so gut wie menschenleer, vor allem nachts.

Der Mann mit den veilchenblauen Augen trat langsam auf die Bremse, um sich zu vergewissern, dass die Kreuzung frei war. Es war weit und breit kein Fahrzeug in Sicht, doch die Gewohnheiten der Großstadt legte man nur schwer ab. Er wollte das Gaspedal gerade wieder durchdrücken, als er es sah.

Hinter ihm.

Ein Auto.

Weiß.

Mit *ausgeschalteten* Scheinwerfern.

Den Blick auf den Rückspiegel geheftet, suchte er die Straße ab.

Es gab keine Straßenlaternen.

Wie konnte dieser Jemand auf einer so abgelegenen Straße ohne Licht fahren? Die Antwort war einfach: Er konnte es nicht. Der Mann verengte die Augen, während sich der Wagen langsamer näherte.

Verdammt!

Es war ein Geländewagen.

Es dauerte nicht lange, bis er erkannte, dass es ein Bronco war. Sein Puls beschleunigte sich, und der Mann mit den veilchenblauen Augen widerstand dem nahezu überwältigenden Impuls, das Gaspedal durchzudrücken und seinem Verfolger davonzufahren. Doch die Bullen hatten ein Funkgerät; es wäre sinnlos. Sie würden Einheiten anfordern, die ihn abfangen sollten. Mit diesen Gedanken im Hinterkopf bog er nach links ab, statt nach rechts, was er eigentlich vorgehabt hatte, und fuhr geradewegs nach Laconia.

Der Bronco folgte ihm, hielt jedoch immer einen gewissen Abstand. Vermutlich glaubte der Fahrer, er werde nicht bemerkt. Doch der Mann mit den veilchenblauen Augen besaß die Fähigkeit, auch bei Dunkelheit gut zu sehen. Deshalb hatte er in den Wäldern von Vietnam und in den letzten Tagen des Krieges überlebt.

Der Bronco nahm nun Fahrt auf und verringerte den Abstand zu ihm.

Der Mann mit den veilchenblauen Augen nahm die rechte Hand vom Steuer und ließ die Fingerspitzen über den Griff der Ruger Kaliber .22 gleiten, die er sich vorn in den Hosenbund gesteckt hatte. Wegen des Schalldämpfers war das etwas unbequem, doch so konnte er immer schnell danach greifen, schneller, als wenn er eine Pistolentasche benutzen würde.

Im Augenblick fühlte sich die Wölbung beruhigend an, denn je näher sie der Stadt kamen, desto näher kam auch der Bronco. Der Mann schaltete das Radio aus und löste den Sicherheitsgurt. Er war gerade ganz zurückgeschnellt, als eine Sirene ertönte, die Stille der Nacht zerriss und die Straße hinter dem Chevy plötzlich beleuchtet war. Seltsamerweise beruhigte sich der Pulsschlag des Mannes, anstatt sich zu beschleunigen. Er stieg sanft auf die Bremse und lenkte den Chevy auf den Seitenstreifen. Auf diese Situation war er vorbereitet. Er stellte den Motor ab, ließ den Schlüssel jedoch in der Zündung stecken.

Als er im Rückspiegel beobachtete, wie die drei aus dem Bronco stiegen, lächelte er. Nicht einmal ein halbes Dutzend Mal wäre er in den letzten dreißig Jahren beinahe erwischt worden.

Das würde niemandem gelingen.

Sarah versuchte ihre 9-Millimeter unauffällig zu halten, während sie sich dem Chevy näherte. Der Fahrer hatte Motor und Beleuchtung ausgeschaltet und wartete reglos auf seinem Sitz. Sie sah aus dem Augenwinkel heraus, dass Drew ihr ein Zeichen gab, nickte und schlug vorsichtig einen großen Bogen um das Heck des Chevy. Sie ging auf die Beifahrertür zu, während Drew sich links hinter Adams hielt. Adams bewegte sich mit erstaunlich lockeren Schritten auf die Fahrerseite zu. Er hatte die Waffe noch nicht gezogen, aber seine rechte Hand lag auf dem Griff. Nun klopfte er zweimal an die Scheibe des Seitenfensters. Die Frontscheinwerfer des Bronco beleuchteten den Chevy und seinen einsamen Insassen. Sarah erreichte zeitgleich mit Adams die Beifahrertür, als der Fahrer das Fenster herunterkurbelte.

»Guten Abend, Officers. Habe ich etwas falsch gemacht?« Er sprach mit ruhiger, belustigter Stimme.

Adams legte den gleichen Charme an den Tag, den er am Morgen bei Sarah und Drew hatte spielen lassen. Diesmal konnte er Sarah nicht täuschen. Adams war nervös, doch er verbarg es gut.

»Ja, Sir. Wenn Sie vielleicht kurz aussteigen würden. Uns wurde gemeldet, dass ein paar Jugendliche unterwegs sind, die auf Briefkästen und Ähnliches ballern. Es wird nur einen Moment dauern, dann können Sie weiterfahren.«

»Nun, ich bin ganz sicher kein Jugendlicher«, sagte der Mann und lachte, während er die Wagentür öffnete und herauskam, die Hände neben dem Körper.

Sarah, die ihn von der anderen Seite aus beobachtete, erkannte, dass er in diesem Punkt die Wahrheit sagte. Er schien im Alter ihres Vaters zu sein. Das war eine – enttäuschende – Überraschung, denn sie stellte sich den Lakeshore-Killer viel jünger vor, nicht älter als Mitte dreißig. Allerdings wirkte dieser Mann zumindest körperlich fitter als ein durchschnittlicher Fünfundzwanzigjähriger, obgleich er bedeutend älter war.

»Wir haben gesehen, wie Sie aus der Zufahrtsstraße zum Opechee kamen. Ihrem Akzent nach sind Sie aber nicht von hier«, sagte Adams.

»Stimmt«, antwortete der Mann flott. »Ich bin hier, um meine Tante zu besuchen.«

»Ach, wirklich?« Adams lächelte freundlich. »Soweit ich mich erinnern kann, ist die einzige Frau, die an dieser Straße wohnt, die alte Susan Hodges.«

Der Nachname sagte dem Mann mit den veilchenblauen Augen etwas. Für den Fall, dass genau diese Situation einträfe, hatte er in der Nacht zuvor ein paar Zeilen aus dem örtlichen Telefonbuch auswendig gelernt.

»Das ist richtig«, antwortete er lächelnd, wobei er die beiden anderen aus den Augenwinkeln heraus genau im Blick behielt. »Tante Susan ist eines der wenigen Familienmitglieder, mit denen ich noch zu tun habe. Sie wissen ja, wie das ist. Freunde kann man sich aussuchen, aber …«

»Aber die Familie nicht«, beendete Adams den Satz, wobei er leise in sich hineinlachte. »Wie wahr!« Dann wurde er abrupt ernst. »Dennoch etwas merkwürdig, dass Sie nicht wussten, dass Susan Hodges bereits seit Jahren tot ist. Und ich halte es für unwahrscheinlich, dass ihre sechzehnjährige Tochter – die auch Susan heißt – alt genug ist, um *Ihre* Tante zu sein.«

Dem Mann mit den veilchenblauen Augen verging das Lächeln.

»Zeigen Sie mir Ihren Führerschein und den Fahrzeugschein, Sir!«, schnauzte Adams, dessen Höflichkeit damit ein Ende hatte.

»Sicher.« Der Fahrer setzte erneut ein entwaffnendes Lächeln auf, während er nach der Brieftasche griff. Er hielt mit nachdenklichem Gesicht inne, als habe er etwas vergessen. »Oh, verflucht, wissen Sie was?«

»Was?« Adams kannte bereits alle möglichen Ausreden und war nicht in der Stimmung, sich noch eine anzuhören. »Papiere vergessen?«

»Nein«, erwiderte der Mann und lächelte wieder. »Ich bin nur enttäuscht. Eine Sekunde lang dachte ich, Sie wären ganz schön clever, so wie Sie mich hereingelegt haben. Aber jetzt, wo Sie sich so aufgeteilt haben –«

Damit zog der Mann eine Pistole hervor und richtete sie auf das Herz des Polizisten – alles im Bruchteil einer Sekunde.

»Schlechter Zug.«

Kurz nacheinander gab er zwei Schüsse ab – direkt in Seth Adams Brust.

Als der Polizeichef zu Boden ging, war Sarah für einen Augenblick wie gelähmt. Dann jedoch reagierte sie instinktiv und hob ihre Pistole. Sie zielte auf den Oberkörper des Fahrers, doch der wirbelte blitzschnell herum und duckte sich. Sarah duckte sich ebenfalls hinter der Beifahrertür und hörte dumpfe Schüsse aus der schallgedämpften Waffe des Fahrers. Etwas prallte gegen das metallene Fahrgestell des Wagens. Als Antwort hörte sie erneut Schüsse, und sie wusste, dass sie von Drew stammten.

Sarahs Puls raste, und sie zuckte bei jedem Geräusch zusammen.

Es dauerte ein paar Sekunden – Momente, die sich wie Stunden anfühlten –, doch sie schaffte es, sich wieder unter Kontrolle zu bringen, und arbeitete sich dicht am Fahrzeug entlang nach vorn. Die Schießerei zwischen Drew und dem Fahrer hielt an. Sie musste den Mann von der Flanke aus angreifen, wenn sie überhaupt eine Chance haben wollten, ihn lebend festzunehmen. Sarah wollte ihn nicht erschießen, und sei es nur wegen der Informationen, die er in seinem Wahn mit sich herumtrug.

Mit eingezogenem Kopf und in gebückter Haltung atmete sie tief durch und setzte einen Fuß vor den anderen. Mit der Pistole im Anschlag schlich sie um den linken Scheinwerfer, wobei das Visier stets ihrem Blick folgte. Sie hielt inne, atmete tief durch und wartete, bis sie hörte, dass die Waffe des Fahrers leer war und er das Magazin austauschte.

»Drew! Feuerschutz im oberen Winkel! Jetzt!«, schrie Sarah, bevor sie sich in eine Körperrolle gleiten ließ, die sie jahrelang im Kampfsport geübt hatte und die sich jetzt auszahlte. Entfernt hörte sie, wie Drew mehrere Schüsse in die Luft abfeuerte, die eher zum Ziel hatten, den Kopf des Verdächtigen niedrig zu halten, damit sie weiter vordringen konnte, als ihn tatsächlich zu treffen oder zu töten. Dann richtete sich Sarah auf und schoss.

Wumm-Wumm-Wumm.

Drei Patronen peitschten an Sarahs rechtem Ohr vorbei, so nah, dass sie hören konnte, wie sie die Luft zerrissen. Sie warf sich wieder flach auf den Boden und rollte von dem Auto weg auf ein dichtes Gebüsch und ein paar schützende Felsen zu. Als sie sich in Sicherheit wiegte, feuerte sie gleich mehrere Schüsse hintereinander aus ihrer Smith & Wesson ab. Sie leerte das Magazin und tauschte es gegen ein neues. Dann prüfte sie, welchen Schaden – wenn überhaupt – sie angerichtet hatte.

Die Tür des Chevy war geöffnet, und es befanden sich mehrere Einschusslöcher darin, doch von dem Verdächtigen war keine Spur zu entdecken.

»Drew, hast du ihn?«

Drew, der sich hinter dem Kofferraum Schutz gesucht hatte, spähte hervor. Er blickte sich vorsichtig um, bevor er knurrte: »Er ist entwischt!«

Plötzlich war alles beängstigend still.

Sarah stand auf, die Pistole immer noch im Anschlag, doch ein Gefühl der Hoffnungslosigkeit überfiel sie. Es *konnte* einfach nicht so gelaufen sein. Er war ihnen doch in die Falle gegangen. Es hätte nur eine kurze Fahrt in Handschellen zum örtlichen Gefängnis werden sollen. Sie stürzte zu der zusammengesackten Gestalt des Polizeichefs. Die Scheinwerfer des Bronco leuchteten hell genug, sodass sie ihn genauer untersuchen konnte.

Hinter ihr knackte ein Zweig. Sie wirbelte herum, doch sie war zu langsam. Der Schlag, der ihre Schläfe wie ein Vorschlaghammer traf, betäubte sie. Die Pistole glitt ihr aus den schlaffen Fingern, und ihr Blick verschleierte sich. Irgendwo in der Ferne rief Drew ihren Namen. Sie sackte zu Boden.

Für einen Augenblick starrte sie in unergründliche Augen, die so veilchenblau waren, wie sie es noch nie gesehen hatte, bevor die Ohnmacht sie überwältigte.

9

Das Kinn auf die Hände gestützt, lag Lucas auf dem riesigen Bett im viktorianischen Stil, vor ihm eine geöffnete Packung doppelt gefüllter Kekse, und blickte gespannt auf den Fernseher. Es lief eine Folge der *Simpsons* – seiner Lieblingssendung.

In einer Werbepause stand er auf und ging zu den großen französischen Fenstern, die einer der Kriminalbeamten, die ihn beschützten, fest verschlossen hatte. Lucas wusste, dass die Männer nur wollten, dass er in Sicherheit war, doch er würde sich zu gern rausschleichen, um Sarah zu suchen. Sie war die hübscheste Frau, die er je kennengelernt hatte. Wenn er das kleine Bild von ihr – das er von Drews Schreibtisch gestohlen hatte – anblickte, fühlte er sofort Schmetterlinge im Bauch.

Er blickte hinunter auf die Straßenkreuzung. Sie befanden sich nur im fünften Stockwerk, doch das war hoch genug, um die Hunderte von Menschen zu sehen, die dort umherliefen. Er war dankbar, dass er nicht mehr auf der Straße lebte. Und froh, ein Bett zu haben. *Sehr* froh. All das hatte er Sarah zu verdanken.

Das Apartment war »todschick«. So hätte es seine Mutter ausgedrückt. Die Kleidung der Leute, die in dem Haus aus- und eingingen, war elegant, und alles war entweder geschnitzt oder aus Gold oder beides. Er hatte zufällig gehört, dass einer der Kripobeamten gesagt hatte, dass der reiche Mann, dem das Apartment gehörte, der Polizei erlaubte, es zu benutzen, damit er es von der Steuer absetzen konnte – was auch immer das bedeutete – und weil der Richter es zur Bedingung gemacht hatte. Er wusste auch nicht recht, was das heißen sollte, aber er nahm an, es bedeutete, dass der Besitzer in Wirklichkeit kein netter Kerl war. Vielleicht war er eigentlich ein Bösewicht, der dazu gezwungen wurde, nett zu sein.

Lucas beobachtete die Autos, die die schmalen Straßen von Beacon Hill entlangfuhren. Die meisten waren Mercedes, BMWs oder Cadillacs. Er versuchte sich auszumalen, welche Marke er eines Tages fahren würde. Die europäischen Modelle schloss er sofort aus. Die waren einfach hässlich. *Vielleicht* würde er sich noch auf ein britisches Auto einlassen, etwa auf das flotte, kleine MG oder – sollte er *wirklich* reich sein – auf einen Bentley. Die hatten Klasse.

Wenn er erst einen richtig tollen Wagen hätte, würde Sarah vielleicht mit ihm in die Stadt fahren wollen. Wieder fühlte er das gewisse Prickeln im Bauch. Wenn er größer und älter wäre, könnte er sich um sich *und* um Sarah kümmern. Er trat vom Fenster weg und legte sich wieder aufs Bett; seine Augen wurden immer schwerer. Ja, vielleicht würde er eines Tages genau das tun.

Nur einen Block entfernt lag ein Scharfschütze auf dem Dach eines Gebäudes, setzte das Zielfernrohr des Gewehrs ab und führte ein kleines schwarzes Funkgerät an die Lippen. Da es ein eingebautes Chiffriersystem hatte, fürchtete er nicht, belauscht zu werden.

»Hier ist Danny«, sagte er. »Ich habe das Zielobjekt im Visier. Es ist wach und läuft im Schlafzimmer an der nordöstlichen Ecke herum.«

»Hast du eine klare Schusslinie?«, antwortete eine knisternde Stimme; Danny erkannte sie als Bulls Stimme wieder.

Der ehemalige Green-Beret-Sergeant war nicht glücklich über diese Aufgabe und hatte daraus auch keinen Hehl gemacht, als Bates den Befehl erteilte. Doch sie alle wussten, dass es nötig war. Wenn sie ihre Arbeit fortführen wollten, konnten sie das nicht von einer Gefängniszelle aus oder – schlimmer noch – mit einer staatlich geförderten tödlichen Injektion.

»Negativ«, erwiderte Danny. »Das Zielobjekt war nur für wenige Momente sichtbar.«

»Verstanden«, antwortete Bull. »Dann schieß nicht! Wir ziehen Plan A durch. Du wirst das Ganze überwachen. Over.«

»Verstanden. Over.«

Danny legte das Funkgerät wieder auf das kalte, harte Dach und ging in Stellung. Er blickte durch das Zielfernrohr. In weniger als einer Minute hatte er den weißen Van mit dem Logo einer Telefongesellschaft auf der Seite entdeckt, der jetzt vor dem Liefereingang des Gebäudes anhielt. Er beobachtete, wie vier Männer aus dem Wagen stiegen, allesamt in einheitliche Arbeitsanzüge gekleidet. Sie trugen Werkzeugkästen in behandschuhten Händen und Strickmützen auf dem Kopf. Der Fahrer blieb hinter dem Lenkrad sitzen, der Motor lief im Leerlauf. Die anderen warteten, während einer der Männer sich am Türschloss zu schaffen machte. Er brauchte nicht einmal vierzig Sekunden. Danny lächelte. Jesse, einer der Späher des Teams, hatte sein Fingerspitzengefühl noch nicht verloren.

Während er wartete, wanderte Danny im Geist um Jahre zurück zu der Zeit, als er der Gruppe das erste Mal begegnet war. Es war in einem rauen, verwüsteten Land am anderen Ende der Welt gewesen. Damals trug ihr Team den Namen Baker 91. Operative Sondereinheit Baker 91, um genau zu sein. Sie war schon dort, als die Vereinigten Staaten in Afghanistan involviert wurden. Zu der Zeit bestand das Team aus äußerst trainierten jungen Soldaten, die noch nie einen echten Kampfeinsatz erlebt hatten. In den folgenden Monaten wurden sie auf eine Weise aneinandergeschmiedet, wie es nur Veteranen nachvollziehen können.

Mitte Oktober 2001 war Baker 91 mit der ersten Angriffswelle mit Fallschirmen aus großer Höhe über Nordafghanistan abgesprungen. Die Einheit hatte den Auftrag, Aufklärung für die von Stützpunkten in Diego Garcia aus geführten Luftangriffe zu betreiben. Sie nutzte Laser, um an den Frontlinien der Taliban mögliche Angriffsziele zu kennzeichnen; damit hatte sie dazu beigetragen, die Entschlossenheit der fanatischen Fundamentalisten zu unterminieren und den afghanischen Verbündeten, der Nordallianz, den Weg nach Süden frei zu machen sowie die Vorposten der Taliban, die noch nicht aufgegeben hatten oder vernichtet worden waren, zu überwältigen. Baker 91 war so erfolgreich gewesen, dass sie Mitte November ausgewählt wurde, heimlich in die Stadt Tarin Kot einzudringen und Hamid Karzai zu bewachen, den Mann, den die Vereinigten Staaten als Übergangspräsidenten einsetzen wollten.

Die Einheit musste verbissen kämpfende Rebellen der Taliban überwältigen, um den Staatsmann zu erreichen, was beträchtliche Opfer gefordert hatte. Ihr befehlshabender Offizier, der während des Angriffs einen außergewöhnlichen Mut und eine unerschütterliche Ruhe bewiesen hatte, wurde vom Lieutenant zum Captain befördert. Auch hatte er das Distinguished Service Cross erhalten, eine Auszeichnung für besondere Verdienste, da er sich wiederholt dem feindlichen Feuer ausgesetzt hatte, um ein verwundetes Mitglied des Teams zu retten, eine bemerkenswerte Leistung für einen Neunundzwanzigjährigen.

Fortan waren die zwölf Männer von Baker 91 auf Erfolgskurs geblieben; sie unterstützten die Delta Force und die britische Spezialeinheit SAS dabei, die Kontrolle über die aufrührerischen Kriegsgefangenen in der Festung Qala-i-Janghi wiederzuerlangen.

Gefangene Al-Qaida-Terroristen hatten unter ihren Gewändern Waffen in das Gefängnis geschmuggelt und die CIA-Agenten angegriffen, die sie im Gefängnisblock verhörten. Ein Agent wurde so brutal mit Tritten traktiert, dass er starb. Die Inhaftierten waren ihren Wärtern zahlenmäßig haushoch überlegen, und als Baker 91 vor den Mauern der Festung abgesetzt wurde, war der Kampf bereits in vollem Gange.

Obwohl die Terroristen Zugang zu einem beträchtlichen Waffenvorrat im Inneren des Gefängnisses besaßen, wurden sie durch die kontrollierten Angriffe der versammelten britischen und amerikanischen Spezialeinheiten und ihrer afghanischen Verbündeten bald überwältigt. Schließlich flüchteten die Taliban unter die Erde, in ein Labyrinth von engen Tunneln. Baker 91 nahm die Verfolgung auf. Aus dem Kampf in fast völliger Dunkelheit gegen einen entschlossenen Feind, der den Tod nicht fürchtete, gingen sie zwar als Sieger, jedoch auch vollkommen verändert hervor. Sie hatten zu viel getötet.

Afghanistan war die Flamme gewesen, die die Männer zu der tödlichen Einheit zusammengeschweißt hatte, die sie heute bildeten. Es war auch in Afghanistan gewesen – als der Konflikt sich bereits dem Ende näherte –, dass ihr befehlshabender Offizier, Captain Harkness, ihnen erstmalig seinen Plan vorgeschlagen hatte. Er würde zum Jäger werden, sie zu seinem Team. Mit der Zusage würden sie sich dazu entschließen, die Army für immer zu verlassen und einen anderen, dunkleren Pfad einzuschlagen.

Danny lenkte die Gedanken zurück zu seiner Aufgabe und suchte die Fenster des Gebäudes ab, während die vier »Mechaniker« geräuschlos in das Gebäude glitten. Mit der Linken steckte er sich schnell einen Kaugummi in den Mund und kaute darauf herum, während das Fadenkreuz von einem Fenster zum nächsten glitt und sie methodisch nach Störfaktoren absuchte.

John »Bull« Tanner – Staff Sergeant der US Army im Ruhestand – schloss leise die Eingangstür, während die Team-Späher Jesse und Cooper ein paar Stufen hinaufgingen. Sie trugen Infrarotbrillen, und die Sturmhauben hatten sie nun ganz heruntergezogen, um ihre Gesichter zu bedecken.

Bull war in jeder Hinsicht ein großer Mann. Er war muskelbepackt, hatte einen kräftigen Nacken und einen kantigen Schädel.

Auf den ersten Blick würde so mancher ihn für einen Sportler halten. Doch sein intelligenter, raubtierhafter Blick verriet ihn, in dem gleichwohl auch eine gewisse Melancholie lag. Seine Tätigkeit bereitete ihm keine Skrupel, aber gelegentlich – allerdings eher selten – hasste er die Erfordernisse, die sie mit sich brachte. Doch er wusste, dass es ohne sie nicht ging.

Bates trat an Bulls Seite, und sie warteten auf grünes Licht.

Die beiden Männer waren die erfahrensten Soldaten ihres Teams. Sie waren geborene Führer, die von den anderen respektiert wurden. Bull war wegen seines Sinns für Humor beliebt, Bates wegen seiner offensichtlichen Killerqualitäten gefürchtet. Bates hatte seinerzeit mehr Menschen getötet als alle anderen von ihnen zusammen.

»Treppenabsatz frei«, zischte Jesse leise in das Mikro.

Bull bedeutete Bates nickend, dass er die Information erhalten habe, woraufhin Bates vortrat und, mit Bull auf den Fersen, geräuschlos die Stufen hinaufstieg. Keiner hatte eine Waffe gezogen, es bestand immer noch die Möglichkeit, dass ein Unbeteiligter das Treppenhaus benutzte. Sie bewegten sich wie Schatten.

»Stellung halten.«

Bull erstarrte, und Bates rührte sich unmerklich, sodass sein Rücken gegen die Außenwand gedrückt wurde. Bull runzelte die Stirn. Nicht Jesse hatte sich da über Funk gemeldet, sondern dessen Partner Cooper.

Ein paar Stockwerke über ihnen hörten sie eine leichte Rauferei, schnelle Fußtritte, ein Rascheln von Kleidern, dann Stille. Bull verlagerte den Werkzeugkoffer von der rechten in die linke Hand und zog mit der rechten eine 9-Millimeter-Pistole mit langem Dämpfer hervor.

»Wache neutralisiert.«

Bull atmete erleichtert auf. Es hatte keinen Schuss gegeben, nicht mal einen gedämpften; er wusste, dass es durch einen kräftigen Kinnhaken passiert war, wenn jemand ausgeschaltet worden war. Der Jäger hatte sie strikt angewiesen, keine Kollateralschäden zu erzeugen.

Er folgte Bates, der sich wieder in Bewegung gesetzt hatte. Sie kamen an der zusammengekauerten Gestalt eines Mannes in Anzug vorbei. Blut tropfte von seiner Oberlippe, die Augen waren geschlossen, und er atmete schwer. Er wäre wahrscheinlich lange genug ausgeschaltet, bis sie ihre Mission erfüllt hatten, doch Bull ging nicht gern ein Risiko ein. Er nickte Bates kurz zu, der seine Werkzeugkiste neben dem Bewusstlosen abstellte, und zog ein paar Plastikschnüre sowie eine Rolle Klebeband hervor. Nach einer Minute war der Bewusstlose fest verschnürt. Bates durchsuchte ihn und zog eine Pistole sowie einen Ausweis hervor – ein Kriminalbeamter vom Dezernat Raub und Totschlag der Bostoner Polizei. Bates behielt die Waffe, den Ausweis steckte er wieder zurück.

Bull sah, wie die Späher sich auf dem Zwischengeschoss über ihnen an der Eingangstür zu schaffen machten. Das Schloss war leicht zu knacken; sie hatten es in zwanzig Sekunden geschafft. Die beiden Späher legten ihre Nachtsichtgeräte ab und verstauten sie in den Werkzeugkisten. Dann zog jeder der Männer etwas hervor, das wie eine Sprühdose aussah, und sie traten in den Flur. Bull und Bates liefen die letzten Treppenstufen hinauf und warteten.

Die beiden Männer schienen auf der Suche nach dem richtigen Apartment über den Flur zu gehen. So zumindest erschien es dem Kripobeamten, der am Eingang des Eck-Apartments saß. Erst als sie näher kamen, sah der Beamte, dass die Blechdosen, die sie trugen, keine Etiketten trugen. Man sah nur das blanke, glänzende Metall. Der Beamte legte seine Zeitung auf dem Tischchen neben sich ab.

Er stand mit ausgestreckter Hand von seinem Stuhl auf, um den Männer zu befehlen stehen zu bleiben.

»Hey, Jungs, ihr könnt hier nicht –«

Sein Satz endete abrupt, als sich die beiden Männer, die sich fast synchron bewegten, auf ein Knie fallen ließen und den Inhalt der Dosen in seine Richtung sprühten. Keiner der Männer trug ein Atemschutzgerät, sodass der Beamte davon ausging, dass es sich nur um Pfefferspray oder Tränengas handeln konnte.

Er wollte nach seiner Waffe greifen, doch gut eine halbe Sekunde später erreichte ihn die dicke, schaumähnliche Flüssigkeit. Wie eine Lawine legte sie sich über ihn und verteilte sich über seinen Oberkörper. Er wollte gerade den Kollegen im Innern des Apartments eine Warnung zurufen, als ein großer Klumpen der widerlich schmeckenden Substanz seinen Mund füllte, sodass er würgen musste. Zwei Sekunden später verhärtete sich die Substanz, und er konnte die Arme nicht mehr bewegen. Vier Sekunden später lief sie ihm die Beine hinunter, härtete dort aus und machte selbst einen schleppenden Gang unmöglich. Nach sechs Sekunden fiel er zu Boden, überwältigt vor Angst, da sich Schaum über seinen Mund gelegt hatte und bereits seine Nasenlöcher erfasste. Seine Augen weiteten sich, und er schlug wild um sich. Doch vergeblich, da der Schaum um ihn immer dicker und härter wurde.

Der Beamte würde nicht sterben. Einer der Handwerker stand auf und ging rasch und leise auf den Polizisten zu. Mit starken Fingern befreite er die Nasenlöcher des Mannes mühelos von dem verkrusteten Schaum. Er verweilte einige Sekunden, um sicherzugehen, dass dem Polizisten kein Schaum mehr über Mund und Nase laufen und dort erstarren würde. Der Polizist sog die kostbare Luft ein, und seine weit aufgerissenen Augen sahen hilflos mit an, wie der zweite Eindringling auf die Tür des Apartments zuging und ein Ohr dagegen legte. Der Beamte wusste, dass seine Kollegen im Inneren nichts hörten; Sie hatten den Fernseher laufen und lachten über Conan O'Briens Witze. Sie ahnten nicht, was hier draußen vor sich ging.

Jesse verstaute die Dose mit dem Antipersonen-Polymer-Klebschaum wieder in der Werkzeugkiste und zog eine weitere Blechdose hervor, die mit der ersten nahezu identisch war, außer dass nur ein einzelner Streifen blauen Klebebands um den Boden gewickelt war. Leise ging er über den Flur zurück zu den Aufzügen. Er hielt die Dose von sich weg und sprühte den farblosen Inhalt großzügig auf den gekachelten Fußboden. Diesmal war es kein Schaum, sondern eine dünne, durchsichtige Flüssigkeit, die wie Kondenswasser aussah, sobald sie den Boden berührte.

»Wache ausgeschaltet. Flur gesichert. In Angriffsposition gehen.«

Bull und Bates verließen das Treppenhaus, und Sekunden später befanden sich alle vier Männer vor der Apartmenttür. Cooper machte sich an dem Schloss zu schaffen, wobei er noch mehr als zuvor jedes Geräusch vermied. Jesse sicherte sie von der Seite. Bull und Bates stellten die Werkzeugkisten ab und nahmen vier kleine Handgranaten mit heller, glatter Plastikummantelung heraus.

Cooper entriegelte das Schloss und drehte vorsichtig am Knauf. Dann öffnete er die Tür einen Spalt breit, sodass sie in den schwach beleuchteten Innenraum blicken konnten, dessen einzige Lichtquelle ein flackernder Fernseher war.

Bates und Bull traten zur Tür, Cooper machte ihnen Platz. Bull flüsterte etwas in sein Kehlkopfmikro.

»Danny, halt dich bereit, wir gehen jetzt rein. Halt die Augen offen!«

»Verstanden!«, krächzte es in Bulls Ohr.

Bull schaute Bates an und hob drei Finger. Die drei Finger wurden zu zwei Fingern, die zwei zu einem. Gleichzeitig zogen die beiden Männer die Ringe an den Handgranaten, hielten sie eine Sekunde lang – in der sie ihnen erlaubten, sich »aufzuheizen« – und schleuderten sie dann durch den Türspalt in den dahinterliegenden Raum.

Drei viertel Sekunden später explodierten die Granaten in

der Luft. Die Explosion war unbedeutend, verglichen mit der einer Splittergranate. Doch das gasförmige Plasma der optischen Bombe wurde überhitzt freigesetzt und sendete eine Explosion hochintensiven Lichts in alle Richtungen, sodass es so hell wurde, dass man sich selbst mit fest geschlossenen Augen der überwältigenden Wirkung nicht entziehen konnte.

Bei allen drei Beamten, die es sich auf der Couch und dem Stuhl bequem gemacht hatten, setzten die Sehnerven für einen Moment aus. Sie waren benommen und verwirrt und hatten keine Ahnung, was geschehen war.

Bull und Bates gingen zur Seite, und Jesse und Cooper betraten den Raum. Beide trugen eine Taser, mit der sie den Raum in entgegengesetzten Richtungen absuchten. Die kompakten revolverförmigen Waffen entluden sich mit kleinen Plopps und feuerten Pfeile in die Brust der Beamten. Jedem Pfeil folgte ein dünner Draht, der zehntausend Volt direkt zu ihrem Ziel leitete. Der Elektroschock war nur sehr kurz, doch er machte einen fitten jungen Beamten hilflos wie ein Baby.

Bull und Bates betraten das Apartment.

Bull ging zur Schlafzimmertür, öffnete sie und spähte hinein. Ein schlafendes Kind lag auf dem Bett. Es rührte sich nicht, als Bull geräuschlos den Raum betrat und eine schallgedämpfte Handfeuerwaffe hervorzog. Er blieb neben dem Bett stehen und entsicherte sie.

Bull blickte hinunter auf den Jungen. Er war zur falschen Zeit am falschen Ort gewesen. Bull fühlte, wie ein leichtes Zittern seinen Körper durchlief. Das Gesicht eines schlafenden Jungen in einem anderen Bett und in längst vergangener Zeit flackerte vor seinem inneren Auge auf. Es lag Jahre zurück, doch die Erinnerung an den vergeblichen Kampf seines kleinen Neffen verfolgte ihn noch immer. Dieser Junge hier glich seinem Neffen nicht, doch die Art, wie er schlief, zusammengerollt zu einer schützenden Kugel, mit ruhigem, unschuldigem Gesicht, war auffallend ähnlich. Bull biss die Zähne zusammen, während er den Schalldämpfer genau auf die Schläfe des Jungen setzte.

Die Kugel wird ganz leicht eindringen …

Er wird nichts spüren …

Er wird *keine* Schmerzen haben.

Du *musst* es tun.

Mit einem wachsenden Gefühl der Selbstverachtung drückte Bull zweimal hintereinander ab. Während er dem Kind beim Sterben zusah, konnte er sich nur mühsam davon abhalten, sich selbst die Pistole an den Kopf zu halten.

Da trat Bates leise hinter ihn und legte ihm eine Hand auf die Schulter. »Es musste sein, John. Das weißt du. Wir werden damit Tausende unschuldige Leben retten.« Er wandte sich an die anderen und nickte. »Wir sind fertig. Verschwinden wir von hier!«

Die vier Männer verließen das Apartment. Sie waren gerade auf halbem Weg zur Treppe, als sich auf der anderen Seite des Flurs hörbar die Aufzugtüren öffneten. Zum Vorschein kamen zwei Polizisten: Ihre Kleidung und die argwöhnische Art, wie sie umherblickten, verrieten sie auf der Stelle.

Bulls Brust straffte sich, während er nach seiner Pistole in der Werkzeugkiste griff. Der Gedanke, Polizisten zu verletzen oder zu töten, gefiel ihm nicht, doch was für eine Wahl hatten sie? Keine ihrer nicht tödlichen Waffen würde auf diese Entfernung wirken. Er wollte die Pistole gerade auf die beiden Männer richten, als Jesse seinen Arm sanft hinunterdrückte.

»Nicht nötig«, sagte der Jüngere lächelnd.

Kaum hatten die Polizisten zwei Schritte aus dem Aufzug gemacht, als ihnen die Füße wegrutschten. Der Boden war nicht nur rutschig; er war spiegelglatt wie eine Eisbahn, die über und über mit einem fettigen Schmierfilm bedeckt worden war. Es wirkte beinahe komisch, wäre die Situation nicht so angespannt gewesen. Die Polizisten sahen die Männer, wussten, dass diese dort nicht sein sollten, und versuchten verzweifelt, vom Boden aufzustehen. Aber was sie auch taten, es gelang ihnen nicht einmal, sich auf die Knie zu ziehen.

Jesse lächelte. Es war das erste Mal gewesen, dass er dieses Super-Schmiermittel hatte ausprobieren können, das der Jäger von irgendeiner Stelle des Verteidigungsministeriums herbeigeschafft hatte. Es hatte gewirkt wie ein Zauberspruch.

Die vier verschwendeten keine Zeit mehr. Sie betraten das Treppenhaus und liefen schnellen Schrittes die Stufen hinunter.

Bull sprach leise in sein Kehlkopfmikro. »Hol uns ab! Halt dich bereit, wir verlassen gleich das Gebäude. Danny, pack zusammen und komm runter auf die Straße. Wir sind in fünf Minuten bei dir.«

Der Scharfschütze bestätigte den Empfang des Befehls, und Bull blickte auf die Uhr. Die ganze Operation hatte weniger als fünfzehn Minuten gedauert. Normalerweise war eine erfolgreiche Mission ein Grund zum Feiern.

Diesmal allerdings nicht.

10

Der Traum war überraschend realistisch. Sarah hatte das noch nie zuvor erlebt.

Aber es musste ein Traum sein. Ihr Vater war da mit ihrer Mutter. Es gab weder Schmerz noch Verlust. Nur sie drei im Sonnenschein. Sie saßen um einen gedeckten Tisch voller Essen. Sie befanden sich auf einer üppigen grünen Alm, die ringsum von schneebedeckten Gipfeln umgeben war.

Ihre Mutter lachte und sie selbst auch; Harry zeigte sein zufriedenes Lächeln, als hätte er gerade den besten Witz des Tages gemacht. Sie lachten und lachten, und es gab keinen Grund, damit aufzuhören. Es gab nichts, was dringend gesagt werden musste, keine eiligen Dinge, die sie sich mitteilen mussten.

Sie hatten alle Zeit der Welt.

Das ist der Himmel, hatte sie gedacht.

Dann fand sie sich plötzlich allein an einem dunklen Ort wieder. Die Kälte überwältigte sie beinahe. Eine kleine, warme Hand legte sich in ihre, und Lucas führte sie auf ein entferntes Licht zu. Dort, das fühlte sie, hatten sie beide Platz. Dort konnten sie sich treiben lassen wie Nebelschleier über einem See in der Morgendämmerung.

Wasser …

See …

Tod.

Der Mann mit den veilchenblauen Augen lächelte ihr zu, sein Blick funkelte im Mondschein. Er drückte ihren Kopf unter Wasser, bis sie schrie.

Luft! Ich brauche Luft!

Sarah setzte sich kerzengerade im Bett auf und schnappte nach Sauerstoff; ihr Gesicht war schweißgebadet.

Wo war sie? Sie drehte den Kopf von einer Seite zur anderen, und mit jeder Sekunde lichtete sich der Nebel vor ihren Augen. Der Raum hatte die klinische Beschaffenheit, die alle Krankenhäuser auszeichnet. Sie lag in einem Einzelzimmer in einem schmalen Bett; ein Tropf war an ihrem Arm befestigt. An ihrem Fußende stand ein Stuhl, über dessen Lehne ein Jackett hing. Es gehörte Drew.

Sarah schob die Bettdecke weg und kroch so weit im Bett hinunter, bis sie die an einem Haken hängende Patientenakte zu fassen bekam. Sie blätterte sie durch, wobei sie nur darin las, um sich zu vergewissern, dass sie *wirklich* wach war. Die Worte blieben immer dieselben, so oft sie sie auch betrachtete. Sarah lehnte sich zurück und machte einen tiefen, reinigenden Atemzug.

Sie trug einen der üblichen Krankenhauskittel, deren Design eher auf Funktionalität als auf sittsames Bedecken ausgerichtet war. Als Sarah sich wieder hingelegt hatte, wurde ihr für einen Moment schummerig vor Augen, und zum ersten Mal bemerkte sie nicht nur den pochenden Schmerz an ihrer Schläfe, sondern auch den dicken Kopfverband.

Was war passiert? Sarah erinnerte sich an den See, daran, dass sie die Spuren des Killers gefunden hatten und wieder abgefahren waren; an langes Warten am Straßenrand und sich überstürzende Ereignisse: Schüsse. Angst.

Und Tod.

Schuldgefühle legten sich schwer auf Sarahs Brust. Sie hatte Seth Adams nur einen Tag erlebt, doch er hatte auf sie den Eindruck eines aufrichtigen Menschen und engagierten Polizisten gemacht. Sie hatte von ihnen allen die beste Schusslinie gehabt. Es war ihre Schuld. Sie hatte nicht schnell genug reagiert. Sarah spürte, dass ihr heiße Tränen in die Augen stiegen, machte jedoch keine Anstalten, dagegen anzukämpfen. Sie hatte es vermasselt, und nun war ein Mensch getötet worden. Und der Mörder lief da draußen immer noch frei herum.

Die Tür öffnete sich. Drew erschien, in der einen Hand einen Styroporbecher mit Kaffee, in der anderen ein Stückchen Gebäck. Als er bemerkte, dass sie wach war, blieb er mit offenem Mund wie angewurzelt stehen.

»Hey … Wie fühlst du dich?«

Er stellte Gebäck und Kaffee ab und machte Anstalten, sich neben sie auf die Bettkante zu setzen. Dann jedoch besann er sich eines Besseren und blieb mitten im Raum stehen, unsicher, was er sagen oder tun solle, und verdrehte die großen Hände. Sarah lächelte ihn an und wischte sich die Tränen aus dem Gesicht. Seine Jungenhaftigkeit hatte sie von Anfang gemocht. Sie nahm noch einen beruhigenden Atemzug, denn obwohl sie sich immer noch stark zu Drew hingezogen fühlte, erschien es ihr fehl am Platz, sich weinend in seine Arme zu werfen.

»Mir geht's gut. Bin nur ein wenig benommen. Als hätte Mike Tyson mir einen Schlag versetzt.«

Drew lachte. »Na ja, der steht ja derzeit wohl eher auf Beißen. Aber du siehst tatsächlich aus, als hättest du ein paar Boxkampfrunden hinter dir. Sieh mal!«

Er nahm einen kleinen Handspiegel vom Nachttisch und hielt ihn ihr entgegen.

Sarah rang um Atem bei dem Anblick, der sich ihr bot. Ihr rechtes Auge war fast völlig zugeschwollen, die Umgebung teigig und rot.

»Mist«, murmelte sie. »Jetzt kann ich diesen Vertrag mit Estée Lauder garantiert vergessen.«

»Die hätten dich sowieso nicht zu würdigen gewusst.«

Sarah gab ihm den Spiegel zurück und schlüpfte wieder unter die Bettdecke. Ihr war bewusst, wie gewagt ihr Krankenhauskittel wirkte.

Sie blickte Drew an und konnte ein leichtes Zittern in der Stimme nicht unterdrücken. »Seth Adams … Was passiert ist, ist meine Schuld, nicht deine. Du hattest keine Möglichkeit, was zu tun, ohne ihn womöglich zu treffen, also –«

Drew hob die Hand und schnitt ihr das Wort ab. »Ich glaube nicht, dass er einen von uns dafür verantwortlich macht. Die Staatspolizei hat uns beide am Tatort verhört und –«

Sarah setzte sich so schnell auf, dass ihr wieder schwindelig wurde. »Seth *lebt*?«

Es dauerte einige Sekunden, bis Drew die Frage richtig verstanden hatte, doch dann nickte er lächelnd. »Klar. Cleverer Typ für solch ein Kaff. Er hatte eine der besten kugelsicheren Westen an, die derzeit auf dem Markt sind. Und hinzukam: Der Typ hat nur Hohlspitzgeschosse benutzt. Adams liegt mit ein paar gebrochenen Rippen nebenan. Die Ärzte wollen ihn einige Tage zur Beobachtung hierbehalten, das gilt übrigens auch für dich.«

Sarah sank wieder in die Kissen. Gott sei Dank. Doch dann drang Drews letzter Satz in ihr Bewusstsein. »Warte«, protestierte sie und setzte sich erneut kerzengerade auf. »Ich kann nicht bleiben, wir haben viel zu viel zu tun.«

Drew griff nach seinem Kaffee und schüttelte den Kopf. »Nein. Ich habe vorhin mit Frank gesprochen. Er will, dass du dich ausruhst und erst mal ordentlich durchgecheckt wirst. Dieser Typ hat dir einen höllischen Schlag verpasst; du könntest eine Schädelverletzung oder sonst was davongetragen haben.«

»Das bezweifle ich. Dieser Kerl tut nichts Unbedachtes. Du hast ja gesehen, wie er es mit uns aufgenommen hat. Er ist es gewöhnt zu kämpfen. Er wollte mich nicht töten oder zum Krüppel machen. Wenn er das gewollt hätte, dann wäre ich jetzt tot. Und du vielleicht auch. Hat die Staatspolizei Straßensperren errichtet?«

»Ja, aber es ist niemand aufgekreuzt. Er ist wie vom Erdboden verschluckt. Wir haben die Wälder mit mehr als fünfzig Polizisten durchkämmt, haben seine Spur allerdings an einem kleinen Bach verloren. Nicht mal die Hunde konnten ihn noch finden.«

Sarah seufzte. Sie schaute von Drew hinüber zu dem Stuhl an ihrem Fußende. »Hast du lange hier bei mir gewacht?«, fragte sie.

Drew, der sich zu einer Lüge gezwungen sah, richtete sich ein wenig zu gerade auf, und seine Augen verengten sich, als müsse er einen Einwand abschmettern. »Nicht sehr lange«, antwortete er barsch. Dann räusperte er sich und wechselte das Thema. »Wir haben herausgefunden, wieso wir so lange auf ihn warten mussten, nachdem wir vom Tatort weggefahren waren. Es war keine reine Vorsichtsmaßnahme von ihm.«

Sarah schloss die Augen, seufzte laut und ballte die Fäuste. »Der Dreckskerl hat die Spuren zerstört, stimmt's?«

Drew nickte.

Sarah blickte aus dem Fenster. »Er legt sich mit uns an. Er will mit uns spielen.«

»Wollen sie das nicht alle?«

»Normalerweise sind *wir* die besseren Spieler«, erwiderte Sarah entschieden. »Doch wir beide allein schaffen das nicht. Du rufst am besten Frank noch mal an und sagst ihm, dass wir mehr Agenten benötigen. Vielleicht bittest du ihn sogar um Unterstützung durch die Staatspolizei von New Hampshire. Die kennt die Gegend. Wir werden uns alle Orte noch mal anschauen müssen, die Kriminalpsychologen von der Bostoner Uni zurate ziehen und –«

»Sarah«, unterbrach Drew sie, »beruhige dich! Ich habe bereits mit Frank gesprochen. Er wird schon jemanden schicken. Aber ruh dich jetzt aus!«

»Unter einer Bedingung.«

Drew wartete.

»Ich möchte deinen Bericht über gestern Abend lesen. Hattest du schon Zeit, alles aufzuschreiben?«

Drew trat ans Fußende, bückte sich und öffnete seine Aktentasche. Er zog ein bedrucktes Blatt Papier hervor und reichte es ihr. »Ich habe mir schon gedacht, dass du ihn sehen willst, sobald du wach bist.«

Sie lächelte ihn an. »Richtig gedacht. Und bitte erzähl meinem Vater nichts von der Sache, okay? Er würde sich nur unnötig Sorgen machen.«

Drew nahm die Aktentasche, griff sich sein Jackett und schloss die Tür leise hinter sich.

Sarah hatte noch Schwierigkeiten beim Lesen, aber sie versuchte trotzdem, sich durch den Bericht zu kämpfen. Sie überflog den Text, bis sie zu dem Bericht über den Chevy kam, den der Verdächtige nach dem Feuergefecht zurückgelassen hatte. Es überraschte sie nicht, dass der Wagen eine Woche vor dem letzten Mord gestohlen worden war. Was sie jedoch überraschte, war der mangelnde Erfolg, den das Team von der Spurensicherung bei der Suche nach Haaren, Fasern, Sekreten oder Fingerabdrücken gehabt hatte. Entweder war der Mann unmenschlich, oder er hatte ganz besonders minutiös darauf geachtet, keine Spuren im Fahrzeug zu hinterlassen. Es wurden auch keine persönlichen Gegenstände im Wagen gefunden. Nicht einmal ein Zigarettenstummel.

Nach einer Weile fiel Sarah in den Schlaf. Glücklicherweise war er diesmal frei von Träumen.

11

»Wie würden Sie als vernünftiges, einfühlsames menschliches Wesen vorgehen, um die harte, abgestumpfte Psyche eines Ted Bundy zu ergründen und Ihre Chancen zu erhöhen, seinen nächsten Schritt zu erraten?«

Die Stille im Hörsaal dehnte sich, und mehr als hundert Studenten rutschten unruhig auf ihren Plätzen hin und her. Dies war mit Abstand der beliebteste aller in der Bostoner Polizeiakademie angebotenen Kurse, doch eine aktive Beteiligung gab es nur selten. Alle Anwesenden waren engagiert und interessiert, doch die meisten würden dem Dozenten nur widerstrebend antworten – und somit das Risiko eingehen zu versagen.

Harry Reilly hasste die Verehrung, die ihm entgegengebracht wurde. Wenn er am Pult stand und wie immer die Haltung eines geduldigen Hochschullehrers imitierte, ignorierte er das monotone Geflüster der Streber, die in der ersten Reihe saßen und als Reaktion auf jede einzelne seiner Fragen die Hände hoben.

Sie waren darauf aus, sich eines Tages einen Namen zu machen. Doch Harry war nicht daran interessiert, nur einige wenige Protegés zu formen. Er wollte *allen* Absolventen ein breiteres Verständnis für sein Gebiet vermitteln. Der Lehrstoff, obgleich nur selten langweilig, machte es ihm allerdings nicht gerade leicht.

Die heutige Vorlesung beschäftigte sich mit dem Thema Wiederholungs- und Sexualstraftäter; im Mittelpunkt stand Theodore »Ted« Bundy. Harry hatte gehofft, er könne das Interesse seiner Zuhörer erregen. Das gelang ihm auch, doch bedauerlicherweise hatte die abscheuliche und grausame Natur von Bundys

Verbrechen auf die Interaktion seiner Zuhörer eine vernichtende Wirkung. Es war normal, dass diese Dinge Unbehagen verursachten. Manchmal gestand Harry sich sogar ein, dass sie auch ihm im Grunde deutlich mehr Unbehagen verursachen sollten, als es tatsächlich der Fall war. Schließlich hob jemand die Hand.

»Ja?« Harry versuchte, ermutigend zu klingen.

Es war ein junger Hörer, an dessen Namen Harry sich nicht erinnern konnte. Der junge Mann räusperte sich und sprach mit South Bostoner Akzent.

»Ähm, ja. Ich wundere mich über all das Zeug, was Bundy seinen Opfern nach dem Tod angetan hat. Wie sollen wir das denn *nachvollziehen?* Ich meine, ich kann verstehen, wenn jemand, der einfach nur fertig mit dem Leben ist, Autoradios klaut oder so. Das kann ich ja noch irgendwie nachvollziehen. Aber Leichenschändung? Das übersteigt mein Verständnis.«

Harry lächelte, und ein leises Glucksen ging durch den Saal, das einen Teil der Anspannung verfliegen ließ. Er wartete, bis es abgeklungen war, bevor er dem Jungen antwortete.

»Ja, ich kann Ihren Einwand gut nachvollziehen. Es liegt eben – per definitionem – in der Natur dieser Verbrechen, dass sie stark von der Norm abweichen. Und für Menschen wie Bundy liegt genau darin der Reiz.«

Er betätigte einen Schalter am Pult, woraufhin die Beleuchtung im Saal gedimmt wurde und eine große Projektorwand von der Decke hinuntergelassen wurde. Er drückte auf einen anderen Knopf, und ein Bild erschien, das ganz offensichtlich älterem Filmmaterial entnommen war; dennoch war alles bestürzend deutlich zu erkennen.

»Dies ist der Wartungsschuppen in der Nähe eines Sees, an dem Bundy zwei seiner Opfer ermordete. Die Opfer waren junge Frauen, die beide in Begleitung anderer zum See gekommen waren. Bundy – dessen Freunde und Familie ihn als im Allgemeinen recht »charmant« bezeichneten – hat beide Frauen unabhängig voneinander von ihren Freunden weggeködert. Er hat sie zu seinem Wagen gelockt, sie durch einen Schlag auf den Kopf bewusstlos gemacht, sie in das Fahrzeug geladen und sie zum Schuppen gefahren.«

Harry führte das nächste Dia vor, und diesmal ging ein Raunen der Empörung und des Abscheus durch den gesamten Saal. Dieses Bild zeigte noch deutlich mehr als das letzte. Ein paar Hörer sprangen sogar auf und verließen den Saal in Richtung Toiletten.

»Wir wissen, dass er beiden Frauen Handfesseln anlegte, damit er mit ihnen machen konnte, was er wollte. Es wird vermutet, dass Bundy zunächst die erste Frau angelockt und zum Schuppen gebracht hat, sie dort gefesselt, aber noch am Leben gelassen hat, bis er mit der zweiten zurückkam.«

Er zeigte die nächsten Fotos. Irgendwo im hinteren Bereich des Saals war ein Würgegeräusch zu hören.

»Das war Denise Naslund. Als Bundy sie ermordete, war sie erst neunzehn. Er hat sie wahrscheinlich vor den Augen der anderen Frau vergewaltigt, stranguliert und dann zerstückelt. Viele Beweise sprechen auch dafür, dass er an seinen Opfern genagt und ihr Fleisch gegessen hat.«

Immer mehr Studenten verließen mit schnellen Schritten den Raum. Bevor sie die Tür erreicht hatten, flackerte bereits das nächste Dia auf.

»Nach der Zerstückelung enthauptete Bundy seine Opfer meistens. Den Körper entsorgte er meist in bewaldeten Gebieten. Oft kam er nach ein paar Tagen zu ihnen zurück, manchmal, um sich erneut an der Leiche – oder den Leichen – sexuell zu vergehen.«

Harry wartete, bis das Knarren der Bänke und das Geräusch der Studenten, die den Saal verließen, abgeklungen waren.

»Aber um Ihre Frage zu beantworten … Es ist nicht so schwer, sich eine Vorstellung davon zu machen, was für Leute Menschen wie Bundy sind. Meist sind es Menschen, die von vielen Instinkten getrieben werden und nach einer sofortigen Befriedigung dieser Instinkte suchen, sodass Fragen nach der Moral oder auch weiterführende pragmatische Überlegungen wie ›Werde ich damit durchkommen?‹ verdrängt werden. Für Bundy war die Antwort immer: ›Wen interessiert das?‹ Er bekam, was er brauchte und wann immer er es brauchte. Und dank der beschränkten Erkenntnisse, die die Strafverfolgung der damaligen Zeit über serielle Sexualmörder besaß, konnte er es wieder und wieder tun, im ganzen Land, an Dutzenden von Opfern.«

Harry blickte auf die Uhr. »Okay … Also … Das war's für heute. Vielen Dank.«

Er beobachtete, wie die Studenten ihre Bücher nahmen und nacheinander den Saal verließen. Als sie fort waren, verstaute er die Unterlagen in seiner Aktentasche und sah auf sein Handy. Er hatte einen Anruf von Frank Gideon verpasst. Er rief ihn zurück.

Frank meldete sich nach dem zweiten Klingeln. »Hallo, Prof, wie war die Vorlesung?«

»Es ist immer ziemlich voll in den ersten Stunden über Serienkiller. Das Thema scheint die Studenten sehr zu interessieren. Sie können gar nicht genug davon bekommen. Die meisten haben *Das Schweigen der Lämmer* schon mindestens hundert Mal gesehen.«

»Gott segne ihre dementen kleinen Seelen!«

»Das Problem ist, dass sie glauben, es sei alles nur ein düsteres, romanhaftes Theater. Sie schauen sich die entsprechenden Krimis im Fernsehen an und erwarten saubere, schnelle Lösungen. Wenn ich ihnen sage, dass gar nichts Romanhaftes dran ist, sondern die Jagd auf Serienmörder eher einem Marathon gleicht als einem Sprint, geht das völlig an ihnen vorbei.«

»Also hast du die Dias ausgepackt.«

»Genau«, sagte Harry und lachte. »Immerhin werden ein paar der penibleren Sorte nicht mehr wiederkommen. Bei dem Rest von ihnen befürchte ich, dass die Faszination ebenso unheilbar wie töricht ist.«

»Du hilfst ihnen, bessere Polizisten zu werden – nur das zählt.« Frank hielt einen Moment inne, als würde er mit jemand anderem reden und dabei den Hörer zuhalten. Dann war er wieder am Apparat. »Hör zu, Harry, es ist was passiert. Ich habe bereits mit dem Direktor der Akademie gesprochen – wenn du dir eine Woche oder so frei nehmen willst, ist das kein Problem. Ich habe ihm erklärt, du müsstest uns in einem Fall beraten, und es sei streng geheim.«

»Worum geht's?«, fragte Harry misstrauisch. »Willst du damit sagen, dass ich wieder fürs FBI arbeiten soll? Ich kann mir nicht vorstellen, dass die Jungs in Washington da mitmachen würden.«

»Stimmt, das würden sie nicht. Deshalb habe ich ihnen auch erzählt, was ich jetzt auch dir erzählen werde.«

»Ich höre.«

»Es geht um einen Fall in New Hampshire, bei dem wir der örtlichen Polizei etwas unter die Arme greifen sollten. Seltsame Geschichte. Vielleicht nicht ohne Bedeutung. Könnte auch für dich interessant sein. Als Sarah mir erzählt hat –«

»Sarah?« Harry hob die Augenbrauen.

»Lass mich ausreden – ja, Sarah. Ich habe sie mit Drew Dyson nach New Hampshire geschickt.«

»Geht es um den Lakeshore-Killer?«

»Genau. Ich musste sie dafür von einem anderen Fall abziehen, aber sie war ganz scharf drauf. Hat mich wirklich an dich erinnert.«

»Immerhin weiß ich jetzt, wieso sie heute Nacht nicht nach Hause gekommen ist. Ich hatte mir schon Sorgen gemacht.«

»Nun, sie hat eben viel zu tun da«, warf Frank ein, der wusste, dass er den nächsten Teil schnell hinter sich bringen musste. »Sie hat mich gestern Abend vom letzten Tatort aus angerufen und ein paar Bedenken geäußert. Bei dem jüngsten Mord schien einiges nicht ganz ins gewohnte Bild zu passen – was ungewöhnlich ist bei einem Killer, der es normalerweise mit dem Drumherum immer ganz genau nimmt.«

»Was hat denn nicht gestimmt? Das Timing? Der Ort? Die Wahl der Opfer?«

»Alles. Zwar nur geringfügig, aber es ist ihr dennoch aufgefallen. Hat mich an die Theorie erinnert, die du so vehement vertreten hast, kurz bevor du das FBI verlassen hast.«

»Wann soll ich los?«

»Oh, jetzt wart mal 'ne Sekunde. Es gibt noch etwas, was du wissen musst. Offenbar haben Sarah, Drew und ein lokaler Polizist, Seth Adams, einen Verdächtigen verfolgt, nachdem sie den Tatort verlassen hatten. Sie haben ihn angehalten und –«

»Sarah … Sie ist doch nicht …« Die Farbe wich zusehends aus Harrys Gesicht.

»Es geht ihr gut«, sagte Frank beruhigend. »Ein paar Blutergüsse, mehr nicht. Sie befindet sich unter Bewachung im Laconia Hospital. Die Ärzte wollen sie vorsichtshalber zur Beobachtung dabehalten. Der Polizist, mit dem sie unterwegs waren, hat nicht so viel Glück gehabt. Der Verdächtige hat ihm zweimal aus kurzer Distanz in die Brust geschossen. Seine Schutzweste hat ihm das Leben gerettet, aber es hat ihn trotzdem hart getroffen. Drew sind glücklicherweise nur ein paar Kugeln um den Kopf gesaust, er wurde nicht verletzt. Der Verdächtige ist offensichtlich ein Meisterschütze, und er hat keine Skrupel, Polizisten zu töten.«

»Bei allen Lakeshore-Morden wurde eigentlich nie eine Pistole als Mordwaffe benutzt«, sagte Harry.

»Auch das ist ungewöhnlich. Da stimmt so einiges nicht. Ich denke, es lohnt sich, den Fall genauer zu untersuchen. Drew ist bei Sarah im Krankenhaus – du kannst ihn auf dem Handy erreichen.«

»Danke. Ich rufe dich morgen an.« Sie legten auf. Harry verließ den Hörsaal und nahm den Aufzug hinunter zum Parkdeck.

Er stieg ins Auto und verließ das Grundstück so schnell er konnte. Er hielt nur an, um an der Einfahrt zur Akademie seinen Ausweis vorzuzeigen. Kurz darauf befand er sich bereits auf der I-93 in Richtung Norden.

Mit heruntergelassenem Fenster und Radiomusik, Rock aus alten Tagen, fühlte Harry sich gleich um zehn Jahre jünger. Bekannte Gefühle regten sich in ihm: der Nervenkitzel der Jagd und das heftige, fast instinktive Verlangen, den Täter zu fangen. Als es Nacht wurde und die Sterne über seinem Kopf funkelten, war Harry immer noch unterwegs. Er hatte die Sicherheit und Routine seines Alltags aufgegeben und begab sich ins Herz der Finsternis.

12

Sarah erwachte von dem Geräusch ihres Handys, das auf dem Nachttisch lag und vibrierte. Sie ignorierte es, denn wenn es etwas Wichtiges wäre, würde Drew es ihr schon erzählen. Er war in einem Motel am Ende der Straße untergekommen. Außerdem war sie erschöpft. Die letzten Tage hatten ihren Tribut gefordert, und sie wollte einfach nur wieder in den herrlich tiefen Schlaf fallen, aus dem man sie gerade so jäh herausgerissen hatte.

Das Telefon vibrierte erneut. Stöhnend streckte sie den Arm aus und tastete danach. Sie klappte es auf.

»Reilly«, sagte sie, ohne sich die Mühe zu machen, ihren Ärger zu verstecken.

»Hi, Sarah«, antwortete die Stimme eines schüchtern und unsicher klingenden jungen Mannes. »Ähm … ich bin's, du weißt schon.«

»Wenn ich jetzt Ratespiele machen soll, dann habe ich da wirklich keine Lust drauf.«

»Sorry … Ähm … Hier ist Jack. Aus dem Büro.«

Es dauerte ein paar Sekunden. »Richtig, *Jack.* Natürlich weiß ich, wer du bist. Ich bin einfach ein wenig neben der Spur, das ist alles.«

»Puh, und ich dachte schon, du hättest mich vergessen da oben.« Der junge Mann klang ernsthaft erleichtert. »Tut mir leid, dass die Operation schiefgelaufen ist.«

»Ja, ja, danke. Hör mal, Jack, wenn es um die Nachbereitung und so 'n Zeug geht, dann kannst du dir meine Aussage aus dem

Hauptarchiv holen. Ich bin wirklich nicht in der Verfassung, dir alles noch mal zu erzählen.«

»Oh, nein, deswegen rufe ich auch gar nicht an. Ich wollte dir nur sagen, wie traurig ich bin über das, was passiert ist.«

»Glaub's mir oder nicht, aber ich hatte schon Schlimmeres als ein geprelltes Auge. Es ist trotzdem sehr nett von dir, dass du anrufst, danke.«

Für einen Moment herrschte Stille. Dann war wieder Jacks Stimme zu hören, doch diesmal klang sie anders, was Sarah gar nicht gefiel. »Nein … Hmm … Entschuldige, Sarah, aber auch das hatte ich nicht gemeint. Mein Gott … Ich kann nicht *glauben,* dass sie dich noch nicht informiert haben.«

»Informiert worüber?« Sarah verkrampfte sich. »Spuck's aus, Jack! Was ist passiert?«

»Lucas … Weißt du, der Junge, den du –«

»*Ja,* Jack, ich weiß, wer Lucas ist. Was ist mit ihm?«

Sarah hörte ihr Herz fünfmal schlagen, bevor Jack endlich antwortete.

»Er ist tot, Sarah. Tut mir wirklich leid.«

Sarahs Lippen bewegten sich, doch sie fand keine Worte. Ihr Atem setzte aus, und ihre Brust zog sich zusammen, als würden ihre Lungen mit eisernem Griff zusammengepresst.

»W-Wie … Wie ist das passiert?« Tränen strömten ihr in die Augen, sodass sie mit dem geschwollenen Auge überhaupt nichts mehr sehen konnte. »Wann?«

Am anderen Ende der Leitung schluckte Jack. »Letzte Nacht. Sie sagen, es war wie im Film …« Jacks Stimme versagte einen Moment. »Hey, hast du keinen Fernseher im Zimmer? Mit Kabelanschluss?«

Die Tränen liefen ihr jetzt die Wangen hinunter. »Wieso?«

»Schalt CNN ein! Sie zeigen die Story gerade noch mal.«

Sarah griff nach der Fernbedienung auf dem Nachttisch und richtete sie auf das kleine Gerät, das hoch oben in einer Zimmerecke montiert war. Langsam nahm der Bildschirm Farbe an. Ein Reporter mit Mikrofon stand vor einem Hochhaus, das wie ein Gebäude in Boston aussah. Es dauerte einen Moment, bevor Sarah ein paar Details wiedererkannte. Sie registrierte, dass die Kamera von irgendwo in der näheren Umgebung von Beacon Hill aus sendete.

Sarah versuchte, sich auf das zu konzentrieren, was der Reporter sagte.

… scheinbar aus dem Nichts. Polizeiquellen zufolge waren mindestens sechs Personen an dem Angriff beteiligt, der sich letzte Nacht gegen zehn Uhr ereignete. Erst vor wenigen Minuten habe ich mit einem Sprecher der Polizei gesprochen, der sagte, dass solch ein Vorfall in der Geschichte des Bostoner Polizeidepartments bisher noch nicht vorgekommen sei.

Hier unsere Informationen: Ein Team Kriminalbeamter des Dezernats Raub und Totschlag des Bostoner Polizeidepartments beschützte eine Person, die Zeuge eines Mordes geworden war, der sich vor wenigen Tagen ereignet hatte. Sie versteckten sie in einer Wohnung im fünften Stock des exklusiven MacClaren-Hochhauses, ohne zu ahnen, dass kriminelle Zellen offenbar den Aufenthaltsort kannten.

Und jetzt wird es interessant: Es scheint, dass die Täter allein den unter Schutz stehenden Zeugen töten wollten. Sie gaben sich große Mühe, langfristige Verletzungen der Bewacher des Zeugen zu vermeiden. Das Team der Auftragsmörder setzte – wie bereits vorhin von unserem Militärberater angesprochen – »nicht-tödliche Waffen« ein. Sie verschafften sich durch den Liefereingang Zugang zum Gebäude, verletzten zwei Polizisten, die die Wohnung bewachten, drangen dann in die Wohnung ein und entwaffneten zahlreiche weitere Beamten, auch hier auf eine Weise, die nur darauf abzielte, sie kurzfristig außer Gefecht zu setzen. Dann betraten die Täter das Schlafzimmer des Zeugen – dessen

Identität die Behörden noch nicht preisgegeben haben –, wo dieser offenbar schlief.

Die Details zum Mord an dem Zeugen wurden noch nicht bekannt gegeben, wir wissen aber, dass er vor Ort getötet wurde. Darauf flüchteten die Täter aus dem Gebäude.

Einen Tag danach dauert die flächendeckende Fahndung nach ihnen noch immer an, bislang allerdings ohne Erfolg …

Sarah stellte den Ton leiser und fasste sich mit der Hand an den Kopf. Nach einigen Atemzügen bemerkte sie, dass Jack noch immer in der Leitung war, und sie setzte den Hörer wieder ans Ohr.

»Sarah …?«

»Ja, ich bin wieder dran, entschuldige.«

»Ich muss mich entschuldigen. Ich habe dich neulich am Tag nach unserer Operation zusammen mit Lucas gesehen. Du warst so nett zu ihm … Ich weiß, es ist jetzt vielleicht etwas unpassend … Aber wie auch immer, Sarah, ich denke, du hast ihm die letzte Zeit hier echt angenehm gemacht … Ich meine, er wusste, es gab jemanden da draußen, dem er nicht gleichgültig war.«

»Danke, Jack! Und danke, dass du 's mir erzählt hast. Wenn selbst das Fernsehen schon davon weiß, dann wussten Frank und Drew es seit Stunden. Sie haben mir absichtlich nichts erzählt.«

»Was wirst du jetzt tun?«

Sarah raffte ihre Bettdecke. »Ich haue aus dem Krankenhaus ab – das werde ich tun. Und zwar sofort. Ich komme nach Boston zurück, sobald ich ein Transportmittel gefunden habe.«

Sie stand langsam auf, bemüht, das Aufwallen des Blutes zu verhindern, das ihr wieder Schwindel verursachte.

»Kann ich irgendetwas tun?«, fragte Jack.

»Erzähl Frank oder Drew nicht, dass wir miteinander gesprochen haben!«

»Abgemacht.«

Sarah beendete das Gespräch und legte das Handy zurück auf den Tisch. Ihre Füße berührten einfach nur den Boden, doch trotz der Vorsicht, die sie hatte walten lassen, war ihr schwindelig.

Sie blickte auf ihren Arm und sah den Tropf. Der Beutel mit der Kochsalzlösung war leer. Vorsichtig löste sie den Schutzverband und zog die Nadel heraus. Dann benutzte sie denselben Verband, um das Einstichloch zu bedecken. Mit langsamen Schritten, einen Fuß schwankend vor den anderen setzend, ging sie in ihr Bad, wo sie ihre Kleidung fürsorglich zusammengelegt vorfand. Das war vermutlich Drews Werk.

Zehn schmerzvolle Minuten später hatte sie sich angezogen. Sie steckte das Handy in ihre Tasche und trat aus dem Zimmer. Der Schwindel ließ langsam nach, doch als sie den Flur entlangging, vorbei an emsigen Krankenschwestern, Ärzten und Krankenwärtern, bemerkte sie Drew erst, als sie fast mit ihm zusammenstieß.

»Was zum Teufel tust du hier?« Drew gab sich keine Mühe, sein Missfallen zu verstecken. Er warf ihr einen missbilligenden Blick zu, wie sie ihn von ihrem Vater gewohnt war. »Die Ärzte haben gesagt, du sollst im Bett bleiben und dich ausruhen.«

Sarah trat einen Schritt vor und rammte ihren starren Zeigefinger gegen sein Brustbein. »Wie lange weißt du schon von Lucas? Und lüg mich ja nicht an! Ich merke sofort, wenn du lügst, glaub mir.«

Drew errötete. »Erst seit wenigen Stunden, Sarah. Das ist die Wahrheit. Frank dachte –«

»Frank dachte, ihr sagt mir besser nichts davon, weil ich eine Frau bin, und wir wissen schließlich alle, dass man Frauen mit Samthandschuhen anpacken muss. ›Erzähl Sarah nichts davon, sonst fängt sie noch an zu flennen.‹ Nun, ich habe es herausgefunden, Drew, und trotz meines nicht vorhandenen Penis werde ich ganz gut damit fertig.« Wieder stieß sie ihm gegen das Brustbein, und Drew wich zurück. »Hör auf, mir immer helfen zu wollen, Drew. Ich habe es auch bisher geschafft, durchs Leben zu kommen, und das habe ich größtenteils mir selbst zu verdanken. Wenn ich deine Hilfe will, dann bitte ich dich darum. Also, wo steht der Wagen?«

Drew fischte in seiner Jackentasche herum und zog die Autoschlüssel hervor. »Er steht im grünen Bereich. Ich begleite dich.«

»Ich komme alleine klar.« Sarah riss ihm die Schlüssel aus der Hand und fegte an ihm vorbei, wobei ihre Schultern hart zusammenstießen. »Ich fahre zurück nach Boston.«

Drew drehte sich um und sah ihr nach. Er wusste, dass Argumentieren nichts half. »Was soll ich Frank sagen?«, rief er noch.

»Sag ihm, er kann mich mal!«, schrie Sarah über die Schulter hinweg, während sie an ein paar schockierten Krankenschwestern vorbeilief.

Sie folgte den Schildern, die zum Krankenhausparkplatz führten. Nach zehn frustrierenden Minuten hatte sie den Explorer gefunden und ließ sich hinter das Lenkrad fallen. Mit quietschenden Reifen fuhr sie auf die Straße. Als sie die Interstate erreichte, schaltete sie das Radio an, und der pochende Bass von The Prodigys »Firestarter« ertönte aus den Boxen. Normalerweise hörte sie im Auto lieber etwas gedämpftere Musik, doch mit dem Gedanken an den toten Lucas und dem starken Verlangen nach Rache drehte sie die Lautstärke auf und verstärkte den Druck aufs Gaspedal.

Lucas würde Gerechtigkeit widerfahren. Dafür würde sie sorgen. Jemand würde für seinen Tod büßen.

13

Harry und Drew saßen im Strategieraum des Hauptgebäudes des Laconia Police Department über einen Tisch gebeugt. Vor ihnen lagen Dutzende von Fotografien, die meisten davon in hoher Auflösung. Sie zeigten die Tatorte, von denen feststand, dass sie mit dem Lakeshore-Killer in Zusammenhang standen. Harry war bereits seit mehreren Stunden dort, er war direkt hergekommen, nachdem er zuvor erfahren hatte, dass Sarah sich – leider – selbst aus dem Krankenhaus entlassen hatte und bereits auf dem Weg nach Boston war.

Hin und wieder erschienen junge Beamten und fragten zaghaft, ob sie irgendetwas benötigten. Drew nahm sie kaum wahr, doch Harrys Antwort war immer die gleiche: ein Lächeln und ein Kopfschütteln, bevor er sich wieder den Fotos zuwandte. Ihre gute Qualität überraschte ihn. Es hatte bisher noch nicht die Gelegenheit gehabt, den örtlichen Chief zu treffen, doch laut Drews Aussage war Seth Adams »okay, in Anbetracht der Umstände«. Was auch immer das bedeuten mochte.

Harry würde mit ihm sprechen, sobald die Ärzte Adams entlassen hatten. Bis dahin würde er sich mit dem vertraut machen, was bisher über den Lakeshore-Killer bekannt war.

Der Mann war ein klassischer Ritualmörder. Alles, was dieses gestörte Individuum tat – vom Herausschneiden eines Hautstreifens aus der Stirn der Frauen bis hin zu den Verstümmelungen der männlichen Organe und der Sorgfalt bei der Wahl von Zeit und Ort der Taten, die stets nachts an einem Gewässer erfolgten –, all das sprach dafür, dass dieses Individuum eine himmelschreiende Botschaft übermitteln wollte. Es war mehr als nur die Befriedigung abnormer Triebe. Es war eine Geschichte, die sich nach und nach entfaltete, eine kunstvolle Inszenierung von Wahnsinn. Abgesehen von den Schlägen, die er seinen Opfern zufügte, gab es nur wenig Hinweise auf die Raserei, die bei Serienkillern ansonsten üblich war, die Überschreitung aller gesellschaftlichen Tabus. Diese Demonstration von Macht, so schien es Harry, erfolgte bei diesem Täter seltsam distanziert, sachlich und kontrolliert.

Ein Mann, der ein Ritual ausführte, das ihn allmählich langweilte?

Vielleicht.

Hinzu kam noch das geographische Element: Der Mann hatte es zunächst vermieden, sich von seinen bevorzugten Tatorten in und um den Lake Winnipesaukee und den angrenzenden Gewässern, die zum Lake Opechee führten, zu entfernen. Die ersten Morde geschahen außerdem in regelmäßigen Zeitabständen. Doch dann hatte es ein langes Intervall zwischen zwei Morden gegeben, und schließlich war der drastische Ortswechsel hin zum Lake Opechee erfolgt. Was hatte den Täter dazu veranlasst? Den Akten zufolge waren die Patrouillen im Winnipesaukee-Gebiet nach den ersten Morden stark intensiviert worden. War das der Grund? Es war möglich, sicher, doch irgendetwas daran stieß Harry auf.

Drew lehnte sich zurück, streckte sich und gähnte. Er stand auf, nahm seinen Mantel und nickte Harry zu. »Ich gehe zurück ins Motel und gönn mir ein paar Stunden Schlaf.«

Harry wusste, dass der junge Agent sich die Nacht im Krankenhaus um die Ohren geschlagen hatte, und verabschiedete ihn mit einem kurzen Gruß. Als er wieder auf die Fotos hinunterblickte, spürte er ganz deutlich, dass irgendetwas seltsam war – auch Sarah hatte es gespürt. Die Häuser und Hütten waren alle sehr ähnlich gewesen. Auch ihre Anordnung in Bezug auf die

Seen war ähnlich. Alle Morde, der letzte eingeschlossen, waren mit dem gleichen Ritual ausgeführt worden, in derselben Reihenfolge.

Harry knurrte gereizt. Er wusste, dass er sich jetzt nicht seinem Lieblingsprojekt hingeben sollte. Er sollte nicht versuchen, Abnormalitäten zu finden, die seine Hypothese stützten. Seine Theorie konnte warten. Hier draußen, irgendwo in dieser Gegend, lief ein echter, eingefleischter Killer herum.

Harry musste dem Mann gar nicht erst vorgestellt werden, der jetzt in den Raum humpelte. Er wusste auch so, wer er war. Die dicke Wölbung unter seinem Hemd verriet, dass er einen Verband um die Rippen trug.

»Sehr erfreut, Agent Reilly. Ich bin Seth Adams.«

Als sie sich die Hände gaben, verzog der Chief das Gesicht vor Schmerz. Harry lächelte angesichts des kräftigen Händedrucks, den der Polizeichef dennoch besaß.

»Nennen Sie mich Harry, bitte«, erwiderte er. »Ich fühle mich nie wohl mit Titeln und dem entsprechenden Benehmen.«

Adams lächelte zurück und ließ sich auf einen Stuhl fallen, während Harry sich einen Stuhl ihm gegenüber hervorzog.

»Ich kann Ihnen nicht sagen, wie erfreut ich war, als ich gehört habe, Sie würden herkommen, um uns zu helfen, Harry. Ich hatte diese Woche die Ehre, mit Ihrer Tochter zu arbeiten, und ich muss sagen, wenn sie nur annähernd so talentiert ist, wie ich es von Ihnen gehört habe, dann bin ich schon ein ganzes Stück zuversichtlicher, dass wir unseren Mann kriegen werden.« Er blickte Harry tief in die Augen. »Ich habe über die Sache mit dem Millennium-Killer gelesen. Das war großartige Polizeiarbeit. Ich bin jedem Hinweis nachgegangen, jedem noch so kleinen Anhaltspunkt, und meine Leute mussten doppelt und dreifach Streife gehen, doch es hat zu nichts geführt. Wir stehen immer noch da wie am Anfang.«

Harry rieb sich beim Zuhören das stoppelige Kinn und stützte sich mit den Ellbogen auf dem Tisch ab. »Machen Sie sich keinen Vorwurf! Das ist Regel Nummer eins. Sie können die Sache nicht beschleunigen, sosehr Sie auch glauben, es zu müssen. Das ist Regel Nummer zwei.«

»Und Regel Nummer drei?«

»Es ist nie vorbei, bis du deinen Mann hast. Ritualmörder verspotten ihre Verfolger, sie beobachten uns bei der Arbeit, und manchmal schreiben sie uns sogar oder rufen an. Doch sie machen das nicht, weil sie geschnappt werden wollen. Sie wollen uns nur demonstrieren, dass sie besser und cleverer sind, und uns dies auch noch vor die Nase halten. Aufhören wollen sie jedenfalls nicht. Und für gewöhnlich hören sie auch so lange nicht auf, bis sie geschnappt oder getötet werden.«

»Beides wär mir recht«, sagte Adams.

»Ich weiß, was Sie meinen.«

Harry nahm eins der Fotos vom Tisch. Es zeigte eins der letzten weiblichen Opfer, nachdem es aus dem Wasser gezogen worden war. Dem Aufkleber auf der Rückseite des Fotos nach lautete der Name der jungen Frau Janice. Harry schüttelte den Kopf und legte das Bild zurück zu den anderen.

»Ich weiß *genau*, was Sie meinen. Ich kann nicht behaupten, dass ich mich auch nur im Geringsten mies gefühlt habe, nachdem ich diesen Bastard in Faneuil Hall getötet hatte … Aber inzwischen bin ich geduldiger geworden, es treibt mich nicht mehr, diese elenden Hunde lieber jetzt als gleich abzuknallen.«

»Wie kommt's? Wissen Sie jetzt etwas, was Sie damals nicht wussten?«

Harry hielt Adams neugierigem Blick einen Moment stand, bevor er bitter lächelte. »Vielleicht.« Er griff nach den Fotos der diversen Tatorte und ordnete sie. Jeder Tatort bekam einen eigenen Stapel; dann nahm er von jedem Stapel ein Foto und legte sie alle in chronologischer Reihenfolge vor den Polizisten. »Was sehen Sie?«

Adams beugte sich vor; seine intelligenten Augen waren nachdenklich. »Das sind die Bäume, an die die Opfer gebunden waren, alle mehr oder weniger gleich, und da sie alle so nah am Wasser standen, kann man auf jedem Bild im Hintergrund deutlich den See erkennen. Ich sehe das Muster mehr als deutlich, doch es zeigt mir einfach nicht *genug* von dem, was ich sehen will.«

Harry lachte in sich hinein. »Nicht so schnell! Entspannen Sie sich! Sie haben hart daran gearbeitet, und vielleicht haben Sie sich schon zu sehr gefangen nehmen lassen. Sie brauchen – zum Teufel, vermutlich brauchen wir das beide – mehr Abstand zu alldem.«

»Was schlagen Sie vor?«

»Machen wir einen Ausflug!«

Harry saß am Steuer und lenkte den Ford Sierra über nasse Nebenstraßen in Richtung des Lake Opechee, dem letzten Tatort des Killers.

Als sie von der Hauptstraße abbogen, schüttelte Adams den Kopf. »Wissen Sie, es ist schon komisch. Am Tag vor dem Mord war ich in eine kleine Verfolgungsjagd mit einem zu schnell fahrenden Auto verwickelt, das der Beschreibung nach auf den Wagen des männlichen Opfers zutrifft. Ich habe das Kennzeichen nie gesehen, ich werde also nie völlig sicher sein können, dass es die beiden waren. Doch von den Eltern haben wir erfahren, dass sie genau an jenem Tag herfahren wollten, um ihren Urlaub hier zu verbringen. Mir kommt einfach immer wieder der Gedanke, dass sie heute – wenn sie es denn tatsächlich gewesen sind – vielleicht noch am Leben wären, wenn ich sie damals angehalten hätte.«

Harry blickte Adams an und sah dann wieder auf die Straße. »Wo haben Sie sie aus den Augen verloren?«

Adams zeigte mit dem Daumen zurück. »Dahinten an der Abfahrt, nehme ich an. Die Serpentinen haben mich aus dem Konzept gebracht. Ich war schon bestimmt eine Meile weiter, bevor ich sicher war, dass sie abgebogen sein mussten. Ich hatte damals angenommen, sie seien viel zu schnell, als dass sie es schaffen würden abzubiegen –«

Harry stieg abrupt auf die Bremse und wendete den Wagen.

»*Mein Gott*, Harry!«

»Entschuldigung. Ich will nur mal an dieser Abfahrt herumschnüffeln.«

Harry fuhr zu der Stelle, parkte den Sierra abseits der Straße und stieg aus. Dann ging er schnurstracks auf die Bäume zu.

Adams reckte den Hals, um zu sehen, wohin der Agent wollte. »Brauchen Sie Hilfe?«, rief er.

»Nein.« Harry wehrte den Vorschlag winkend ab, während er – den Blick bereits auf den Boden geheftet – im Blattwerk verschwand. »Ich brauche nur eine Sekunde.«

Er schaute vom Boden zu den Baumwipfeln auf und dankte leise dem Herrn hoch oben, dass auf dieser Seite der Straße Ahornbäume und keine Fichten oder Kiefern standen. Das Unterholz war durchlässig und der Boden trocken, was den dichten Baumkronen zu verdanken war. Er begann bei den Bäumen, die der Abfahrt am nächsten standen und arbeitete sich an der rechten Seite der Straße entlang. Nach ein paar Minuten schüttelte er den Kopf und tauchte ein Stückchen weiter aus dem Blattwerk auf, überquerte die Straße und verschwand zwischen den Bäumen auf der anderen Fahrbahnseite, wobei er dem in Gedanken versunkenen Seth Adams zuwinkte.

Er brauchte nur drei Minuten, um zu finden, wonach er gesucht hatte. Die Spuren waren wunderbar erhalten, da das Auto – höchstwahrscheinlich derselbe Chevy, der in all den Berichten beschrieben worden war – hier offenbar ziemlich lange gestanden hatte, bevor der Killer begonnen hatte, seine nächsten Opfer zu beschatten. Er hatte anscheinend keine Gelegenheit gehabt, sie wie die anderen Beweismittel zu zerstören. Triumphierend steuerte Harry zurück zum Wagen. Er ging zum Kofferraum und nahm eine große Campingtasche und eine Minox heraus. Er bat Adams um ein wenig Geduld, winkte und kehrte zu den Bäumen zurück.

Adams rutschte vor Schmerzen auf seinem Sitz hin und her. Ein paarmal sah er inmitten der Bäume ein Blitzlicht aufleuchten, und dann beobachtete er Harry, wie er beschwingten Schrittes zum Wagen zurückkam und sich auf dem Fahrersitz niederließ.

»Sie scheinen vor Freude zu platzen. *Was* haben Sie denn gefunden?«

»Alles zu seiner Zeit, mein Freund, alles zu seiner Zeit.« Er ließ den Motor an und fuhr zurück auf die Straße. Es dauerte nur wenige Minuten, bis sie die Einfahrt des abgeschiedenen Grundstücks erreichten, doch bereits jetzt konnte Harry spüren, dass sein Herz raste. Ihm fehlte nur noch ein kleines Puzzleteil bis zu einem ersten, bedeutenden Durchbruch. Wenn er fand, was er erwartete – oder genauer gesagt, es nicht fand –, dann konnte mit Sicherheit gesagt werden, dass der Mann, dem Sarah, Drew und Adams gegenübergestanden hatten, *nicht* der Lakeshore-Killer war.

Ganz am Ende der Einfahrt hielten sie an, direkt vor der Hütte. Aber an der Hütte war Harry nicht interessiert. Er sprang aus dem Wagen, hängte sich den Gurt der Kamera über die Schulter und ging auf die Bäume zu.

»Sein Beobachtungspunkt«, rief er über die Schulter, »war zwischen der Hütte und dem Tor, richtig?«

»Richtig«, rief Adams zurück. Er kletterte aus dem Auto und folgte Harry.

»Und Sie haben nie abweichende Spuren an den anderen Tatorten gefunden?«

»Es waren immer die gleichen.«

Harry blickte sich um. Ohne darauf hingewiesen worden zu sein, steuerte er genau den Baum an, den auch Adams gefunden hatte, den nämlich, an dem der Killer gewartet hatte, bis seine Opfer in einen tiefen Schlaf gefallen waren. Neben dem Baum blieb er stehen und blickte sich wieder um.

»Perfekte Stelle. Tolle Aussicht auf die Hütte und den Zufahrtsweg.«

Ohne ein weiteres Wort hielt er jetzt auf den See zu. Schnellen Schrittes umrundete er die Hütte, bis er die vereinzelten Kiefern am Seeufer erreichte.

»An welche Bäume waren die Opfer gefesselt?« Harry konsultierte die Fotos, die er aus dem Auto mitgebracht hatte; dann drehte er sich um, und warf dem Polizeichef einen ungeduldigen Blick zu.

Adams tat sein Bestes, um mit Harry Schritt zu halten, obgleich die Anstrengung schmerzhaft für ihn war. Er zeigte auf zwei Bäume, die etwas abseits von den anderen standen. »Diese.«

Harry warf triumphierend die Hände in die Höhe, das Gesicht vor Begeisterung gerötet.

Schnaufend kam Seth vor dem verrückt gewordenen Harry zum Stehen; er rechnete jetzt vollends damit, dass dieser jeden Moment einen Freudentanz aufführen würde. Er stemmte die Hände in die Hüften und blickte sich um, bemüht, herauszufinden, was Harry gesehen und er selbst anscheinend *übersehen* hatte.

»Okay, raus damit, bevor Sie noch an Selbstgefälligkeit sterben und das Geheimnis mit ins Grab nehmen!«

Mit entschuldigendem Blick reichte Harry dem Polizeichef die Fotos. »Entschuldigen Sie, Seth, ich habe mich wohl etwas mitreißen lassen. Schauen Sie sich die Bilder an! Sagen Sie mir, was Sie darauf sehen – ausgenommen die Fotos, die hier aufgenommen wurden.«

Nachdem er eine Minute lang von einem Foto zum anderen und dann auf die Aussicht vor sich geschaut hatte, zog Seth überrascht eine Augenbraue hoch. »Hier ist kein Steg.«

Harry klatschte in die Hände, was Adams erschreckte. »Ganz

genau! Kein Steg! Aber es geht noch weiter. Es gibt kein Boot, kein Bootshaus, und nichts lässt hier darauf schließen, dass die Bewohner der Hütte überhaupt maritim angehaucht waren. Wohingegen die anderen –«

»Es definitiv waren.« Adams hätte sich am liebsten selbst geohrfeigt, weil ihm das entgangen war. Er gab Harry die Fotos zurück. »Das ist ja wirklich schon einiges. Aber ich komme nicht umhin, mich zu fragen, inwiefern uns das unserem Ziel näher bringt, nämlich den Killer zu finden. Praktisch jeder, der hier an den Ufern des Sees lebt, hat doch ein Wasserfahrzeug.«

Harry klopfte ihm beruhigend auf die Schulter. »Wir wissen jetzt, nach welchen Kriterien er seine Opfer auswählt. Und haben einen überzeugenden Beweis dafür, dass dieser Mord das Werk eines Trittbrettfahrers war und nicht das des Lakeshore-Killers. Für den zählen nicht die Bäume oder die Hütte oder die Nähe von alldem in Relation zum Ufer. All das ist eher unwichtig. Das Gewässer ist ihm wichtig. Er lauert ihnen nämlich nicht mit dem Auto auf und verfolgt sie dann in der Hoffnung, dass sie zufällig an einem See wohnen – wie es der Trittbrettfahrer offensichtlich gedacht hat. Nein, unser Knabe wählt den Ort und die Opfer *vom Wasser* her aus …« Plötzlich stutzte Harry und schlug sich mit der Handfläche gegen den Kopf. »Ich kann nicht glauben, dass mir das nicht sofort aufgegangen ist!«

»Was?«

»Die Zufahrtswege und die Grundstücke, wo die Morde stattfanden. Ich wusste, dass damit hier irgendetwas anders war. Die Hütte war bei den ursprünglichen Morden nie von der Zufahrtsstraße aus zu sehen, es war also nur natürlich anzunehmen, dass diese Tatsache zu seinen wohlüberlegten Auswahlkriterien gehörte. Nun, einerseits tat sie das auch, andererseits jedoch auch wieder nicht.«

»Wie meinen Sie das?«

»Seine Sorge war nicht, ob man die Hütte von der Straße aus

sehen konnte. Aber selbst wenn es ein Kriterium gewesen wäre, so überwog doch seine Sorge, ob die Leute, die die Straße entlangfuhren, etwas anderes sehen konnten, nämlich –«

»Den See.« Adams beendete den Satz nachdenklich. »Mein Gott, das ist es! Der Lakeshore-Killer erreicht die Schauplätze seiner Morde mit dem Boot.« Dann verzog er bestürzt das Gesicht. »Aber wenn er den ganzen Tag vor dem Haus seiner künftigen Opfer herumschippern würde, würde er sich verdächtig machen. Das wäre auch keine vernünftige Vorgehensweise.«

»Da stimme ich zu«, erwiderte Harry. »Deshalb müssen wir einen Täter in Betracht ziehen, der einen Grund hätte, Paare mit dem Boot zu besuchen. Und zwar ohne dabei irgendeinen Argwohn hervorzurufen.«

Adam lächelte. »Wissen Sie, Sie überzeugen mich allmählich. Und wie soll es jetzt weitergehen?«

»Trommeln Sie alle im Besprechungsraum zusammen und sagen Sie ihnen, sie sollen nach Gemeinsamkeiten bei den Opfern in Bezug auf irgendetwas Maritimes suchen – Bootkäufe, Instandhaltung, Zubehör, Orte, an denen sie Treibstoff gekauft haben, und so weiter. Bootsmechaniker, die Hausbesuche machen, sind auch ein guter Tipp. Solche Leute wecken normalerweise keinen Verdacht; ihnen stehen Tür und Tor offen.«

Adams zog ein Funkgerät vom Gürtel und gab die Anweisungen direkt weiter. Dann steckte er es wieder weg und wirkte plötzlich ein ganzes Stück größer; er hatte die Brust vorgeschoben und trug den Kopf hoch. Er streckte Harry eine Hand entgegen, der sie mit einem warmen Händedruck nahm.

»Harry, ich weiß, wir haben noch einen langen Weg vor uns, doch ich möchte Ihnen danken. Sie hat der Himmel geschickt, ganz ehrlich.«

Harry wischte das Kompliment beiseite. »Lassen Sie uns einfach loslegen!«

14

Martin Deeks war glücklich.

Es war jetzt über einen Monat her, dass er aus dem Virginia Coffeewood Correctional Center entlassen worden war, wo er zehn Jahre einer lebenslänglichen Freiheitsstrafe wegen Mordes abgesessen hatte, und er genoss die Freiheit, die ihm so lange versagt gewesen war. All dies hatte er nur einem Gremium weichherziger Sozialarbeiter zu verdanken, das ihn reuevoll über seine Verbrechen hatte weinen sehen und über Jesus und Erlösung hatte reden hören und durch eine Revision eine Aussetzung der Reststrafe auf Bewährung bewirkt hatte.

Natürlich war das Ganze nur ein Haufen Lügen gewesen, die jeder Schwachsinnige durchschaut hätte, doch er hatte sie wirklich vorzüglich an den Mann gebracht! Wenn es wirklich Gerechtigkeit in der Welt gäbe, dann sollte er jetzt einen Oscar entgegennehmen und nicht das Budweiser und den Cheeseburger, den die Angestellte ihm in einer zerknitterten braunen Papiertüte entgegenhielt. Aber für heute reicht mir das, dachte er, stieg in seinen Truck und fuhr zurück zu seinem Wohnwagen im Wald.

Hätte er die Wahl gehabt, wäre er nach Richmond zurückgekehrt, doch der Bewährungsausschuss hatte ihn in die Obhut eines Polizisten in seiner Heimatstadt in Pasquotank Country gegeben. Dort, gleich neben dem Great Dismal Swamp, der Sumpfregion im Südosten von Virginia, konnte Deeks sich der zweitgrößten Liebe seines Lebens hingeben – dem Fischen. So wie er es als Kind mit seinem Vater getan hatte, verbrachte er die meiste Zeit im Sumpf und spulte sein Abendessen auf. Nachts briet er seinen Fang über dem offenem Feuer und aß und träumte von der Vergangenheit ... und der Zukunft.

Er würde es wieder genießen, diesmal müsste er nur etwas vorsichtiger vorgehen. Die Polizei würde ihn eine Weile beobachten, doch wenn er nur lang genug vortäuschte, sich gebessert zu haben, würden sie das Interesse verlieren. Er lachte, während er vor seinem Wohnwagen vorfuhr und den Motor ausschaltete.

Später in der Nacht, als das Feuer schwach brannte und sein Magen gefüllt war, lehnte Deeks sich in seinem Campingstuhl zurück, um zu den Sternen hinaufzublicken und von einem jungen Mädchen zu träumen, das er am frühen Abend beim Einkaufen im *7-11* gesehen hatte.

Er hatte die Männer nicht kommen hören. Doch als er wieder nach unten sah, waren sie da. Standen um das Feuer und starrten ihn schweigend an, von Kopf bis Fuß in militärische Tarnanzüge gekleidet, die Gesichter schwarz angemalt. Sie sahen aus wie Dämonen, die aus der Hölle gekommen waren, um ihm seine Seele zu rauben.

Der Mann, der am nächsten bei ihm stand, rückte bis auf einen Meter Abstand an ihn heran, seine Bewegungen waren geisterhaft und geräuschlos. Er hatte blondes Haar und einen gierigen, kalten Blick. Er schien keinen Menschen vor sich zu haben, sondern ein Objekt zu fixieren.

Seine *Beute.*

Der Jäger hob die Pistole und zielte auf Deeks Schläfe.

Deeks schloss die Augen fest. Er wusste, dass sein Tod unvermeidlich war, und wollte ihm nicht entgegensehen. Als das schrille Peitschen des Schusses in der stillen Luft verhallte, sprang er auf und wartete auf den Schwall von Schmerz und Blut, darauf, dass ihm die Knie wegsackten und sein Bewusstsein schwand. Doch nichts davon geschah. Er öffnete die Augen und sah ein rauchendes Einschussloch in der Tür seines Wohnwagens.

Angsterfüllt starrte er den Mann an, der den Blick kaltblütig erwiderte. Der Fremde warf Deeks eine Pistole vor die Füße, eine Star. Deeks Augen weiteten sich. Diese 9-Millimeter war ein perfektes Duplikat der Waffe, die er benutzt hatte, um all die jungen Mädchen in Richmond zu erschießen. Für drei der Morde war er verurteilt worden, von den anderen vier wussten die Cops nichts.

Als der Fremde sprach, klang seine Stimme so rau, als käme sie aus der Kehle eines knurrenden Rottweilers. Er gab nur einen kurzen Befehl. Einen, der keinen Raum für Diskussionen ließ:

»Lauf! *Jetzt.*«

Deeks, der so lange gezögert hatte, bis der Satz ihm ins Bewusstsein gedrungen war, sprintete in die Dunkelheit davon. Für jeden anderen wäre es eine beängstigende Erfahrung gewesen. Doch er war hier aufgewachsen, und niemand kannte die Mangrovensümpfe so gut wie er. Am Ufer eines Gewässers angekommen, versuchte er, sich für eine Richtung zu entscheiden. Er musste ihnen entwischen.

Deeks blickte über die Schulter und sah den Blonden langsam durch das grasige Ufer auf sich zukommen. Als wolle der Mann die Angst seines Opfers noch schüren, hob er die Waffe, und ein Kugelhagel sauste nur Zentimeter über Deeks Kopf durch die Luft.

Deeks rannte am Ufer des Gewässers gen Norden, in das dichteste Gebiet der Mangrovensümpfe hinein. Er war sicher, dass der Mann ihm eher in den Rücken schießen als versuchen würde, ihm in das fast undurchdringliche Unterholz aus Bäumen, Kletterpflanzen und Buschwerk zu folgen. Doch keine Kugel durchbohrte ihn; nur der Wind fuhr ihm durchs Haar, als er das erste Dickicht durchbrach. Langsam erlangte er seine Zuversicht wieder. Wer auch immer diese Männer waren, sie hatten nicht die geringste Chance, ihn hier zu fangen. Die Sümpfe erstreckten sich meilenweit am Ufer des Sees, und Deeks spielte in Gedanken bereits seinen nächsten Coup durch. Es gab Leute, die ein Stück weit die Küste hinunter in einer Station zur Erforschung der Gewässer lebten. Sie hatten mehrere große, leistungsstarke Boote. Und er besaß eine Waffe, die er benutzen würde, um zu kriegen, was er wollte.

Deeks verlangsamte sein Tempo ein wenig, um die Waffe zu untersuchen, die man ihm gegeben hatte. Er betätigte den Vorderschaft und überprüfte das Magazin. Alles war in Ordnung, es war gefüllt. Er schüttelte den Kopf, während er wieder beschleunigte; bei jedem Schritt versanken seine Stiefel wenige Zentimeter im Schlamm.

Der Jäger bewegte sich mühelos, völlig eins mit seiner Umgebung. Es gab wirklich *kein* Gelände der Welt, wie unwegsam oder steil es auch sein mochte, das er nicht bereits gemeistert hatte. Er hatte Berge erklommen, Wüsten im Nahen Osten und in Australien durchquert und sogar ein paar Monate in den Regenwäldern von Belize verbracht, wo er die Kunst perfektioniert hatte, sich schnell und geräuschlos durch den dichten Dschungel zu schlagen.

Es war weitaus schlimmer gewesen als das hier. Damals war er halbnackt, nur mit einem Speer bewaffnet, durch den Wald gerannt, um Wildschweine zu jagen, angewiesen auf seine Schnelligkeit, Ausdauer, Cleverness und seine Entschlossenheit. Hätte er versagt, hätte er hungern müssen. Mit der Zeit hatte er gelernt, dass der Trick, ein schnelles Lebewesen zu verfolgen, darin bestand, das periphere Sehen einzusetzen. Wenn einem Mann das gelang, während er gleichzeitig den Blick nach vorn richtete, um Hindernissen auszuweichen und Geräusche zu vermeiden, dann konnte er einfach alles verfolgen, ohne dass das verfolgte Wesen überhaupt ahnte, dass es verfolgt wurde.

Der Jäger wandte dieses Prinzip auch bei Martin Deeks an. Er wurde zu einem Spiegelbild des Serienkillers, während er sich geschickt durch das heimtückische Gebiet bewegte. Der Jäger bewunderte das Geschick seiner Beute. Der Mann war weder dumm, noch war er ihm physisch unterlegen, wie es bei manch anderen der Fall gewesen war. Deeks Geist blieb kristallklar, ungeachtet der Situation. Der Jäger beobachtete, dass der Serienkiller bisweilen stehenblieb und lauschte.

Es wäre eine effektive Technik gewesen, wäre der Jäger ein geringfügigerer Gegner gewesen.

Doch er war der perfekte Schatten.

Deeks lief gen Norden. Der Jäger hatte sich die Karte der Gegend eingeprägt. Er wusste, dass sich dort eine Forschungsanlage von Gewässerkundlern befand. Der Jäger erriet Deeks Plan. Er würde versuchen, ein Boot zu stehlen und zu fliehen. Es war wirklich die einzige Wahl, die der Mann hatte. Ein einfacher, brauchbarer, bewundernswerter Plan. Die Anlage war nur noch zwei Kilometer entfernt.

Es war dennoch hoffnungslos. Der Jäger beschleunigte.

Während Deeks am schlammigen Seeufer entlanglief, meinte er plötzlich, etwas rechts hinter sich gehört zu haben. Er drehte sich um und hob die Waffe, doch da war niemand. Er ließ den Blick über die dichteren Bereiche der Mangroven schweifen, wobei er besonders die schattigen Stellen musterte.

Nichts.

Er schüttelte den Kopf und lief weiter. Er hätte sich nicht beunruhigen lassen dürfen. Niemand konnte ihn hier fangen. Deeks hatte so viel Zeit im Fitnessraum des Gefängnisses verbracht wie möglich. Seitdem er entlassen worden war, war er dieses schlammige Ufer jeden Tag in der Morgendämmerung entlanggejoggt. Niemand, aber auch wirklich niemand, kannte es wie …

Der Schalldämpfer dämpfte den lauten Knall nur geringfügig. Deeks hörte deutlich, wie der Schuss die Stille durchbrach und die Kugel den lockeren Schlamm neben seinen Füßen aufwühlte. Der Kindesmörder hechtete zu Boden und rollte hinter einen umgestürzten Baumstamm. Hier gab der kalte, matschige Boden unter ihm nach und schuf eine nahezu perfekte Feuerstellung. Im Rücken war er vom Wasser gedeckt. Langsam hob er den Kopf, um zu sehen, wo der Schütze …

Mit einem Dröhnen, das in Deeks Kopf widerhallte, blieben zwei gleich hintereinander abgefeuerte Kugeln direkt im Baumstamm stecken.

Er hatte keine Ahnung, von wo der Schütze geschossen hatte. Hatte er den Standort gewechselt? Unmöglich in dieser kurzen Zeit. Deeks Geist arbeitete schnell.

Wieso hat er mir die Pistole gegeben?

Es war verrückt.

Er hatte eine Idee.

Er rollte sich auf den Rücken – sein gesamter Körper war noch immer durch den Baumstamm abgeschirmt – und untersuchte die Pistole. Mit geübten Bewegungen entfernte er zunächst das Magazin aus dem Griff der Waffe. Nachdem er überprüft hatte, dass noch sechs Patronen verblieben waren, zog er den Schlitten zurück und ließ die eine Patrone, die noch in der Patronenkammer steckte, herausspringen und steckte sie zu den anderen. Schließlich setzte er den Ladestreifen wieder ein. Es war eine Halbautomatik, und um die Waffe abfeuern zu können, musste er sie erst noch einmal durchladen. Alles in allem hatte das Ganze nur dreißig Sekunden gedauert. War er schnell genug gewesen? Er hatte keine andere Wahl. Rasch drehte er sich wieder auf den Bauch und bereitete sich auf den Angriff vor.

Der Jäger wartete geduldig. Die Zeit tickte und arbeitete gegen ihn, wie sie es immer tat, doch er würde nichts Dummes tun, nur um seine Beute zu befriedigen. Er wartete, den Blick auf den Baumstamm geheftet und auf den kleinen Teil von Deeks Profil, den er ausmachen konnte.

Das also war die Kreatur, die die Presse als das »Richmond-Monster« bezeichnet hatte. Dabei war der Kerl genau wie die anderen: nur ein weiteres Raubtier, das in den schattigen Gefilden der Verdorbenheit hauste und Unschuldige mit Leid überzog.

Er sah die Bewegung.

Deeks hatte sich auf ein Knie gestützt, die Pistole auf den Mangrovenstamm zur Rechten des Jägers gerichtet. Er hatte keine Ahnung, wo sich sein Verfolger befand. Deeks Finger betätigte den Abzug. Nur ein Klicken war zu hören. Verwirrt und erschrocken hob Deeks die Pistole und versuchte noch weitere Male abzudrücken, doch stets war nur der gleiche dumpfe Ton zu hören.

Der Jäger fühlte sich betrogen, doch er fühlte auch Mitleid bei dem Anblick, der sich ihm bot. Betrogen, weil er wollte, dass die Beute mit der gleichen Kraft zurückschlug, die er als Angreifer aufbrachte; Mitleid, weil der Gejagte – im Gegensatz zu den anderen seiner Art – wenigstens einen mutigen Versuch unternommen hatte.

Der Jäger trat zwischen den Bäumen hervor und ging das schlammige Ufer entlang auf Deeks zu. Der Mann kniete immer noch am Boden und schaute verzweifelt auf zum Jäger, der immer näher kam. Er versuchte nach wie vor, die Pistole in Ordnung zu bringen.

Dann, in einer einzigen geschickten Bewegung, schob Deeks den Schlitten vor und zurück und richtete die Pistole auf den Jäger. Zwei … drei … dann vier laute Schüsse waren zu hören, und der Jäger stürzte nach links. Die Kugeln kamen so schnell hintereinander, dass eine davon eine dünne Spur am linken Arm seines Tarnanzugs hinterließ. Der Jäger warf sich der Länge nach auf den Boden, rollte geschwind einige Male ab und brachte die eigene Waffe in Position. Er war zu unvorsichtig gewesen, ein Fehler, der ihn beinahe das Leben gekostet hätte. Er feuerte ein paar Patronen in Deeks Richtung ab.

Deeks, der sich mittlerweile halb aufgerichtet hatte, schoss immer weiter und kam dem Jäger, der schon bald keinen Bewegungsraum mehr hatte, immer näher. Dann rollte er gegen den Stamm eines großen Baumes, hielt inne, um den entscheidenden Schuss, der sein Ziel nicht verfehlen würde, vorzubereiten, und drückte ab. Doch der Schlagbolzen traf auf Luft. Mit nur einem Ladestreifen konnte noch so viel Cleverness die Pistole nicht mehr ans Laufen bringen. Das Glück war auf der Seite des Jägers.

Deeks musste sich entscheiden: Er konnte versuchen wegzulaufen, doch sein Gegner würde fast sicher wieder auf die Beine kommen und schießen. Anders als er selbst hatte der Mann noch sehr viel Munition übrig, und er würde nur einen Bruchteil davon benötigen, um ihn zu erledigen. Er hatte keine Wahl.

Die Luft wurde brutal aus den Lungen des Jägers gepresst, als Deeks auf ihn sprang. Erst ein, dann zwei, drei, vier schmerzhafte Schläge trafen ihn. Deeks traktierte ihn mit den Stiefeln und wurde belohnt. Sein Fuß sank tief in die Magengegend des getarnten Fremden.

Deeks lachte. Er hatte gewonnen. Er beugte sich hinunter und begann, seinen Arm um den Hals des Fremden zu schlängeln. Er würde seinen Vorteil nutzen, um ihm sauber das Genick zu brechen. Dann könnte er weiter zu den Booten gehen.

Deeks brüllte vor Schmerz. Der Fremde hatte ihm den Ellbogen direkt ins Schienbein gerammt. Kaum konnte er auf den Schmerz reagieren, als ein weiterer, ebenso schneller und brutaler Schlag seine Leiste traf, diesmal mit der Faust ausgeführt. Das weiche Fleisch gab unter dem eisernen Knochen nach, und Deeks ging neben dem Mann im Tarnanzug zu Boden. Laut würgend kämpfte er darum, die Kontrolle wiederzuerlangen.

Der Fremde war jetzt aufgestanden und trat Deeks mehrere Male schnell und gezielt in die Seite. Zunächst konnte Deeks die Tritte noch abblocken und die Wucht mit dem Arm abfangen, doch schon bald traf jeder Tritt seinen Brustkorb. Die dumpfen Stöße ließen nicht nach, und bald spuckte Deeks Blut und erbrach sich. Dann hörte der Schmerz auf, er wurde hochgezerrt und die schlammige Böschung hinunter zum Wasser geschleppt.

Deeks wehrte sich mit beiden Händen gegen den Griff, der seinen Kopf fest umklammert hielt, doch er zerkratzte mit seinen Fingernägeln die Haut des Angreifers vergeblich. Nichts half. Der Fremde bewahrte meisterhaft die Kontrolle. Das kalte Wasser drang Deeks in die Stiefel und durchweichte seine Hose. Immer tiefer wurde er gezogen, bis das Wasser ihm bis zur Hüfte reichte. Er tankte noch einmal neue Kraft und schaffte es sogar, ihr Weiterkommen zu verlangsamen. Doch ein einziger harter Schlag gegen seine Schläfe beendete den Widerstand.

Als sein Geist wirr wurde, fühlte Deeks, wie ihm Tränen das Gesicht hinunterrannen. Jetzt legte der Mann die Hände auf seine Schultern und riss ihm fachmännisch die Beine weg, sodass Deeks hart mit dem Rücken auf dem Wasser aufschlug. Augenblicklich sank er unter Wasser, und er unterdrückte das Verlangen, tief Luft zu holen. Er bemühte sich, mit den Füßen wieder festen Halt zu gewinnen, doch der Mann im Tarnanzug drehte sich ganz einfach auf der Stelle und ließ ihn ziellos herumwirbeln.

Vage wusste Deeks, dass dies genau das war, was er verdient hatte. Er betete. Er erwartete nicht, dass Gott ihn erhörte, doch er betete dennoch. Bis zum Ende hoffte er, noch einen Deal machen zu können. Doch es würde keinen Pakt geben und keine Rettung. Als der erste Schwall Wasser schmerzhaft in seine Lungen eindrang, da begriff Deeks, dass seine Masche diesmal den Anforderungen nicht genügt hatte.

Der Jäger fühlte, dass das Zappeln nachließ und schließlich ganz aufhörte. Dennoch drückte er sein Opfer noch volle zwei weitere Minuten unter Wasser für den Fall, dass es eine Finte war. Es war keine, und das Richmond-Monster gab es nicht mehr.

All das war physisch weitaus anstrengender gewesen als bei

den anderen, und als der Rausch kam, wurde er gedämpft von dem Muskelschmerz und dem Wissen, dass ihm nicht mehr viel Zeit blieb. Langsam zog er die Beute zurück ans Ufer, wo er ein gezacktes Messer hervorholte. Nachdem er sich vergewissert hatte, dass er die Hände so hielt, dass das Blut weit genug ins Wasser fließen würde, um es vom Ufer wegzuspülen, begann der Jäger, Deeks die Finger abzuhacken, einen nach dem anderen. Dies war kein krankes, makaberes Ritual. Der Jäger wusste, dass Deeks ihn gekratzt hatte. Restspuren, selbst kleinste Mengen, würden ausreichen, um den Behörden mehr über den Jäger zu verraten, als ihm lieb war.

Der Jäger machte sich gerade am vorletzten Finger zu schaffen, als Bull zwischen den Bäumen hervortrat. Der große Mann hielt neben ihm, und beide blickten hinunter auf die Leiche.

»Was wollen Sie mit Ihrem Freund hier machen, Sir?«

Der Jäger seufzte, während er den letzten Finger in einer versiegelten Plastiktüte verstaute.

»Lasst ihn hier! Soll die heimische Tierwelt sich um ihn kümmern. Was dann noch übrig ist, darf sich gern die Polizei vornehmen.«

Der Jäger wischte sich die Hände an der Hose ab, stieß das Richmond-Monster zurück in das trübe Gewässer und beobachtete, wie der leblose Körper dahintrieb, sich drehte und schließlich unter der Oberfläche verschwand.

15

Sarah, die wieder an ihrem Schreibtisch in Boston saß, auf einem halb gegessenen Bagel herumkaute und das Pochen in ihrem geschwollenen rechten Auge ignorierte, versuchte, sich auf die Details einer Aussage eines Augenzeugen zu konzentrieren. In der Nacht von Lucas Tod hatten sich viele Menschen in der Gegend des MacClaren-Hochhauses aufgehalten, aber niemand hatte etwas Verwendbares gesehen. Eine Aussage glich der anderen. Eine unbestimmte Anzahl von Arbeitern war gesichtet worden, alle hatten eine nicht näher bestimmte Kleidung und Werkzeugkästen getragen. Sarah schob den Bagel von sich und warf dem Telefon einen zornigen Blick zu, als es zu klingeln begann. Sie griff danach.

»Sarah Reilly.«

»Hey, kleines Fräulein.« Es war die Stimme ihres Vaters, und es klang, als sei er von mindestens einem Dutzend Menschen umgeben, die umherliefen, redeten und Akten hin und her schoben. »Rate mal, wo ich bin?«

»Wie wär's, wenn du uns beiden Zeit ersparst und es mir einfach erzählst?«

Sarah war nicht in der Stimmung für die Spielchen ihres Vaters. Frank Gideon hatte eine gute halbe Stunde damit verbracht, ihr ihre eigenmächtige Rückkehr aus Laconia vorzuhalten, und ihre Augen schmerzten, nachdem sie Akte um Akte hintereinanderweg gelesen hatte. Außerdem hatte das Aspirin ihrem Kopf kein bisschen geholfen.

»Laconia.«

Sarah fiel glühend heiß ein, dass sie ihren Vater seit Tagen nicht angerufen hatte, um ihm zu erzählen, was passiert war. Frank oder Drew, einer von beiden, musste ihn informiert haben, und sie wusste, dass das dicke Ende erst noch kommen würde. Sie setzte zu einer gestammelten Entschuldigung an, doch er unterbrach sie. Er schien in selten guter Stimmung zu sein.

»Sarah, heb dir das für später auf! Du musst herkommen. Ich brauche dich. Und Drew und Seth auch. Wir haben es erst allein probiert, aber jetzt brauchen wir deine akribischen Ermittlungsmethoden.«

Sarah ließ sich nicht linken. »Dad, es tut mir leid, aber ich muss erst mal an etwas anderem arbeiten, zumindest die nächsten paar Tage. Ich weiß, ich habe dich in letzter Zeit nicht auf dem Laufenden gehalten, aber ein kleiner Junge wurde ermordet, jemand, für den ich verantwortlich war.« Sarah zog gedankenversunken die Augenbrauen zusammen. »Warte … Dad … hilfst du etwa Drew und Seth?«

»Ja, ja«, erwiderte Harry ungeduldig. »Frank hat mich als Berater zurückgeholt. Aber das ist nicht wichtig. Ich habe Bilder von Reifenspuren, die ich gleich neben der Abfahrt zum Lake Opechee aufgenommen habe. Ich werde sie dir per E-Mail zuschicken. Wenn sie aussehen wie die, die du gesehen hast in der Nacht, als ihr dem Verdächtigen begegnet seid, sag mir Bescheid.«

»Ist das jetzt dein großes Comeback?«, fragte Sarah zweifelnd.

»Sehr witzig! Nein. Aber wir glauben jetzt zu wissen, wie der Lakeshore-Killer seine Opfer auswählt. Er beobachtet sie vom See aus.«

»Das würde bedeuten, dass der Vorfall am Opechee ein Fehltritt war. Ich bin mir ganz sicher, dass er ihnen mit dem Auto bis zum Grundstück gefolgt ist.«

Harry kicherte. »Ja, ich habe dein Gutachten gelesen und

stimme völlig damit überein. Genau genommen habe ich die anderen Spuren auch nur finden können, weil ich deine These logisch weitergeführt habe. Und aufgrund der Tatsache, dass Seth Adams die Opfer vermutlich gesehen hat in der Nacht, in der sie umgebracht wurden. Er hat sie an einer Abfahrt aus den Augen verloren, und er ist sich sicher, dass ihnen bis dorthin auch niemand gefolgt ist. Es war also nicht schwierig herauszufinden, dass diese Abfahrt genau das Nadelöhr war, an dem der Opechee-Killer seine potentiellen Opfer abfing. Ich *weiß,* dass er und der Lakeshore-Killer nicht ein und derselbe sind. Vielleicht handelt es sich sogar um den Typen, von dem ich dir in der Vergangenheit schon mal erzählt habe. Er geht einfach zu akribisch, zu professionell vor, als dass er ein erstmaliger Trittbrettfahrer wäre. Wer weiß?« Harry wirkte sehr zufrieden mit seiner Arbeit. »Also, wann kannst du wieder hochkommen?«

»Tut mir leid, Dad, aber ich kann nicht kommen. Ruf mich heute Abend noch mal an, okay?« Sarah wusste, dass ihr Vater noch weiter argumentieren würde, deshalb legte sie einfach sacht auf.

Ihre Augen glitten zurück zu den Akten vor sich. Im Moment war ihr alles andere egal; nur die Mörder von Lucas interessierten sie. Was ihm zugestoßen war, war kein Rätsel; und es gab keine pathologischen Profile, die sie auf der Suche nach den Tätern durchkämmen könnte. Denn wenn sich Sarah einer Sache sicher war, so war es die, dass diese … Schattenmänner nicht geistesgestört waren. Sie waren höchst qualifiziert, außerordentlich motiviert und tödlich. Widerstrebend gestand sie ihnen das zu.

Und so wandte sie ihre akribischen Ermittlungsmethoden an, wenn auch nicht in dem Bereich, den ihr Vater sich gewünscht hätte. Sarah hielt ihre Methoden nicht einmal für ungewöhnlich. Auch andere Ermittler überprüften die Informationen zu einem Fall wieder und wieder, erstellten Listen, die jeden Aspekt – vom Opfer bis hin zum Zeugen – detailliert aufführten. Was jedoch ungewöhnlich war, war Sarahs minutiöser Blick fürs Detail, der oft dazu führte, dass entscheidendes Beweismaterial gefunden wurde, das zuvor übersehen worden war.

Die Stunden vergingen, ohne dass sie es überhaupt bemerkte, denn sie war so damit beschäftigt, alles durchzusehen, was vom Bostoner Polizeidepartment an Recherchen zusammengetragen worden war. Als sie damit fertig war, ging sie zu den Presseberichten über. Doch darin fand sie nur wenig Brauchbares.

Sie dehnte sich in ihrem Stuhl und schreckte zusammen bei der Sinfonie winziger Knackgeräusche, die ihre Wirbelsäule von sich gab. Wie lange hatte sie hier gesessen? Sie stand auf und schob das Material zurück in eine der Schubladen, nahm ein Videoband aus dem Posteingang und ging damit in einen der Konferenzräume. Die folgenden beiden Stunden verbrachte sie in dem abgedunkelten Raum und sah sich immer und immer wieder die auf Video aufgezeichneten Ermittlungen am Tatort an. Immerfort wurden ihre Augen von der kleinen Gestalt angezogen, die in dem Eckschlafzimmer auf dem Bett lag, bedeckt mit einem dünnen weißen Laken. Sie wandte den Blick nicht ein einziges Mal ab und spulte das Band auch nicht vor. Sich das ganz anzusehen betrachtete sie als eine Form der Bestrafung; sie trug schwer an der Schuld an Lucas' Tod, und sie wusste, dass dies immer so bleiben würde.

Das Band war zu Ende, und, ohne nachzudenken, haute Sarah zum wiederholten Male auf die Rückspultaste.

Immerhin hat er nicht leiden müssen …

Schließlich ging Sarah zu ihrem Arbeitsplatz zurück, setzte sich und zog ein Notizbuch hervor. Sie machte sich daran, ein Profil der Täter auszuarbeiten. Das schien ihr der einzig mögliche Ansatz zu sein.

Es gab ein paar Dinge über diese Männer, die sie als Gewissheit betrachtete: Sie hatten bereits zuvor Menschen umgebracht; daran bestand angesichts ihrer ruhigen Vorgehensweise und Geschicklichkeit kein Zweifel. Sie waren Experten im Umgang mit Waffen, und sie arbeiteten im Team. Die Betonung auf Team war wichtig. Es waren alles junge, körperlich fitte Männer. Sie mussten einander bedingungslos vertrauen, um etwas so Kompliziertes in Angriff zu nehmen wie die Entführung ihres Verdächtigen in den Gassen des Hafenviertels. Der Einsatz des Kipplasters in East Boston hatte gezeigt, dass sie bereits im Voraus von dieser Operation gewusst haben mussten, und er hatte deutlich gemacht, auf welche Weise sie ihr Wissen ausspielen würden. Im Grunde hätte sich jeder, der die Funkfrequenz des FBI abgehört und die Agenten beobachtet hatte, diese Information beschaffen können, dennoch war das Ganze merkwürdig.

Sie waren Profis in dem, was sie taten. Sarah hatte mit den Observanten vor Ort gesprochen, nachdem die Operation schiefgelaufen war. Keiner von ihnen hatte etwas Außergewöhnliches beobachtet, und sie waren auf ihrem Gebiet die Allerbesten. Militärtraining? Intelligenztraining? Beides waren Möglichkeiten. Ein Indiz dafür war die Art und Weise, wie die Männer sie selbst und die Polizisten bei Lucas' Mord verschont hatten. Es wäre ein Leichtes gewesen, auch die Bewacher zu töten und sicherzustellen, dass es keine Zeugen gab. Doch sie hatten sie am Leben gelassen.

Aber warum hatten sie die Polizisten am Leben gelassen und dennoch Lucas getötet? Das ergab keinen Sinn. Und wieso waren diese Männer an dem Verdächtigen vom Hafenviertel interessiert? Er hatte Prostituierte umgebracht – eine durchaus übliche Zielgruppe für Serienkiller und mithin kein Grund, ihm solche Aufmerksamkeit zu schenken. Geld war sicher nicht das Motiv der Schattenmänner. Vielleicht Rache? Aber Drew hatte ganz richtig bemerkt, dass eine Prostituierte kaum wohlhabende Verwandte hatte, die über die Mittel verfügten, Auftragskiller anzuheuern.

Eine Stunde später war Sarah so frustriert, dass sie ihren Stift von sich schleuderte. Sie wusste nicht genug über diese Männer, um ein aussagekräftiges Profil von ihnen zu erstellen. Während sie sich die Schläfen rieb, durchfuhr sie ein Gedanke. Sie schaltete den Computer an. Wenige Minuten später durchkämmte sie bereits die nationale Verbrecher-Datenbank des FBI.

Wenn sie schon keine klare Vorstellung von den Männern selbst bekommen konnte, so könnte sie vielleicht in deren Vorgehen ein Muster vergangener Verbrechen wiederfinden. Sie mordeten auf unverwechselbar skrupellose und dennoch professionelle Art und Weise. Sie gab die Suchparameter ein, inklusive der körperlichen Beschreibung von Bates und seinem Partner, und startete die Suche. Es gab Hunderte von Antworten, und Sarah las eine nach der anderen.

Nach zwei Stunden realisierte sie, dass sie es allein nicht schaffen würde. Sie blickte auf die Uhr und war überrascht zu sehen, dass es bereits nach Mitternacht war. Verzweifelt schaute sie auf die Instant-Messenger-Anzeige ihres Computers. Mit einem Seufzer der Erleichterung erkannte sie, dass Jack noch online war und vermutlich zu Hause im Netz surfte.

Sie öffnete ein neues Fenster und tippte einen kurzen Gruß ein.

Sarah R: Hey, Jack. Bist du noch wach?

Sarah lehnte sich zurück und verschränkte die Arme. Es war spät; aller Wahrscheinlichkeit nach war der junge Techniker einfach eingeschlafen und hatte den Computer angelassen.

Goblin 1066: Hey, Sarah! Ich war gerade in einer unglaublichen Rollenspiel-Session mit einem Mädchen aus Spanien.
Sarah R: Ist sie süß?
Goblin 1066: Sie steht auf Star Trek – ich würde sie ja daten, wenn sie einen siamesischen Zwilling hätte. Aber nicht, wenn es

einer dieser hässlichen parasitären Zwillinge ist wie bei diesem Typen in Total Recall. Das wäre wirklich schräg.
Sarah R: Sehr lustig. Nun, ich vermute, ich habe keine Chance, dich für eine Weile von ihr wegzulocken, nicht wahr?
Goblin 1066: Du doch immer.

Sarah stellte alles so ein, dass Jack von seinem Computer zu Hause aus Zugang zur Datenbank hatte, und sandte ihm die Suchparameter. Aber selbst mit Jacks Enthusiasmus würde es noch eine ganze Weile dauern.

Ausnahmsweise einmal wünschte Sarah, sie würde Kaffee mögen.

Harry warf den zusammengequetschten Styroporbecher in Richtung Mülleimer. Er prallte am Rand ab, und er beobachtete, wie er über den gekachelten Fußboden im Strategieraum des Laconia Police Department rollte.

»Netter Versuch«, sagte Seth Adams, ohne aufzublicken.

Er überflog einen der fast hundert Berichte seines Stellvertreters über die Nachforschungen in der Gegend in den letzten Tagen. Dieser Bericht über die Befragung des Geschäftsführers einer örtlichen Bootshandlung ähnelte wieder allen anderen: Drei der getöteten Pärchen, so hatten sie herausgefunden, hatten ihre Schnellboote bei diesem Händler gekauft. Während es anfangs zwar nach einer heißen Fährte ausgesehen hatte, war es vermutlich letztlich doch unwichtig.

Adams schob die Akte von sich und lehnte sich entmutigt in seinem Stuhl zurück. Wie lange würde das wohl noch dauern? Als Polizeichef von Laconia hätte er eigentlich wissen sollen, wie viele Bootshandlungen es in dieser Gegend gab. Doch die Wahrheit war, dass Seth – abgesehen von seinen frühmorgendlichen Angeltrips – es mit Wasser nicht so besonders hatte.

Harry blickte Seth einen Moment prüfend an, er verstand dessen Frustration. Seth war ein guter Mann. Zwar jung, doch das war er selbst auch mal gewesen. Dennoch bezweifelte Harry, dass er selbst je von einem solchen Pflichtbewusstsein getrieben worden war wie Seth Adams, der jeden Mord an einem Bewohner von Laconia sehr persönlich nahm und den die fehlenden Fahndungsergebnisse quälten.

»Haben Sie letzte Nacht geschlafen?«

Seth blickte kurz hinüber zu Harry und zwang sich zu einem Lächeln. »Ungefähr so viel wie wir auch heute Nacht schlafen werden, würde ich sagen. Normalerweise setze ich mich ins Auto und fahre durch die Gegend, wenn ich mich so gestresst fühle. Ich weiß, dass ich auf diese Weise dem Typen bestimmt auch nicht näher komme, aber …«

»Aber immerhin fühlt es sich an, als würden Sie wirklich etwas *tun*«, sagte Harry und nickte.

Der Jüngere nahm eine Akte und ließ sie voller Verachtung zwischen Daumen und Zeigefinger baumeln, als hätte er eine tote Ratte am Schwanz gepackt. »Ich denke, wir werden ihn nur auf diese Weise fangen.«

»Ja, aber wir müssen erst etwas finden, um aus der Sackgasse, in der wir uns gerade befinden, wieder rauszukommen. Wir müssen uns auf die gemeinsamen Nenner konzentrieren. Ich glaube wirklich, nur so können wir den Typen fassen.«

Seth seufzte. »Wie sollen wir die in all dem Wust finden?« Er wies auf die mit den Nachforschungen der letzten Tage gefüllten Kisten.

Harry beugte sich über den Tisch und blickte den Polizeichef konzentriert an. »Wir müssen seine *Beweggründe* verstehen. Wieso die Verstümmelungen? Wieso die Seile? Wieso das Wasser? Wenn wir das nachvollziehen, können wir die Suche vielleicht einschränken.«

Das Telefon klingelte, und Seth ging ran. Nachdem er einige Sekunden zugehört hatte, weiteten sich seine Augen, und er ließ den Stift fallen. »Sind Sie sicher? Besteht nicht die Möglichkeit, dass … In Ordnung. Gut. Ja, wir sind gleich da.«

Seth legte das Telefon ab. Er saß reglos auf seinem Stuhl.

»Was ist los?«, fragte Harry.

»Der Lakeshore-Killer.«

Harry fühlte, wie ihm ganz flau im Magen wurde. »Noch mehr Opfer?«

»Nein«, sagte Seth und wandte das Gesicht Harry zu. »Man hat ihn gefunden … Er ist tot.«

Während sie sich mit dem Polizeiboot der Küste näherten, entdeckte Harry einige Meter von einer kleinen Hütte entfernt einen leblosen Körper. Beamten des Laconia Police Department hatten tragbare Flutlichter aufgestellt, die die mitternächtliche Landschaft in ein künstliches Licht tauchten.

»Der Typ hat sein Boot gegen ein Uhr verlassen und ist auf die Hütte zugeschlichen«, sagte der gelangweilt aussehende Beamte, der das Motorboot steuerte. »Das junge Pärchen da drin war anscheinend nicht ganz das, was er erwartet hatte. Der Mann war früher bei der Polizei von Los Angeles. Er hatte das Boot kommen gehört und wollte sich das Ganze mal aus der Nähe anschauen. Er sah den Typen, sie hatten einen Schusswechsel – und dabei hat unser Typ eben den Kürzeren gezogen. Sie haben uns von ihrem Handy aus angerufen.« Er wies nickend auf einen Mann und eine Frau, die sich mit den Polizeibeamten unterhielten. »Der Ort ist so frisch, frischer geht es nicht.«

Harry nickte abwesend. Er drehte sich um und beobachtete Drew, der das Wasser mit den Augen absuchte, so wie auch Harry es zuvor getan hatte.

»Die Strömung ist hier stärker«, bemerkte Harry.

Drew blickte auf. »Ich kann nicht glauben, dass dieser Kerl tatsächlich so verrückt gewesen sein soll, um gleich mit dem Morden weiterzumachen.«

»Normale Menschen zerstückeln auch nicht andere Menschen einfach so als Hobby. Außerdem hat dieser Typ vermutlich gedacht, er sei einfach nicht zu fassen. Er hat geglaubt, wir würden ihn nie kriegen. Doch du hast Recht – dieser Mord wäre einfach zu früh passiert. Er wollte uns eine Nachricht übermitteln.«

»Was denn für eine Nachricht? Legt euch nicht mit mir an? Ist es das?«

Harry zuckte mit den Achseln und griff nach der Reling, nachdem der Beamte den Rückwärtsgang eingelegt hatte, um die Fahrt zu verlangsamen. Es hielt neben einem kleinen hölzernen Steg, sodass sie an Land springen konnten.

Auf dem Steg blickte Harry sich um. Der Ort war *perfekt.* Alles passte haargenau ins Profil. Das Haus war isoliert, stand ein Stück von der Straße entfernt und wurde durch das hügelige Terrain einer kleinen Landzunge verdeckt. Es gab nicht viele Bäume, abgesehen von ein paar Pinien, die genau neben dem See standen. Und das nächste benachbarte Haus war so weit entfernt, dass man es selbst mit einem Fernglas nicht hätte ausmachen können.

Harry bemerkte, dass Drew auf ihn wartete. Er verließ den Steg und ging durch das weite Gras auf den abgesperrten Tatort zu.

»Die Spurensicherung des Laconia Police Department hat ihre Arbeit bereits getan«, sagte Adams und blickte hinüber zu einem großen Van, neben dem mehrere Fachleute der Spurensicherung sich gerade die Overalls und die Schutzhandschuhe abstreiften. »Ich geh mal rüber, um zu hören, was sie rausgefunden haben.«

»Ich komme mit Ihnen«, sagte Drew.

»Und ich schaue mich ein wenig um.«

Harry arbeitete gern allein. Die einzige Ausnahme zu dieser Regel war Frank gewesen, und der Grund dafür war der, dass sie vor langer Zeit einmal sehr ähnlich gewesen waren.

Er tauchte unter dem Absperrband der Polizei hindurch und starrte hinunter auf die Leiche. Der Mann war ganz in Schwarz gekleidet, über dem Kopf trug er eine Sturmhaube, und noch immer hielt er eine mattschwarze Ruger .22 in der schlaffen behandschuhten Hand. Harry umrundete den Toten in kleinen Kreisen, die Augen auf den Boden gerichtet. Er suchte nach etwas Ungewöhnlichem. Das Gras war kurz geschnitten, vermutlich wurde es von einem liebevollen Gärtner gepflegt. Harry fand nichts. Hier und dort war das Gras ein wenig niedergedrückt, entweder durch den Killer oder die von ihm gewählten Opfer, doch kein Abdruck war deutlich genug, als dass man einen Abguss davon hätte nehmen können.

Als Harry die Leiche prüfend musterte, trat Drew zu ihm.

»Ich habe mit der ärztlichen Leichenbeschauerin gesprochen. Sie war bei allen Tatorten dabei und glaubt, das ist der Typ. Alles passt einwandfrei zusammen.« Drew blickte auf die Pistole in der Hand des Killers. »Warte mal …«

»Was?«

Drew zeigte auf die Ruger. »Der Typ, dem wir am Opechee begegnet sind, hatte ein vernickeltes Modell.«

»Bist du sicher?«

Drew nickte. »Er muss zwei gehabt haben.«

»Wie genau hast du dir den Typen damals anschauen können?«

Drew zuckte mit den Achseln, während Seth zu ihnen kam. »Nicht so gut. Chief Adams hier hat ihn vermutlich besser gesehen. Ich habe nur einen Blick auf ihn erhascht, bevor er anfing, schießwütig zu werden.«

Seth holte einen Latexhandschuh aus der Tasche und zog dem Killer damit vorsichtig die Sturmhaube vom Kopf.

»Ist das euer Mann?«, fragte Harry.

Seth starrte auf das Gesicht des Toten. »Mein Gott …«

»Was ist denn?«

Seth kniete sich neben die Leiche. »Es ist nicht der Mann, der uns am Opechee angegriffen hat, aber ich kenne den Typen.« Er brachte die Faust zum Mund und verzog das Gesicht. »Es gibt keinen Zweifel. Das ist der Lakeshore-Killer. Ich kann nicht glauben, dass ich die Verbindung nie gezogen habe.«

Drew blickte über Seths Schulter hinweg auf die Leiche. »Wer war der Typ?«

»John Turner. Er kommt hier aus der Gegend – seine Familie lebt hier, seit ich denken kann. Sein Vater fährt im Krankenwagen mit.«

»Die Verbindung, die Sie erwähnt haben«, sagte Harry. »Was ist sie?«

»John war so etwas wie eine Berühmtheit. Er spielte beim örtlichen Fußballverein und bekam dann ein Stipendium für die Northwestern University, um in deren Team zu spielen. Vor ungefähr zwei Jahren ist er mit seiner Freundin in den Frühlingsferien nach Laconia zurückgekehrt. Dann passierte etwas während einer abendlichen Bootsfahrt auf dem Lake Winnipesaukee. Er sagte später, dass ihr Boot von einem größeren Boot gerammt worden sei, das dann einfach weitergefahren sei. Seine Freundin starb, und er selbst wurde ziemlich schwer verletzt.«

»Glichen ihre Verletzungen denen, die er selbst seinen Opfern zufügte?«, fragte Harry.

»So ziemlich«, erwiderte Seth. »Das Gesicht des Mädchens war verstümmelt, und sie ertrank. John hat auch ziemlich viel abbekommen, doch er hatte noch die Kraft, zum Ufer zurückzuschwimmen.«

»Es ging noch weiter, Seth.«

Die drei Polizisten drehten sich herum und sahen einen alten Mann auf sich zukommen. Sein dünner Körper war gebeugt, und doch hielt er den Kopf aufrecht. Er trug verblichene Outdoor-Kleidung, wie es in dieser Gegend üblich war, und sein Regenmantel flatterte im Wind.

Adams stand auf. »George, du solltest nicht hier sein.«

Der alte Mann blickte an dem Polizeichef vorbei auf die Leiche. »Das war einmal mein Sohn, Seth. Ich habe alles Recht der Welt, hier zu sein.«

Harry schaute den alten Mann an. Er erwartete Tränen, Zorn, vielleicht einen Wutausbruch. Doch nachdem George Turner seinen toten Sohn mehr als eine Minute lang betrachtet hatte, nickte er nur kurz, wandte sich ab und ging zurück zu seinem Auto.

Harry folgte ihm schnellen Schrittes.

»Sir, ich bin Harry Reilly vom FBI. Würden es Ihnen etwas ausmachen, sich einen Moment mit mir zu unterhalten?«

George Turner ging langsamer und blickte Harry an. »Was genau wollen Sie wissen?«

»Sir, Sie haben vorhin gesagt, John sei einmal Ihr Sohn gewesen. Was haben Sie damit gemeint?«

»Er war nicht mehr der Junge, den ich großgezogen hatte, seit der Nacht, als er den Unfall auf dem Winnipesaukee hatte. Danach war er nicht mehr derselbe.« George Turner blieb stehen und stemmte die Hände in die Hüften. »Ich habe seine Wut verstanden. Er hat mit Pamela ein wunderschönes Mädchen verloren. Doch als dann die Polizei die Leute nicht gefunden hat, die –«

»War es ein junges Pärchen?«, fragte Harry. »Die im anderen Boot, meine ich.«

»Das hat Johnny immer behauptet. Doch die Polizei hat es nie gefunden, und Johnny, nun, er wurde zornig auf die ganze Welt. Die meiste Zeit hat er sich zurückgezogen. Hat sich mit niemandem mehr unterhalten, mich eingeschlossen.« Turner hielt inne, um einen Blick auf die Boote zu werfen, die neben dem Steg zusammengekommen waren, und auf die Leute darin, die schweigend zurückstarrten. »Ich nehme an, ich werde umziehen müssen. War mein ganzes Leben hier, bin mit jedem von ihnen aufgewachsen.« Er blickte zurück zu Harry. »Sie werden glauben, ich hätte es gewusst, wissen Sie. Doch ich schwöre, ich habe es nicht mal für möglich gehalten. Ich hätte Johnny selbst umgebracht, wenn ich es gewusst hätte.«

Harry glaubte ihm. Der alte Mann drehte sich um und ging weiter zum Wagen. Nach wenigen Schritten wandte er sich noch einmal um und blickte zu Harry.

»Mein Sohn war ein Mörder, aber das Pärchen am Opechee hat er nicht getötet. Das weiß ich, weil wir an jenem Abend das letzte Mal zusammen zu Abend gegessen haben. Johnny hat in der Nacht so viel getrunken, dass es den stärksten Trinker umgehauen hätte. Er hat das Bewusstsein verloren und ist erst am Mittag des nächsten Tages wieder aufgewacht.«

Dann ging er zurück zu seinem Auto.

Harry versuchte nicht, ihn aufzuhalten. Es hatte keinen Sinn.

»Wir werden ihn später befragen«, sagte Seth. »Aber ich bin mir sicher, wir werden nur feststellen, dass er sauber ist.«

Harry nickte. »Und ich denke, wir werden feststellen, dass die Lakeshore-Morde jetzt ganz aufhören werden, Seth. Die Angst wird mit John Turner gestorben sein.«

»Aber was ist mit dem Trittbrettfahrer?« Seth schob seinen Hut höher, um den älteren Mann anzustarren. »Ich meine, das war nicht John Turner, der am Opechee auf mich geschossen hat. Das schwöre ich bei Gott.«

»Er wird hier nicht mehr töten. Hier nicht und auch nicht auf diese Art und Weise.« Harry wandte sich um zum Wasser. »Ich kenne diesen Killer, Seth. Dieser Teil des Spiels ist für ihn ausgespielt. Er wird weiterziehen, und wo immer er auch hingeht, ich werde ihm folgen.«

16

Selbst in großen Städten wie Bosten sind die Straßen nachts um drei Uhr praktisch ausgestorben. Alles war ruhig. Wenn jemand dort gewesen wäre, um überhaupt Notiz davon zu nehmen, so hätte er den gleichmäßigen Rhythmus gehört, in dem die Tennisschuhe auf das Pflaster aufsetzten. Ein einsamer Mann joggte durch die Dunkelheit. Seine Bewegungen waren ungewöhnlich flüssig und locker. Musik pulsierte aus den Kopfhörern seines iPod. Er trug einen einfachen dunkelgrauen Pullover und eine schwarze Laufhose. Die Turnschuhe waren teuer, doch ihr Profil glich dem Millionen anderer Markenturnschuhe.

Der Mann war bestens in Form. Er lief ohne sichtliche Anstrengung, so wie es bei den meisten Menschen der Fall ist, wenn sie gehen. Den Blick hatte er auf die Straße vor sich gerichtet; auf seinem schönen, symmetrischen Gesicht lag ein Ausdruck ruhiger Bestimmtheit. Um die Hüfte trug er einen kleinen Beutel, groß genug, um die üblichen persönlichen Dinge mit sich herumzutragen: Geldbörse, Handy und Ähnliches.

Doch der Inhalt dieses Beutels war alles andere als üblich.

Der Mann verlangsamte das Tempo und lief sicheren Schrittes auf die Tür zum Treppenhaus des *One Center Plaza* zu. Zwanzig Sekunden später öffnete er die Tür und trat ein. Er wirkte nun wie irgendein Angestellter, der zu verrückten Zeiten arbeiten muss und nun zu seinem Auto zurückkehrte.

Bates verschmolz mit den Schatten des Parkhauses und glitt in der Dunkelheit weiter. Er hielt Ausschau nach einem ganz bestimmten Wagen: dem brandneuen Modell eines silbernen Explorer SUVs, und es dauerte nicht lange, bis er es gefunden hatte. Ebenso schnell hatte er die Fahrertür mit dem Brecheisen geöffnet und das Alarmsystem ausgeschaltet.

Bates lächelte. Wie sehr die Hersteller es auch versuchten, es war einfach unmöglich, ein sicheres Wagentürschloss herzustellen, das außerdem noch kostengünstig war. Also machten sie sich im Allgemeinen gar nicht erst die Mühe.

Ein letztes Mal schaute er sich verstohlen auf dem Parkdeck um, kletterte dann in den Geländewagen und schaltete die Innenbeleuchtung aus. Er aktivierte seine kleine Maglite-Taschenlampe; der starke gebündelte Lichtstrahl streute nur wenig zu den Seiten und würde ihn nicht verraten.

Er nahm eine dünne Metallzinke aus dem Beutel und verkeilte sie vorsichtig zwischen Autoradio und Armaturenbrett. Er musste mehrere Male kräftig rütteln, bevor er mit einem leisen Knall belohnt wurde und spürte, wie sich das Radio in dem Schlitz auf einmal ganz leicht bewegen ließ.

Er löste das Radio aus dem Rahmen, wobei er sich bemühte, die dünneren, zerbrechlich aussehenden Drähte nicht zu beschädigen, die vom hinteren Teil des Geräts zum Auto führten. Er legte es vorsichtig auf den Beifahrersitz und zog ein kleines schwarzes Behältnis aus einer durchsichtigen Plastiktüte, die sich ebenfalls in seinem Beutel befunden hatte. Nachdem er es neben das Autoradio gelegt hatte, zog er drei weitere Gegenstände hervor: eine kleine Abisolierzange, eine Tube schnelltrocknenden Klebstoff und ein Stück matten Kupferdraht, der an einem Ende einen kleinen Steckeraufsatz und am anderen eine Abgreifklemme hatte.

Bates bewegte die Hände außergewöhnlich bedächtig. Er wählte aus den Drähten, die zum hinteren Teil des Stereogeräts führten, einen bestimmten aus und machte sich mit der Abisolierzange daran, die Plastikummantelung zu bearbeiten. Er entfernte einen etwas mehr als einen Zentimeter langen Plastikstreifen, wodurch der darunter liegende Kupferdraht freigelegt wurde. Dann legte er die Zange zur Seite, nahm die Klemme und verband beide Drähte miteinander. Das freie Ende des Drahtes steckte er in einen dünnen Schlitz in dem kleinen schwarzen Objekt. Dann bedeckte er die flache Seite mit einem dünnen durchsichtigen Klebstofffilm und klebte es an die Rückseite des Stereoradios. Dort drückte er es einen Moment fest, bis der Kleber getrocknet war. Als das Objekt sicher hielt, setzte er das Gerät wieder ein. Das Radio glitt mühelos an seinen Platz zurück.

Bates war zufrieden. Verbunden mit der dem Gerät eigenen Stromquelle würde die »Ultraschall-Wanze« auf unbestimmte Zeit ihre Dienste tun. Sie war mit einem kleinen Mikrofon ausgestattet, das die Geräusche aus der unmittelbaren Umgebung verstärkte. Und da sie sämtliche Geräusche in ein Tonsignal umwandelte, das vom menschlichen Ohr nicht wahrgenommen werden konnte, war es auch nicht erforderlich, die Funkfrequenz in Anspruch zu nehmen. Das Geräusch wurde von einem nahe gelegenen Empfänger wieder in Radiowellen umgewandelt. Die Wanze wurde durch Sprache aktiviert und blieb passiv, wenn niemand im Auto war, sodass es selbst für Fachleute schwierig war, sie zu finden. Für Laien war es so gut wie unmöglich.

Normalerweise verwanzte Bates keine Polizisten, und er stellte auch sonst nicht gern Nachforschungen an, wenn eine polizeiliche Ermittlung noch im Gange war. Es war gefährlich. Doch er musste auf Nummer sicher gehen, dass Sarah Reilly keine Bedrohung darstellte. Sie hatte ihn im Hafenviertel gesehen und seinen Namen gehört. Und sie hatte Lucas befragt. Es war sein Job, sich über alle potentiellen Bedrohungen Klarheit zu verschaffen.

Nein, es war seine *Berufung*.

Bates vergewisserte sich, dass er alles genau so hinterließ, wie er es vorgefunden hatte. Er steckte die Zange und den Kleber ein und nahm sich einen Moment Zeit, sich zu vergewissern, dass er auch nichts vergessen oder verändert hatte.

Er stieg aus und verriegelte die Wagentür, bevor er sie geräuschlos schloss. Er blickte sich auf dem Parkdeck um und spitzte die Ohren, um auf ungewöhnliche Geräusche zu lauschen. Die Luft war rein. Lässig trat er wieder hinaus auf die Straße. Er hielt seinen legeren Gang bei, bis er sich weit genug vom *One Center Plaza* entfernt hatte.

Kurz bevor er wieder zu joggen begann, zog er die Kopfhörer hervor und steckte sie sich in die Ohren. Zu den sanften Klängen von Andrea Bocellis beruhigender Interpretation des »Ave Maria« verschwand der ehemalige Soldat der Sondereinsatztruppe in der kalten Bostoner Nacht.

Goblin 1066: Sarah? Bist du da?

Jack hatte die Nachricht jetzt schon zum dritten Mal geschickt, doch da Sarah den Ton an ihrem Computer ausgeschaltet hatte, wurde sie davon nicht wach. Sie war mit dem Gesicht auf der Tastatur eingeschlafen. Als jedoch das Telefon klingelte, setzte sie sich kerzengerade auf und blinzelte gegen die schwachen Lichtstrahlen an, die am dämmernden Himmel schimmerten.

»Was ist los?«, fragte sie, nachdem sie abgenommen hatte.

»Guten Morgen«, sagte Jack. Er klang ausgeruht. »Ich habe zwar nichts Handfestes gefunden, doch ich hätte da vielleicht ein paar Fäden, die wir weiterstricken könnten.«

»Wie meinst du das?«

»Nun ja, ich hatte jedenfalls nicht das Glück, frühere Berichte über Vorfälle zu finden, die denen von East Boston ähneln. Du weißt schon – mutmaßliche Killer, die auf einmal ermordet werden.«

Sarah gähnte und strich sich die Haare aus den Augen.

»Ich habe auch kein Glück gehabt«, murmelte sie. Als Jack nichts erwiderte, verengten sich Sarahs Augen. »Was denkst du?«

»Nun, kommt dir das nicht merkwürdig vor?«, fragte er vorsichtig. »Diese Typen sind schließlich nicht gerade zimperlich vorgegangen. Sie haben schwere Geschütze aufgefahren und diesen Typen im Hafenviertel ziemlich brutal außer Gefecht gesetzt. Sie haben eine Agentin mit einer Elektroschockpistole angegriffen, und um noch eins draufzusetzen, haben sie die Leiche in den Fluss geworfen, damit wir sie finden.«

»Der Coroner hat keine Spuren gefunden, die Aufschluss über die Täter geben. Die Lagerhalle haben sie derart desinfiziert, dass wir nicht einmal mehr Haare oder Textilfasern finden konnten.«

»Ja, nur hätten sie die Leiche auch genauso gut einfach behalten können.«

»Sie sind Profis, aber auch arrogant. Sie wussten, dass die Leiche nichts über sie verraten würde.« Sarah merkte, worauf er hinauswollte. »Man kann also davon ausgehen, dass sie es nicht zum ersten Mal gemacht haben. Doch wieso finden wir dann nichts in der Datenbank?«

»Das ist genau das, was auch mich gewundert hat«, sagte Jack und senkte verschwörerisch die Stimme. »Und deshalb habe ich meinen Suchansatz geändert. Anstatt danach zu suchen, was in den Ordnern vorhanden ist, habe ich geguckt, was *nicht* drinsteht. Es fehlen Wochenberichte der wichtigsten Außenstellen; stattdessen habe ich jedoch seltsame Spesenkonten für Geheimoperationen gefunden, die augenscheinlich nie stattgefunden haben. Manchmal hieß es, Agenten seien ›im Einsatz‹ verletzt worden, der betroffene Einsatz ist jedoch nirgends zu finden.«

»Und was schließt du daraus?«

Sarah spürte förmlich, wie Jacks Gesicht sich zu einem Lächeln verzog.

»Ich kann noch nichts Genaues sagen, doch irgendetwas stimmt da nicht. In etlichen Fällen habe ich hier ein wenig gefunden und hat dort ein wenig gefehlt. Es ist wie ein Puzzle, nur fehlen die wichtigsten Teile. Das kann kein Zufall sein. Irgendjemand muss Zugriff auf die nationale Datenbank gehabt und systematisch alle Informationen entfernt haben. Und derjenige war sehr clever. Er ist kein Risiko eingegangen und hat nur die Dateien gelöscht, die bei unserer Suche am ehesten einen Treffer erzielt hätten.«

»Glaubst du, es waren Hacker, die sich illegal Zugang zum System verschafft haben?«

»Unwahrscheinlich. Das heißt, wenn sie technisch spitzenmäßig ausgestattet wären, bestände vielleicht die Möglichkeit. Wahrscheinlicher ist jedoch, dass sie jemanden im FBI oder dem Justizministerium sitzen haben, der es für sie übernommen hat.«

»Das bedeutet, dass Geld dahintersteckt.«

»Viel Geld.«

»Okay«, sagte Sarah, und ihre Gedanken überstürzten sich. »Wir erzählen es Frank.«

»Ähm … Sarah«, sagte Jack mit zögernder Stimme. »Vielleicht wäre es besser, wir würden zunächst etwas Handfestes rausfinden. Im Augenblick haben wir im Grunde nur ein paar fehlende Daten vorzuweisen.«

»Na gut, du bist der Computerfreak«, sagte Sarah. »Wie kommen wir an Beweise?«

»Es gibt nur einen Ort, an dem die Originalberichte aufbewahrt werden, nachdem sie in die Datenbank eingespeist wurden. Es könnte also sein, dass die Originale noch dort sind.«

»Natürlich – das Office of Information and Learning Resources, das große FBI-Archiv. Wenn auch die Schwarzpausen verschwunden sind, wäre das der Beweis, dass sich jemand an den Daten zu schaffen gemacht hat. Ich fliege heute noch nach Quantico und sehe mal, was ich finden kann. Danke für deine Hilfe, Jack!«

Sarah legte auf und ging zur Toilette. Sie spritzte sich ein wenig Wasser ins Gesicht und bändigte ihr Haar so gut es ging. Dann kehrte sie zurück an ihren Schreibtisch. Da um diese Zeit noch niemand im Büro war und Frank es ohnehin nicht für gut befunden hätte, buchte Sarah sich selbst einen Flug und einen Mietwagen und bezahlte das Ganze mit ihrer Kreditkarte.

Fünf Minuten später war sie bereits auf dem Weg zum Flughafen von Logan. Während der Fahrt meinte sie, einen blauen Ford Taurus ein wenig übertrieben häufig in ihrem Rückspiegel zu sehen. Doch sie schüttelte den Gedanken ab.

Sarah hatte Bates weder bemerkt, als er auf dem Parkdeck über ihr in sein Auto geschlüpft war, noch bemerkte sie ihn jetzt, als er ihr zum Terminal folgte. Nicht, dass es etwas geändert hätte, wenn sie ihn bemerkt hätte. Dank einer dicken Brille, einer subtilen Kinn- und Nasenprothese, raffiniert aufgetragenem Makeup und blond gebleichtem Haar war er nicht mehr als der Mann zu erkennen, den sie in der Gasse gesehen hatte.

Er buchte denselben Flug, mit Glück hatte er einen der letzten freien Plätze in der Touristenklasse ergattert. Er saß drei Reihen hinter Sarah in der Lounge und streifte sie, als er an Bord ging.

Sarah machte es sich gemütlich, als die Maschine abhob und sich schräg legte für den Flug nach Süden Süden. Als sie wieder geradeaus flog, war sie bereits eingeschlafen.

17

Der Mann mit den veilchenblauen Augen saß in seinem Motelzimmer und hörte den Polizeifunk von Laconia ab. So erfuhr er, dass Harry Reilly nach Boston zurückkehren würde.

Das ergab keinen Sinn. Er war so sicher, dass Reilly von seiner Existenz wusste. Er wusste, dass man den Verdacht hegte, dass die Morde am Lake Opechee das Werk eines Trittbrettfahrers waren, und dennoch würde Harry Reilly jetzt nach Boston zurückkehren, als wäre alles fein säuberlich geklärt. Irgendetwas war da im Gange.

Alles, was er in den letzten Tagen über den Mann gelesen hatte, hatte ihm gezeigt, dass Reilly unermüdlich war. Bevor seine Frau starb, galt er als einer der besten Agenten des FBI. Reilly faszinierte ihn. Er hatte sämtliche wissenschaftlichen Arbeiten gelesen, die Reilly als Dozent an der Bostoner Polizeiakademie herausgebracht hatte. Daraus war ersichtlich, dass sie eine bedeutende Charaktereigenschaft gemeinsam hatten – eine ausgeprägte Zielgerichtetheit. Anders als all die anderen Faulenzer von Polizisten, mit denen er es über die Jahre zu tun gehabt hatte, hatte Reilly den Tatort am Opechee sofort als das Werk eines Trittbrettfahrers entlarvt. Und jetzt würde er einfach so abfahren, ohne ihn gefasst zu haben?

Er musste mehr über Harry Reilly herausfinden. Bis dahin wäre es nicht sicher genug weiterzumachen.

Er fasste einen Entschluss, packte seine Habseligkeiten und verließ das Motel in Meredith, einer Kleinstadt gleich nördlich von Laconia, in dem er sich eingemietet hatte. Er fuhr geradewegs nach Laconia hinein, ohne sich die Mühe zu machen, sich mit mehr als einer Sonnenbrille zu tarnen.

Reilly zu finden war nicht schwierig. Das *Barton* war das einzig halbwegs respektable Motel in der Gegend, und mit einem Anflug von Erleichterung sah er Harrys Limousine davor parken.

Das Timing hätte nicht besser sein können. Zwanzig Minuten, nachdem der Mann mit den veilchenblauen Augen sich in Warteposition gebracht hatte, verließ Harry bereits mit einer kleinen Tasche sein Zimmer, stieg ins Auto und fuhr in Richtung der Interstate davon. Der Mann folgte ihm mit einem ausreichenden Sicherheitsabstand.

Die Fahrt nach Boston verlief ohne Zwischenfälle, worüber er sehr erleichtert war. Nach der brenzligen Situation draußen beim Opechee wollte er kein Risiko mehr eingehen. Dass er nach so vielen Jahren kurz vor einer Verhaftung gestanden hatte, hatte ihn durcheinandergebracht. Nachdenklich fragte er sich, was wohl aus der Agentin mit der rotgoldenen Mähne geworden war. Ihr Partner war in Laconia geblieben, sie hingegen nicht.

Er war erfreut zu sehen, dass Harry nicht direkt zurück in sein Büro fuhr. Er nahm die I-93, fuhr an der Stadt vorbei und in Richtung der Vororte von South Boston. Der Mann mit den veilchenblauen Augen folgte ihm wie ein Schatten, und als Harry von der Interstate abfuhr, ließ er den Abstand zu ihm größer werden. Allmählich machte er sich Gedanken darüber, dass es in den engen Vorortstraßen nur eine Frage der Zeit sein würde, bis der Agent ihn bemerkte, als der Wagen in Brookline in eine Sackgasse fuhr. Der Verfolger achtete darauf, nicht langsamer zu werden, als er an der Straße vorbeifuhr, sah jedoch, dass Harry das Auto vor einem gepflegten Haus am Ende der Straße abgestellt hatte.

Nachdem der Mann mit den veilchenblauen Augen gewendet und den Wagen auf der gegenüberliegenden Straßenseite geparkt hatte, blickte er auf die Uhr. Es war gleich Mittag, und er bekam langsam Hunger. Er ließ sich davon jedoch nicht beeindrucken und hielt die Augen auf die Einmündung der Straße gerichtet.

Eine Stunde später verließ Harry in seiner Limousine die Sackgasse und fuhr zurück zur Interstate. Er wollte zur Arbeit. Mit einem triumphierenden Lächeln lenkte der Mann mit den veilchenblauen Augen seinen Wagen in die Sackgasse und parkte einige Häuser von dem Haus entfernt, das er für das von Harry hielt. Er blieb volle zwanzig Minuten lang dort sitzen und beobachtete das Gebäude. Es gab kein Anzeichen dafür, dass sich jemand darin befand. Als er so sicher war, wie er nur sein konnte, stieg er aus und ging über den Rasen zur Eingangstür. Er klingelte mehrere Male und wartete. Sollte jemand aufmachen, würde er nach jemandem fragen, der nicht dort wohnte, und Verwirrung über den Straßennamen vortäuschen.

Doch niemand öffnete, nicht einmal, nachdem er laut gegen die Tür geklopft hatte. Er blickte um sich, um sicherzugehen, dass kein Nachbar in Sicht war, zog ein paar Dietriche aus der Tasche und machte sich am Türschloss zu schaffen. Obwohl das Schloss äußerst raffiniert war, hatte er es in weniger als einer Minute geknackt.

Das Innere des Hauses war hell und gemütlich; überall an den Wänden hingen gerahmte Bilder von Freunden und der Familie. Er beachtete sie nicht weiter und beschäftigte sich mit der eindrucksvollen Alarmanlage. Bisher war das Glück auf seiner Seite gewesen, doch mit diesem Typ Alarmanlage kannte er sich nicht aus. Er hielt den Atem an, montierte die Tastatur ab und stellte fest, dass die Verkabelung sich gar nicht so sehr von denen unterschied, an denen er geübt hatte.

Er hatte den Alarm entschärft und die Tastatur ohne jegliche Beschädigung wieder aufgesetzt, als er das Foto bemerkte. Es zeigte Harry vermutlich mit seiner Frau und einem lebendig aussehenden jungen Mädchen. Es dauerte eine Sekunde, bis der Mann mit den veilchenblauen Augen die Agentin wiedererkannte, die ihn in jener Nacht draußen am Opechee beinahe geschnappt hätte. Dass sie Harrys Tochter war, daran bestand kein Zweifel – die Ähnlichkeit mit ihrer Mutter war unverkennbar.

Der Apfel fällt nicht weit vom Stamm …

Ansonsten sah er niemanden auf den Fotos, der sein Interesse geweckt hätte. Keine weiteren Kinder. Harrys Tochter war offensichtlich ein Einzelkind. Als er die Küche betrat, konnte er ihrem Gesicht auch einen Namen zuordnen.

Sarah.

Der Name war mit einem Buntstift auf einen verblichenen Karton geschrieben worden, der mit einem Magneten an den Kühlschrank geheftet war. Er hatte vermutlich jahrzehntelang dort an seinem Ehrenplatz gehangen. Harry liebte sein kleines Mädchen ganz offensichtlich.

Harrys wunden Punkt zu finden würde letztlich wohl gar nicht so schwer sein.

Nachdem der Mann mit den veilchenblauen Augen einmal systematisch durch alle Zimmer gewandert war, fand er sich an einem Treppenabgang wieder, der in den Keller führte. Er war ein wenig überrascht, am Ende der Treppe noch eine weitere Tür vorzufinden. Sie war unverschlossen.

Nichts hätte ihn vorbereiten können auf das, was er dahinter zu sehen bekam.

Keuchend taumelte der Mann mit den veilchenblauen Augen zurück, und er griff nach dem Geländer, um nicht zu stürzen.

Die Gesichter …

Die Gesichter …

Die Fotografien an der Wand. Menschen, die er umgebracht hatte – so viele! Sein Herz hämmerte, und seine Beine zitterten. Langsam trat er in den Raum und stellte sich dem Terror, der über Jahrzehnte nur in seinen Albträumen gewütet hatte.

Jemand *wusste Bescheid.*

Über ihn, über seine Taten, über alles.

Stecknadeln in Karten zeigten die Orte an, an denen er seine Opfer umgebracht hatte. Gekritzel auf Whiteboards analysierte seine Psyche bis zurück in die Kindheit, setzte seinen Charakter Stück für Stück zusammen – mit einer Akribie, die er für völlig unmöglich gehalten hatte. Er war hier, um ein Profil von Harry Reilly zu erstellen, und entdeckte, dass Harry Reilly ein Profil von ihm erstellte – und das seit Jahren.

Harry Reilly wusste Bescheid.

Und Reilly war nicht irgendwer. Es war ein hochdekorierter FBI-Agent, der ihn entdeckt und sich auf seine Spur gesetzt hatte, und er war gefährlich nahe dran gewesen, ihn zu fassen. Der Mann mit den veilchenblauen Augen brach in ein gequältes Gelächter aus. Absurd! Das Ganze war irre. Es konnte nicht wahr sein! Dabei war er so vorsichtig gewesen, so minutiös vorgegangen. Panik ergriff ihn. Hektisch fuhr er sich mit den Händen durchs Haar, bemüht, seinen rasenden Puls wieder unter Kontrolle zu bringen.

Jetzt wusste er, wieso Harry nach Boston zurückgekehrt war: Er wollte hierauf Zugriff haben, auf seine »Datenbank«. Er hatte etwas holen wollen, das er gefunden hatte, nachdem er jahrelang über Polizeiberichten, Autopsien und Fotos der Tatorte gebrütet und nach Morden gesucht hatte, die keinen Sinn ergaben.

Morde wie der an dem Pärchen am Lake Opechee.

Als er sich beruhigt hatte und wieder klarer denken konnte, bemerkte er, dass hier zwar eine enorme Anzahl seiner Opfer vertreten war – sei es, dass Fotos von ihnen an den Wänden hingen, der Ort ihres Todes auf Karten markiert oder Berichte über ihren Fall in die auf den Tischplatten verteilten Akten geheftet waren –, dass dies aber trotzdem nicht seine ganze Arbeit zeigte. Bei Weitem nicht. Reillys Bild von ihm war unvollständig, wenn auch erstaunlich präzise.

Einen Moment lang erwägte der Mann mit den veilchenblauen

Augen, die Akten zu stehlen oder das Haus in Brand zu setzen und sie dadurch zu vernichten. Aber er verwarf beide Ideen. Wenn er sie stahl, würde er seine Anwesenheit verraten. Wenn er sie verbrannte, würde Harry sich binnen eines Tages Kopien davon in sein Büro liefern lassen. Es erstaunte ihn, dass er nicht wusste, was er tun sollte. Es war Jahre her, dass ein Ereignis ihn vollkommen aus der Bahn geworfen hatte – ein Ereignis, das er nicht hatte voraussehen oder beeinflussen können. Sein sorgfältiges Bemühen, unsichtbar und unerkannt zu bleiben, war umsonst gewesen. Innerhalb weniger Tage waren alle seine Illusionen zerstört worden.

Er musste handeln.

Er ging zu einem Tisch, der weniger überhäuft war als die anderen, und griff nach einem alten Dossier, das die Morde des Millenium-Killers behandelte. Ein Plan reifte in seinem Geiste heran. Er wusste, dass er nicht länger passiv bleiben durfte. Er musste in die Offensive gehen und seinen Verfolgern eins auswischen.

Und er wusste genau, wie er vorzugehen hatte.

18

Samantha Denning war schlecht gelaunt. Es war schon der dritte Tag in Folge, den sie zu Hause bleiben musste in der Hoffnung, dass der Mechaniker der Kabelgesellschaft endlich auftauchte. Der Tag hatte gleich schlecht angefangen. Der Geschirrspüler war ausgelaufen, die Katzen jagten einander durch die ganze Wohnung und trieben sie zum Wahnsinn, und sie war spät dran. Nicht nur einfach spät dran, sie war um *Wochen* zu spät dran.

Sie biss sich auf die Unterlippe, wenn sie nur darüber nachdachte. Und bereits das war ihr zu viel. Sie wusste, was ihre Mutter gesagt hätte – dass sie Gerry niemals hätte verlassen dürfen, dass er ein guter Ernährer war und einen großartigen Vater abgeben würde und dass es doch nicht so schlimm sei, dass er nun mal ein etwas überhitztes Gemüt habe …

Sie fühlte, wie ihr eine Träne über die Wange lief, und wischte sie weg. Nein, sie würde nicht daran zerbrechen, den Gefallen würde sie ihrer Mutter und ihrem Noch-Ehemann nicht tun. Sie würde schon allein zurechtkommen.

Oder besser gesagt *zu zweit,* korrigierte sie sich. Der zweite Schwangerschaftstest wartete im Badezimmer auf sie. Für den Fall, dass er positiv ausfiel wie der erste, hatte sie morgen bereits einen Termin beim Frauenarzt. Sie musste also nur ins Badezimmer gehen und den Test machen, um mehr oder weniger Gewissheit zu erhalten.

Dennoch ließ sie sich viel Zeit. Sie wischte den Küchenboden trocken und brauchte etwas länger als nötig, um die kämpfenden Katzen voneinander zu trennen und zu besänftigen. Als sie damit fertig war, ging sie ins Wohnzimmer, mit der festen Absicht, ihre Gedanken ein wenig zu ordnen. Doch da das einzig halbwegs Interessante im Fernsehen eine Folge von Dr. Phil war, in den Hauptrollen diverse traumatisierte Frauen, die unter ihren brutalen Müttern litten, entschied sie, dass es nun endlich genug sei.

Auf dem Weg ins Bad fand sie sich zunehmend mit dem ab, was sie in ihrem Herzen bereits wusste. Als sie schließlich den Teststreifen in der Hand hielt, hatte sich ihre Angst vollständig in Akzeptanz verwandelt. Wenn sie schwanger war, würde das Baby ein Teil von ihr sein und ihre neue Familie werden.

Sie sah die beiden blauen Streifen, die ihre Erwartungen bestätigten. Samantha lächelte; zum ersten Mal seit Langem war sie wirklich glücklich. Sie ließ ihren Tränen freien Lauf, denn diesmal waren sie völlig anderer Art.

Es klingelte an der Tür.

Und sie hatte schon geglaubt, niemanden zu haben, dem sie davon erzählen könnte! Sie wischte die Tränen ab, richtete mit einem Blick in den Badezimmerspiegel ihr Haar und säuberte ihr Gesicht von der verschmierten Mascara. Während sie zur Eingangstür eilte, fragte sie sich, ob es wohl der hübsche junge Mann vom Flur gegenüber war, der sie erst vor wenigen Tagen so nett angelächelt hatte.

Sie öffnete einem Lieferanten mittleren Alters die Tür, der einen riesigen Blumenstrauß in der Hand hielt. Es waren Rosen, groß und blutrot, gemischt mit weißen Blumen, die sie nicht so ohne Weiteres bestimmen konnte. Es war ein atemberaubendes Bouquet. Sie strahlte den Lieferanten an.

»Ähm … ja?«

»Miss Denning?«

»Ja, das bin ich.«

»Die sind für Sie, Madam.« Er streckte ihr den Blumenstrauß entgegen.

Samantha fühlte, wie ihr das Blut in die Wangen stieg, und nahm die Blumen.

»Ich danke Ihnen sehr.«

»Ist schon gut«, erwiderte der Mann und zog ein kleines Plastikklemmbrett aus dem Funktionsgürtel, den er um die Hüfte trug. »Wenn Sie nur noch so freundlich wären, hier zu unterschreiben, dann bin ich auch gleich wieder weg.«

Samantha brauchte einen Moment, da sie versuchte, den extravaganten Blumenstrauß so zu halten, dass sie unterschreiben konnte. Schließlich drehte sie sich um, um ihn auf dem schmalen Tisch im Flur abzulegen.

In dem Bruchteil der Sekunde, die sie von ihm abgewandt war, stürzte der unschuldig aussehende Mann in der Uniform eines Fleuristen sich auf sie und zwang sie ins Innere der Wohnung. Mit dem Fuß schlug er flink die Haustür zu, während seine Hände sie an der Kehle packten. Der kräftige Griff schnürte ihr augenblicklich die Luft ab. Dann streckte der Mann sich und hob sie mit brutaler Kraft in die Luft, sodass ihre Füße den Boden nicht mehr berührten.

Panik stieg in Samantha auf. Sie hatte die Blumen fallen lassen, und als er ihre Kehle zudrückte, hatte sie verzweifelt versucht, ihre Fingernägel tief in seine Hände zu bohren.

Erst in dem Moment hatte sie bemerkt, dass er dicke Gummihandschuhe trug. Sie versuchte, sich von ihm wegzudrehen, seine Finger zu lösen, doch da sie mehrere Zentimeter über dem Boden baumelte, konnte sie nichts anderes tun als mit Armen und Beinen wild um sich zu schlagen. Der Druck, den er auf ihre Kehle ausübte, addierte sich zu dem Schmerz, den ihr gesamtes Körpergewicht verursachte, das allein von ihrem Hals getragen wurde. Sie fauchte und kämpfte. Wilde Sterne tanzten ihr vor den Augen, das Blut pochte in ihren Ohren. Ihre Lungen fühlten sich an, als würden sie jeden Moment platzen. Sie brauchte dringend Luft.

Als Samantha spürte, dass sie von Dunkelheit eingehüllt wurde, führte sie die Hände nach unten. Mit einer sanften Bewegung, der ersten Geste mütterlicher Liebe für das Kind in ihrem Inneren, streichelte sie ihren Bauch. Sie fragte sich, ob es das letzte Mal war.

Dann glitt sie in die Ohnmacht.

Der Mann mit den veilchenblauen Augen ließ die Frau fallen, kurz bevor sie erstickt wäre, und atmete tief durch. Er blickte auf sie hinunter. Er wusste nicht, dass er beinahe zwei statt ein Leben zerstört hatte. Doch solche Details spielten für ihn keine Rolle. Er zögerte nur den Bruchteil einer Sekunde, bevor er die Frau hochhob und den Flur hinunter zu den Aufzügen trug.

19

Sarah passierte das Haupttor des Quantico Marine-Stützpunktes. Hier, im stark bewaldeten Virginia, lagen die Akademie für Unteroffiziere, das Kriegs-College der Marine, Ausbildungsstätten für fortgeschrittene Kriegstechnik und seegestützte Kriegstechnik sowie die FBI-Akademie. Sie hatte keinen Termin im FBI-Archiv, doch sie wusste, dass sie bekommen würde, was sie wollte. Sie war erst vor wenigen Monaten hier gewesen, um eine Schulung zu durchlaufen. Und während dieser Zeit hatte sie großen Wert darauf gelegt, so viele Leute wie möglich aus den unterschiedlichsten Abteilungen kennenzulernen.

Es war dann auch kein Problem für Sarah, im Büro von Jill Hardwicke, dem Direktor des Archivs, vorgelassen zu werden. Nachdem sie kurz erklärt hatte, was sie benötigte, führte man sie in den ersten mehrerer Archivräume und ließ sie dort allein. Die Sicherheitseinstufung bei den meisten Akten war sehr niedrig: Es handelte sich um längst veraltete Unterlagen, Beschaffungsanträge, Kostenabrechnungen und so weiter. Doch Sarah hoffte, hier die fehlenden Teile des Puzzles zu finden, das Jack ihr am Morgen offenbart hatte. Die Computerdateien waren zwar gelöscht worden, doch vielleicht hatte man die Originale vergessen. Ein paar Belege für eine systematische Manipulation würden schon ausreichen, damit sie ihrem Vorgesetzten ihren Verdacht melden könnte.

Jacks Hinweise waren zwar hilfreich gewesen, doch schon allein die Fülle von Datenmaterial in dem Lagerraum erschwerte das Auffinden wichtiger Beweise. Zwanzig frustrierende Minuten später stieß Sarah, die auf der obersten Sprosse einer Leiter balancierte, per Zufall auf die relevante Kiste. Sie war voll mit Akten diverser Außenstellen, hauptsächlich aus dem Südwesten. Sie stellte die Kiste auf den Boden und öffnete sie. Dann setzte sie sich auf die unterste Sprosse der Leiter, um sie zu durchforsten.

Sarah brauchte nicht lange, um zu realisieren, dass die von Jack angeführten Akten fehlten. Sie verglich die fortlaufenden Nummern auf der Kiste mit den Aktenmappen, die sich in der Kiste befanden. Es gab keinen Zweifel; zahlreiche Mappen waren nicht dort, wo sie sein sollten. Sie erwog, die Sache den Archivaren mitzuteilen, verwarf die Idee jedoch. Sie wollte schließlich nicht, dass einer von ihnen gefeuert wurde. Es hatte wenig Sinn, weiter zu suchen. Sie zweifelte nicht daran, dass derjenige, der die Akten entfernt hatte, sorgfältig vorgegangen war. Sie stellte die Kiste zurück und verließ das Archiv.

Sarah hatte den Campus gerade zur Hälfte überquert, als sie ihn sah. Wäre sie in einer normalen städtischen Umgebung gewesen, hätte sie ihn niemals entdeckt. Doch auf dem Gelände der Akademie fiel ein Unbefugter auf wie ein bunter Hund. Sie sah ihn nur wenige Sekunden lang, bevor er sich hinter einer kleinen Gruppe von Studenten versteckte, doch das hatte genügt. Es war die Art, wie er ging, die ihn verraten hatte: derselbe mühelose, geschmeidige Gang, wie sie ihn zuletzt in der düsteren Gasse in East Boston gesehen hatte. Er hatte sein Gesicht unter einer Baseballkappe versteckt, doch es half nichts – sie würde es niemals vergessen.

Es war Bates – der Mann, der ihr den Verdächtigen abgejagt hatte und mit größter Wahrscheinlichkeit an dessen Ermordung beteiligt gewesen war und ganz sicher auch an dem Mord an Lucas. Offenbar wussten die Schattenmänner, dass Sarah Nachforschungen über sie anstellte. Was bedeutete, dass sie Sarah als Bedrohung betrachteten. Und Sarah wusste nur zu gut, wie diese Leute auf Bedrohungen reagierten …

Sie achtete darauf, ihre Körpersprache neutral zu halten, wandte sich um und ging schnellen Schrittes auf ein Verwaltungsgebäude zu. Es war äußerst wichtig, ihn glauben zu lassen, dass sie nicht einmal ahnte, dass er ihr nachspionierte. Er musste glauben, dass sie ihn nicht gesehen hatte. Ihr Geist arbeitete auf Hochtouren, als sie das Gebäude betrat und einen Korridor entlangging, der – wie sie sich erinnerte – zu einer der Teeküchen der Belegschaft führte. Ihre Armbanduhr sagte ihr, dass es kurz nach eins war. Sofern sich am Stundenplan nichts geändert hatte, hatte der Unterricht nach der Mittagspause gerade wieder begonnen.

Und wirklich, die Teeküche war leer. Sarah ging zu den Schließfächern im hinteren Bereich und wählte eins aus, das den Namen einer Ausbilderin trug, die einen von Sarahs Kursen geleitet hatte. Wie die anderen Schließfächer hatte auch dieses kein Vorhängeschloss, denn sie wurden nur genutzt, um die Uniformen aufzubewahren. Sarah nahm eine Jacke und eine Kappe heraus, beide blau und mit dem goldenen FBI-Logo darauf. Sarah lächelte, während sie die Jacke überzog. Sie passte wie angegossen. Sie versteckte ihren Besucherausweis darunter und trat wieder auf den Korridor. Sie verließ das Gebäude durch dieselbe Tür, durch die sie gekommen war, und lief den grasigen Abhang hinunter auf eine Gruppe junger Studenten zu, die offensichtlich einen ruhigen Nachmittag in der Sonne genossen.

»Was, dachten Sie etwa, Sie hätten heute frei?«, rief Sarah, während sie sich der Gruppe näherte, was bewirkte, dass die Studenten augenblicklich auf die Füße sprangen und sich schleunigst in einer Reihe aufstellten. »Es gibt keine freien Tage beim FBI. Das sollten Sie besser begreifen, und zwar schnell.« Sarah musste ein Lächeln unterdrücken. Es schien nur kurze Zeit her, dass sie selbst einer dieser zitternden Neulinge gewesen war. Jetzt würde sie die Befehle erteilen.

»Also«, sagte sie und musterte die Studenten von Kopf bis Fuß. »Zeit für eine kleine spontane Übung.«

Harry blickte hinunter auf Felicity Harris' Leiche. Er schloss ihre Augen und senkte den Kopf. Er hatte das nie wieder sehen wollen. Es war alles zu ähnlich, bis hin zum Zeitpunkt des Mordes. Hätte ein junger Mann seine Nachbarin nicht zu einem Kaffee einladen wollen – das hatte er zumindest ausgesagt –, dann wäre die Leiche wohl längere Zeit unentdeckt geblieben. Der Mörder hatte die Tür nicht richtig geschlossen, und nach einigem Klopfen des Verehrers war sie weit aufgeschwungen und hatte den Mann zu Tode erschreckt. Selbst jetzt noch sah er blass und zittrig aus.

Harry beobachtete, wie Frank ihn befragte. Sie sprachen leise miteinander, und Harry wusste, dass sein ehemaliger Partner zu dem gleichen Ergebnis gekommen war wie er selbst. Auf keinen Fall war dies das Werk des jungen Mannes. Nur eine Person konnte das getan haben. Harry fühlte sich verantwortlich für diesen Mord. Wäre er in Laconia erfolgreich gewesen, würde Felicity jetzt noch leben.

Harry blickte wieder hinunter auf die Leiche. Er biss die Zähne zusammen, spannte den Kiefer an und ballte die Hände so fest zur Faust, dass die Handknöchel weiß hervortraten. Er hatte nur einmal bisher einen solchen verzehrenden Hass gespürt, und der hatte ihn an Orte geführt, die er nicht noch einmal betreten wollte. Doch das Feuer loderte bereits in seinem Inneren.

Die Nachbarn hatten Felicity als schüchternes Mädchen bezeichnet, das nur selten ausging. Sie war erst vor Kurzem in die Stadt gezogen. Freunde waren nur selten vorbeigekommen. Es hatte nie laute Musik gegeben, nichts. Es stellte sich heraus, dass sie einer dieser Menschen gewesen war, die leise durchs Leben glitten und sich stets an kleinen Dingen erfreuen konnten. Dass sie so enden musste, in den Händen eines gottverdammten Irren, diesem Mistkerl …

»Also, er war es nicht«, sagte Frank. Er hatte den jungen Mann in die Obhut einer FBI-Agentin gegeben. Mit geübter Bewegung klappte er sein schwarzes Notizbuch zu und steckte den Stift weg. »Was denkst du über das Mädchen?«, fragte er und warf einen Blick auf die Tote.

Harry nahm einen tiefen Atemzug und bezwang seinen Zorn zumindest so weit, dass er ruhig sprechen konnte. »Es wiederholt sich alles, Frank«, sagte er. »Ich fühle mich wie bei einem Déjà-vu. Dieser Typ weiß genauso gut über den Millennium-Killer Bescheid wie wir.«

Frank blickte Harry an. »Und was denkst du jetzt? Glaubst du etwa, wir haben es hier mit dem ersten bestätigten Fall von Auferstehung zu tun oder was? Wir wissen doch beide, dass unser Millennium-Freund mausetot ist.«

Harry starrte Frank an, und zwischen den beiden erfolgte eine wortlose Kommunikation, die kein Beobachter wahrgenommen hätte. Doch die Nachricht kam an, und Frank verzichtete auf eine Anspielung darauf, wie der Millennium-Killer den Tod gefunden hatte.

»Nein«, erwiderte Harry nach einem Moment. »Dieser Bastard ist nicht von den Toten auferstanden. Es handelt sich um einen höllisch gut informierten Nachahmungstäter. Hat bis ins kleinste Detail alles ausgeforscht, alles, bis auf eins; wenn da nicht diese eine Sache wäre, dann würde ich schwören, dass er ein Klon ist. Aber er hat nicht gewusst, was nur du, ich und der Gerichtsmediziner wussten. Und ich habe zugesehen, wie er seine Notizen zerstört hat.«

»Na, dann ist es auch kein großes Ding. Ich werde ein paar Agenten auf den Typen ansetzen. Du weißt doch, wie diese Nachahmungstäter sind: Sie fangen überzeugend an, doch nach einer Weile vermasseln sie es.«

Harry wusste, dass es sich diesmal anders verhielt. Er war der festen Überzeugung, dass dieser Fall in Verbindung zu dem Trittbrett-Mord in Laconia stand, doch er wollte nicht weiter darauf eingehen, nicht angesichts der Leiche einer jungen Frau.

Außerdem wusste er nicht, wie Frank über seine Theorie dachte. Manchmal hatte Harry geglaubt, Frank würde seine Art zu denken verstehen, doch dann wieder hatte der Kollege die Hände über dem Kopf zusammengeschlagen und alles niedergemacht. Harry streifte die Latexhandschuhe ab und trat zur Seite, als Mitarbeiter des Gerichtsmedizinischen Instituts eine Bahre hineinrollten. Ein letztes Mal sah er flüchtig Felicity Harris' hübsches blondes Haar, bevor der Reißverschluss des Leichensackes zugezogen wurde.

Franks Handy klingelte.

Im Schutz einer schattigen Mauernische beobachtete Bates, wie Sarah ihr Gespräch mit den Studenten beendete und sich von ihnen entfernte. Die Studenten wurden sichtlich lockerer, nahmen ihre Unterhaltung wieder auf und fläzten sich herum. Was sollte das? Er hatte keine Informationen darüber, dass Sarah Ausbildungsleiterin in Quantico war. Obwohl sie ihren Abschluss als Klassenbeste gemacht hatte, war sie im Außendienst noch Anfängerin.

War sie vielleicht Ausbildungs-Assistentin?

Bates verwarf den Gedanken. Alles, was er über Sarah Reilly gelesen hatte, deutete darauf hin, dass sie ein Alphatier war, die es brauchte, in die Ermittlungen vor Ort einzutauchen. Am Schreibtisch zu sitzen oder in einem Hörsaal zu stehen passte nicht zu ihr, es forderte sie zu wenig. Da ging etwas anderes vor, er wusste nur nicht recht, was.

Er musste seine Grübelei für einen Moment beenden, da Sarah jetzt auf die Schießplätze der Akademie zuging. Um sie nicht aus dem Blick zu verlieren und trotzdem nicht von ihr gesehen zu werden, musste er sich beeilen. Er nutzte die Deckung der Gebäude und blieb ihr immer so nah auf den Fersen, dass er sicher sein konnte, dass sie ihm nicht entwischte. Es war nicht leicht. Sie hatte es eilig, und die Wand aus Studenten, hinter der er sich zuvor noch hatte verstecken können, war in den Unterrichtsräumen verschwunden.

Bates blieb an der Ecke eines Gebäudes stehen, als Sarah vor dem Schießstand für Handfeuerwaffen verharrte. Sie schien die Vorschriften auf einem großen Schild zu lesen, das vor dem Eingang hing. Dabei kannte sie die Vorschriften doch bestimmt noch aus ihrer Zeit in Quantico. Was also machte sie da bloß?

Eine Gruppe von vier jungen Studenten bewegte sich von hinten auf ihn zu; sie unterhielten sich lauthals und lachten und zwangen Bates somit weiterzugehen. Da er sich nicht verdächtig machen wollte, ging er um die Ecke des Gebäudes, blieb jedoch dahinter in einem zurückliegenden Türeingang stehen, um zu warten, bis sie vorbeigegangen waren.

Aber sie gingen nicht vorbei.

Und er hörte sie nicht mehr. Dafür hörte er hastige Schritte, als schier ein Dutzend weiterer Studenten aus der gegenüberliegenden Richtung auf ihn zukamen. Bates Kinnlade fiel herunter, als er sah, dass Sarah sich jetzt herumdrehte und auf ihn zusprintete, während ihre Hand in der Jacke nach ihrer Waffe tastete.

Bates verfluchte sich, weil er in eine solch plumpe Falle gegangen war, und rüttelte an der Tür hinter sich. Sie war verschlossen, was Sarah sicherlich gewusst hatte. Er stürzte nach rechts und rannte geradewegs den vier Studenten in die Arme, die vorher hinter ihm gewesen waren. Sie wollten sich auf ihn stürzen, doch er entwich ihnen mit Leichtigkeit. Ein Student schaffte es, seine Jacke zu packen, doch als Bates auf den Nervenstrang zwischen den Fingerknöcheln des Studenten schlug, schrie der vor Schmerz und lockerte den Griff. Bates riss sich von ihm los und sprintete den Weg entlang, sprang über einen Zaun und war außer Sichtweite.

»Lassen Sie ihn laufen!«, schrie Sarah der kleinen Gruppe von Studenten zu, die ihm nachsetzten.

Es würde nichts bringen, ihn festzunehmen. Er würde nichts

verraten, und seine Freunde würden sich sicherlich in Luft auflösen. Das wollte sie nicht. Sie wollte, dass sie sich in Sicherheit wiegten. Außerdem hatte sie bereits, was sie wollte. Sie zog ihr Handy hervor und wählte die Nummer der lokalen Außenstelle des FBI.

»Bilden Sie eine Absperrung vor dieser Tür«, befahl Sarah den Studenten, die sich keuchend, aber sichtlich aufgekratzt dort versammelt hatten. »Niemand fasst die Klinke an!«

Als sie die Spurensicherung an der Leitung hatte, forderte sie einen Experten für Fingerabdrücke und DNA-Spuren an. Zufrieden klappte sie das Handy zu, zog Jacke und Kappe aus und warf sie einem Studenten zu.

»Madam«, sagte nun einer der Studenten etwas lauter. »Wir fragen uns, was das Ganze sollte.«

Sarah lächelte ihn an. »Das war keine Übung. Das war ein fieser Kerl aus dem richtigen Leben.« Sarah drehte sich um und blickte in die Richtung, in die Bates verschwunden war. »Aber diesmal hat er vergessen, Handschuhe zu tragen.«

20

Sarah hatte Glück. Der Agent, der im Labor des FBI arbeitete, war in Quantico in derselben Abschlussklasse gewesen wie sie, was die Auswertung der Fingerabdrücke beschleunigt hatte. Als sie in ihrem Büro in Boston eintraf, lagen die Ergebnisse bereits auf ihrem Schreibtisch.

Nervös klappte sie die Mappe auf und überflog sie. Zu ihrer Überraschung lag der Analyse eine Personalakte des Verteidigungsministeriums bei, komplett mit Foto und biografischen Daten.

VERTEIDIGUNGSMINISTERIUM
Personalabteilung
Name: Staff Sergeant Sebastian Bates
Geburtsdatum: 14.04.1972
Größe: 1, 82 m
Gewicht: 85 kg
Zuletzt zugeteilt: Fort Campbell, Kentucky, 5. Sondereinsatztruppe

Sarahs Kinnlade klappte herunter, als sie den militärischen Werdegang las. Der Typ war überall gewesen: Südkorea, Saudi Arabien, Südamerika, Afghanistan, Irak … Er war vielfach verwundet und ausgezeichnet worden. Ein großer Teil der Akte war geschwärzt, vermutlich durch die Militärzensur. Manchmal verdeckten die schwarzen Markierungen ganze Seiten. Der Mann war offensichtlich ein hochqualifizierter Soldat gewesen, und es war mehr als wahrscheinlich, dass er in verdeckte Operationen verwickelt gewesen war.

Sie las am Ende der Akte weiter, wo sie erfuhr, dass Bates drei Jahre zuvor ehrenhaft aus der Army verabschiedet worden war. Sie nahm das Telefon, und schon bald sprach sie mit dem Verbindungsoffizier des Verteidigungsministeriums. Er war hilfsbereit und gewillt, ihr die gewünschten Informationen zu beschaffen. Dann rief Sarah die lokale Vermittlungsstelle der US-Steuerbehörde an. Der Angestellte war weniger entgegenkommend als der Armee-Offizier, doch am Ende des Gesprächs versprach auch er, die benötigten Informationen per Fax zu schicken.

Beide Faxe erreichten sie innerhalb von zwanzig Minuten. Die ressortübergreifende Zusammenarbeit war seit den Terroranschlägen vom 11. September deutlich besser geworden. Sie blätterte durch die ausführlichen Personalakten der Männer, die mit Staff Sergeant Sebastian Bates am engsten zusammengearbeitet hatten. Die meisten von ihnen waren Spezialkräfte und hatten genau wie er beispielhafte Werdegänge. Dann schaute sie sich die Männer genauer an, mit denen er zuletzt gedient hatte. Die Operative Sondereinsatztruppe Baker 91 setzte sich aus überaus qualifizierten Männern zusammen. In Afghanistan hatten sie solch tödliche Effizienz bewiesen, dass ihre Vorgesetzten entschieden hatten, das Team im Irak einzusetzen.

Die Namen sagten ihr nichts, doch die Gesichter vielleicht. Sie überflog die Fotos, und als sie beim vorletzten angekommen war, schlug ihr das Herz bis zum Hals. Es war der andere Mann aus der Gasse in East Boston, der Mann, der den Müllwagen gefahren hatte. Sie betrachtete den Namen: Sergeant Jesse McKenzie. Sarah blätterte einige Seiten zurück und suchte nach dem Scharfschützen des Teams. Viele von ihnen schienen als Scharfschütze geeignet, doch nur ein Mann hatte diese Funktion permanent innegehabt. Als sie las, dass Sergeant Danny Hummel die Barrett

Kaliber .50 bevorzugte, wusste sie, dass er es sein musste. Denn diese zerstörerische Waffe war höchstwahrscheinlich genau die gewesen, die in der Lagerhalle in East Boston eingesetzt worden war. Dieses Team war es – oder zumindest ein großer Teil davon –, der ihren Verdächtigen gejagt und Lucas und möglicherweise viele andere Menschen ausgelöscht hatte.

Doch es musste noch jemand dahinterstecken. Auch wenn diese Männer hochqualifizierte Killer waren, konnten sie doch nicht so einfach Daten aus dem FBI-Archiv verschwinden lassen. So etwas kostete Geld. Viel Geld.

Sarah blickte auf das letzte Foto in den Akten. Es war sehr seltsam, denn zu diesem Bild gab es keine biografischen Informationen. Der Mann schien älter als die anderen Männer zu sein, und er trug den Dienstanzug eines Captain der US-Army, die Brust voller Ehrenabzeichen. Sarah musste keinen militärischen Hintergrund haben, um den Silver Star unter den Orden zu erkennen, der für besondere Tapferkeit verliehen wurde. Sie studierte das gutaussehende Gesicht des Mannes. Er wirkte nicht älter als fünfunddreißig, doch in seinem Blick lag ein Ausdruck, der sehr viel gewichtiger war als alles andere, was ihr bisher bei Vertretern seiner Generation begegnet war. Vielleicht lag es an den blaugrünen Augen oder dem kurz geschnittenen goldblonden Haar – sie wusste nicht, was, doch irgendetwas an ihm kam ihr erschreckend bekannt vor.

Sie versuchte sich zu erinnern, wo sie das Gesicht schon einmal gesehen hatte, als ihr Telefon klingelte. Drews Nummer erschien auf dem Display.

Mit einem Seufzer schaltete sie den Lautsprecher am Telefon an. »Was gibt's?«

»Es gibt große Neuigkeiten«, erklärte Drew. Seine Stimme war leiser als sonst, als habe er Angst, belauscht zu werden. »Die willst du dir bestimmt nicht entgehen lassen.« Er klang ein wenig schuldig. »Frank und mein neuer unmittelbarer Vorgesetzter –

dein Vater – beraten immer noch, ob sie grünes Licht für die Operation geben sollen oder nicht.«

Operation ... neuer ummittelbarer Vorgesetzter ... Sarah wusste gar nicht, wonach sie sich zuerst erkundigen sollte. Bevor sie jedoch überhaupt etwas sagen konnte, gab Drew ihr auf beides eine Antwort.

»Der Direktor hat Harry höchstpersönlich wieder den Agentenstatus verliehen. Er und Frank bereiten eine Operation vor als Reaktion auf den Anruf eines Mannes, der behauptet, der Millennium-Nachahmungstäter zu sein und gestern drei Frauen umgebracht zu haben.«

»Was wollte er?«

»Er wollte Frank eine Nachricht übermitteln.«

»Und?«, fragte Sarah, lehnte sich vor und starrte auf das Telefon. »Was wollte er denn?«

»Dich, Sarah«, antwortete Drew ruhig. »Er will *dich*.«

21

Auf einem kleinen Parkplatz gleich beim William J. Day Boulevard im Südbostoner Columbus Park standen eine Schar FBI-Agenten und Mitglieder der Geiselrettungseinheit um eine Karte herum, die auf dem Heck von Franks Auto ausgebreitet war. Funkgeräte knisterten, während die Agenten sich mit den Beamten der Undercover-Einheiten der Bostoner Polizei absprachen, die über die ganze Stadt verteilt waren.

In gewisser Hinsicht hatten sie Glück gehabt. Nach den Morden von vor einer Woche hatte es keine weiteren Opfer mehr gegeben. Und die Presse hatte bislang auch nicht mehr als einen Hauch von dem potentiellen »neuen« Millennium-Killer mitbekommen.

Sie gingen gerade die unterschiedlichen Notfallpläne durch, die sie aufgestellt hatten, um auf alles, mit dem der Verdächtige sie konfrontieren könnte, vorbereitet zu sein, als Drews Wagen in Sicht kam und vor der Einzäunung hielt. Nachdem die Polizisten ihn durch die Einfahrt gewunken hatten, parkte er wenige Meter entfernt von ihnen.

Harry warf Drew einen finsteren Blick zu und schaute auf die Uhr. Wieso kam Drew erst jetzt? Die Antwort kam prompt. Als er Sarah aus dem Auto steigen sah, wandelte sich sein Ärger in väterliche Fürsorge. Er klinkte sich aus der Besprechung aus und ging hinüber zu seiner Tochter.

»Bist du sicher, dass du es tun willst?«, fragte er. »Niemand wird es dir verübeln, wenn du –«

»*Ich* würde es mir verübeln«, warf Sarah ein und reckte trotzig das Kinn. »Ich komme schon klar. Es ist alles in Ordnung.«

Harry wollte Einwände erheben, doch er wusste, dass er das hier nicht konnte. Nicht vor ihren beiden Kollegen. Das hätte die Autorität seiner Tochter unterminiert, was sie ihm nie verzeihen würde. Er konnte hier nicht als ihr Vater auftreten. Er musste ihr Vorgesetzter sein.

»Na gut.« Mit zusammengebissenen Zähnen gab er nach. »Geh zu Jack, damit er dich mit der nötigen Technik versorgt! Drew kann dich derweil über den neuesten Stand der Dinge aufklären.«

Sarah hielt auf einen der großen Ausrüstungswagen zu.

Drew zögerte einen Moment und zuckte entschuldigend mit den Schultern. Harry zeigte nur auf den Ausrüstungswagen. Drew ließ den Kopf hängen und folgte Sarah.

»Hey, Sarah!« Jack war erfreut, sie zu sehen. »Wow, ich dachte schon, du würdest gar nicht mehr kommen. Dann mal ran an die Sache, Mädchen!«

»Danke.« Sarah lächelte und setzte sich auf einen der Stühle. »Man hat mir gesagt, du sollst mich mit der nötigen Technik versorgen.«

»Ist mir ein Vergnügen.« Jack ging zu den Einbauschränken.

Als Drew in den Wagen stieg, hielt der Techniker Sarah gerade etwas entgegen, was aussah wie eine gewöhnliche Outdoor-Weste in harmloser Sandfarbe, die gut zu dem dunkelblauen Jeanshemd passte, das Sarah trug.

»Ich denke, die sollte ganz gut passen«, sagte Jack.

Behutsam zog er ihr die Weste über die Schultern und half ihr, die Arme hineinzustecken, ohne dass die Technik beschädigt wurde, die in das Futter der Weste eingenäht war.

»Und was kann ich damit alles tun?«, fragte Sarah neugierig, als sie in einen schmalen Spiegel blickte, der vom Boden bis zur Decke reichte. »Kann ich mit dem Ding Premiere empfangen?«

Jack lachte. »Nicht ganz, aber ansonsten ist sie für fast alles zu haben. Sie ist wasserundurchlässig, wenn du also mal nass wirst, ist das in Ordnung. Du musst sie nur etwas vorsichtig behandeln und nicht herumschmeißen, denn in das Futter ist ein GPS-Gerät eingebaut. Außerdem befinden sich darin mehrere Mikrofone, die auf unterschiedlichen Frequenzen verschlüsselte Signale senden. Selbst wenn der Typ ein Empfangsgerät hat und Signale empfängt, so wird er sie aller Wahrscheinlichkeit nach atmosphärischen Störungen oder verirrten Funksignalen zuschreiben.«

»Hübsch«, sagte Sarah. »Sie lässt mich schlank aussehen.«

Jack verdrehte die Augen. Er klopfte auf eine Stelle unten an der Weste, und sie bemerkte, dass das Material dort etwas schwerer war.

»Das sind deine Batterien. Sie haben eine lange Lebensdauer, du musst also keine Angst haben, dass der Weste irgendwann der Saft ausgeht. Du musst nur aufpassen damit, wenn du dich hinsetzt.«

Sarah nickte. »Sonst noch was?«

Jack zögerte einen Moment, bevor er eine Schublade gleich unter dem Armaturenbrett öffnete und darin herumwühlte. Schließlich fischte er ein schwarzes Kästchen heraus und hielt es ihr hin.

Sarah blickte ihn fragend an, nahm die Box und öffnete den Deckel. Ihr Blick fiel auf zwei hübsche, elegante Ohrringe mit Edelsteinen. Sarah blickte den jungen Mann sprachlos an.

»Das sind Langwellensender«, sprudelte es stolz aus Jack hervor. »Gefallen sie dir? Ich habe sie extra für dich angefertigt. Nie im Leben wird der Typ so etwas vermuten. Du aktivierst und deaktivierst sie, indem du auf den Edelstein drückst. Das Signal ist stark und konstant, selbst bis zu einer Tiefe von fünfzig Metern unter der Erde. Die Signale ähneln dem eines GPS-Geräts.«

»Sie sind wunderbar, Jack. Sie gefallen mir sehr. Vielen Dank.«

Sie legte ihre Ohrringe ab, um sie durch die neuen zu ersetzen.

Die Wangen des jungen Technikers glühten purpurrot. »Ist

schon okay. Pass bloß auf dich auf da draußen!« Mit diesen Worten packte er seine Ausrüstung zusammen, nickte Drew zu und stieg aus dem Wagen.

Drew warf Sarah einen spöttischen Blick zu.

Sie blickte ihn finster an, immer noch damit beschäftigt, den zweiten Ohrring anzulegen. »Verkneif dir deinen Kommentar, Freundchen!«

»Ja, Ma'am.«

»Du solltest mich doch auf dem Laufenden halten. Dann schieß mal los!«

»Na ja, eigentlich weißt du ja schon alles. Nur gab es heute eben einen Vorfall. Wie ich dir bereits gesagt habe, haben wir einen Anruf erhalten. Es war mit ziemlicher Sicherheit der Killer, er wusste zu gut Bescheid über die vier Opfer und die Art, wie sie umgebracht wurden.«

»Vier?« Sarah blickte Drew im Spiegel an. »Aber ich dachte, es gäbe nur drei Opfer.«

»Ja, deshalb auch der ganze Aufmarsch hier. Das letzte Opfer ist vermutlich eine junge Frau namens Samantha Denning. Wir sind der Sache nachgegangen, und tatsächlich hat niemand aus ihrem Haus sie seit Tagen gesehen oder gehört.«

»Aber wenn er sie ermordet hat, dann müsste sie doch eigentlich –«

»Immer noch in der Wohnung sein.« Drew nickte. »Und da wird die ganze Sache verquer. Unser Anrufer behauptet, dass er Ms Denning nicht getötet habe – noch nicht. Er hat erklärt, sie sei noch bei ihm und dort im Augenblick auch sicher, doch wenn wir nicht genau so handeln, wie er es uns vorschreibt, dann werde sie sterben. Und zwar einen grausamen Tod.«

»Ich bin geneigt, diesem Bastard zu glauben«, sagte Sarah leise. »Was sind seine Forderungen? Ich weiß, dass *ich* etwas damit zu tun habe, aber was genau?«

»Er will, dass du in einer Stunde im Thomas Park bist. Du

sollst allein hingehen und in der Mitte des Parks warten. Wenn er sich sicher ist, dass du allein bist, werden wir erfahren, wo sich Samantha Denning befindet. Vermutlich wird er sich dort irgendwie mit dir in Verbindung setzen.«

»Oder auf mich schießen.«

»Der Typ scheint mir kein Scharfschütze zu sein«, sagte Drew. »Außerdem haben wir Unterstützung durch das Geiselrettungsteam. Und Ross und ich werden ständig in deiner Nähe sein, verkleidet natürlich. Wir werden nichts dem Zufall überlassen.«

Sarah blickte ihn an und lächelte eisern. »Hoffen wir nur, dass das nicht die berühmten letzten Worte sind!«

Sarah stieg an der Linden Street aus dem Taxi, an der nordöstlichen Ecke des Thomas Park. Nachdem sie den Taxifahrer bezahlt hatte, überquerte sie die Straße in Richtung Süden und ging auf das kleine, von Bäumen gesäumte Areal zu. Es war kurz vor fünf Uhr, und die vielen Menschen, die von der Arbeit kamen, machten es fast unmöglich, sich einen Überblick über die Umgebung zu verschaffen. Doch jeder, der nicht in Eile war, fiel sofort auf, was sie auf gewisse Weise beruhigte.

Sarah hielt auf die Mitte des Parks zu. Sie war nervös. Die Berufstätigen benutzten die Fußwege am Rande, nur hin und wieder nahm jemand, der es besonders eilig hatte, eine Abkürzung über die gepflegte Rasenfläche. Junge Liebende lagen Seite an Seite im Gras unter den hohen Bäumen, ohne Eile, irgendwo hinzukommen. Ein Obdachloser lag auf einer Bank, und eine Gruppe älterer Power-Walkerinnen pferchte sich ihren Weg durch die Menschenmassen. Sarah sah nach Osten und erblickte für einen flüchtigen Moment Drew, der vielleicht fünfzig Meter entfernt stand und sich mit einem Zeitungsverkäufer unterhielt. Es war ein tröstlicher Anblick. Ebenso der Blick, den sie auf Agent Ross erhaschte, der meisterhaft einen Obdachlosen verkörperte und die Abfalleimer des Parks nach Essen durchforstete.

Hätte sie seine Aufmachung nicht schon gesehen, bevor sie zum Columbus Park aufgebrochen war, hätte sie ihn niemals erkannt. Sowohl er als auch Drew waren bewaffnet und bereit einzugreifen, sollte die Lage brenzlig werden.

»Bin ich noch gut zu hören?«, fragte Sarah leise.

»Dein Signal ist ausgezeichnet, Sarah.« Die beruhigende Stimme ihres Vaters klang durch das Ohrstück. »Du bist sehr gut zu hören. Bleib nur wachsam. Der Typ kann überall sein.«

Sie bemerkte, dass einige Leute sie merkwürdig anstarrten. So untätig allein mitten im Park herumzustehen machte sie offenbar verdächtig. Man hielt sie vermutlich für einen Junkie. Das war schon in Ordnung, solange ihr niemand, der nicht in Verbindung zum Killer stand, zu nahe kam. Denn das könnte den Killer vergraulen. Sarah konzentrierte sich darauf, so verschroben wie möglich auszusehen. Sie starrte auf den Boden, als wäre sie unheimlich fasziniert davon, und ab und an verlor sie den Halt, als sei sie betrunken oder auf Drogen. Nach ein paar Minuten kam ein alter Mann in Heilsarmee-Uniform auf sie zu. Sarah schielte ihn an und brabbelte laut etwas über den Satan. Der Typ verschwand.

»Erinnere mich dran, dass ich dein Zimmer nach Marihuana absuche, wenn wir nach Hause kommen«, sagte Harry, sichtlich belustigt. »Diese Performance war etwas zu realistisch für meinen Geschmack.«

Sarah wollte gerade antworten, als sie aus dem Blickwinkel heraus erneut jemanden kommen sah. Sie drehte sich herum und musterte den jungen Mann. Er war ein typischer Vertreter der Generation Y, hatte kurzes gebleichtes Haar, trug eine lange, kitschige Goldkette und Klamotten, die so weit waren, dass er aus ihnen hätte herausspringen können. Er wirkte eindeutig nervös, sodass sie nicht versuchte, ihn davonzujagen.

»Hey«, sagte er ganz einfach, als er nah genug an sie herangekommen war, ohne dass jemand sie hätte belauschen können.

»Selber hey.«

»Hören Sie«, sagte der Junge und blickte sich misstrauisch um. »Ein Typ hat mir hundert Dollar gegeben, damit ich Ihnen das hier gebe, also tue ich das auch, alles klar? Hier, nehmen Sie!« Er hielt ihr ein Handy mit einem dünnen Headset entgegen. Als sie es nahm, hob er die Hände. »Das war's«, sagte er und ging schnell davon.

Sarah drehte das Handy in ihrer Hand. Es sah ganz normal aus. Und was jetzt?

Da klingelte das Telefon.

Die Melodie der *Simpsons* ertönte. Wäre Sarah nicht so angespannt gewesen, hätte sie gelacht, so verrückt war das Ganze. Sie setzte einen Kopfhörer in ihr freies Ohr und drückte auf den Annahmeknopf.

»Es ist schön, dich wiederzusehen, Sarah Reilly«, sagte eine schmeichelnde Stimme. »Erst hatte ich deinen Vater für den heutigen Auftrag ausgesucht, doch wie wir beide wissen, kommt er so langsam in die Jahre. Und wir haben heute noch so viel vor. Ich hoffe, du bist mir dankbar dafür.«

Sarah kämpfte gegen das Verlangen an, eine vernichtende Antwort zu geben. Das war eindeutig der Mann, dem sie am Opechee begegnet waren und der sie so übel geschlagen hatte. »Vielen Dank«, sagte sie munter, bemüht, so gefügig wie möglich zu klingen. »Das ist wirklich sehr nett von Ihnen.«

Der Mann lachte. »Wir wollen nicht gleich übertreiben! Es reicht mir schon, dass du weißt, dass ich bei klarem Verstand bin. Das weißt du doch, nicht wahr, Sarah?«

»Natürlich«, erwiderte sie augenblicklich.

»Ausgezeichnet.« Er war offenbar zufrieden mit dem Verlauf des Gesprächs. »Dann gebe ich dir jetzt ein paar Anweisungen –«

»Ich möchte mit Samantha sprechen«, unterbrach Sarah ihn energisch. Sie wollte ihrem Anliegen Ausdruck verleihen, ohne streitsüchtig zu klingen. »Lassen Sie mich mit Samantha Denning sprechen. Bitte! Wenn ich mit Samantha sprechen kann –«

»Ach, spar dir das Psychologie-Einmaleins«, schnappte er zurück. »Glaubst du im Ernst, dass ich ihr Leben mehr achte, wenn du ständig ihren Namen wiederholst? Denk ja nicht, dass du mich mit diesen kleinen Tricks manipulieren kannst! Hast du verstanden?«

»Ja, Sir.«

»Sehr gut«, antwortete er ruhig, ohne die leiseste Spur des Ärgers, der vor einem Moment noch in ihm gelodert hatte. »Ich werde dir also – wie ich gerade sagte – einige Anweisungen geben. Ich nenne sie Anweisungen, da es sich nicht um ›Empfehlungen‹ handelt. Es sind Befehle, die du zu befolgen hast, ohne nachzufragen und ohne zu zögern. Hast du das verstanden? Denn wenn du nicht tust, was ich dir sage, dann hacke ich *Samantha* den hübschen Kopf ab. Können Sie mir so weit folgen, *Agentin Reilly*?«

»Ja, vollkommen. Sagen Sie mir, was ich tun soll, und ich tue es. Keine Tricks.«

»Das wäre auch ratsam. Samantha zuliebe.«

»Ich bin bereit.«

»Gut. Ich werde dich in willkürlichen Abständen kontrollieren. Also denk nicht einmal daran, jemanden auf dich aufmerksam zu machen. Du gehst zu jedem Ziel, das ich dir nenne, allein und ohne Unterstützung. Das Handy bleibt immer an. Es handelt sich um ein brandneues Modell, das garantiert nicht von allein ausgeht. Es hat einen Clip, mit dem du es an deiner Kleidung befestigen kannst, damit du die Hände frei hast. Sollte die Verbindung aus irgendeinem Grund unterbrochen werden oder solltest du es verlieren, stirbt das Mädchen. Wenn ich sehe, dass du unterstützt wirst, egal von wem, oder wenn ich entdecke, dass deine Kollegen dir folgen, stirbt das Mädchen. Hast du das verstanden?«

»Ja.«

»Sehr gut. Also. Deine erste Anweisung lautet wie folgt …«

Er machte eine Pause, und Sarahs Herz schlug schneller, doch sie wagte weder etwas zu sagen, noch irgendetwas zu tun. Sie fürchtete bereits, dass die Verbindung getrennt worden war, als die Stimme erneut ertönte, eindringlicher als zuvor.

»Dort vorn ist ein Bus, der von der Covington Street aus in den Kreisverkehr vom Thomas Park einbiegt. Kannst du den sehen?«

Sarah wirbelte herum. Tatsächlich, ein großer Nahverkehrsbus bog gerade nach links in den Kreisel ein.

»Ich sehe ihn.«

»Gut. Du steigst in diesen Bus an der Bushaltestelle Ecke Gates Street/Telegraph Street. Und zwar genau da. Ich schlage vor, du rennst.«

Sarah klemmte das Handy an ihren Gürtel und sprintete los. Sie verfolgte den Bus aus dem Augenwinkel heraus und hoffte, dass Drew, Ross und die anderen Überwachungseinheiten folgen konnten, ohne sich zu verraten. Als sie auf die Telegraph Street stieß und die Straße überquerte, musste sie ihre Geschwindigkeit wegen der Menschenmassen drosseln. Zu ihrem Entsetzen erkannte sie, dass der Bus freie Fahrt hatte und gleich hinter ihr in die Straße einbog. Sekunden später fuhr er an ihr vorbei; der Blinker signalisierte, dass er jeden Moment nach rechts in die Gates Street einbiegen würde. Sie versuchte, die größte Menschenansammlung zu umgehen, indem sie sich ganz außen am Bürgersteig hielt, bereit, jeden Moment die Straße zu überqueren, um ebenfalls auf die Gates Street zu gelangen. Ihre Stiefel schlugen laut auf dem Asphalt auf.

»Du wirst schneller rennen müssen«, sagte die Stimme in ihrem Ohr. »Ich beobachte dich. Ich dachte, um beim FBI eingestellt zu werden, sei eine gewisse Fitness Voraussetzung.«

Sarah biss die Zähne zusammen und beschleunigte. Nach weiteren dreißig Sekunden befand sie sich auf der Höhe der Gates Street. Sie war gezwungen, stehen zu bleiben und zu warten, bis der Verkehr ihr ein Durchkommen ermöglichte. Ihr Magen verkrampfte sich, als sie bemerkte, dass der Bus die Haltestelle fast erreicht hatte. Er wurde nur von einem Fahrer aufgehalten, der seinen grauen Volkswagen in den Verkehr einzufädeln versuchte. Sarah setzte an, die Straße zu überqueren, doch sie musste wieder mehrere Schritte zurücktreten, als ein großer Kühllaster ihr beinahe über die Füße fuhr. Mit lautem Hupen raste er an ihr vorbei.

»Das Zeitalter der Ritterlichkeit ist wahrhaftig vorüber, nicht wahr?«, sagte die Stimme in ihrem Ohr einen Augenblick später. Sarah schaute sich vorsichtig um. Wo war der Typ?

»Du kannst mich nicht sehen, aber ich kann dich sehen.« Es war, als läse er ihre Gedanken. »Und jetzt überquer die Straße, bevor der Bus abfährt! Mir ist egal, wie. Wenn du ihn verpasst, wirst du nie erfahren, wo Samantha ist.«

Sarah blickte sich verzweifelt um. Ampeln waren keine zu sehen, nur Abbiegespuren. Sie schaute von dem unentwegten Strom dahinrasender Autos zum Bus, sah, dass der Volkswagen verschwunden war und der Bus bereits in die Haltebucht einfuhr.

Sarah sprach ein leises Gebet und erspähte eine kleine Lücke im Verkehr. Sie stürzte sich hinein und schaffte es bis zur Mitte der Straße. Die gefährlich nah an ihr vorbeisausenden Autos hupten wie wild. Sie bemühte sich um einen möglichst festen Stand, denn sie befand sich genau auf der Mittellinie. Sie durfte nicht aufgeben. Der Verkehr floss unverändert schnell und heftig. Der Busfahrer hatte die Türen geöffnet und ließ die Passagiere aussteigen, während andere Leute darauf warteten einzusteigen.

Du musst etwas tun, sagte Sarah sich. Doch was?

Sie konzentrierte sich jetzt auf die Autofahrer. Sie brauchte einen aufmerksamen Fahrer in einem neuen Modell – eins, das ABS-Bremsen hatte. Nach einer Sekunde hatte sie eins entdeckt: Am Steuer eines brandneuen Lincoln Continental saß eine Frau. Dass sie den Wagen vorsichtig in der Mitte der Straße hielt und ihren Vordermann dabei nicht aus den Augen ließ, machte sie zur idealen Kandidatin. Sarah tat ihr Bestes, um sich der Frau beim Näherkommen bemerkbar zu machen, doch der Verkehr bewegte sich mit mindestens dreißig bis vierzig Meilen in der Stunde.

Sarah sprang direkt vor den Continental. Die Fahrerin trat augenblicklich auf die Bremse. Sarah hatte keine Zeit für entschuldigende Blicke. Wie ein Kaninchen flitzte sie über die Straße und ignorierte, wie nah die Stoßstange des Lincoln ihren Beinen gekommen war. Sie wich einem weiteren Wagen aus und schaffte es gerade noch rechtzeitig auf die andere Seite, um zu sehen, wie die letzten Passagiere in den Bus stiegen. Panik ergriff sie, als sie einen Augenblick später bemerkte, dass der letzte Mann eingestiegen war und die pneumatischen Türen sich bereits hinter ihm schlossen. Mit einem Ruck setzte sich der Bus in Bewegung, als sie die hinterste Tür erreicht hatte.

Gerade als alle Hoffnung verloren schien, überquerte ein Penner vor dem Bus die Gates Street und bückte sich, um etwas von der Straße aufzuheben. Der Busfahrer trat auf die Bremse und hupte. Der Penner richtete sich auf, blickte ihn gleichgültig an, streckte ihm den Mittelfinger entgegen und torkelte dann aus dem Weg.

Indessen hatte Sarah die Vordertüren des Busses erreicht und schlug laut gegen die Scheibe; flehend blickte sie den Fahrer an. Er schaute einen Moment finster drein, streckte dann jedoch theatralisch die Hand aus, um den Türhebel zu betätigen. Sarah lächelte ihn dankbar an und stieg schwer atmend die Stufen hinauf. Sie blieb stehen, um ihm ihren FBI-Ausweis zu zeigen, und ließ sich auf einem Sitz in der Mitte des Busses nieder.

»Gut gemacht«, sagte die Stimme in ihrem Ohr. »Du hast Glück gehabt. Nächstes Mal wirst du kein Glück mehr haben, da wirst du dein Können beweisen müssen.«

Das war kein Glück, dachte sie lächelnd. *Danke, Ross.*

Der Penner wartete am Bordstein der Gates Streets. Sekunden später hielt ein dunkelblauer GM Suburban neben ihm, und er sprang auf den Beifahrersitz.

»Gut gemacht«, sagte Drew und ließ den Wagen sanft wieder in den Verkehr gleiten. »Ich hatte gerade angefangen, mir Sorgen zu machen.«

»Habt ihr die Handyfrequenz schon rausbekommen?«, fragte Ross und blickte in den Seitenspiegel auf der Suche nach Verfolgern.

Drew nickte. »Stell dein Funkgerät auf Kanal sechs, dann kannst du beide hören.«

Ross schaltete das Funkgerät ein. »Der Typ ist nicht gerade gesprächig, kann das sein?«

»Allerdings. Spricht nur ab und zu, um Sarah vorzunörgeln, dass sie zu langsam ist.«

Ross lachte. »Wie ich Sarah kenne, wird sie das ganz schön aufbringen.«

»Da geh ich jede Wette ein«, stimmte Drew ihm zu. Dann warf er ihm einen fragenden Blick zu.

»Sag mal, wenn du ihnen gar nicht über Funk zugehört hast, woher wusstest du dann, dass du den Bus aufhalten sollst?«

Ross zuckte mit den Achseln. »Ich hab so was schon ein paarmal erlebt, und der Bus schien mir einfach das logischste Ziel zu sein. Der Typ will jede Form von Überwachung unmöglich machen. Er wird Sarah noch eine ganze Weile herumscheuchen, bevor er überzeugt ist, dass sie allein ist. Das heißt aber auch, dass wir auf Dauer …«

»Abstand halten müssen«, beendete Drew den Satz für ihn. Doch er hatte absolut nicht die Absicht, Sarah aus den Augen zu verlieren. Regeln hin oder her, Opfer hin oder her, seine Priorität stand fest. Er verlangsamte den Suburban, als sie die Ecke Gates Street/Dorchester Street erreichten. Er senkte den Kopf und sprach in sein Kehlkopfmikro.

»Ich muss wissen, wo der 329er hinfährt. Gerade biegt er nach rechts ab und fährt die Dorchester Street in Richtung Nordosten.«

»Nicht mehr weit«, antwortete Frank sofort. »An der nächsten Kreuzung fährt er auf den East Broadway und den ganz durch bis zum Marine Park. Und da ist buchstäblich Endstation. Danach kommt nur noch das Meer.«

»Vielleicht sollten wir die Hafenpolizei und die Küstenwache verständigen«, schlug Drew vor.

»Schon erledigt.«

Als der Bus auf den East Broadway einbog, blickte Sarah auf das Handy, um sicherzugehen, dass die Verbindung noch aktiv war. Der Typ hatte nicht gesprochen, seit sie in den Bus gestiegen war, und die Stille machte sie nervös. Der Verkehr war hier relativ gering, und bald schon überquerten sie die große Kreuzung Emerson Street/East Broadway. Als die ersten Bäume des Independence Square in Sicht kamen, ertönte die Stimme wieder.

»Steig am Independence Square aus!«, befahl sie entschieden.

Sarah biss sich auf die Lippen. »Aber da ist keine Haltestelle«, protestierte sie und hoffte, dass niemand der anderen Passagiere sie hören konnte.

Sie blickte auf den Linienplan an der Buswand. Es stimmte – der Bus würde erst Ecke Arcadia Street/East Broadway das nächste Mal wieder halten, und die lag mehr als einen Block hinter dem Square.

»Das ist mir egal«, erwiderte die Stimme. »Du wirst einen Weg finden, um am Park auszusteigen, oder ich puste Samantha das hübsche Gesicht weg.«

Sarah stand auf und ging nach vorn zum Fahrer. Sie bat ihn leise, sie am Park aussteigen zu lassen.

»Kann ich nicht«, erwiderte der Mann barsch. »Nicht mal für 'nen Cop. Wir haben Vorschriften, an die wir uns halten müssen. Sonst bin ich meinen Job los.«

»Sie verstehen nicht –«

»Ich verstehe alles, was ich verstehen muss. Sie können an der Arcadia aussteigen, zusammen mit den anderen.«

Er zeigte mit dem Daumen nach hinten zu den anderen Passagieren im Bus.

Sarah lächelte ihn an. »Okay, trotzdem danke.«

Sie blickte sich um, um zu sehen, auf welcher Höhe sie sich befanden, und beobachtete die Autos vor und neben dem Bus. Als sie den richtigen Moment für gekommen hielt, lehnte sie sich vor, riss das Lenkrad nach rechts und zog mit der freien Hand die Notbremse.

Die Beschimpfungen des Fahrers mischten sich mit den Schreien der Passagiere, doch Sarah ignorierte sie. Sie legte den Türhebel um und sprang ins Freie. Sie lief vor den Bus und rannte auf die gegenüberliegende Seite. Dank einer gesunden Portion Adrenalin lief sie kurz darauf durch das Gras des Independence Square.

»Sehr gut!«, sagte die Stimme. »Und jetzt lauf durch den Park nach Norden. Wenn du die East 1st Street erreicht hast, halte dich links und folge ihr, bis sie die Summer Street kreuzt. Beeil dich, Sarah! Lauf!«

Sie raste durch die Grünanlage, wobei sie ständig Kindern auf Inlineskates und Skateboards und deren verärgerten Eltern ausweichen musste. Als sie die nördliche Seite des Parks erreicht hatte, überquerte sie ein Basketballfeld und rannte über die dahinterliegende East 1st Street nach Norden. Es war hier wesentlich ruhiger als auf dem East Broadway. In der Ferne zeichnete sich der US Naval Annex ab. Die Abendsonne hinter den Lagerhallen schien hell. Was für ein Glück, dass ich so gut in Form bin, dachte Sarah. Aber werde ich letztlich fit genug sein? Wer wusste schon, wie lange es noch dauern würde, bis er sicher war, dass ihr niemand folgte.

Drew und Ross hielten am östlichen Ende des Independence Park. Ross glitt auf den Fahrersitz, während Drew aus dem Auto sprang. Er war lässig gekleidet und passte gut zu den verschiedenen Grüppchen, die die kalte Abendluft genossen. Sarah lief in die ihnen entgegengesetzte Richtung nach Westen in Richtung Summer Street. Er durchquerte den Park, so schnell ihm seine Vorsicht erlaubte, und Ross fuhr mit dem Wagen in einem Sicherheitsabstand hinter ihm, bereit, ihn wenn nötig aufzulesen.

Als Sarah nach zwei Minuten die Kreuzung Summer Street erreicht hatte, war sie ziemlich geschafft. Es war zwar bei Weitem keine lange Strecke gewesen, doch sie war gerannt, so schnell sie konnte, nur für den Fall, dass wieder ein Bus auf sie wartete. Doch da war kein Bus, und abgesehen von ein paar Autos, die hauptsächlich zum Naval Annex fuhren oder hinauskamen, war alles leer.

»Siehst du den dunkelgrünen Chrysler dort vorn in der Summer Street?«, fragte die Stimme.

Sarah blickte sich um. Tatsächlich, da stand er, nur zwanzig Meter von ihr entfernt. »Ja, sehe ich«, antworte sie atemlos.

»Steig ein«, sagte die Stimme bestimmt. »Der Schlüssel befinden sich unter dem Beifahrersitz.«

Sarah rannte zum Auto und versuchte, die Fahrertür zu öffnen. Es gelang ihr tatsächlich, und sie stieg ein. Sie musste ein wenig suchend umhertasten, um den Schlüssel zu finden, doch er war dort. Als sie sich gerade aufgerichtet hatte, ertönte die Stimme wieder.

»Gut, Sarah. Und jetzt schau ins Handschuhfach!«

Sie öffnete es und sah ein kleines Funksprechgerät. Sie nahm es heraus und legte es sich auf den Schoß.

»Und jetzt will ich, dass du das Headset von deinem Telefon an das Funkgerät anschließt. Dann schaltest du es an, indem du an dem Knopf drehst, der sich obendrauf befindet. Das geht ohne Probleme – das Mikrofon deines Headsets ist sprachaktiviert und mit dem Funkgerät voll kompatibel. Nachdem du das getan hast, schaltest du das Handy aus und wirfst es aus dem Fenster.« Sarah tat genau, wie geheißen. Sie schaltete das Funkgerät ein. »Fertig.«

»Gut. Dann starte jetzt den Wagen. Du fährst die Summer Street immer weiter bis zum East Broadway. Dort biegst du nach rechts ab und folgst der Straße, bis ich dir weitere Anweisungen erteile.«

Sarah ärgerte sich allmählich. Die ganze Sache war wahrscheinlich nur eine gigantische Machtdemonstration des Killers. Samantha war vermutlich längst tot, und dieser Typ amüsierte sich, während sie ihre Zeit verschwendeten. Doch sie gehorchte ihm, sie hatte keine Wahl – nicht, solange die Aussicht bestand, dass Samantha noch lebte.

Drew sah, wie Sarah in den Wagen stieg, und als Ross vorfuhr, sprang er zu ihm in den Suburban. Vorsichtig folgten sie dem Chrysler in einem Abstand von ungefähr hundert Metern.

»Du wirst verfolgt, weißt du das?«, fragte die Stimme. Sie klang verärgert. »Hast du mich getäuscht, Sarah? Hast du das Vertrauen missbraucht, auf dem dieses gesamte Vorhaben aufgebaut ist? Wenn ja, dann wird das Blut des Mädchens fließen, und du allein trägst die Schuld daran!«

»Nein, warten Sie! Bitte, nein, hören Sie! Ich bin die Jüngste in der gesamten Außenstelle, abgesehen vom Rezeptionisten und dem Pförtner. Und ich bin eine Frau. *Wenn* ich verfolgt werde – was ich meinen Leuten verboten habe –, dann tun sie das aus einem dummen Beschützerinstinkt heraus und es stellt keinen Affront oder eine Bedrohung für Sie dar.« Sarahs Gedanken überschlugen sich. »Ich weiß, wozu Sie fähig sind. Das habe ich gesehen. Ich würde im Traum keine Spielchen mit Ihnen treiben.«

»Okay, das werde ich akzeptieren.«

Sarah atmete erleichtert aus.

»Doch jetzt ist die Sache natürlich komplizierter.«

Sarah gefiel diese Aussage gar nicht. Als sie auf den Broadway in Richtung Innenstadt abbog, sah sie, dass der dunkle Suburban ihr folgte.

»Ich sehe, du hast ihn auch bemerkt«, sagte die Stimme. »Ich stelle dir noch eine Aufgabe. Wenn du versagst, bringe ich das Mädchen um. Dann gibt es keine Gespräche mehr, keine Verhandlungen. Und morgen gehe ich hin und töte noch vier Mädchen. Und am Tag darauf noch mehr. Ich werde ihre Leichen aufeinandertürmen, als wären wir wieder im Zweiten Weltkrieg. Glaubst du, dass ich es ernst meine?«

»Das tue ich.« Sie hatte keinerlei Zweifel daran.

»Dann versag nicht, Sarah! Lass Samantha nicht im Stich.«

Langsam verstand sie seine Cleverness. Er manipulierte sie auf subtile Weise, um sie zu überzeugen, dass sie ihre Pflicht tat, wenn sie ihm gehorchte. Er wandte dieselben Techniken an, um Samantha zu personifizieren, die sie zuvor an ihm versucht hatte.

»Was muss ich tun?«

»Häng sie ab! Mir ist gleich, wie du es machst. Nur häng sie ab! Du hast fünfzehn Minuten Zeit, also fang an.«

Sarahs Augen verengten sich, als sie einen letzten Blick in den Rückspiegel warf.

Sorry, Jungs.

Sie drückte das Gaspedal durch.

Ross sah, wie der Chrysler davonjagte und sich durch den Verkehr in die Bostoner Innenstadt schlängelte. Er blickte Drew an. »Was soll ich tun? Abbrechen oder ihr folgen? Es ist deine Entscheidung.«

»Abbrechen, Drew.« Es war Franks Stimme, die über den Kopfhörer mit ihm redete. »Wir wollen den Kerl nicht verängstigen. Sarah hat den Transponder, wir werden sie nicht verlieren.«

Drew nahm den Kopfhörer aus dem Ohr. Er blickte Ross ernst an.

»Und?«, fragte Ross.

»Bleib dran!«

Sarah sah, dass der Suburban beschleunigte und ihr in einer offenen Verfolgungsjagd nachsetzte. Ihr wurde ganz flau im Magen. Es würde nicht leicht werden. Sie konnte sich denken, wer entschieden hatte, ihr auf den Fersen zu bleiben; es war bestimmt weder ihr Vater noch Frank gewesen. Wenn das alles erst vorbei war, würde sie Drew kräftig in den Hintern treten. Sarah ließ ihre Wut in ihr Fahrverhalten einfließen; mit einem Ruck schaltete sie den Chrysler einen Gang runter und raste an mehreren Autos vorbei. Ihre Spur endete, und sie drängelte auf die einspurige Fahrbahn, die nach Westen über die Broadway Bridge führte. Aufgrund des Engpasses verlangsamte sich der Verkehr, und kurz darauf hörte Sarah wieder die verärgerte Stimme des Mannes in ihrem Ohr.

»Wie viel bedeutet dir ein Menschenleben? Bist du bereit, dein Leben für das ihre zu riskieren? Danach sieht es nämlich nicht aus. Und jetzt setz das Auto in Bewegung, oder alles ist verloren!«

»In Ordnung«, antwortete Sarah ruhig.

Sie schaltete in den zweiten Gang, riss den Chrysler auf die Gegenfahrbahn und beschleunigte. Sie wich den entgegenkommenden Wagen aus und war erstaunt darüber, wie erstaunlich gelassen sie angesichts der Situation blieb. So gut sie konnte, schlängelte sie sich durch den Verkehr, die Tachonadel erreichte siebzig Meilen. Das ist Selbstmord, dachte sie, als sie beinahe zum zweiten Mal mit einem anderen Fahrzeug zusammengestoßen wäre.

»Will sie sich umbringen?!«, fragte Drew mit vor Angst fast wahnsinniger Stimme. Mit großen Augen beobachtete er, wie sie auf die Gegenfahrbahn einschwenkte. »Oh, mein Gott!«

Falls Ross das gehört hatte, ließ er es sich nicht anmerken. Er warf einen Blick in den Seitenspiegel, wartete einige Sekunden und fuhr dann ebenfalls auf die Gegenfahrbahn. Er trat das Gaspedal durch, so gut es ging, und tat sein Bestes, um mit Sarah mitzuhalten. Er hatte die Augen zusammengekniffen und konzentrierte sich völlig auf die sekundenschnellen Entscheidungen, die nun zwingend erforderlich waren. Zwischendurch schüttelte er immer wieder den Kopf. Noch nie war ihm eine Frau wie Sarah Reilly begegnet. Sie hatte mehr Mumm in den Knochen als die meisten Agenten, mit denen er zusammengearbeitet hatte. Als er nur mit Mühe einem Sattelschlepper ausgewichen war, lächelte er. Allmählich genoss er die Adrenalinstöße; er schaltete einen Gang runter, um noch schneller fahren zu können. Sarah war gut, doch er war besser. Er würde alles tun, um sicherzustellen, dass es ihr gut ging. Alles.

Sarah sah, wie der Wagen nach ihr auf die Gegenfahrbahn fuhr, und schüttelte den Kopf. Drew saß mit Sicherheit nicht am Steuer. Nicht dass ihm der Mut dazu fehlte, doch sobald Zivilpersonen Gefahr drohte, tendierte er dazu, sich an die Vorschriften zu halten. Sarah verbannte die Gedanken aus ihrem Kopf. Sie würde nicht versagen.

Am Ende der Brücke wurde die Straße ein wenig breiter, doch der Verkehr ließ nicht im Geringsten nach. Sie scherte aus, um zwei Wagen auszuweichen, die fast nebeneinanderfuhren, was ihr nur dadurch gelang, dass sie auf den Seitenstreifen fuhr. *Wenn sie jetzt auf der Brücke gewesen wäre* … Sie verscheuchte den Gedanken. Der Wagen geriet leicht an die Leitplanke, und das Auspuffrohr des Chrysler schabte gegen den Beton. Sie fuhr weiter.

Sie warf einen Blick über die Schulter und sah, dass Agent Ross es ihr nachmachte. Sie lenkte zurück auf die Fahrbahn und fädelte sich in den Verkehr ein. Wenn sie ihn abhängen wollte, musste sie sich etwas einfallen lassen. Er mochte zwar ein hochqualifizierter Beschatter sein, doch sie war hier aufgewachsen. Als Sechzehnjährige war sie einem Streifenwagen des Bostoner Polizeidepartments entwischt, der sie wegen Geschwindigkeitsüberschreitung anhalten wollte. Sie hatte ihrem Vater nie davon erzählt.

Sarahs Gesicht wurde ernst. Samantha Denning würde nicht sterben. Sie würde nicht versagen. Sie preschte unter der Interstate hindurch und blickte zu ein paar Straßenschildern auf. Dann sah sie die riesigen Betonpfeiler und hatte eine Idee.

Ross fauchte, als er sah, wie der Chrysler aus dem Verkehrsstrom ausscherte und auf eine Schotterstraße fuhr, die wie die Interstate über ihnen in Richtung Norden verlief. Was hatte Sarah vor? Er wusste es nicht, doch er wusste, dass der Suburban dem Chrysler auf so einem Untergrund überlegen sein würde. Die einzige Schwierigkeit würde sein, Sarah zum Halten zu zwingen, ohne sie zu verletzen. Er riss das Lenkrad herum, der Suburban schoss von der Straße und unter einem Maschendrahtzaun samt »Betreten verboten«-Schild hindurch. Er lehnte sich vor und aktivierte den Allradantrieb; augenblicklich fühlte er, wie der Wagen auf dem lockeren Straßenbelag an Halt gewann.

Es würde jetzt nicht mehr lange dauern.

Sarah wurde hin und her geschüttelt. Das Fahrzeug tat sein Bestes, um den schlechten Straßenzustand abzufedern. Sie blickte in den Rückspiegel und sah, dass der Suburban näher kam. Es würde verdammt eng werden. Sie wagte nicht sehr viel mehr zu beschleunigen, denn das könnte bei diesem Wagen zu einem Verlust der Bodenhaftung führen.

»Sarah.« Diesmal war es nicht die Stimme des Fremden. Es war ihr Vater, der über das andere Ohrstück mit ihr sprach. »Drew hört nicht auf uns, und er wird nicht aufgeben. Ich glaube, wir müssen abbrechen. Fahr einfach rechts ran und lass dich von ihm aufsammeln!«

Sarah nahm das Ohrstück heraus. Sie konnte jetzt keine Ablenkung gebrauchen. Und sie würde *nicht* aufgeben. Sie war so nah dran. Als sie ein letztes Mal in den Spiegel blickte, sah sie, wie dicht hinter ihr sie bereits waren.

Sie stieg aufs Gaspedal und drückte es durch, so gut sie konnte.

»Gottverdammt!«, sagte Ross, als Sarah plötzlich davonschoss, sodass Steinchen und Staub auf ihre Windschutzscheibe wirbelten. »Sag mir, dass dieses Mädchen aus Texas stammt, Drew, denn *verdammt*, sie gibt wohl nie auf!«

»Nein, sie ist nicht aus Texas«, krächzte Drew, als sie wieder einmal erschreckend nah an einem gewaltigen Pfeiler vorbeifuhren. »Es ist viel, viel schlimmer. Sie hat irische Wurzeln *und* ist aus Boston.«

Ross lachte, dann drückte er das Gaspedal durch. »Halt dich fest!«

Sarah sah, dass ihre Verfolger eine Weile zurückfielen, dann jedoch wieder aufholten. Sie schlug mit der Faust gegen das Lenkrad.

Sie zog gerade in Erwägung, sich geschlagen zu geben, als sie etwas erblickte. Hier war sie nicht mehr gewesen, seit Kevin O'Connor sie hergebracht hatte, um mit ihr rumzumachen. Damals war sie siebzehn gewesen. Alles war noch genau so, wie sie es in Erinnerung hatte. Und soweit sie wusste, erschien es auf keiner Karte.

Jetzt musste sie nur noch beten, dass der Chrysler ungefähr dieselbe Höhe hatte wie ein älteres Modell des Honda Civic.

»Wie läuft's?« Wieder ertönte die Stimme in ihrem Ohr. Seiner Frage nach zu schließen konnte er sie im Augenblick nicht sehen. Doch sie dachte nicht im Traum daran, ein Risiko einzugehen. »Du hast nur noch fünf Minuten, weißt du«, stichelte er.

»Ich brauche nur zwei.«

Drew lehnte sich in seinem Sitz vor und verengte die Augen, um in der Ferne etwas erkennen zu können. Die holprige Straße vor ihnen schien zu enden. »Was zum Teufel ist das?«

»Ein Querträger zur Stabilisierung von Unterführungen«, erklärte Ross. »Solche Querträger sind statisch besser als Stützpfeiler.« Er schüttelte den Kopf vor Empörung über sich selbst. »Da hätte ich drauf kommen müssen. Ich meine, warum sollte sie sonst ausgerechnet *hierhin* fahren?«

»Wovon redest du?«, fragte Drew. »Es hört sich ja fast an, als hätte sie uns bereits abgehängt.«

Ross schüttelte immer noch den Kopf. Er warf Drew einen Blick zu und zeigte dann nach vorn auf Sarahs Auto. »Das hat sie auch. Sie bremst nicht mal ab. Also das nenne ich Mumm.«

Drew schaute ungläubig zu, wie Sarah auf den Querträger aus Beton zuraste. Das Blut pochte in seinen Ohren. Jetzt wusste er, was sie vorhatte. Sie wollte drunter herfahren. Sie würde bestimmt noch abbremsen. Der Querträger war doch viel zu niedrig.

Drew fiel die Kinnlade hinunter, als er sah, dass sie tatsächlich unter der Konstruktion hindurchfuhr. Der Chrysler passte nur ganz knapp darunter, sodass er mit dem Dach und einer Seite laut gegen Beton schabte. Ross hieb mehrmals auf sein Lenkrad ein, als wolle er Sarah applaudieren. Drew schüttelte völlig fassungslos den Kopf.

»Keine Sorge«, sagte Ross zuversichtlich. »Wir fahren an der Seite hoch. Da ist es zwar ziemlich steil, aber der Suburban schafft das schon.«

Er verlangsamte und drehte den Geländewagen so, dass er rechts von der Konstruktion die Steigung hinauffahren konnte. Aus einem Augenwinkel sah er Sarahs Bremslichter aufleuchten. Er bekam große Augen, als sie ruhig aus dem Chrysler stieg, die Smith & Wesson hervorzog und sie auf den Suburban richtete.

»Scheiße!«, flüsterte Ross. »Glaubst du, dass sie tatsächlich schießt?«

»Auf keinen Fall«, sagte Drew. »Sie ist zwar entschlossen, uns abzuhängen, aber *schießen* wird sie deshalb nicht auf uns.«

»Richtig«, sagte Ross zustimmend und fuhr ein Stückchen weiter.

In dem Moment eröffnete Sarah das Feuer. Beide Männer duckten sich.

Das Fahrgestell des Geländewagens wurde nicht getroffen. Die Männer richteten sich auf und sahen, dass Sarah wieder ins Auto stieg und davonfuhr.

»Warnschüsse«, sagte Drew erleichtert. »Die verdammte Irre wollte uns Angst einjagen. Komm schon, bringen wir die Mühle auf Touren, bevor wir Sarah aus den Augen verlieren.«

Ross nickte und fuhr auf die Böschung zu. Doch nachdem er vergebens versucht hatte, sie zu erklimmen, ließ er das Fahrzeug sanft zurück auf den Weg rollen.

»Was zum Teufel tust du? Sie fährt uns davon!«

Ross seufzte, brachte den Suburban zum Stehen und stieg aus. Nach einer kurzen Inspektion lehnte er sich gegen das Fenster.

»Ich hoffe, das Ding hat Ersatzreifen.«

»Ich habe sie abgehängt. Jetzt werden sie mir erst mal nicht mehr so leicht folgen«, sagte Sarah ins Mikrofon, während sie im Rückspiegel beobachtete, wie der Suburban immer kleiner wurde.

»Hervorragende Arbeit, Sarah. Ich bin wirklich sehr beeindruckt. Doch wieso die Schießerei? Du magst ja sehr ehrgeizig sein, doch eine Mörderin bist du doch sicher nicht.«

Bei dir würde ich vielleicht eine Ausnahme machen, dachte Sarah grimmig. »Wo soll ich jetzt hin?«

»Fährst du auf die Abzweigung zur Kneeland Street zu?«

»Ja.«

»Dann halte dich dort links. Und folge ihr bis zur Columbus Avenue.«

»Darf ich fragen, wie lange das noch so weitergehen wird?«, fragte Sarah, bemüht, gerade so viel Höflichkeit in die Frage zu legen, um ihre Verachtung zu verbergen. »Ich meine, Sie wissen, dass ich jetzt nicht mehr verfolgt werde. Wieso sagen Sie mir nicht einfach, wo Samantha jetzt ist?«.

»Weil ich vorher noch eine Vorsichtsmaßnahme treffen will.«

»Und dann erzählen Sie mir, wo ich Samantha finde.«

»Ja. Das werde ich.«

»Na gut.«

»Ach, noch etwas«, sagte er.

»Ja?«

»Wirf die Pistole aus dem Fenster!«

Sarah konnte nicht dagegen argumentieren. Nachdem sie das Magazin herausgenommen und sichergestellt hatte, dass sich keine Patrone mehr im Lager befand, fuhr sie in die Nähe eines Müllcontainers, der am Straßenrand stand, und warf sie hinein.

»Braves Mädchen.«

Sie bremste ab, als sie sich kurz vor der Columbus Avenue befand. »Links oder rechts?«

»So gern ich auch eine historische Führung durch den Bostoner Commons Park von dir bekäme – unter diesen Umständen muss ich leider ablehnen. Nach links bitte, und dann fahr immer weiter nach Süden, bis ich dir neue Anweisungen gebe.«

Sarah gehorchte. Die Columbus Avenue, auch als Highway 28 bekannt, war ein Kinderspiel, verglichen mit dem Verkehr von vorhin. Sie verlief schnurgerade in Richtung Südwesten bis hin nach Roxbury. Als die Sonne im Westen unterging, saß Sarah immer noch am Steuer.

Harry schlug mit der Faust auf die Motorhaube des Autos, was die Agenten und Polizisten in Hörweite zusammenzucken ließ. »Verdammt! Drew und Ross sind außer Gefecht gesetzt.«

Er ging zum Materialwagen, um Frank davon zu erzählen.

Frank blickte auf die Karte. »Wir haben immer noch den Transponder in Sarahs Weste. Wo steckt sie gerade, Jack?«

Der junge Techniker blickte von seinem Pult in einer Ecke des Wagens auf. »Immer noch auf der Columbus nach Südwesten, Sir. Durch das GPS wissen wir genau, wo sie ist, wir werden sie nicht verlieren.«

Frank blickte zurück zu Harry. »Viel können wir jetzt nicht tun. Es sei denn, du hast eine Idee.«

Harry nickte und ging hinüber zum Kommandeur des Geiselrettungsteams. Er war ganz in Schwarz gekleidet und trug eine Kampfweste. »Spezialagent Kelly«, sagte Harry. »Kann Ihr Team im Hubschrauber, wenn nötig, auch sekundenschnell am Boden eingreifen?«

Kelly nickte, während Frank zu ihnen hinüberkam. »Ja, Sir, aber nicht so schnell, wie Sie sich das vielleicht wünschen würden. Im Augenblick fliegen meine Männer aufgrund der eingeschränkten Überwachung Warteschleifen über der Innenstadt. Wenn Sie wünschen, dass sie in wenigen Minuten bei Ihrem Mädchen auf dem Boden sind, müssen Sie ihnen die Befugnis erteilen, direkt über ihr zu fliegen.«

Harry blickte zu Frank.

Frank nickte dem Kommandeur des Geiselrettungsteams zu. Kelly setzte das Funkgerät an den Mund. »Boss ans Team Vertical. Position Beta einnehmen. Schutzperson anvisieren und für mögliches Eingreifen bereithalten.«

Meilenweit entfernt, hoch über der Stadt, flog ein schwarzer Helikopter, ein OH-58D Kiowa Warrior, in südwestliche Richtung; die schwer bewaffneten Polizisten im Inneren prüften ein letztes Mal ihre Waffen und die Abseil-Ausrüstung.

Sarah hörte den Helikopter, noch bevor sie ihn sah. Sie wusste, zu wem er gehörte, allein vom Geräusch der Rotorblätter her. Es war einer der kleineren Hubschrauber, wie sie das Geiselrettungsteam nutzte.

»Deine Freunde sind ja wirklich hartnäckig, nicht wahr?«, sagte die Stimme.

Sarahs Zuversicht schwand. Vor einem Helikopter gab es kein Entrinnen.

»Aber mach dir um die keine Sorgen!«, sagte die Stimme. Zum zweiten Mal war es, als könne er ihre Gedanken lesen. »Das habe ich einkalkuliert. Wo bist du jetzt? Sag mir den Namen der ersten Querstraße, die du siehst – egal ob rechts oder links.«

Sarah reckte den Hals, um das Schild einer kleinen Straße im Vorbeifahren zu entziffern. »Claremont.«

Nach einer kurzen Pause, in der er vermutlich einen Stadtplan konsultierte, war die Stimme wieder da. »Das ist sogar noch besser, als ich dachte. Sehr gut. Ignorier die Hubschrauber-Helden! In wenigen Augenblicken werden ihre Bemühungen vergeblich sein. Nachdem du die Massachusetts Avenue überquert hast, wirst du auf der rechten Seite einen Park vor dir sehen.«

Sarah reduzierte die Geschwindigkeit.

»Fahr neben dem Sportplatz rechts ran! Dann schau auf den Rücksitz. Da wirst du ein paar Klamotten sowie eine Baseballkappe und Turnschuhe finden. Steck sie in die danebenliegende braune Papiertüte und überquere schnell den Platz in westliche Richtung, bis du das Universitätsgelände erreichst. Du läufst so lange weiter, bis ich dir sage, was du zu tun hast.«

Sarah hielt den Wagen an und schaltete den Motor aus. »Was ist mit dem Auto?«, fragte sie. »Soll ich die Schlüssel mitnehmen?«

»Nein, lass sie da. Es ist gestohlen, nicht gemietet.«

Sarah überging den kleinen Witz, löste den Sicherheitsgurt und stieg aus. Als sie die hintere Tür öffnete, sah sie eine weiße Bluse, eine Jeans, Unterwäsche, eine Kappe, Strümpfe und ein Paar weiße Adidas-Schuhe. Als sie unter die Sohle schaute, erkannte sie, dass sie nur eine Nummer zu groß für sie waren. Die Schuhe ebenso wie all die anderen Gegenstände trugen noch die Preisschilder, nur das Etikett mit dem Namen des Geschäfts fehlte. Clever. Er wollte sie wissen lassen, dass die Gegenstände neu waren, ohne ihr dabei verräterische Information zu geben. Anhand des Klamottenstils würden ihre Leute den Laden vermutlich ausmachen können, doch sie war fast sicher, dass sie nur herausfinden würden, dass die Sachen in einem gewöhnlichen Kaufhaus wie Wal-Mart gekauft worden waren, das fast überall Verkaufsstellen hatte.

»Ich habe die Größen geschätzt. Ich hoffe, ich lag nah dran«, sagte die Stimme.

»Verdammt nah.«

Sarah stopfte alle Artikel in die Papiertüte. Sie schlug die Hintertür zu und lief im Laufschritt über das offene Feld. Auf einem Schild las sie, dass der Platz Carter Field hieß. Er kam ihr bekannt vor, doch sie wusste nicht genau, wieso.

»Du wirst langsamer«, schalt er sie. »Beeil dich! Verärgere mich nicht. Du bist es nicht, die die Konsequenzen dafür zu tragen hat.«

Sarah zwang sich, schneller zu laufen. Vielleicht lag es an den sich in der Ferne auftuenden Gebäudekomplexen der Northeastern University. Ja, sie *war* schon einmal hier gewesen. In ihrem letzten Jahr auf dem Notre Dame College war sie dem Sportteam beigetreten und hatte als Mittelstreckenläuferin recht gute Leistungen hingelegt. Sie war gegen das Northeastern Leichtathletikteam angetreten. Erinnerungen kamen zurück: Freunde, alte Liebhaber, schöne Zeiten. Damals war alles so viel einfacher gewesen. Sie hob den Blick und sah, dass der Hubschrauber mit ihr Schritt hielt.

Mit fliegenden Beinen und pumpenden Armen hatte Sarah schnell die andere Seite des Feldes erreicht. Sie kam an einen Maschendrahtzaun, sprang leichtfüßig darüber und landete sicher auf der anderen Seite. Ihre Füße wirbelten grauen Staub auf, und sie überquerte die Eisenbahnschienen. Es waren nicht viele, sodass sie wenige Sekunden später bereits das Universitätsgelände erreicht hatte. Dort tummelten sich Scharen von Studenten; einige hatten ihr Tagespensum bereits hinter sich, andere kamen erst noch zu den Abendvorlesungen.

»Okay, du kannst langsamer werden«, sagte die Stimme, als Sarah einen großen Parkplatz erreichte. »Wir wollen ja nicht zu viel Aufmerksamkeit auf uns ziehen – noch nicht.«

»Wo soll ich jetzt hin?«, fragte sie, dankbar, den Schritt verlangsamen zu können.

»Siehst du das hohe Gebäude vor dir?«

»Ja.«

»Das ist das Verwaltungsgebäude. Geh herum auf die andere Seite und folge dem Weg nach Südwesten. Wenn du die Forsyth Street erreicht hast, gehe darauf immer weiter geradeaus, bis du an ein mittelgroßes Gebäude mit vielen Fenstern kommst.«

Sarah fand den Weg, der um das Verwaltungsgebäude herumführte, und bald ging sie den Bürgersteig der Forsyth Street entlang.

Ein junger Mann in T-Shirt, der lauthals seine Einstellung gegenüber dem amerikanischen Imperialismus verkündete, näherte sich ihr mit einer Handvoll Flugblättern. Sie versuchte, sich an ihm vorbeizuschlängeln, doch es war hoffnungslos. Er platzierte sich direkt vor ihr.

»Hey«, sagte er bedeutungsvoll. »Du solltest wirklich zum Bewusstseinsmarsch des Sozialistischen Bündnisses kommen, den wir morgen vor dem Prudential Center veranstalten. Er richtet sich gegen die faschistischen, kapitalistischen und imperialistischen Ziele der Kriegshetzer in Washington. Das wird völlig abgefahren.« Er hielt ihr ein Flugblatt hin.

»Werd diesen kleinen Hippie los!«, sagte die Stimme in ihrem Ohr eindringlich.

Sarah lächelte den jungen Mann an, doch als sie den Kopf schüttelte und an ihm vorbeigehen wollte, verstellte er ihr erneut den Weg. Sie war äußerst versucht, ihm wehzutun, doch in Anbetracht der Umstände wäre das vermutlich nicht besonders clever. Verzweifelt suchte sie nach einer anderen Strategie. Dann hatte sie eine Idee.

Das höfliche Lächeln in Sarahs Gesicht verzog sich zu einem manischen Grinsen. Sie trat einen Schritt auf den jungen Mann zu, der unbewusst vor ihr zurückwich. Sie verkeilte ihren Blick mit seinem und bemühte sich, den richtigen fiebrigen Ton zu treffen.

»Hast du je darüber nachgedacht, was Scientology dir bringen könnte?«, fragte sie. »Weißt du, welch positiven Einfluss unser Persönlichkeits-Auditing auf deinen IQ haben kann? Ja? Hast du je die *Dianetik* von L. Ron Hubbard gelesen? Es stimmt, dass die Aliens kommen. Wir müssen uns vorbereiten!«

»Scheiße!«, murmelte der junge Mann, als sei er plötzlich in etwas Widerliches getreten. Mit erhobenen Händen wich er vor ihr zurück, als müsse er sich vor einem knurrenden Hund in Sicherheit bringen. »Danke … Ähm … Ich muss gehen.« Und das tat er.

Sarah hörte, wie die Stimme in ihrem Ohr kicherte. Sie erreichte das Gebäude und ging die wenigen Treppenstufen hinauf.

»Okay, hier bin ich.«

»Ausgezeichnet. Geh durch den Haupteingang und fahr mit dem Aufzug zur Cafeteria in der ersten Etage.«

Sarah huschte hinein, bemüht, nicht die Aufmerksamkeit der

uniformierten Security-Männer in der Eingangshalle auf sich zu ziehen. Ihre Sorge war unbegründet. Sie waren offensichtlich viel zu beschäftigt damit, die College-Mädchen in ihren kurzen Röcken unter die Lupe zu nehmen, als dass sie sich um eine verschwitzte, müde aussehende Über-Dreißigjährige gekümmert hätten.

Sarah fuhr mit dem Aufzug ein Stockwerk höher. Als die Türen zur Cafeteria sich langsam öffneten, fragte sie sich, was er wohl als Nächstes für sie aus dem Hemdsärmel schütteln würde.

»Was meinen Sie damit, Sie wissen es nicht?« Harry starrte den Kommandeur des Geiselrettungsteams entgeistert an.

Spezialagent Kelly blickte auf die Karte und zuckte mit den Achseln. »Wir können nicht durch Häuserdächer blicken. Sie ist in eines der Uni-Gebäude gegangen. Meine Männer sind über dem Gebäude und überwachen die Ausgänge. Wenn sie herauskommt, sehen wir sie und setzen die Überwachung fort. Viel mehr können wir jetzt nicht tun, höchstens mehr Leute hinschicken.«

»Drew und Ross sagen, sie sind immer noch mit dem Reifen beschäftigt«, meinte Jack. »Aber in circa fünf Minuten abfahrbereit.«

»Sag ihnen, dass sie zur Universität von Northeastern fahren sollen. Auch alle verfügbaren FBI- und Undercover-Einheiten der Bostoner Polizei sollen hin. Überschwemmen wir den verdammten Ort«, sagte Frank schlecht gelaunt.

Harry blickte auf den Stadtplan, auf die Northeastern und Umgebung. Er fühlte sich wie ein Schachspieler, der verzweifelt versuchte, etliche Spielzüge im Voraus zu erahnen. Das Schlimme daran war, dass sein Gegenspieler sich nicht einmal anstrengte. Er ließ sie ein pures Blindspiel spielen, indem er sie an der Nase herumführte wie Idioten. Er konnte nicht länger einfach nur dasitzen und versuchen, den weiteren Verlauf des Spiels vorherzusagen. Er verließ die Gruppe und ging zu seinem Auto.

»Wo zum Teufel willst du hin?«, rief Frank ihm nach.

»Meiner Tochter helfen«, schrie Harry über die Schulter zurück.

Frank blickte den Kommandeur des Geiselrettungsteams an. »Haben Sie jemanden hier, der ihn begleiten kann?«

Kelly drehte sich zu dem schwarzen Ausrüstungswagen um und pfiff. Er winkte einen in der Nähe stehenden Mann mit ernstem Gesichtsausdruck zu sich und sah zu, wie er zu ihm hinübereilte.

»Ja, Sir?«

»Begleiten Sie Spezialagent Reilly!«, befahl Kelly. »Ich will engen Personenschutz. Na los!«

Wie aus der Pistole geschossen lief der Mann Harry nach und setzte sich neben ihm ins Auto.

Harry schüttelte den Kopf, argumentierte jedoch nicht. Als er jedoch an Frank und der Kommandogruppe vorbeifuhr, ließ sein ausgestreckter Mittelfinger keinen Zweifel daran, was er von ihrer Sorge um ihn hielt.

Frank schüttelte den Kopf. Dickköpfiges Arschloch! Er schaute Kelly an, der ein Grinsen nicht unterdrücken konnte. Franks Gesicht blieb noch einige Sekunden lang ernst, bevor beide in Gelächter ausbrachen.

22

Sarah betrat die Cafeteria, und ein Schwall aus Geschnatter, Lachen und Tellergeklapper tönte ihr entgegen. Niemand nahm auch nur die geringste Notiz von ihr. Alle eilten an ihr vorbei, unterhielten sich angeregt mit ihren Freunden oder telefonierten. Einige aßen, über die Tische gebeugt, und mindestens genauso viele waren eifrig damit beschäftigt, Kurznachrichten in ihre Handys zu hämmern. Der Geräuschpegel war hoch; trotzdem entging ihr nicht, dass sie dieselben Geräusche in ihrem Kopfhörer hörte.

Der Killer war ebenfalls hier! Und er beobachtete sie.

Er musste gerade erst gekommen sein, denn sie hatte vorher nicht das Geräusch seiner Schritte gehört. Sie war als Letzte aus dem Aufzug getreten, und nach ihr hatte der Aufzug nicht mehr auf der ersten Etage gehalten. Sie drehte sich herum und sah zu den beiden Rolltreppen. Ihre Augen schweiften von einer Person zur nächsten, doch keiner sah auch nur entfernt aus wie der Mann, dem sie in jener Nacht am Opechee begegnet war.

»Nein, Sarah«, züchtigte die Stimme sie. »Versuch nicht, mich zu finden. Das ist nicht erlaubt. Ich beobachte *dich,* nicht umgekehrt. Halt dich an den Plan, sonst werde ich ungehalten. Verstanden?«

»Ja«, sagte Sarah und richtete widerwillig den Blick zu Boden. »Was soll ich tun?«

»Geh genau in die Mitte der Cafeteria.«

Sarah ging zu einem kleinen Podest, auf dem gelegentlich Live-Bands auftraten und sonstige Veranstaltungen stattfanden.

Zögernd blieb sie stehen und räusperte sich. »Ist es hier in Ordnung?«

»Großartig, einfach großartig«, sagte er. Seine Stimme klang jetzt anders, irgendwie sadistischer.

»Wozu ich dich jetzt auffordern werde, mag dir vielleicht unter deinem Niveau vorkommen, doch es ist notwendig. Weißt du, Sarah, mir ist klar, dass FBI-Agenten alle Arten von hochtechnischen Apparaturen haben, die es euch ermöglichen, einander im Auge zu behalten. Transponder, Wanzen, ... was auch immer. Es beunruhigt mich, und bis diese Sorge nicht gestillt ist, werde ich mich auch nicht sicher fühlen. Und wenn ich mich nicht sicher fühle, werdet ihr nicht herausfinden, wo Samantha ist. Also will ich, dass du genau dort, wo du bist, alle deine Sachen ausziehst.«

Sarahs Kinnlade fiel herunter. »W-Was?«

»Ich will, dass du nicht das kleinste bisschen anbehältst. Steck alles in die große Topfpflanze neben dir. Alles. Soviel ich weiß, könntest du auch in deinem Slip einen Sender haben. Also musst du auch den ausziehen. Keine Sorge, du kannst dich so schnell wieder anziehen, wie du willst. Untersuchungen von Körperöffnungen erfolgen nicht. Aber du musst alles ausziehen, und zwar sofort.«

Sarahs Herz schlug heftig. Sie hatte geglaubt, gegen jegliche Herausforderung, die er für sie bereithielt, gewappnet zu sein, gleich wie erschreckend oder bedrohlich sie auch sein mochte. Doch der Gedanke, sich vor mindestens zweihundert jungen Leuten auszuziehen, war so grauenvoll, dass ihr das Ganze fast schon lächerlich erschien.

»Ich weiß nicht, ob ich das kann«, sagte sie ruhig.

»Oh, das kannst du«, sagte er überzeugt. »Ich beginne langsam, dich zu verstehen. Deine Arbeit bedeutet dir alles. Du definierst dich darüber, genau wie du dich über Misserfolge definierst. Du bist wie dein Vater. Ich denke, dass die Vorstellung,

Samantha Dennings Leben ansonsten nicht retten zu können, Anreiz genug für dich sein wird. Betrachte es als Rache für den Abend am Lake Opechee. Du hast mich damals fast erschossen, weißt du das?«

»Wir haben nur Ihr Feuer erwidert«, korrigierte Sarah ihn erhitzt. »Sie haben zuerst geschossen, wissen Sie nicht mehr? Wo bitte soll das fair sein?«

»Sei nicht naiv, Sarah. Nichts im Leben ist fair. So funktioniert die Welt! Bitte hör auf, Zeit zu schinden. Wenn du nicht sofort tust, was ich verlange, dann verschwinde ich, und erst die Leichenspuren, die ich auf meinem Weg hinterlasse, werden dich meine Anwesenheit wieder spüren lassen.«

Sarah schluckte heftig. Als sie sich umschaute, schien sich die Anzahl Menschen in der Cafeteria seit ihrer Ankunft vervierfacht zu haben. Sie waren überall – wie Ameisen. Konnte sie das tun? Konnte sie das wirklich tun?

Sie bückte sich langsam, um ihre Stiefel aufzuschnüren. Danach zog sie schnell die Socken aus. Sie richtete sich noch einmal auf und versuchte, die zitternden Finger unter Kontrolle zu halten, während sie die Weste auszog, die Jack ihr gegeben hatte.

Die Geräusche des geschäftigen Raumes blieben zu Sarahs Erleichterung ungebrochen. Bis zu dem Augenblick, in dem sie ihr Jeanshemd auszog. In dem Moment schrie ein aufmerksamer junger Mann etwas durch den Raum, gerade laut genug, um trotz des Getöses ringsum Gehör zu finden. Und als mehrere Dutzend Augen realisiert hatten, was der Grund für das Geschrei war, setzten das anerkennende Gejohle, die schrillen Pfiffe und die ermunternden Rufe ein. Sarah schloss die Augen, als sie die Hose hinunterließ. Das Gegröle wurde immer stärker, und sie wusste, dass sie inzwischen von der gesamten Cafeteria beobachtet wurde.

Sie öffnete die Augen wieder. Junge Männer hüpften auf und ab wie wahnsinnig gewordene Schimpansen. Sarahs Wangen glühten, als habe sie eine Ohrfeige erhalten, und sie ertappte sich dabei, dass sie fast lachen musste. Die ganze Situation war so irrsinnig grotesk, dass sie beinahe schon wieder komisch war. Die Tatsache, dass sie die Augen offen hielt, verschaffte ihr ein Stück Überlegenheit dem Killer gegenüber. Er glaubte, dass sie in dieser Situation schlappmachen oder zumindest so darunter leiden würde, dass ihre Verlegenheit und ihre Scham dabei offensichtlich würden. Doch sie schämte sich nicht für ihren Körper. Das hatte sie noch nie getan. Und jetzt, wie sie so dort stand, merkte sie, dass sie überhaupt keine Angst mehr hatte.

Als Nächstes war der BH dran; auch er wanderte zu den Wanderstiefeln und all dem Rest in den Blumentopf. Dann zog sie den Slip aus. Wenn sie vorher gedacht hatte, dass der Raum nur so kochte, fürchtete sie jetzt allmählich, dass das Gekreische die Fensterscheiben zum Bersten bringen würde.

Die Leute strömten die Rolltreppen hinunter und aus den Aufzügen, und obwohl es bereits brechend voll war, fluteten immer mehr junge Studenten in die Cafeteria, die vermutlich per Handy von dem Event erfahren hatten. Darauf kam es nun auch nicht mehr an. Sie hatte es getan. Sie kramte in der Papiertüte und begann, die neuen Klamotten anzuziehen.

Sie war gerade bei den Turnschuhen, als Wachmänner sich einen Weg durch die Menge bahnten.

Exhibitionismus, Erregung öffentlichen Ärgernisses … Im Geiste betete sie die Liste der Anklagepunkte hinunter, für die man sie belangen könnte. Sie streifte das Headset wieder über den Kopf. »Ich bin in Schwierigkeiten«, sagte sie. »Da kommen gerade sechs – nein – *sieben* Sicherheitsbedienstete auf mich zu.«

»Kein Problem«, erwiderte die Stimme ruhig. »Halt dich einfach bereit, um mit der Horde zu rennen. Geh am Hauptausgang raus, und folge der Forsyth Street nach Süden, bis du den Verkehrskreisel erreichst. Bleib dort stehen, und warte auf weitere Anweisungen.«

Sarah war beeindruckt, als der Feuermelder des Gebäudes losheulte. Die Menschen in der Cafeteria reagierten augenblicklich. Alle sprangen auf und hatten jeglichen Gedanken an sicheres Geleit oder Sarahs Brüste schlagartig vergessen. Sie rannten zu den Rolltreppen und strebten drängelnd dem Ausgang des Gebäudes zu. Die Sicherheitsleute versuchten sofort, die Masse zu beruhigen und ihr Hinausströmen zu kontrollieren, um zu verhindern, dass jemand niedergetrampelt oder erdrückt wurde. Sarah zog sich die Kappe tief ins Gesicht und verschmolz mit der Menge.

Harry drehte das Polizeiradio lauter. Er griff nach dem Headset und sprach eilig hinein. »Was ist los, Team Vertical? Was beobachten Sie?«

»Massenflucht aus dem Gebäude«, antwortete der Officer des Geiselrettungsteams von der Luft aus.

»Alle strömen in wahnsinniger Eile nach draußen.«

»Harry?« Frank klang besorgt. »Harry … Das Kontrollgerät in Sarahs Weste hat jetzt ganze zwei Minuten lang keine Bewegung angezeigt. Wir glauben, dass sie sie aus irgendeinem Grund ablegen musste. Jack versichert mir, dass sie immer noch eine Tonverbindung haben, dank einer besonderen Wanze, die er Sarah gegeben hat, kurz bevor sie gegangen ist. Wir können hören, was sie sagt, jedoch nicht mehr mithören, was der Verdächtige sagt. Und wir können sie nicht mehr orten. Hast du verstanden?«

»Ja«, sagte Harry gereizt in den Funkempfänger.

Als er es gerade vom Mund absetzen wollte, knisterte das Gerät aufgrund einer weiteren Übertragung.

»Wir sind in dreißig Sekunden an der Universität.« Es war Drew. »Nähern uns von der Massachusetts Avenue. Sobald wir das Gebäude betreten, berichten wir, was wir sehen.«

Harry fühlte, wie Panik von ihm Besitz ergriff. Er stellte die Sirene des Autos an und wandte sich an den jungen Agenten neben sich.

»Sie sollten sich besser anschnallen.«

Sarah verließ das Gebäude und schloss sich den Studenten an, die auf das Gelände hinausströmten. Sie kämpfte sich durch die Menge und joggte bis zum Ende der Forsyth Street.

»Hier bin ich«, sagte sie. »Was jetzt?«

»Warte.«

Sie lehnte sich gegen eine hohe Backsteinmauer und verschränkte angespannt die Arme. Sie fragte sich, ob all das nicht nur ein Trick war, um sie zur völligen Erschöpfung zu bringen. Plötzlich war die Stimme wieder da.

»Siehst du den Zug da vorne auf dem Gleis?«

Sarahs Blick huschte zu dem Bahnhof für Nahverkehrszüge auf der anderen Straßenseite. Tatsächlich, dort stand ein Personenzug mit bestimmt acht Wagons, der gerade Passagiere aufnahm.

»Ich sehe ihn.«

»Steig ein! Du musst dich beeilen –«

Doch Sarah rannte bereits. Sie musste zugeben, dass er die Schuhe gut gewählt hatte; ihre Füße fühlten sich hundert Mal wohler darin als in ihren Stiefeln. Sie überquerte die Straße und rammte dabei aus Versehen einen Fahrradkurier. Sie hatte die andere Seite bereits erreicht, bevor dieser sich so weit erholt hatte, um ihr Schimpfworte an den Kopf zu werfen.

Sie erreichte die Treppe zum Bahnsteig in voller Geschwindigkeit und zog zornige Blicke der Studenten auf sich, die es nicht so eilig hatten wie sie, gerade diesen Zug noch zu erwischen; doch sie schaffte es, sich ihren Weg bis nach oben zu bahnen. Erst vor den Drehkreuzen bremste sie abrupt. Sie hatte keine Wertmarke, und, schlimmer noch als das, sie realisierte, dass sie ihren FBI-Ausweis in der Jeanstasche vergessen hatte. Die Leute strömten an ihr vorbei und nutzten ihre Wertmarken, um auf den Bahnsteig zu gelangen. Ein Bahnhofswärter beobachtete Sarah, und ihr wurde klar, dass sie seine Aufmerksamkeit bereits auf sich gezogen hatte. Sie trat ein Stück zurück und tat, als betrachte sie die Zeitungen in einem Geschäft.

Doch ihre Aufmerksamkeit galt nicht den Schlagzeilen. In dem glänzenden Metallständer, in dem die Zeitungen und Illustrierten auslagen, beobachtete sie den sich darin spiegelnden Zug. Sie musste den perfekten Zeitpunkt abpassen. Wenn sie zu schnell handelte, würden die Wächter den Zug noch anhalten und sie festnehmen können. Wäre sie zu langsam, würde sie den Zug versäumen ... und sie würden sie ebenfalls festnehmen.

Als der letzte Passagier eingestiegen war und der Zugbegleiter den Blick über den Bahnsteig schweifen ließ, um sicherzugehen, dass niemand mehr ein- oder ausstieg, machte sie sich bereit. Als er in die glänzende Pfeife zwischen seinen Lippen blies, verengten sich ihre Augen vor Konzentration. Sie beobachtete seine Hüften. Als die sich drehten und er Anstalten machte einzusteigen, schnellte sie vor und rannte, so schnell sie nur konnte. Leichtfüßig sprang sie über die Drehkreuze, und während das Zischen der luftbetriebenen Türen zu hören war, warf sie sich seitwärts durch eine der Türen ins Innere eines Wagens. Als der Zug aus dem Bahnhof fuhr, stand sie in einem offenen Abteil und beobachtete die immer kleiner werdenden Wärter, die wild gestikulierend auf dem Bahnsteig zurückblieben. Sie hatte Glück. Der Zug hielt nicht an.

»Ich frage mich allmählich, wieso du noch nicht befördert wurdest«, sagte die Stimme in ihrem Ohr; er wirkte beeindruckt. »Du hast dich besser geschlagen, als ich erwartet hatte.«

Sarah schnappte immer noch nach Luft und suchte Halt an einer Stange. Als sie ihren Atem wieder beruhigt hatte, fragte sie leise: »Wohin soll das führen?«

»Dahin, wo wir hoffentlich beide das bekommen werden, wonach wir suchen«, erwiderte er rätselhaft. »Du brauchst dich gar nicht erst hinzusetzen. In wenigen Stationen steigst du schon wieder aus.«

Drew und Ross rannten durch die Eingangshalle des Uni-Gebäudes und die Rolltreppe hinauf, drei Stufen auf einmal nehmend. Beide hatten die Waffe gezogen. Drew schwenkte seine Dienstmarke, wenn sie Sicherheitsleuten begegneten. In der Ferne hörten sie das Heulen der sich nähernden Feuerwehrwagen.

Sie erreichten die Cafeteria, wo sich ein Chaos auftat. Überall lagen umgestürzte Tische und Stühle. Zu ihrer Erleichterung waren keine Leichen zu entdecken, und nichts deutete auf eine Schießerei hin. Nur auf eine plötzliche Flucht nach einer ungeklärten Auslösung von Feueralarm.

Drew setzte das Funkgerät an die Lippen. »Jack, bitte kommen.«

»Ich bin da«, sagte die Stimme des jungen Technikers laut und deutlich.

»Wir befinden uns jetzt an dem besagten Ort, doch hier ist nichts. Bist du sicher, dass die GPS-Koordinaten stimmen?«

Drew sah, wie Ross langsam in die Mitte des Raums ging, ein Magellan-GPS-Gerät in der linken Hand.

»Soweit ich das beurteilen kann, schon«, sagte Jack jetzt entschuldigend.

»Drew.« Ross griff in den Blumentopf, zog Sarahs Weste heraus und hielt sie ihm hin.

»Hat sich erledigt«, erklärte Drew. »Wir haben die Weste gefunden. Sieht aus, als hätte Sarah sie weggeworfen.«

»Gibt es irgendwelche Hinweise darauf, wo sie hingegangen ist?« Diesmal war es Franks Stimme.

Drew blickte sich um. Ross zuckte mit den Achseln. »Hier sieht es aus, als hätte ein Tornado gewütet, Frank. Wir werden so schnell nichts finden, was uns nützlich sein könnte.«

»Sperrt den Bereich ab und sucht weiter«, befahl Frank.

»Das solltest du dir mal angucken«, sagte Ross, dessen Blick immer tiefer in den Blumentopf wanderte.

Drew schaute ebenfalls hinein und riss die Augen auf. »Was zum Teufel ist hier passiert?«

Harry fuhr auf den Cross-Town Boulevard und trat das Gaspedal durch. Nur noch wenige Blocks weiter, ein paar Abkürzungen durch Hintergassen, und er würde die Northeastern University erreichen. Er musste es dem jungen Agenten neben sich hoch anrechnen: Er hatte sich nur einmal übergeben, und seine Weste hatte auch nicht mehr als einen Tropfen abbekommen.

»Wie geht es Ihnen?«, fragte Harry.

»Gut, Sir«, antwortete der Mann, als Harry wieder einmal bei Rot über eine Kreuzung fuhr. »Wir sind doch fast da, richtig?«

»Fast.«

Harry peitschte das Auto durch eine enge Ost-West-Seitenstraße und fuhr auf die Grinnell Street. Er wollte gerade nach Norden abbiegen, als er Horden von Studenten sah, die sich um den Eingang der Forsyth Street scharten. Sie blickten zurück zur Uni, in Richtung Fakultätsgebäude.

»Irgendetwas scheint hier vorgegangen zu sein. Die ganze verdammte Uni ist evakuiert.«

»Ja«, sagte Harry nachdenklich. »Wer wird auch nach dem elften September noch in einem Gebäude herumhängen, nachdem der Alarm losgegangen ist?«

Harrys Verstand arbeitete auf Hochtouren, während ein Zug parallel zu ihrem Auto über die Gleise glitt. Der Typ hatte die ganze Sache arrangiert. Er wollte alle durcheinanderbringen; nicht nur die Undercover-Einheiten, sondern auch die Leute von der Helikopter-Überwachung. Und Sarah war mittlerweile so weit zu glauben, sie müsse die Worte dieses Typen buchstabengetreu erfüllen oder Samantha würde sterben.

Verdammt!

Er hätte es von Anfang an wissen müssen. Der Killer schrieb das Drehbuch, und sie alle standen in Reih und Glied und tanzten im Gleichschritt dazu. Harry fuhr langsamer und blickte sich um in alle Richtungen.

»Was tun Sie?«, fragte der Agent neben ihm und schaute Harry neugierig an.

Keine Taxistände und keine Bushaltestellen in der Nähe. Unwahrscheinlich, dass er sie selbst abgeholt hat. Er muss gewollt haben, dass sie aus eigener Kraft von hier verschwindet, mit den vorhandenen Mitteln. Und was waren die vorhandenen Mittel an diesem Ort? Harry blickte zu den Bahngleisen.

Er trat wieder aufs Gaspedal, der V-8-Motor röhrte auf, und sie wurden in die Sitze gepresst. Harry hielt eine Hand am Steuer und griff mit der anderen nach dem Funkgerät.

»Drew, bitte kommen.«

»Ja, Harry. Hier bin ich.«

»Ich glaube, ich weiß, wo Sarah ist, zumindest im Augenblick. Du und Ross, ihr geht zurück zum Auto und fahrt die Bahnstrecke entlang. Mein Gefühl sagt mir, dass er Sarah weiter in die Stadt *hineinlocken* will, nicht aus ihr heraus. Er will Leute um sich haben.«

»Wie weit sollen wir den Gleisen folgen?«, fragte Drew. »Ich meine, die Bahn führt schon kurze Zeit später unterirdisch weiter –«

»Seht zu, dass ihr überhaupt erst einmal loskommt.«

»Verstanden«, erwiderte Drew scharf, bevor er das Gespräch beendete.

Im Hauptquartier am Columbus Park saß Jack über sein Steuerpult gebeugt, die Kopfhörer auf den Ohren, und horchte angestrengt. Er saß reglos da, selbst den Atem hielt er zeitweilig an. Eine Schweißspur rann ihm von der Stirn und verlief sich auf seinen Brillengläsern. Als er sich seiner Sache sicher war, drehte er sich um.

»Harry hat Recht, Sir. Wenn ich mir die Umgebungsgeräusche, die wir vor ein paar Minuten aufgenommen haben, noch mal anhöre, dann kann es tatsächlich gut sein, dass Sarah sich in einem Zug befindet.«

Frank blickte zu Spezialagent Kelly. »Sagen Sie Ihren Männern im Helikopter, sie sollen der Bahnlinie nach Süden folgen, nur für den Fall. Wir wollen diese Möglichkeit nicht außer Acht lassen.«

Sarah beobachtete, wie der Zug unter die Erde fuhr. Das U-Bahn-System in Bostons Innenstadt war sehr komplex, sie konnte überall landen. Besorgt fragte sie sich, wo sie aussteigen würde. Er hatte gesagt, dass sie Samantha beim nächsten Mal finden würde. Und merkwürdigerweise glaubte sie ihm.

»Deine Haltestelle kommt gleich«, sagte die Stimme. »Steig an der Back Bay aus! Nimm die erste Rolltreppe hinauf zur Straße.«

Back Bay. Das bedeutete, dass ihr Endziel entweder die öffentliche Bibliothek oder das Prudential Center sein könnte. Oder ein Dutzend anderer öffentlicher Gebäude, die nach Büroschluss noch geöffnet haben, dachte sie.

Sarah stieg aus, kämpfte sich durch die feierabendlichen Pendlermassen und fuhr die Rolltreppe hinauf, die direkt zum Copley Square führte. Ob er Samantha wirklich irgendwo in der Nähe versteckt hatte? Die Gegend hatte gewisse Vorteile: leichten Zugang zu Zügen, Taxen, Bussen oder vielleicht seinem eigenen Fahrzeug und belebte Straßen. Spät einkaufende Menschen sowie zum Abendessen verabredete Pärchen mischten sich mit heimfahrenden Pendlern.

Als sie oben angekommen war, ertönte die Stimme in ihrem Ohr erneut: »Geh die Dartmouth Street nach Norden hinauf, und halt dich rechts, bis du die James Avenue erreichst!«

Sarah schleppte sich in die besagte Richtung. Sie wurde langsam müde. Doch sie würde natürlich so lange weitergehen, wie es sein musste. Sarah erreichte die James Avenue. Jetzt wusste sie, was das Ziel der Reise war. Der John Hancock Tower. Natürlich. Mit seinen sechzig Stockwerken und den vollständig verglasten Außenwänden gab es in ganz Boston kein vergleichbares Gebäude.

»Wie weit soll ich die James Avenue entlanggehen?«, fragte sie leise.

»Wenn du die Antwort darauf jetzt noch nicht weißt, dann bist du nicht der Gegner, für den ich dich gehalten habe.«

Sarah hatte genug von den Spielchen des Killers. Alles, was sie wollte, war, Samantha zu finden – lebend. »Welche Etage?«

»Wieso fragst du? Die Aussichtsplattform natürlich. Warte dort bei den nach Norden ausgerichteten Fenstern.«

Sarah steuerte auf die Aufzüge in der Lobby des John Hancock Towers zu, als sie realisierte, dass sie trotz der Ohrringe, die Jack ihr gegeben hatte, ihren Kollegen keine genaueren Angaben zu ihrem Aufenthaltsort gemacht hatte. Sie wandte sich von den Aufzügen ab und trat an die Rezeption.

»Entschuldigung«, sagte sie zu einem ziemlich uninteressiert aussehenden Sicherheitsbeamten. »Könnten Sie mir vielleicht sagen, auf welcher Etage sich die Aussichtsplattform befindet?«

Der Mann blickte sie an, als hätte sie nicht mehr alle Tassen im Schrank, doch er zeigte mit dem Daumen zu den Aufzügen. »Sechzigste Etage, Schätzchen. Auf dem Dach.«

»Bist du sicher?«, fragte Frank.

»Ja!«, sagte Jack. »Ganz sicher. Sie hat nach der Aussichtsplattform gefragt, um uns einen Hinweis zu geben. Der Typ, mit dem sie gesprochen hat, sagte sechzigste Etage.«

»Nun, das grenzt das Ganze schon etwas ein. Das hat sie gut gemacht«, sagte Spezialagent Kelly und strahlte.

Frank nickte und nahm das Funkgerät. »Harry, Drew, sie ist im John Hancock Tower. Bewegt euren Arsch, dann seid ihr vielleicht schnell genug da, um euch den Typen zu schnappen!«

Sarah stand im Aufzug und blickte auf die Etagenanzeige. Als der Lift langsamer wurde und schließlich auf der Aussichtsplattform hielt, unterdrückte sie die Nervosität und trat hinaus.

Das letzte Mal war sie hier zu einem Date mit Drew gewesen. Selbst in ihrem aufgewühlten Zustand hatte der Ort für sie nichts von seinem Charme verloren. Sie ging zur Nordseite. Die Aussicht auf Boston bei Nacht, das sich auch jenseits der Bucht noch so weit erstreckte, wie das Auge reichte, war atemberaubend. Zu jeder anderen Zeit hätte sie diesen Anblick genossen. Doch alles, woran sie jetzt denken konnte, war der kaltblütige Killer. Wo war er? Würde er es riskieren, sich zu zeigen? Und, was noch wichtiger war, wo war Samantha?

Die Aussichtsplattform war überfüllt mit Familien und jungen Pärchen. Er würde wohl kaum mit einer jungen Frau in Ketten im Gefolge aus dem Aufzug spazieren. Sie trat zum Fenster und berührte mit den Fingerspitzen flüchtig das kalte Glas. Von irgendwoher kam ein leichter Windhauch.

»Ja, Sarah, ich bin hier«, sagte die Stimme. »Ich beobachte dich tatsächlich gerade.« Sie drehte sich um, um hinter sich zu blicken, doch er setzte schnell hinzu: »Bitte begnüge dich damit, weiter auf den Horizont zu blicken! Du hast bereits viel zu viel von mir gesehen. Du hast wesentlich mehr gesehen, als ich mir hätte träumen lassen, dass ein Polizist je von mir sehen würde.«

Er wartete, bis sie wieder aus dem Fenster schaute. »Du musst keine Angst haben. Ich werde dich nicht töten. Wieso auch? Du hast meine Gesichtszüge zwar bestimmt schon an alle möglichen Phantombildzeichner der Polizei verraten, und die vagen Dimensionen meines Erscheinungsbildes sind längst im gesamten Department bekannt. Doch auf diese unbedeutende Kleinigkeit solltest du deshalb noch lange nicht vertrauen. Es mag ja sein, dass du einen flüchtigen Blick erhascht hast – dennoch hast du noch einen sehr langen Weg vor dir, bevor du mich *wirklich* kennst.

Es wird lange dauern, bis ihr, du und dein Vater, die Antworten habt, nach denen ihr sucht.«

Sarah lauschte seinen Worten schweigend. Sie hörte Leute hinter sich und fragte sich, ob sie anhand ihrer nicht versuchen könnte, den Mann zu verwirren.

»Denk nicht mal im Traum daran, dich umzudrehen!«, sagte er in eisigem Ton. »Ich habe da etwas in meiner Tasche, auf das ich ohne Zögern zurückgreifen werde, sobald ich mich bedroht fühle.«

»Eine Pistole?«, fragte Sarah.

»Eine M-89-Splittergranate«, erklärte er beiläufig. »Den Stift habe ich bereits gezogen, und einzig mein Griff um den Sicherheitshebel bewahrt diese fröhlich tuenden Bostoner vor dem sicheren Tod.«

»In Ordnung«, sagte Sarah. »Sagen Sie mir, wo Samantha Denning ist.«

»Du bist so geschäftsmäßig. Ach, komm schon! Wir haben noch ein paar Minuten, bevor deine begriffsstutzigen Freunde hier aufkreuzen. Hast du denn gar keine Fragen an mich?«

Sarah war erstaunt über seine Gelassenheit. Er musste doch wissen, dass das gesamte Bostoner Police Department und die Bostoner FBI-Leute jeden Moment hier eintreffen konnten, und dennoch wollte er mit ihr plaudern. Aber sie musste nachgeben – er war schließlich derjenige mit der aktivierten Handgranate.

»Sie wissen offensichtlich von meinem Vater. Er glaubt, dass Sie das Raubtier sind, hinter dem er schon seit geraumer Zeit her ist. Sie halten sich bei Ihren Morden an die Taten anderer und benutzen die als Deckung. Wenn diese Mörder schließlich geschnappt werden, müssen die für *alle* Morde büßen und Sie sind fein raus. Sie sind der Huckepack-Killer, nicht wahr?«

»Nennt er mich etwa so?« Der Mann lachte. »Was für ein grässlicher Name! Ich hoffe aufrichtig, dass er nicht den Weg auf die Titelseite einer Zeitung findet.«

»Sie sind anders als andere Serienkiller.« Sarah fuhr fort. Sie versuchte, auf diese Weise Zugang zu seiner Psyche zu finden, was ihr Zeit geben würde, Samantha zu retten. »Es gefällt Ihnen, mit uns zu spielen, so viel steht fest. Doch Sie wollen keine Schlagzeilen. Sie wollen einfach –«

»Weitermorden«, beendete er den Satz ungerührt. »Wie du schon sagtest, ich entziehe mich der Verantwortung. Ich habe systematisch die Fähigkeiten angewandt, die ihr Polizisten entwickelt habt, um Leute wie mich zu finden. Ihr habt mich gelehrt, wie man die Profile der Killer erstellt, die ich imitieren wollte. Offenbar beherrsche ich das bereits besser als ihr alle zusammen.«

»Wir haben Sie dennoch gefunden«, erwiderte Sarah.

»Ihr habt mich gefunden, weil ich es euch erlaubt habe, mich zu finden.«

»Mein Vater weiß seit Jahren von Ihnen.«

»Ja, der berühmte Harry Reilly. Du kommst aus einem tollen Stall, Sarah. Doch darüber reden wir ein andermal. Fürs Erste nehme ich an, hast du eine weitaus dringendere Frage. Das Ausloten meiner Psyche heben wir uns für mein Verhör auf, solltest du dich als gut genug erweisen, mich jemals zu schnappen.«

»Wo ist Samantha?«

»Die Antwort darauf findest du, wenn ich sicher aus dem Gebäude raus bin. Du wirst hier abwarten, bis ich dir mitteile, dass es so weit ist. Dann werde ich es dir sagen. Und vergiss nicht: Wenn ich auf irgendeine Weise von deinen Leuten behindert, aufgehalten oder belästigt werde, dann stirbt Samantha und ihr Blut wird an *deinen* Händen kleben.«

Damit war er fort, und statt seiner Stimme war nur noch ein leises Rauschen zu hören.

Jede Faser ihres Körpers strebte danach, sich umzudrehen und ihm nachzusetzen. Doch dann würde Samantha Denning sterben.

Sarah blieb genau da, wo sie war, und wartete. Sie hoffte, dass ein gefühlskalter Killer sein Wort halten würde.

Harry brachte das Auto quietschend vor dem John Hancock Tower zum Stehen. Er machte sich nicht einmal die Mühe, die Gangschaltung in Parkposition zu bringen, sondern sprang sofort aus der Tür und rannte zum Eingang. Der Agent vom Geiselrettungsteam folgte ihm auf den Fersen. Die Leute blieben stehen und starrten den beiden nach, wie sie über den Vorplatz liefen, einer im Anzug, der andere in einem Kampfanzug. Der junge Mann, der hinter dem älteren herlief, hielt eine schwarze Maschinenpistole in der Hand.

Harry rannte in die Lobby und zog seinen FBI-Dienstausweis. Er fand einen Sicherheitsbeamten und erzählte ihm das Wesentliche.

»Sollen wir das Gebäude evakuieren?«

»Nein«, erwiderte Harry. »Beobachten Sie nur die Aufzüge nach verdächtigen Personen. Es kommen bald weitere Polizeieinheiten, halten Sie Ausschau nach ihnen.«

Harry wollte gerade auf die Aufzüge zugehen, als sein Funkgerät knisterte.

Sarah wurde immer unruhiger. Es war bestimmt schon fünf Minuten her, seit der Mann gegangen war, und sie hatte noch immer nichts von ihm gehört.

»Bitte«, sagte sie leise in ihr Headset. »Wir werden Sie heute nicht verfolgen, das schwöre ich Ihnen. Sagen Sie mir nur, wo Samantha ist! Ich möchte ihr helfen. Bitte, wo ist sie?«

Sechzig Stockwerke unter ihr, in der Lobby, lächelte der Mann mit den veilchenblauen Augen, als er sah, wie Harry Reilly mit einem der Gebäudewächter sprach. Ruhig brachte er das Funkgerät an den Mund, in einer beiläufigen Bewegung, die ihn aussehen ließ wie ein x-beliebiger Handybenutzer.

»Ich weiß, dass du ihr helfen willst, und zwar mehr als alles andere«, sagte er in einem Tonfall, der Sarah das Blut gefrieren ließ. »Deshalb habe ich sie übrigens auch ins Spiel gebracht. Wirklich,

Sarah, du enttäuschst mich. Wie konntest du übersehen, was wirklich vorgeht? Ich habe dich benutzt, und jetzt werde ich kriegen, was ich *eigentlich* wollte.«

»Wo ist sie?«, schrie Sarah, ihr Zorn brach jetzt aus ihr heraus. Die Leute blickten sie verwundert an. »Sag mir, wo sie ist, du *krankes Arschloch*!«

»Im hinteren Notausgang der Aussichtsplattform.«

Die Verbindung riss ab.

»Dad?« Die Stimme kam über Harrys Funkgerät.

Er versuchte, ihr zu antworten, doch dann erinnerte er sich, dass Sarah nur senden und nicht empfangen konnte. Die Befehlsgruppe vom Hauptquartier im Columbus Park musste sie zu ihm durchgestellt haben.

»Ich hoffe, du kannst mich hören. Es geht mir gut und Samantha Denning auch. Ich bin hier im nordöstlichen Notausgang. Sie ist ans Geländer gekettet, aber unversehrt.«

Harry sackte erleichtert in sich zusammen.

»Ich glaube, dass du die ganze Zeit über Recht hattest, mit allem. Der Typ ist dein Huckepack-Killer – davon bin ich überzeugt. Und er ist uns entwischt. Ich musste ihn aus dem Gebäude entkommen lassen, sonst hätte er Samantha umgebracht. Ich bin auf der Aussichtsetage, Sanitäter mit Bolzenschneidern sind unterwegs. Sobald sie da sind, komme ich runter in die Lobby.«

»Hast du alles gehört, Harry?« Es war Frank. »Drew und Ross sollten in ein paar Minuten bei dir sein, dann können sie dir bei allem helfen. Ich habe mit der Gebäude-Verwaltung telefoniert. Sie werden die Aussichtsetage absperren, damit du anfangen kannst, die Leute dort oben zu befragen, die vielleicht etwas gehört oder gesehen haben. Ach ja, und, Harry? Mach dir keine Vorwürfe! Niemand hätte es vorhersehen können.«

Harry wusste, dass es kein nächstes Mal geben würde. Er verstaute das Funkgerät wieder am Gürtel und blickte sich um. Wo zum Teufel war der Junge vom Geiselrettungsteam? Während Harry mit Sarah gesprochen hatte, hatte der ihm mit Gesten bedeutet, dass er zur Toilette gehen werde. Früher hatten Geiselhelfer mit Blut, Pisse, Scheiße oder sonst was voll sein können, ohne dass sie Zeit für Schönheitskorrekturen vergeudet hätten. Verärgert ging er zur Herrentoilette.

Er öffnete die Tür und sah sich um. Wenn der Junge hier war, musste er in einer der Kabinen stecken. Er wusch sich die Hände und wartete.

Er mochte es selbst nicht, bei dieser Verrichtung zur Eile ermahnt zu werden, doch das hier war Arbeitszeit, verdammt, nicht Sonntagmorgen nach dem Kirchgang. »Hey, alles in Ordnung da drinnen?«, fragte er.

Als er keine Antwort erhielt, beugte er sich nach unten und spähte unter den Türen der vielen Kabinen hindurch. Direkt in der ersten sah er die glänzenden schwarzen Stiefel des Jungen. Ein dunkler roter Fleck hatte sich darunter gebildet.

Scheiße! Harry trat mit dem rechten Fuß gegen die Tür. Nach drei harten Tritten schwang sie endlich auf. Der Kopf des jungen Agenten war in einem beängstigend spitzen Winkel zur Seite geknickt, die Zunge hing ihm schlaff aus dem Mund. Harry musste die helle rote Abschürfung um den Hals gar nicht erst sehen, um zu wissen, dass er erdrosselt worden war, und zwar so brutal, dass ein Halswirbel gebrochen war. Blut tropfte aus dem Mund des Jungen auf den Boden. Harry wich von der Leiche zurück, sein Geist arbeitete auf Hochtouren.

Zu spät erkannte er seinen Fehler. In dem Augenblick sprang die letzte Toilettentür auf und eine Gestalt kam mit der Waffe im Anschlag auf ihn zu. Harry wollte sich umdrehen, seine Hand griff nach dem Pistolenhalfter, doch es war zu spät.

»Hände hoch!«, schrie der Mann.

Harry war ihm in die Falle gegangen, und er wusste, dass der

Bewaffnete nicht zögern würde, ihn zu erschießen, wenn er nicht gehorchte. Langsam nahm er die Hand vom Kolben.

»Gut. Und jetzt nehmen Sie die Waffe *langsam* heraus, nur mit Daumen und Zeigefinger. Mit der linken Hand stellen Sie das Funkgerät aus und werfen beides in die Kabine zu Officer Doolittle.«

Harry tat wie geheißen. Er warf die Pistole und das Funkgerät in die Kabine und blickte sein Gegenüber an. Es gab keinen Zweifel: Das war der Killer, hinter dem er schon so lange her war.

»Schließen Sie die Tür, damit Sie gar nicht erst in Versuchung kommen!« Als Harry die Tür geschlossen hatte, entspannte sich der Mann. »Gut, jetzt fehlen nur noch ein paar Dinge. Knien Sie sich auf den Boden!« Harry zögerte. Der Mann zielte mit der Pistole auf den Raum zwischen Harrys Augen. »Sofort.«

Harry kniete sich hin. Es war die klassische Hinrichtungsposition eines zum Tode Verurteilten.

»Gut«, sagte der Mann. Er ließ die Waffe auf Hüfthöhe sinken, hielt den Lauf jedoch weiterhin auf Harry gerichtet. »Es tut mir leid, das tun zu müssen, aber heute Abend hat Ihre Tochter bestätigt, was ich bereits wusste. Sie sind ein sehr, sehr gefährlicher Mann. Sie haben mich entdeckt, als niemand sonst auch nur ahnte, dass es mich gibt. Wie haben Sie das gemacht?« Als Harry keine Antwort gab, lächelte der Mann. »Wie auch immer. Wir werden noch viel Zeit zum Reden haben, Sie und ich.«

Er steckte die linke Hand in die Tasche und brachte etwas zum Vorschein, das Harry als eine Pistole mit Betäubungspfeilen erkannte. Er richtete sie auf Harry und drückte ab, ohne auch nur eine Sekunde zu zögern.

Harry zuckte zusammen, als ein kleiner Pfeil seitlich in seinen Hals eindrang. Es war ein abscheuliches Gefühl. Aus purem Reflex und dem Gefühl des Selbstschutzes stand er taumelnd auf und versuchte, die Toilettentür zu erreichen.

Doch der Mann mit den veilchenblauen Augen war schneller

als er; er schien mit der Reaktion gerechnet zu haben. Er packte Harry an der Jacke und rammte ihm von hinten das Bein in die Knie, wodurch dieser zu Boden sackte. Einen Moment später begann das starke Beruhigungsmittel zu wirken, und Harrys Blick trübte sich. Die Welt drehte sich ganz unerträglich vor seinen Augen, und in den Sekunden, bevor er die Fähigkeit, zusammenhängend zu sprechen, verlor, blickte er zu dem Mann auf, der triumphierend über ihm stand.

»Bitte … verschonen Sie … Sarah.«

»Keine Sorge, Harry!«, sagte er besänftigend. »*Sie* waren es, auf den ich es die ganze Zeit abgesehen hatte.«

Sarah stieg im Erdgeschoss aus dem Aufzug und blickte sich inmitten der aufgewühlten Menschenmasse um, die darauf wartete, befragt zu werden. Es herrschte das reinste Geschiebe in der Halle, und einzig durch pure Sturheit schaffte Sarah es, überhaupt vorwärtszukommen. Sie drängte nach vorn, so gut sie nur konnte, und bemühte sich, die Aufmerksamkeit eines in der Nähe stehenden Wachmannes auf sich zu lenken.

Dann sah sie ihren Vater, der halb aus der Herrentoilette getragen wurde, halb selbst ging. Er sah stark betrunken aus, sein Kopf rollte schlaff von einer Seite zur anderen, und die Augen starrten unkoordiniert in die Luft. Dann erkannte sie seinen Begleiter. Es war der Killer. Der Mann mit den durchdringenden Augen. Augen, die so blau waren, dass sie fast veilchenfarben waren.

»Aus dem Weg!«

Mit gebieterischer Stimme brüllte Sarah die Leute an, ihr Platz zu machen.

Während sie sich an ihnen vorbeikämpfte, streifte sie einen Wachmann, der seine 9-Millimeter aus dem Pistolenhalfter holte. Auch sie zog ihre Waffe.

Der Mann mit den veilchenblauen Augen sah sie kommen. Er

wirbelte herum, stellte sich mit dem Rücken zu den Türen und hielt Harry als Schutzschild vor seinen Körper. Sarah ging langsamer und richtete die Waffe auf ihn.

»Keine Bewegung!«, rief sie.

Jetzt bemerkten die Leute, dass die junge Dame, die so gerannt war, eine Pistole in der Hand hielt. Sie duckten sich und schrien vor Furcht.

Der Mann mit den veilchenblauen Augen trat einen Schritt zurück, und die Schiebetüren hinter ihm öffneten sich sanft. Er lächelte Sarah über Harrys Schulter hinweg an. Dann griff er mit dem linken Arm um Harrys Hals und öffnete die Hand kurz, um die Splittergranate zu zeigen, vor der er sie gewarnt hatte. Mit dem Finger hielt er den Sicherheitshebel noch gedrückt, jedoch nicht besonders fest. Er grinste Sarah ungeniert an, während er aus der Lobby trat und nun erstmals an der frischen Luft war.

»Ich sagte STOPP!«, brüllte Sarah.

Wäre da nicht die Handgranate, hätte sie längst ihr gesamtes Magazin auf ihn abgefeuert. Ein weiterer Wachmann stellte sich neben sie, und auch er richtete seine halbautomatische 9-Millimeter-Pistole auf den Killer.

Die Reaktion des Bedrohten war einfach und tödlich. Er legte den rechten Arm um Harry und feuerte eine Patrone aus seiner Ruger genau in die Stirn des Wachmanns. Dann fuhr er fort, den halb bewusstlosen Agenten ins Freie zu schleppen. Als Harrys Körper durch die Tür war, schloss sie sich sachte hinter ihnen. In der letztmöglichen Sekunde zwinkerte der Mann mit den veilchenblauen Augen Sarah zu und schleuderte die Handgranate in die Lobby.

Sarah drehte sich um, ihre Augen blickten einen schrecklichen Moment lang in die vielen unschuldigen, entsetzten Gesichter. »Alle runter auf den Boden!«, brüllte sie, während auch sie sich hinter den nächstbesten Schutz – ein dick gepolstertes Sofa – warf.

Sie war gerade hart gelandet und spürte den wogenden Schmerz, den der plötzliche Aufprall verursacht hatte, als die Welt um sie herum explodierte. Menschen wurden wie Stoffpuppen durch die Luft geschleudert. Bruchstücke weiß glühenden Metalls schnitten sich in Fleisch und Knochen oder gruben sich in Wände und Fußboden.

Als das Geräusch der Explosion abnahm, setzte das Schreien ein.

Von allen Seiten strömten Sarah Wehklagen und Angstgeschrei entgegen, als sie langsam aufstand. Einen Moment lang war alles, was sie hören konnte, das anhaltende, laut tönende Echo der Explosion. Dann schüttelte sie den Kopf und blickte auf das Gemetzel um sich herum.

Überall lagen tote oder sterbende Menschen. Vor dem heutigen Tag hätte deren Schmerz sie überwältigt und sie hätte augenblicklich versucht zu helfen, doch in diesem Moment waren alle diese Menschen nicht von Bedeutung. Sarah setzte einen zitternden Fuß vor den anderen, die Glock fest in der Hand, und trat durch eine der gebrochenen Fensterscheiben aus dem Gebäude.

Der Mann mit den veilchenblauen Augen hatte Harry bereits den halben Weg bis zu seinem Van geschleppt, den er an der Seite der James Avenue geparkt hatte. Er bemerkte, dass Sarah ihnen nachsetzte, so schnell sie konnte. Blut tropfte aus ihren Ohren, das Haar war wild zerzaust, ihre Klamotten zerrissen. Sie war ein Wrack. Doch die Waffe in ihrer Hand war echt.

Er fragte sich, was die Reillys so verflucht widerstandsfähig machte. Er riss Harry herum, da er wusste, dass er Sarah aufhalten musste. Er nutzte Harry erneut als Schutzschild und richtete seine Pistole auf Sarahs Kopf. Es könnte ein schwieriger Schuss werden, es war bereits dunkel, und das Zielobjekt bewegte sich; nicht jedoch für jemanden mit seinem Können.

Sarah ahnte, was für ein Schütze er war. Doch es war ihr gleich. Wenn ihr Vater starb, dann war alles vorbei. Sie hatte dann keine

Familie mehr. Wenn das geschah, dann wäre sie lieber tot. Sie hielt die Pistole vor sich ausgestreckt und ging weiter.

Tapferes Mädchen, dachte der Mann mit den veilchenblauen Augen, als sein Finger sich um den Abzug legte.

Sarah sah, wie Harry in einer letzten Trotzhandlung die Hände des Killers nach oben schlug. Der Schuss ging in die Luft. Der Killer knurrte wütend und schlug die Pistole gegen Harrys Schläfe, was diesen in die Ohnmacht beförderte. Er wandte sich erneut Sarah zu und setzte die Pistole jetzt an Harrys Schläfe. Sein Blick bedeutete Sarah, dass er augenblicklich abdrücken werde, wenn sie nicht stehenblieb. Er wirkte jetzt wie ein in die Enge getriebenes Tier, selbst dann noch, als er weiter zum dunkelblauen Van zurückwich.

Es war einer der schlimmsten Momente in Sarahs Leben, tatenlos mit ansehen zu müssen, wie Harry weggeschleppt wurde. Aber sie konnte nichts tun. Wenn sie schoss, würde der Mann mit den funkelnden Augen Harry töten und danach versuchen, sie umzubringen. Sie hatte keine Wahl, sie musste ihn ziehen lassen. Doch immerhin blieb ihr so die Möglichkeit, ihn zu jagen und mit ihm über Harrys Freilassung zu verhandeln. Sie würde alles geben, selbst ihr Leben.

Sarah Reilly war eine tapfere Frau, aber als sie dort stand und beobachtete, wie ihr Vater rückwärts ins Innere des Vans gezerrt wurde und aus ihrem Blickfeld verschwand, begann sie zu zittern. Tränen stiegen ihr in die Augen. Die Scheiben waren so dunkel getönt, dass sie ihren Vater nicht einmal umrisshaft erkennen konnte, als der Motor angelassen wurde.

Wie gelähmt, die Pistole vergeblich im Anschlag, beobachtete sie, wie der Van sich in den Verkehr einfädelte. Der Killer hatte gewonnen.

Da griff Sarah plötzlich an ihr Ohr und riss einen von Jacks Ohrringen heraus. Sie tat es sehr rabiat, doch sie fühlte keinen Schmerz. Dann sprach sie hinein. »Sarah Reilly hier. Der Verdächtige hat den Spezialagenten des FBI, Harry Reilly, als Geisel genommen. Sie fahren auf der Arlington Street nach Norden in einem dunklen Toyota Van; das Nummerschild lautet Cäsar – Anton – Gustav – neun – fünf – drei. Der Verdächtige ist mit einer Handfeuerwaffe bewaffnet und führt möglicherweise auch Sprengstoff mit sich.«

Der Ohrring entglitt ihren Fingern und fiel unbemerkt zu Boden. Tränen rannen ihr über die Wangen, und sie blickte dem Van so lange nach, bis er verschwunden war.

In diesem Moment fühlte Sarah sich innerlich völlig leer. Sie stand stocksteif da, ohne zu wissen, wie sie reagieren sollte und wie sie ihren Vater retten könnte. Eine Woge des Schmerzes brach über sie herein, und sie wollte sich schon geschlagen geben. Aber als sie sich zur rauchenden Lobby umwandte, wurde ihr Blick von etwas gefesselt.

Sie sah einen Mann, der auf das zerstörte Gebäude zulief. Er trug ein T-Shirt, auf dem mit großen Lettern das Logo der Vereinten Nationen prangte. In diesem Moment erinnerte Sarah sich, wo sie das Gesicht des Mannes schon einmal gesehen hatte; er hatte Bates Team in Afghanistan und im Irak angeführt. Ihre Tränen versiegten. Wie von Geisterhand fiel das letzte Puzzleteil an die richtige Stelle.

Sie wusste genau, was zu tun war.

Wie sie den Huckepack-Killer fangen konnten …

Eine ermüdende Benommenheit überfiel sie. Sie steckte langsam die Pistole weg und beobachtete, wie die Schnelleinsatztruppen an ihr vorbei ins Gebäude strömten. Irgendwann stand Drew neben ihr und führte sie sacht zu seinem Wagen.

23

Ganz gleich was Sarah tat, sie konnte nicht schlafen.

Sie lag angezogen in ihrem Bett, umgeben von den gerahmten Bildern des Lebens, das sie einmal geführt hatte, und weinte leise. Drew schlief im Wohnzimmer.

Sarah konnte sich nicht erinnern, dass sie sich jemals so hilflos gefühlt hatte, so verloren und verlassen. Im Laufe der letzten Jahre hatte sie alle negativen Erfahrungen mit dem Verlust ihrer Mutter verglichen und sie im Verhältnis dazu als unwichtig abgetan. Sie hatte geglaubt, dies sei der richtige Weg gewesen, doch jetzt wusste sie, dass sie sich geirrt hatte. Mit der Leere, die das Fehlen ihres Vaters in ihr erzeugte, wurde ihr bewusst, dass sie in all den Jahren niemandem erlaubt hatte, ihr nahezukommen. Selbst Drew hatte sie abgewiesen, weil sie den Gedanken nicht ertragen konnte, möglicherweise noch einen geliebten Menschen zu verlieren.

Es klopfte an der Tür.

Sarah ging lautlos durch den Raum und öffnete. Drew stand in der Dunkelheit.

»Ich wollte mich nur vergewissern, dass es dir gut geht«, sagte er unsicher. »Mal nachsehen, ob du was brauchst.«

Ohne nachzudenken, nahm sie seine Hand und zog ihn in ihr Schlafzimmer. Als sie voreinander standen, nahm sie Drews andere Hand und legte seine Hände um ihre Taille. Sie blickte zu ihm auf, sah die kantigen Züge seines attraktiven Gesichts und fühlte sich geborgen. Die Geste, die ihnen beiden so vertraut war, sagte mehr als alle Worte.

Die Zeit stand still, als sich seine Lippen auf ihren Mund legten. Sein Kuss war anfangs noch zart, zögerlich. Doch dann gab Drew sich seiner Leidenschaft hin.

Als war, als flösse flüssiges Feuer durch ihren Körper, als Drew sie gegen die Wand presste. Sein Mund suchte erneut den ihren und ließ ein leises Stöhnen hören. Plötzlich wich er zurück, seine Augen zeugten von einer Mischung aus Begehren und Verwirrung.

Sarah packte ihn am kurzen, weichen Haar seines Hinterkopfes und zog ihn zurück zu sich. Er leistete keinen Widerstand und drückte sich leidenschaftlich an sie. Ihre Bewegungen wurden rasend. Drew war ein guter Liebhaber, und seine Lippen glitten von ihrem Mund hinunter zum Hals. Sarah schloss die Augen. Sanft schoben ihre Hände seinen Kopf hinunter zu ihren Brüsten.

Er zog ihr die Bluse aus, griff an ihren Rücken und öffnete fachmännisch den Verschluss ihres BHs. Er streifte den seidenen Stoff von ihrer Haut. Die Hitze des Kamins wurde eins mit der Hitze seiner Lippen, die Sarah liebkosten. Zärtlich legten sich seine Lippen um ihre kleinen, perfekt gerundeten Brustwarzen.

Sarahs Atem beschleunigte sich.

Sanft strich sie Drew über das Haar, während sein Kopf tiefer wanderte und er zärtlich ihren Bauch küsste. Seine Lippen waren so warm, und seine Zunge brannte wie Feuer. Seine Hände waren überall, sanft glitten sie über ihre Taille und Hüften. Langsam knöpfte Drew ihre Jeans auf und streifte sie mitsamt Slip in einer Bewegung ab.

Sie beobachtete nun, wie Drew sein Hemd auszog und seine glatte, muskulöse Brust entblößte. Als er abermals näher kam, ließ sie ihre Finger auf seiner ihr so vertrauten Haut spielen. Sie küssten sich wieder, langsamer und inniger als zuvor, und nach einer Weile fiel Drew auf die Knie. Er war ebenso vertraut mit ihrem Körper wie sie mit seinem. Mehrmals brachte er sie an den Rand des Orgasmus.

Sie zog ihn auf die Füße, drückte ihn gegen die Wand und begann, ihm die Hose auszuziehen. Jetzt war sie an der Reihe, seinen Körper mit der Zunge zu liebkosen. Drew stöhnte und zog Sarah zu sich empor.

Mühelos schlang sie die Beine um seine Hüften.

Sie küssten sich, während Drew Sarah zum Bett trug. Er legte sie vorsichtig ab und blieb über ihr. Mit einer schnellen Bewegung warf sie ihn auf den Rücken, setzte sich mit gespreizten Beinen auf ihn und schob ihn in sich hinein. Während sie auf ihm ritt, keuchte er, und sie wusste, dass er sich dem Höhepunkt näherte. Auch sie kam ihm mit jeder Bewegung näher.

Als der Orgasmus sie übermannte, fielen all der Schmerz, die Angst und die Anspannung, die sich in den letzten Wochen aufgebaut hatten, von ihr ab. Sarah spürte eine tiefe Wärme, als Drews Bewegungen langsamer wurden. Sie lagen aufeinander, ihr beider Atem ging schnell, und zum ersten Mal an diesem Tag fühlte sie sich geborgen. Körperlich und seelisch erschöpft, wurde sie vom Schlaf übermannt.

Als Drew aufstand, sich anzog und sie sanft auf die Stirn küsste, bemerkte sie es nicht.

Drew blickte hinauf zur Uhr des FBI-Büros. Er erwartete nicht wirklich, dass sie genauer ging als seine Armbanduhr, doch er hoffte, sie würde ihm bessere Nachrichten bringen.

Es war 16.45 Uhr, und sie mussten noch fünfzehn Minuten warten, bis ihre »Ablösung« aus Washington eintreffen würde, um von Amts wegen das Kommando zu übernehmen. Das Massaker im John Hancock Tower galt als innerstaatlicher Terrorismus und fiel somit nach den Anschlägen vom 11. September in die Zuständigkeit des Heimatschutzministeriums. Das bedeutete, dass ihnen die Kontrolle über den Fall völlig entzogen würde.

Diese Abberufung war erfolgt, nachdem die Medien sich haufenweise auf den Vorfall im John Hancock Tower gestürzt hatten. Die Journalisten hatten wilde Spekulationen über das Ereignis angestellt, bei dem beinahe ein Dutzend Menschen in der Lobby ihr Leben verloren hatten. Weitere Dutzend hatten Verletzungen erlitten, einige schwere. Als das Team wieder im Büro eingetroffen war, hatte Frank sich über eine Stunde zurückgezogen und Anrufe seiner Vorgesetzten entgegengenommen, bevor er schließlich geschlagen wieder aufgetaucht war. Er hatte verkündet, dass Washington, DC, eine ermittelnde Einsatztruppe – was auch immer das sein mochte – schicken werde, die sie »beraten« solle, wie die Situation am besten »gemanagt« werden könne.

Frank hatte sich jeglichen Einwand ihrerseits verbeten. Zu viele Menschen hatten ihr Leben verloren, und da die Medien über frei in der Stadt herumlaufende Terroristen berichteten, würde das FBI nur noch am Rande mitspielen.

Drew hielt das Ganze für kompletten Schwachsinn. Glaubte wirklich jemand, dass ein Haufen Anzugträger aus Washington die Straßen oder Menschen von Boston besser kannte als sie? Außerdem war es einer von ihnen, der als Geisel genommen worden war. Deshalb sollte man ihnen auch erlauben, die ganze Sache selbst zu Ende zu bringen. Sie hätten ihre Arbeit schon gut gemacht. Da musste nur irgendein verdammter TV-Moderator das Wort »Terrorismus« in den Mund nehmen, und schon war ihre Zeit abgelaufen.

Er konnte nicht glauben, dass Frank sich für die Leute vom Ministerium überschlug. War Harry nicht Franks bester Freund? Wollte er das Schicksal seines Freundes wirklich Fremden überlassen? Das war nicht der Frank, den er kannte.

Drew blickte durch den Raum zu Sarah, die sich über ihren Schreibtisch beugte. Er wusste nicht, was die letzte Nacht zu bedeuten hatte, hoffte aber, dass sie wenigstens etwas bedeutete. Sarah durchforstete schon den ganzen Tag Online-Artikel über Afghanistan und den Irak oder so. Er hatte versucht, mit ihr zu reden, als sie am Morgen in die Stadt gefahren waren, doch sie hatte dichtgemacht und nichts preisgegeben.

So sind die Reillys eben, dachte er und fühlte sich augenblicklich schuldig. Gott allein wusste, was Harry in diesem Moment durchmachte. Die Folterarten, die einem geistesgestörten Serienkiller einfallen mochten, wollte er sich lieber nicht ausmalen. Es war nur zu berechtigt, dass Sarah sich in die Arbeit stürzte.

Die letzten Stunden hatte Sarah damit verbracht, alte Ausgaben des *Boston Herald* zu studieren. Sie wusste, dass sie das Gesicht des Mannes, der Bates' Team in Afghanistan angeführt hatte, in einer bestimmten Ausgabe des Blattes gesehen hatte, doch sie konnte sich weder erinnern, in welcher, noch konnte sie sich an den Kontext erinnern, in dem er aufgetaucht war. Sie hatte nur die ausgeprägten Gesichtszüge im Kopf, die ihr von einem verblassten Schwarz-Weiß-Foto in der Zeitung entgegengelächelt hatten.

Sie lehnte sich zurück, trommelte nervös mit den Fingernägeln auf den Tisch und schaute zur Wanduhr hinauf. Es war gleich fünf. Sie blickte zu den anderen Agenten. Augenscheinlich tat niemand viel mehr, als auf die Wanduhr zu starren. Ihre Augen wanderten zum Fenster. Der Anblick der schwächer werdenden Sonne inmitten dünner Wolkenfelder am spätnachmittäglichen Himmel sagte ihr, dass ihr Vater noch eine weitere Nacht vermisst bleiben würde. Er wurde irgendwo da draußen von einem Wahnsinnigen festgehalten und womöglich …

Sie sah wieder auf die Zeitungen, und ihr Herz klopfte wie verrückt. Sie blätterte die Seiten immer schneller und schneller um, um ihren Geist davon abzuhalten, sich Dinge auszumalen, über die sie nicht nachdenken wollte. Immer wenn sie eine Zeitung zur Seite warf, hatte sie bereits die nächste vor sich liegen. Sie nahm die Seiten nur noch als einzigen verschwommenen Fleck wahr, während sie hindurchblätterte, die Finger schwarz vor Druckerschwärze.

Da war er! Es gab keinen Zweifel. Er lächelte den Fotografen auf einer Bostoner Benefizveranstaltung eines UNO-Hilfswerks entgegen. Es stand sogar ein Name neben dem Gesicht: David Harkness. Laut Artikel war er ein Milliardärssohn einer alteingesessenen Familie aus Plymouth.

Sarah lief es eiskalt den Rücken hinunter. Die Veranstaltung hatte am Tag vor dem Zwischenfall in der Gasse in East Boston stattgefunden. Das bedeutete, dass David Harkness in der Stadt gewesen sein musste. Sie wusste, dass er der Mann war, den sie suchte. Er war die treibende Kraft hinter dem Ganzen. Er besaß das Geld und den Einfluss, um Ereignisse in Gang zu setzen und Dinge verschwinden zu lassen.

Sarah googelte seinen Namen auf der Suche nach brauchbaren Informationen. Sie fand nicht viel. Als Kind hatte er über die gesamte Schullaufbahn hinweg Bestnoten behauptet. Er hatte Geschichte und Archäologie in Princeton studiert und seinen Abschluss mit Auszeichnung gemacht. In dem Jahr nach seinem Examen war Harkness in die US Army eingetreten. Dort verlief sich seine Spur.

Ein Plan formte sich in Sarahs Kopf. Sie hörte auf zu lesen und saß einfach nur da, das Kinn auf die Hand gestützt. Sie grübelte immer noch, als eine Gruppe Männer in dunklen Anzügen den offenen Büroraum betrat. Sarah schaltete ihren Computer aus und ging hinüber zu den Kollegen. Sie war nervös und bemerkte dankbar, dass Drew sich neben sie stellte.

Ein großer Mann ging auf sie zu und ließ seine Dienstmarke aufblitzen.

»Samuel Price, Heimatschutzministerium«, sagte er knapp. Er hatte offensichtlich keine Absicht, Höflichkeiten auszutauschen. »Ich habe gehört, Frank Gideon ist Ihr Boss. Wo kann ich ihn finden?«

Als Drew auf Franks Büro wies, nickte der Mann und schritt ohne ein weiteres Wort an ihnen vorbei, gefolgt von seinem halben Dutzend Lakaien.

Sarah beobachtete Price, bis er in Franks Büro verschwunden war, und warf Drew einen flüchtigen Blick zu. Sie versuchte, locker zu bleiben, trotz der Gefühle, die in ihr aufstiegen. Sie setzte sich wieder hin und schaltete den Computer an. Kurze Zeit später hatte sie sich in die Datensätze der Zulassungsstelle von Massachusetts eingeloggt.

Sie tippte einen Namen ein und erhielt sogleich eine ganze Liste mit Adressen, von denen jedoch eine als Hauptwohnsitz gekennzeichnet war. Sie riss den Zeitungsartikel heraus und steckte ihn zusammen mit den Akten über Bates und seine Komplizen in ihre Tasche. Sie nahm eine CD-Hülle aus der untersten Schublade und steckte auch die ein, bevor sie den Reißverschluss zuzog. Sie rückte ein Stück vom Schreibtisch ab, streckte sich, als wäre sie sehr müde, und stand schließlich auf. Sie lächelte Drew unbeholfen an. Sie wollte ihm alles erzählen, durfte das Risiko jedoch nicht eingehen. Sie streifte sich die Tasche über die Schulter und ging ohne ein Wort des Abschieds zu den Aufzügen.

Sarah wusste, was sie zu tun hatte. Sie wappnete sich innerlich, denn ein Zögern konnte sie sich nicht leisten, ebenso wenig Zweifel oder Bedauern. Ein Versagen war ausgeschlossen. Das Leben ihres Vaters stand auf dem Spiel. Als der Aufzug zum Parkplatz hinunterfuhr, schloss sie die Augen und rief sich Harry ins Gedächtnis – doch sie sah nur Lucas' Gesicht.

Harry konnte nicht sagen, seit wann die Wirkung des Beruhigungsmittels nachließ. Die Übelkeit erregende, nahezu konstante Bewegung des Fahrzeugs hatte nicht gerade dazu beigetragen, ihn wach zu halten.

Sein Mund war trocken und fühlte sich an, als sei er mit kratziger Watte vollgestopft. Wenn er sich bewegte, drehte sich ihm der Kopf, doch zweifelsohne konnte er schon wieder klarer denken. Er hatte keine Ahnung, wie spät es war, nicht einmal ob es Tag oder Nacht war. Eine dicke schwarze Augenbinde verhinderte die Sicht, ein Knebel steckte fest in seinem Mund, und seine Hände und Füße waren fachmännisch gefesselt.

Harry spürte, dass der Van von der ebenen Fahrbahn abbog und auf eine holprige Nebenstraße fuhr. Er hoffte, dass sie bald ihr Ziel erreichen würden. Denn solange er sich im Van befand, konnte er nichts tun.

Harry war nicht sicher, was ihn erwartete. Ihm war jedoch klar, dass sein Kidnapper Pläne mit ihm hatte. Ob er ihn foltern würde? Das war nahezu sicher. Ihm fiel kein anderer Grund ein, ihn zu kidnappen, als der, herauszufinden, was genau die Polizei über den Killer wusste. Hätte er Harry aus dem Weg räumen wollen, hätte er nur eine Kugel abzufeuern brauchen.

Harry machte sich keine Illusionen; nur im Film spuckten knallharte Typen ihren Peinigern ins Gesicht. Doch das hier war nicht Hollywood. Das war die reale Welt, und in der realen Welt tat man alles in seiner Macht Stehende, um zu überleben.

Harry zwang sich, sich zu konzentrieren. Ganz gleich wie sinnlos es erschien, er musste einen Plan machen. Er konzentrierte sich auf das Fahrgeräusch, um irgendwelche Anhaltspunkte zu finden, irgendetwas, was ihm einen Hinweis auf das Fahrtziel geben könnte. Er vermutete, dass sie an der Küste entlangfuhren.

Er merkte, dass der Van scharf abbog; auch diese Strecke war uneben und mit lockerem Schotter bedeckt. Zuerst dachte er, sie befänden sich auf einer Zufahrt zu einem Haus, aber nach mehr als zehn Minuten wusste er, dass sie sich auf einer Straße befanden, die zu irgendeinem abgelegenen Ort führte. Es wirkte alles nicht sehr vielversprechend. Harry hatte keine Angst vor dem Tod, doch der Gedanke, Sarah nie mehr wiederzusehen, brach ihm das Herz – er konnte sie nicht allein lassen. Nicht, nachdem sie bereits Louise verloren hatte.

Eine Woge der Trauer übermannte ihn, und er schloss die Augen, riss sie jedoch gleich wieder auf, als er merkte, dass der Van langsamer wurde, einen weiten Bogen fuhr und dann zurücksetzte.

»Sind Sie wach?«, fragte der Killer und erschreckte Harry mit seiner guten Laune. »Wenn nicht, dann wachen Sie auf! Wir sind da.«

Harry hörte, wie der Killer vom Vordersitz sprang und die Tür hinter sich schloss.

Die Seitentür des Vans glitt zur Seite. Starke Hände griffen nach Harry, zerrten ihn heraus und stellten ihn auf die Beine. Harry war schwindelig, und sein Kopf pochte, doch er schaffte es, das Gleichgewicht zu halten, während der Killer seine Fußfesseln löste. Er spürte, dass seine Augenbinde gelöst wurde, und als der feuchte, warme Stoff ihm vom Gesicht gezogen wurde, öffnete er langsam die Augen.

Er blickte sich um. Es war Nacht, doch der Mond stand hoch und gab ausreichend Licht, sodass er erkennen konnte, dass der Van auf einem langen Schotterweg stand, der eine kleine Böschung hinauf und auf ein Haus zuführte. Es gab keine Bäume, nur Büschel von Gras. Irgendwo hinter ihm konnte er das Geräusch sich brechender Wellen hören, und er schmeckte den intensiven Geschmack von Salz in der Luft.

Bevor er mehr in sich aufnehmen konnte, wurde er grob herumgerissen, sodass er dem Killer ins Gesicht schaute. Nachdem er sich so viele Jahre in Gedanken ausgemalt hatte, wie der Mann aussehen mochte, war Harry fast enttäuscht. Mit Ausnahme der auffallend veilchenblauen Augen war der Mann recht unscheinbar. Auf der Straße oder in der Nachbarschaft würde er nicht besonders auffallen. Er war ein ganz gewöhnlicher Mann, der jedoch ein außerordentliches Geschick zu töten besaß und dieses voll auskostete.

»Wissen Sie«, sagte Harry, »ich hatte sie für größer gehalten.«

Überraschend lachte der Killer. »Sehr witzig, Harry.«

»Sie kennen meinen Namen; dürfte ich dann auch Ihren erfahren?«

»Bill Gunther«, sagte der Killer und wandte sich um, als er hörte, dass ein Auto in die Einfahrt bog. Er stieß Harry grob zurück in den Van. »Warten Sie hier! Ich habe noch etwas Geschäftliches zu erledigen, sie sind zu früh dran. Nur ein Sterbenswörtchen, und Sie sehen Sarah nie wieder! Fluchtmöglichkeiten gibt es hier eh nicht.«

Ohne ein weiteres Wort schlug er die Tür zu und ging auf die näher kommenden Scheinwerfer zu.

Harry wusste, dass ein Fluchtversuch sinnlos war, prüfte aber dennoch, ob der Schlüssel noch in der Zündung steckte. Nein, tat er nicht. Er blickte sich um und zog sich hoch, um zu beobachten, was draußen geschah. Ein großer dunkler Lincoln Continental hatte vor dem Van gehalten. Drei kräftig gebaute Männer stiegen aus. Harry hatte ihresgleichen schon einmal gesehen, an den Bürowänden des FBI, in der Abteilung für Organisierte Verbrechen.

»Schön, dass Sie es geschafft haben! Gut, Sie zu sehen«, hörte er Bill Gunther sagen.

»Joseph Pisano lässt Sie grüßen«, sagte ein kleiner Typ mit den Schultern eines Ringers und Stiernacken. »Mein Name ist Don. Das sind meine Partner Vinnie und Michael.«

In den letzten zehn Jahren hatte Bill Gunther sich Waffen und gelegentlich auch Informationen vom »kleinen Joey« Pisano beschafft. Er hatte ordentlich dafür bezahlt und beträchtlich zum Vermögen der Pisano-Familie beigetragen. Er hatte bei Joey den Eindruck erweckt, ein Kopfgeldjäger zu sein. In gewisser Hinsicht stimmte das ja auch.

Er wandte sich an Don. »Ich nehme an, Sie haben alles dabei, was ich bestellt habe?«

Don nickte und führte ihn zum Kofferraum des Lincoln. Er öffnete ihn und trat zur Seite, sodass Gunther den Inhalt begutachten konnte.

Gunther pfiff beeindruckt. Er hatte nicht geglaubt, dass die Pisanos tatsächlich alles beschaffen konnten, was er wollte. Er hatte sich geirrt. Sie hatten alles mitgebracht: neben mehreren brandneuen Maschinenpistolen einen Behälter mit Handgranaten, eine Kiste mit Tretminen, ein Nachtsichtgerät und eine kugelsichere Schutzweste, das allerneueste Modell, das auf dem Markt zu haben war.

Don grinste. »Ihr ganz eigenes Valentinstags-Massaker kann stattfinden. Also, wo sollen wir die Sachen hinstellen?«

Bill Gunther löste den Blick von den Waffen und schaute in die Ferne, die Straße entlang. Alles war dunkel, und es gab keine Anzeichen sich nähernder Scheinwerfer. Überhaupt deutete nichts darauf hin, dass er verfolgt worden war. Das war gut, er brauchte Zeit zur Vorbereitung. Wären die FBI-Leute Harry gefolgt, wären sie bereits hier. Er rieb sich nachdenklich das Kinn.

»Ich zeige Ihnen, wo Sie das Zeug lassen können. Ich hatte Sie nicht so früh erwartet. Ich habe einen Gast, den ich erst mal reinbringen muss.«

»Kein Problem. Die Typen, mit denen Sie rechnen, sind das Cops?«, fragte Don. »FBI-Agenten vielleicht?«

Gunther schaute ihn an und lächelte.

Aus irgendeinem Grund fühlte Don, wie ihm ein kalter Schauer den Rücken hinunterlief.

»FBI«, antwortete Gunther.

»Und wenn die hier aufkreuzen, knallen Sie die ab?«

Don blickte sich um, froh über die Abgeschiedenheit des Ortes.

»Genau.« Gunther blickte auf die Uhr. »Ich werde es meinem Gast etwas bequem machen. Ich bin gleich zurück, um Ihnen zu helfen. Sie können heute hier übernachten, Sie müssen nicht noch zurückfahren. Ich koche Ihnen was.«

Gunther ging zurück zum Van, zog Harry hinaus und trieb ihn vor sich in Richtung Haus. Wenn die drei Männer in Anzügen überrascht waren, einen gefesselten Mann aus Gunthers Van stolpern zu sehen, so ließen sie es sich nicht anmerken. Don hatte keinen Zweifel, dass der Gefesselte ein Cop war. Er zündete sich eine Zigarette an und lehnte sich gegen den Wagen. Aber das geht mich nichts an, dachte er.

»Lassen Sie sich Zeit!«, rief er Gunther zu.

Bill Gunther führte Harry durch die Haustür, an einem offenen Wohnbereich vorbei und eine lange Treppe hinunter in den Keller. Dort herrschte der gleiche modrige Geruch, der allen Kellern eigen ist, die zu lange unbewohnt sind. Harry setzte vorsichtig einen Fuß vor den anderen, bis er einen vollgepackten, schmutzigen Bereich erreichte.

Es gab fast kein Licht, doch im Halbdunklen konnte er an einer Wand eine kleine Tür ausmachen. Sie wirkte äußerst massiv, und in der Mitte befanden sich horizontale Streben zur zusätzlichen Verstärkung.

Harry fühlte den kalten Pistolenlauf in seinem Nacken, als Gunther hinuntergriff, um die kleine Tür mit der freien Hand zu öffnen. Sie schwang weit auf. Gunther betätigte einen Lichtschalter, der sich gleich neben der Tür befand.

Das grelle Licht war fast unerträglich für Harry, und er hielt die gefesselten Hände schützend vor die Augen. Während er halb in den Raum stolperte, halb hineingeschoben wurde, bemerkte er in dessen Mitte einen großen Holzstuhl mit breiten Armlehnen und aufrechter Rückenlehne. Die ledernen Arm- und Beinfesseln, die daran befestigt waren, entgingen ihm nicht, und er wusste, dass er in ernsthaften Schwierigkeiten steckte.

Bevor Harry überhaupt in Erwägung ziehen konnte, vor dem

Stuhl zurückzuweichen, drückte Gunther ihn mit eisernem Griff auf den Stuhl. Mit unnachgiebigen Fingern presste er ihm schmerzhaft die Luftröhre zu, während er mit einer Hand die erste Beinfessel zuzog. Harry konnte zwar kaum Widerstand leisten, doch sicherheitshalber verstärkte Gunther den Druck auf den Hals. Harry würgte. Als Gunther sicher war, dass Harry außer Gefecht gesetzt war, legte er mühelos die zweite Beinfessel an. Er richtete sich auf, löste die Hand von Harrys Hals und zog eine Handfeuerwaffe aus dem Hosenbund. Er hielt den Lauf an Harrys Stirn und befreite dessen Hände von den Fesseln, um die Arme gleich darauf an den Stuhl zu fesseln. Harry wusste, dass es sinnlos war, aber dennoch wand er sich, so gut er konnte, bis Gunther ihm das scharfe Metall des Pistolenlaufs gegen den Kopf stieß. Harry gab auf. Als Gunther ihn vollständig an den Stuhl gebunden hatte, trat er einen Schritt zurück.

»Wie fühlt sich das an?«, fragte er.

»Vielleicht könnten Sie die Handfesseln ein wenig lockern«, sagte Harry. »Sie schneiden mir die Durchblutung ab.«

Bill Gunthers veilchenfarbene Augen flackerten; er lehnte sich vor, um einen Finger in Harrys Hand zu bohren. Dort ließ er ihn mehrere Sekunden, bevor er ihn wieder wegzog. Der weißliche Fleck, den die Fingerkuppe hinterlassen hatte, blieb für einen Moment bleich, doch dann kehrte die natürliche Hautfarbe wieder zurück.

»Nun, ich bin kein Arzt, Harry«, sagte Bill Gunther lächelnd. »Aber ich würde sagen, es ist alles in Ordnung mit Ihnen. Lügen Sie mich nicht an, und denken Sie bitte nicht, dass ich auf irgendwelche billigen Tricks reinfallen werde! Sie sind für lange Zeit hier, also machen Sie es sich gemütlich.« Er wandte sich ab, um den Raum zu verlassen.

»Sie waren mal Soldat, richtig?«, fragte Harry schnell.

Der Mann drehte sich um und musterte sein Opfer. »Das war ich, ja.«

»Waren Sie in Vietnam?«

»Dort und in angrenzenden Gebieten.«

»Darf ich fragen, wo Sie eingesetzt waren?« Harry schaute zu ihm auf, bemüht, Blick und Stimme ruhig, fast freundlich und aufrichtig interessiert wirken zu lassen.

»Ich war bei der Operation Phoenix.« Die veilchenblauen Augen funkelten im Licht.

Harry gefror das Blut. *Phoenix!* Natürlich. Das ergab Sinn. Das Phoenix-Programm war ein von der CIA initiiertes Mordkommando gewesen. Sie hatten unzählige Menschen getötet. Tausende? Zehntausende? Er verfluchte sich, weil er nicht selbst darauf gekommen war.

»Ich sehe, Sie haben bereits davon gehört.« Gunther neigte den Kopf zur Seite. »Sie waren selbst in Vietnam, nicht wahr, Harry?«

»Ja.« Harry nickte. »Aber ich war nur Sanitäter.«

»Es gibt kein *nur* Sanitäter, wenn dein Zug unter feindlichen Beschuss gerät«, erwiderte Gunther bedeutungsvoll. »Ich weiß gar nicht, wie oft ich einen von Ihren Kollegen rufen musste. Ich gelte offiziell immer noch als im Kampf vermisst, wissen Sie? Meine Familie wäre glücklicher, wenn ich tot wäre. Ich bin auf eigene Faust zurück in die Staaten, denn ich wusste schon damals, was bevorstand.«

»Warum tun Sie das, Bill? Es ist offensichtlich, dass Sie etwas Großes planen. Warum erzählen Sie mir nicht davon?«

Gunther lachte. »Sie wollen, dass ich den klassischen Fehler des Film-Bösewichts begehe. Ihnen die ganze Geschichte erzählen, bevor Sie dann mit irgendeiner Tussi im Bikini davonrauschen.«

Er schaute Harry lange an. »In all den Jahren meines Mordens ist nie jemand so nah dran gewesen, mich zu fassen, wie Sie. Ich habe erwogen, Sie einfach zu töten, doch das hätte zu viele Fragen offen gelassen. Indem ich Sie gefangen nehme, kann ich sicher sein, dass jeder, der noch von mir weiß, hier aufkreuzen wird, um nach Ihnen zu suchen. Und wenn niemand kommt, dann weiß ich, dass ich in Sicherheit bin.«

»Und ich bin so oder so tot.«

»Leider ja.«

Gunther zwinkerte ihm im Hinausgehen zu und schaltete das Licht aus. Dann ließ er Harry in der Dunkelheit allein.

24

Sarah fuhr durch die Nacht, den Ellbogen im offenen Fenster aufgestützt, den Kopf auf die Hand gebettet. Die Sterne bildeten tausende kleine Lichttupfer am indigoblauen Himmel. Der Geländewagen rollte über einen Bergrücken und folgte langsam der halbmondförmigen Straße zur Plymouth Bay. Im Vollmond leuchtete der Atlantik zu Sarahs Linken wie flüssiges Quecksilber. Sarah gähnte und drehte das Radio an. Es lief »Run« von Snow Patrol. Die kalte Luft hielt sie wach.

»Fast da«, sagte Sarah leise zu sich selbst. Sie vergaß nicht, das Recovery-System des Wagens sowie den verbliebenen Ohrring von Jack zu deaktivieren, denn sie wollte nicht, dass ihr Aufenthaltsort ermittelt werden konnte. Vielleicht befand sie sich auch schon außerhalb der Reichweite des Senders, doch sie wollte auf Nummer sicher gehen. In der Ferne sah sie eine Gruppe gewaltiger vier- und fünfstöckiger Villen, die am südlichsten Ende der Bucht errichtet worden waren.

Sie drückte aufs Gaspedal und hielt darauf zu.

Jack war besorgt. Sarah war verschwunden, ohne jemandem gesagt zu haben, wohin. Die Beamten des Heimatschutzministeriums waren darüber verärgert. Sie hatten Jack nach Informationen ausgequetscht und waren dann gegangen. Ihm hatten die Fragen nicht gefallen. Er wusste, dass die Regierung in Fällen, bei denen Zivilpersonen ums Leben gekommen waren, stets einen Schuldigen suchten. Doch Jack würde nicht zulassen, dass Sarah oder Drew dafür herhalten mussten.

Nachdem alle das Büro verlassen hatten, war Jack heimlich wieder hineingeschlichen. Er hatte die Feuertreppe genommen und sich an einem Wachmann vorbei geredet. Was er vorhatte, war nicht schwierig, und er benötigte einen Satellitenzugang – und die Datenbank der Außenstelle. Jack brauchte nicht lange, um herauszufinden, dass Sarah das Recovery-System ihres Autos ausgeschaltet hatte, doch er wettete, dass sie nicht an ihr Handy gedacht hatte. Darüber könnte er sie aufspüren, wenn auch nur bis zu einem gewissen Exaktheitsgrad. Die meisten Mobiltelefone hatten eine integrierte Fernmess- und Navigationstechnik, über die ermittelt werden konnte, von wo aus ein Anruf getätigt worden war. Was Jack jedoch brauchte, war eine geographisch sehr viel genauere Ortung.

Für diese Ortung würde Jack ein Bundesverbrechen begehen. Mehrere sogar, einschließlich dem, sich für einen ranghohen FBI-Beamten auszugeben. Denn Jack kannte Frank Gideons Zugangscodes, und er würde sie, ohne zu zögern, anwenden, um Sarah zu finden.

Er wollte sich Zugang über einen Großteil der Telekommunikations-Infrastruktur der Ostküste der Vereinigten Staaten verschaffen. Jack nahm sich einen Moment Zeit, knackte mit den Knöcheln, senkte die Finger auf die Tastatur und legte los. Er tippte eine Zeile nach der nächsten ein und manipulierte das Sicherheitsprotokoll der Datenbank, um sich in die automatisierten Kontrollnetzwerke der Signalanbieter in jedem Staat einzuloggen.

Zehn Minuten später suchte Jack anhand von Mobilfunk-Sendemasten nach Sarahs Signal. Ein Mast, der ihr Signal empfing, würde schon ausreichen, um ihre Position annähernd zu bestimmen. Wenn er erst einmal eine grobe Vorstellung davon hatte, wo sie war, konnte er andere Sender anweisen, nach dem Signal zu suchen, und von dort an könnte er die Position des Handys bis auf wenige Meter eingrenzen.

Er hoffte, dass er sie fand, bevor sie etwas Schwerwiegendes tat.

Sarah brachte den Wagen vor den Toren einer exklusiven Wohnanlage zum Stehen. Der Eingang erinnerte an ein Hochsicherheitsgefängnis. Die Anlage glich einer Festung. Die Hecken waren zu Skulpturen geformt, und es gab aufwändige Wasserspiele, die von titanverstärkten Zäunen umgeben waren. Auf deren Posten waren Kameras montiert, sicherlich Teil eines Überwachungssystems, das rund um die Uhr in Betrieb war. Dies war nicht nur irgendein nobler Bezirk, es war der Vorort, in dem ehemalige Präsidenten Seite an Seite mit Filmstars und Internet-Milliardären residierten. Nie im Leben würde sie sich unbemerkt hineinschleichen können.

Nachdem ein pokergesichtiger Sicherheitsbedienster einen flüchtigen Blick auf ihren FBI-Ausweis geworfen hatte, durfte Sarah das Tor passieren. Je weiter sie den Hang hinauffuhr, desto imposanter schienen die Häuser zu werden, bis schließlich nur noch hohe Tore mit eigenen Kameras zur Videoüberwachung zu sehen waren. Die letzten Pforten waren gigantisch – hohe Metalltore aus schwerem schwarzen Stahl, flankiert von zwei Megalithsäulen, auf denen gigantische Löwenstatuen aus Granit thronten. Das Gelände fiel ab und gab den Blick frei auf eine große, gepflegte Rasenfläche. Vereinzelte Nadelbäume schützten die Bewohner vor neugierigen Blicken.

Sarah fuhr langsamer und hielt neben einer Gegensprechanlage; sie befand sich direkt unter einer Überwachungskamera, die auf einem knapp drei Meter hohen Pfosten montiert war. Automatisch tauchten Scheinwerfer ihren Explorer in ein brutales weißes Licht. Kameras schwenkten umher und zoomten ihn näher heran.

Sarah kurbelte das Fenster herunter und hielt ihren Dienstausweis in die nächste Kamera. »Agentin Sarah Reilly, FBI.«

»Hallo, Agentin Reilly«, sagte eine tiefe Stimme ohne die leiseste Spur von Überraschung. »Was können wir für Sie tun?«

»Empfängt Ihr Chef heute Abend Besucher? Ich wollte ihn bitten, mir bei einem Fall weiterzuhelfen, an dem ich gerade arbeite.«

Es herrschte eine sehr lange Pause, bevor die Stimme sich wieder meldete. »In Ordnung. Bitte fahren Sie zum Haupthaus vor!«

Ein leises Summen ertönte, und die Tore öffneten sich langsam nach innen. Sarah fuhr hindurch. Dahinter sah sie einen von Kopf bis Fuß in Schwarz gekleideten Mann, vor dessen Oberkörper eine Maschinenpistole an einem Nylon-Riemen baumelte. Seine Augen, die hinter der Gesichtsmaske kaum sichtbar waren, verfolgten jeden Zentimeter ihres Weges.

Sarah umklammerte das Steuer und fuhr die baumgesäumte Auffahrt hinauf. Nach wenigen Augenblicken tauchte ein gigantisches Herrenhaus im georgianischen Stil vor ihr auf. Der Vorhof, ein Brunnen und die Fassade waren in goldenes Licht getaucht, was dem Ort eine unheimliche Atmosphäre verlieh. Sie stieg aus und ging die Stufen hinauf, die zu der doppelten Eingangstür führten. Einer der Flügel war nur angelehnt. Davor stand ein vornehm aussehender Mann; sein Haar war so weiß wie Schnee, seine Haut rötlich braun. Nervös hängte Sarah sich ihre Handtasche über die Schulter.

»Guten Abend, Agentin Reilly«, sagte der Mann in derselben melodiösen Stimme, die sie bereits am Tor begrüßt hatte.

»Guten Abend ...«

»Ralston ist mein Name, gnädige Frau.« Er wies höflich zur Tür. »Wenn Sie so freundlich wären, mir zu folgen, dann führe ich Sie hinein. Ich fürchte, der Sir ist in einer Besprechung. Ich werde ihm Bescheid geben, dass Sie hier sind.«

Ralston bedeutete Sarah durch eine Handbewegung, vor ihm einzutreten, und folgte ihr in die höhlenartige Eingangshalle. Das

Innere der Villa stand dem, was Sarah draußen gesehen hatte, an Eleganz nicht nach.

Die Farben waren gedeckt und verbreiteten sowohl das Gefühl von Weite als auch von Wärme. Antike Holzböden glänzten unter ihren Füßen, bis sie schließlich über einen kleinen handgewebten Teppich in einer Vielzahl tiefer, kräftiger Töne schritten – entweder persischer oder afghanischer Herkunft, Sarah wusste es nicht. Geschmackvolle Gemälde zierten die Wände, Bildnisse gutgekleideter, ernst wirkender Männer mischten sich gelegentlich mit schottischen Landschaften. Im Treppenaufgang prangte ein Familienwappen gleich gegenüber vom Eingang. Es zeigte die Silhouette eines Hochlandhirsches mit stolz erhobenem Geweih; darüber, in einer behandschuhten Hand, war ein langer Bogen angebracht.

Ralston nahm Sarah den Mantel ab und verschwand damit. Als er fort war, bewunderte Sarah ein an der Wand hängendes antikes Schwert, dessen breite Klinge nach unten zeigte. Es war fast zwei Meter lang, sodass es eines Riesen bedurft hätte, um es zu führen.

Sie bemerkte nicht, wie ein Berg von Mann sich ihr von hinten näherte. Sie sah ihn erst, als sein massiger Körper sich in der Klinge des Schwertes widerspiegelte. Sarah schwang herum, doch der Mann hielt Abstand.

»Es tut mir leid, Agentin Reilly, doch ich muss Sie bitten, Ihre Waffen bei mir zu hinterlegen.«

»FBI-Agenten geben ihre Waffen nie aus der Hand«, erwiderte Sarah.

»Sie tun es, wenn sie mit dem Boss sprechen wollen«, konterte der Mann. »Ich bedaure, aber das ist die Eintrittsbedingung. Ausnahmen gibt es nicht.«

Da Sarah keine andere Wahl blieb, fügte sie sich und hob die Arme, während er einen Metall-Detektor-Stab an ihr vorbeiführte. Sie zog die 9-Millimeter von Smith & Wesson aus dem Hosenbund und reichte sie dem Mann.

Er verstaute die Pistole unter seinem Anzug. »Sie müssen nicht lange warten. Ich soll hier bei Ihnen bleiben, bis er kommt.«

»In Ordnung. Wenn wir schon eine gewisse Zeit miteinander verbringen, dann schlage ich vor, dass wir uns miteinander bekanntmachen.«

»John Tanner«, sagte der Mann und schüttelte ihre ausgestreckte Hand. »Aber die meisten nennen mich Bull.«

Jack rieb sich die schmerzenden Augenlider. Seit mehr als einer Stunde starrte er intensiv auf den Computerbildschirm, und die Hunderte kleiner leuchtender Codelinien bereiteten ihm allmählich Kopfschmerzen. Dennoch ließ er nicht locker. Es war schon nach Mitternacht, und er hatte erst sehr wenige Erfolge zu verzeichnen.

Der erste Sendemast hatte Sarahs Telefon mühelos orten können, und nach und nach hatte er weitere gefunden, die ihre Position eingrenzen konnten. So hatte er herausgefunden, dass sie in Richtung Süden fuhr. Doch jede Peilung, die er erhielt, war nur ungefähr zehn Minuten lang verwendbar, bevor er den gesamten Ablauf wiederholen musste.

Was er wusste, war, dass sie die Küste entlangfuhr. Ein Teil von ihm fürchtete, dass er überreagierte und Sarah sein Handeln als Einmischung betrachten würde. Aber er hatte Sarah sehr gern. Die Vorstellung, dass ihr etwas zustoßen könnte, fand er unerträglich. Nicht dass er sie für unfähig hielt, auf sich selbst aufzupassen. Ganz und gar nicht. Er wollte nur einfach jedes Risiko ausschließen.

Jack machte eine Pause, um sich einen Kaffee zu holen. Als er sich wieder hinsetzte und auf den Bildschirm blickte, war er entsetzt – Sarahs Signal war verschwunden.

Hektisch startete Jack ein Spurenermittlungsprogramm, um zu sehen, ob eine der Telefongesellschaften sein Eingreifen bemerkt und ihn aus der Leitung geworfen hatte. Es war alles normal, und sein Überwachungssystem zeigte ihm an, dass die Programme aktiv und unerkannt waren.

Denk nach, Jack! Entweder ist ihr Handy kaputt, oder ihr Signal ist blockiert worden. Nichts von alldem verhieß Gutes.

Das Geräusch einer Zugangskarte, die in das elektronische Türschloss gesteckt wurde, ließ ihn aufschrecken.

Er duckte sich hinter den Kaffeeautomaten, doch von dort aus konnte er nur sehr wenig erkennen. Er sah lediglich zwei schwarz gekleidete Beine, die den Raum betraten. Sie hielten genau vor seinem Computertisch. *Verdammt!* Ihm fiel ein, dass er den Monitor nicht ausgeschaltet hatte. So war es eben mit ihm. Er konnte noch so sehr davon träumen, der lässige James-Bond-Typ zu sein, Tatsache war einfach, dass er ein Techniker war und kein Geheimagent.

Er beobachtete die Beine. Vermutlich blickte der Unbekannte gerade auf den Bildschirm. Jack stöhnte leise. Jetzt war alles vorbei. Wer auch immer es war, er würde ganz genau wissen, woran er gearbeitet hatte. Schicksalsergeben kam er aus seinem Versteck – und stand Frank Gideon gegenüber.

»Ich wusste, dass Sie dahinterstecken«, sagte Frank. »Ich erkenne Ihre Arbeit, wenn ich sie sehe.«

Jack lächelte seinen Boss entschuldigend an und betete, dass der ihn nicht feuern oder ins Gefängnis bringen würde.

»Es tut mir leid, Sir«, sagte Jack. »Ich habe keine Entschuldigung für mein Handeln.«

»Sparen Sie sich das!«, unterbrach Frank ihn. »Ich bin nicht hier, um sie zu verhaften. Sie können dem Himmel Dank sagen, dass ich es war, der sie erwischt hat, und nicht diese Trottel vom Heimatschutz. Sie haben den ganzen Abend nach Drew und Sarah gesucht. Sie werden immer ärgerlicher, und ich habe darunter zu leiden.«

»Ich gehe runter und erkläre –«

»Schon gut!«, schnitt Frank ihm das Wort ab. Er blickte den

jungen Mann sehr ernst an, als versuche er, ihn einzuschätzen. »Ich mag keine Leute, die von außerhalb kommen und meinen Fall übernehmen, Jack. Das ist der sichere Weg in die Katastrophe. Ich will nicht, dass die Dinge den Bach runtergehen, nur weil wir die Ermittlungen aus der Hand gegeben haben. Ich will sagen können – wenn auch zu niemand anderem, so wenigstens zu mir selber –, dass wir unser Bestes gegeben haben.« Er lächelte. »Also was ist, werden Sie mir helfen?«

Jack lächelte breit und glitt auf den Stuhl, den Frank ihm hinschob. Ohne Zeit zu vertrödeln, setzte er genau da wieder an, wo er aufgehört hatte, und informierte Frank über seine Ergebnisse.

»Wie lange wird es noch dauern?«, fragte der.

Jack kaute auf seiner Unterlippe. »Das hier ist keine leichte Sache; ich muss mich noch durch ein paar verschlüsselte Systeme hacken und Software herunterladen. Wenn es so weit ist, können wir Sarahs Aufenthaltsort aber besser eingrenzen.«

»Dann halten Sie sich ran!«, sagte Frank und zog sich einen Stuhl heran.

Sarah stand schweigend neben Bull. Sie warf einen Blick in den großen verzierten Spiegel, der neben dem Eingangsbereich hing. Die Schwellung um ihr rechtes Auge war fast völlig zurückgegangen, doch es sah noch immer ziemlich geschunden aus. Sie nutzte den Moment, um ihr Haar glattzustreichen, als eine Stimme sie unterbrach.

»Ich hatte geglaubt, dass jemand so Hübsches es nicht nötig hätte, sich herzurichten.« Die Stimme kam von oberhalb der Treppe, sie war ruhig und flößte Respekt ein.

Sarah drehte sich auf dem Absatz um, schaute zu dem Mann auf und setzte ihr strahlendstes Lächeln auf. »Ich hoffe, Sie beschuldigen eine Ermittlerin nicht der Eitelkeit.«

»Gott bewahre!«, erwiderte David Harkness und stieg die

Stufen hinunter. Er trug einen weiten schwarzen Rollkragenpullover, Bluejeans und dick besohlte Wanderstiefel.

»Ich bin sicher, so etwas würde eine entsetzlich harte Strafe nach sich ziehen.«

»Oh, absolut«, sagte Sarah und trat hinüber zum Treppenabsatz.

Ihr Timing war perfekt, sie kam genau in dem Moment dort an, als auch Harkness die letzten Stufen erreicht hatte. Instinktiv hob sie die rechte Hand, um ihren Dienstausweis zu ziehen, doch Harkness reagierte schnell auf ihre Bewegung und schüttelte ihr ungezwungen die Hand. Er hielt sie ein wenig länger als üblich, bevor er sie wieder losließ.

Sarah war überrascht. Sie hatte David Harkness als den üblichen verwöhnten Playboy abgetan. Doch wie sie so dort stand und in seine blau-grünen Augen blickte, wurde sie von seiner Gegenwart nahezu überwältigt. Sie ermahnte sich, nicht näher an ihn heranzurücken, und war verblüfft, sich genau dabei zu ertappen; sie hatte sich unbewusst vorgebeugt und streifte sich nun vereinzelte Haarlocken hinter das Ohr.

Sie fasste sich wieder und löste sich von seinem Blick. »Es tut mir leid, dass ich mich so aufdränge, Mr Harkness –«

»David.«

»Ja … David. Danke. Ich habe mich gefragt, ob Sie vielleicht eine Angelegenheit mit mir besprechen würden, die mit ihrer kürzlichen Fahrt nach Boston in Zusammenhang steht.« Sarah drehte sich um, um Bull anzublicken, doch der war verschwunden.

»Die UNO-Sache?«, fragte er. »Ja, natürlich. Nur erwarten Sie nicht, dass ich mich an irgendetwas erinnere, was dort geredet wurde. UN-Bürokraten sind die langweiligsten Menschen auf diesem Planeten. Sie befriedigen die Egos der Idioten, die ihren Zwecken dienlich sind – wie die des furchtbaren Hollywood-Pärchens, das den gesamten Planeten abklappert, um sich an den exotischsten Orten Babys zuzulegen.«

»In der Beilage des *Boston Harold* sah es so aus, als ob sie sich ganz gut amüsiert hätten.«

»Es ist wichtig, die Leute in dem Glauben zu lassen, dass man mit ihnen und ihren Anliegen sympathisiert. Dann fühlen sie sich nicht von einem bedroht.«

»Wieso sollte die UNO sich von Ihnen bedroht fühlen?«

»Nicht von mir – meinem Unternehmen. Die UNO erhält starke Unterstützung von den Nationen, die Amerika verachten. Bisweilen habe ich geschäftlich mit diesen Ländern zu tun. Also muss man … flexibel bleiben.«

»Oder zumindest so tun.«

»Genau«, sagte Harkness und lächelte ihr zu.

»Sie sind ein Mann mit klaren Zielen, David.«

»Ich denke, Zielstrebigkeit ist eine Eigenschaft, die uns verbindet, Sarah.«

Sarah studierte David Harkness. Konnte dieser Mann wirklich für den Mord an einem Kind verantwortlich sein? Sarah wusste, dass es der Fall war. Und dennoch – wie sie so dastand und ihn anschaute, konnte sie es kaum glauben. Nach außen hin war er die Inkarnation eines Caravaggio-Motivs: der schöne, weise und mächtige Kriegerkönig. Seine Autorität wirkte natürlich, seine Anziehungskraft grenzenlos.

»Nun«, sagte Harkness, als das Schweigen sich dehnte, »Sie haben einen weiten Weg hinter sich, und ich nehme an, dass Sie hungrig sind. Ich habe mir erlaubt, meinen Koch zu bitten, uns rasch etwas zu zaubern. Ich hoffe, Sie haben nichts dagegen, ein wenig zu essen, während wir uns unterhalten.«

Sarah schüttelte den Kopf.

Er führte sie an der Treppe vorbei und durch eine Tür, die in einer Nische lag. Zusammen gingen sie einen langen Flur entlang; gelegentlich wurde die Nüchternheit des Ortes durch eine Marmorbüste oder eine mittelalterliche Rüstung gemildert.

Schließlich betraten sie einen großen, dunkel getäfelten Speiseraum mit einem langen Tisch. Die Farben in diesem Raum glichen weitgehend denen der anderen Bereiche des Hauses: Sie waren warm und verliehen ihm eine Art Intimität. Ästhetisch ansprechend, dachte Sarah, wenn auch unpersönlich.

Ralston betrat den Raum, als sie sich gerade hinsetzen wollten. Er trug ein Tablett mit Tellern und großen Servierschüsseln. Der Wohlgeruch dampfenden, herzhaften italienischen Essens erinnerte Sarah daran, wie hungrig sie war. Sie hatte seit dem Morgen nichts mehr gegessen, was ihr ebenso wie eine Ewigkeit vorkam wie die Entführung ihres Vaters, die gerade etwas über vierundzwanzig Stunden zurücklag. Sie schob den Gedanken an ihren Vater beiseite – sie durfte vor Harkness nicht emotional werden. Sie musste konzentriert bleiben – das war der einzige Weg, wie sie ihren Vater retten könnte.

Ralston stellte eine köstlich aussehende Lasagne und eine Schüssel Salat vor sie hin. Dann ging er zur anderen Seite des Raums, kehrte mit einer Flasche sehr altem Haut-Brion zurück und erbot sich, jedem von ihnen einen kräftigen Schluck einzuschenken. Sarah lehnte zunächst ab, doch als sie sah, wie die tiefrote Flüssigkeit langsam in Harkness' Kristallglas floss, überlegte sie es sich anders. Ein Glas Wein würde sicherlich helfen, ihre Nerven zu beruhigen.

Harkness erhob sein Glas. »Auf dass unseren jeweiligen Bestrebungen das Glück hold sei!«, sagte er und nippte an seinem Wein.

Sarah hob ebenfalls ihr Glas, doch die ganze Szene erschien ihr vollkommen surreal. Lucas war tot, ihr Vater steckte weiß Gott wo, und sie saß hier und aß und trank, als sei nichts geschehen. Sie hätte Harkness am liebsten geschüttelt, um ihn dazu zu bringen, ihr alles zu sagen und sich bereit zu erklären, ihr zu helfen, ihren Vater zu finden. Doch sie wusste, dass sie ihr Ziel so nicht erreichen würde. Sie musste sein Spiel mitspielen. Deshalb aß sie schweigend, verwundert darüber, dass jemand in einem solchen

Luxus leben konnte. Als sie schließlich zu Ende gegessen hatten, wischte Harkness sich den Mund mit einer seidenen Serviette ab.

»Nun«, sagte er, während er die Serviette ablegte, »nicht, dass ich Sie drängen möchte, denn Ihre Gesellschaft ist mir – offen gestanden – sehr willkommen. Doch ich bin neugierig zu erfahren, was Sie dazu bewogen hat, mich zu so später Stunde noch aufzusuchen.«

Zögernd setzte Sarah an, ihm von der Geheimoperation in East Boston, der Entführung ihres Verdächtigen und seiner Ermordung zu erzählen. Als sie von Lucas' Entdeckung und dessen brutaler Ermordung erzählte, bemühte sie sich, ihre Gefühle unter Kontrolle zu halten. Sie berichtete alles, was bis zum jetzigen Zeitpunkt geschehen war, erwähnte jedoch absichtlich mit keinem Sterbenswort den Mann mit den veilchenblauen Augen.

David wirkte fasziniert. Als sie zu Ende erzählt hatte, saß er einen Moment lang schweigend da, die Hände vor sich auf dem Tisch übereinandergelegt; er schien tief in Gedanken versunken zu sein. Schließlich lehnte er sich zurück und verschränkte die Arme vor der Brust.

»Das ist fast zu viel, um es zu glauben«, sagte er und blickte Sarah ernst an. »Ich nehme an, Sie sind sich der Informationen, ihrer Richtigkeit und so weiter sicher?« Als Sarah nickte, seufzte er. »Natürlich werde ich Sie mit allen Mitteln unterstützen. Zu gern würde ich Ihnen bei den Ermittlungen behilflich sein.«

Sarah trank den letzten Schluck Wein aus und stellte das Glas zur Seite. Sie hielt einen Moment lang inne.

Und überlegte.

Sarah war sich dessen bewusst, dass Harkness sie anschaute, und sie lächelte ihn freundlich an. Dann griff sie nach ihrer Tasche und zog die Dokumente der Steuerbehörde und des Verteidigungsministeriums hervor.

»Es gibt ein paar Dinge, die Sie mir vielleicht erklären können.« Sie legte die Papiere vor sich auf den Tisch und schob sie Harkness hin. »Der Mann, der mich in der Gasse in East Boston betäubt hat, arbeitet für Sie. Sein Name ist Sebastian Bates. Sie haben zusammen in Afghanistan und dem Irak gedient, und er arbeitet für Ihr Unternehmen. Er muss außergewöhnliche Arbeit leisten, um die dreihunderttausend Dollar wert zu sein, die Sie ihm und etlichen anderen ehemaligen Spezialkräften jährlich zahlen. Wissen Sie, was ich glaube?«

»Ich bin sicher, Sie werden es mir jeden Moment verraten«, erwiderte Harkness, ohne von den Dokumenten aufzuschauen, die er durchblätterte.

»Ich glaube, dass Sie und Ihr Team ziemlich beschäftigt waren, seit Sie aus dem Nahen Osten zurückgekehrt sind. Damit beschäftigt, systematisch Serienkiller zu eliminieren – quer durch die Vereinigten Staaten. Was einige vermutlich als den größten grotesken Irrtum des öffentlichen Dienstes betrachten werden, der ihnen je untergekommen ist.«

Sarah wusste nicht, wie Harkness reagieren würde. Sie lehnte sich zurück, schaute ihren Gastgeber an und wartete.

25

Drew saß geduckt am Steuer seines Wagens, den er etwas abseits vor den geschlossenen Sicherheitstoren der Siedlung geparkt hatte. Er war Sarah gefolgt, nachdem sie das Büro verlassen hatte. Sollte sie je wieder mit ihm reden, würde er ihr raten, in Zukunft vorsichtiger zu sein und immer den Rückspiegel im Auge zu behalten. Sie hatte garantiert nicht mitbekommen, dass er ihr gefolgt war.

Regentropfen fielen auf die Windschutzscheibe. Der Wind vom Meer schien aufzufrischen, und über dem östlichen Horizont ballten sich Wolken zusammen. Er zog den dunklen Anorak fester um sich und wünschte, er könne den Motor anmachen, um sich aufzuwärmen.

Drew hatte keine Ahnung, wieso Sarah hier gehalten hatte. Er hatte über Funk Informationen zu der Adresse angefordert, und ihm waren die Namen der Anwohner genannt worden. Das letzte Grundstück gehörte offensichtlich einem David Harkness – der einzige Name, der ihm nichts sagte. Drew holte einen Kaugummi aus der Tasche, steckte ihn in den Mund und dachte nach. Wieso die ganze Fahrt, nur um diesen Kerl zu treffen?

Die gesamte Situation war seiner Meinung nach viel zu verfahren. Wenn dieser ganze Scheiß erst vorüber war, würde er sich mit Sarah hinsetzen und darüber reden, was sie beide wollten. Er selbst wollte mehr als alles in der Welt, dass sie ihre Beziehung wieder aufnahmen. Doch auch unabhängig davon musste die Sache geklärt werden. Er konnte nicht einfach nur weiter hoffen.

Eine weitere Stunde verstrich lautlos; es nieselte immer noch.

Er blickte auf die Uhr. Wo blieb sie so lange? Er wusste, dass Frank ausflippen würde. Bis jetzt hatte er sich noch gar keine Gedanken darüber gemacht, was Frank von ihrer beider Verschwinden halten würde. Doch nun wurde ihm klar, dass er sich zumindest bei ihm melden musste. Sein Boss würde gewiss verärgert sein, weil er sich davongeschlichen hatte, aber er hatte Sarah doch nicht einfach allein lassen können in dieser merkwürdigen Mission, die sie sich da in den Kopf gesetzt hatte. Das musste Frank verstehen.

Drew wählte Franks Nummer und drückte auf die Anruftaste seines Handys. Als er es ans Ohr führte, fluchte er und zog es abrupt wieder weg. Das verdammte Ding hatte ihn fast taub gemacht, ein lautes, schrilles Pfeifen ertönte aus dem Hörer. Zuerst dachte er, es läge an der schlechten Verbindung, doch als er es noch einmal versuchte, passierte das Gleiche. Er ließ die Klappe seines Handys zuschnappen, steckte es wieder in die Tasche und versuchte, es sich bequem zu machen. Es sah nach einer langen Nacht aus.

Sarah beobachtete Harkness' Gesicht, während er die Dokumente durchblätterte. Ihr Herz klopfte aufgeregt, und sie fühlte eine warme Röte, die ihre Wangen überzog, hatte jedoch keine Angst. Wenn überhaupt, dann war sie wütend über seine Arroganz.

Zunächst rührte er sich weder, noch sprach er. Er saß einfach nur steif da, den kalten Blick auf die Dokumente geheftet. Wenn er erschrocken war, verbarg er es gut.

»Ich dachte, meine Leute hätten alle Spuren beseitigt, die zu mir führen könnten.«

»Um die Steuerbehörde kommt keiner herum«, erwiderte Sarah schnell.

»Abgesehen von diesen Dokumenten – die nichts beweisen –, was wissen Sie noch?«

Sarah starrte regungslos zurück. »Ich weiß genug.«

»Was haben Sie vor?«

»Ich weiß es noch nicht«, erklärte Sarah in unverändertem Tonfall. »Ich weiß genug über Ihre Aktivitäten, um Sie zu erledigen, doch ich habe auch noch Fragen, auf die ich eine Antwort brauche.«

Harkness deutete ein Lächeln an und lehnte sich zurück. Er wedelte elegant mit der rechten Hand, um Sarah einzuladen fortzufahren.

»Wie lange tun Sie das schon … diese Männer töten?«, fragte Sarah.

»Lange genug.«

»Ihre Opfer sind immer Serienkiller?

»Ja.«

»Und wie wählen Sie die aus?«

»Indem wir die laufenden Ermittlungen beobachten. Wenn wir glauben, dass die Schuld des Verdächtigen mit ausreichender Sicherheit festgestellt wurde, greifen wir zu.«

»Haben Sie den Mann getötet, den ich in East Boston festnehmen wollte?«

»Dazu kommen wir später«, erklärte Harkness knapp.

So wie er die Augen jetzt von ihr abwandte, war klar, dass er sich nicht auf spezifische Details festlegen wollte. Er riss das Ruder abrupt herum, indem er seiner Stimme einen appellierenden Charakter verlieh.

»Sie als FBI-Agentin kennen doch all die Gräuel, die kranke, gestörte Menschen an Unschuldigen verüben, und können verstehen, warum wir tun, was wir tun. Wie oft haben Sie wochenlang an einem Fall gearbeitet, sich unermüdlich an ihren Mann herangepirscht, nur um zu erfahren, dass der Fall wegen irgendeiner dummen Formsache vor Gericht niedergeschlagen wurde? Oder wie oft ist ein Verdächtiger schon der Todesstrafe entkommen und verbringt stattdessen den Rest seiner Tage verhältnismäßig luxuriös im Irrenhaus? Wieso sollen wir als Gesellschaft solche Gräueltaten dulden und das Leben der Täter sogar noch subventionieren? All das nur, weil eine kleine, lautstarke Minderheit nicht das Rückgrat besitzt, das zu tun, was getan werden muss? Das können wir nicht hinnehmen. Und es ist keine Angelegenheit für Schwächlinge. Es ist eine Angelegenheit für *ernsthafte* Leute – solche, die den Mut haben, das zu tun, worüber andere nicht einmal nachdenken wollen.«

Er legte die Hände vor sich auf den Tisch und schaute ihr tief in die Augen. »Es geht um den Tod unschuldiger Menschen, Menschen, die nie jemandem etwas zuleide getan haben. Wie können wir ihr Leid so gleichgültig abtun? Ich weiß, wovon ich rede – ich habe gesehen, wie Unschuldige getötet wurden. Wie können wir guten Gewissens behaupten, darauf hinzuarbeiten, dass es keine Killer wie Gacy oder Bundy mehr geben wird?«

Innerlich kochte Sarah bei seinen Worten. Sie wollte aufspringen und fordern, dass er ihr erklärte, was ihm dann das Recht gegeben habe, Lucas zu töten, einen Jungen, dessen einziges Verbrechen darin bestanden hatte, zur falschen Zeit am falschen Ort gewesen zu sein. Und was sollte dieser Scheiß von wegen »wissen, wovon er redet«? Wie hatte er Lucas ermorden können, wenn ihm die Unschuldigen angeblich so am Herzen lagen?

Nach außen gab sie sich jedoch nachdenklich; sie lauschte aufmerksam.

»Ich weiß, was Ihnen durch den Kopf geht«, fuhr Harkness fort. »Sie denken an das Kind – die einzige Person, die zu eliminieren wir gezwungen waren. Glauben Sie ernsthaft, dass wir seinen Tod in irgendeiner Form *gewollt* hätten?« Sein Tonfall war unverhohlen sanft, er sprach langsam, als erkläre er einem Kind geduldig ein komplexes Thema. »Es ist eine Tragödie. Ich persönlich habe die Anweisung erteilt, ihn unter keinen Umständen leiden zu lassen.«

Sarah nickte. Mehr konnte sie nicht riskieren. Glühender Zorn brodelte in ihr.

Sie nahm einen tiefen Atemzug und erzählte dann alles, was ihr Vater ihr über den Mann mit den veilchenblauen Augen erzählt hatte. Sie offenbarte die Taktiken eines perfekten Serienkillers, eines Mannes, der sich unerkannt seit Jahrzehnten durch das Land mordete. Sie erzählte ihm von der Cleverness des Mannes, seinem Geschick mit Waffen, seiner Fähigkeit, sich zu verstecken, und seinem unheimlichen Talent, aus der noch so engsten Falle zu entkommen.

»Er hat die gesamte Belegschaft des Bostoner FBI an der Nase herumgeführt«, sagte Sarah abschließend. »Und er hat uns – mir – genommen, was er von Anfang an wollte. Die einzige Person, die ihn in all den Jahren hat aufspüren können: meinen Vater.«

Sarah beugte sich vor. »Das ist mein Deal: Ich gebe Ihnen die Informationen, damit Sie diesen Mann finden können, wenn Sie mir garantieren, dass mein Vater in Sicherheit gebracht wird. Ich weiß, dass Sie Techniken, Waffen und Männer zur Verfügung haben, die besser sind als die des Geiselrettungsteams. Aber Sie haben noch etwas, was unsere Leute nicht haben: das Verlangen, diesen Mann zu töten. Wenn das Geiselrettungsteam ausrückt, um meinen Vater zu befreien, dann wird es nur versuchen, den Bastard festzunehmen. Doch das reicht mir nicht. Ich komme mit diesen Informationen zu Ihnen, weil ich weiß, dass er bei Ihnen mausetot sein wird.«

Sarah zog eine CD aus der Tasche und hielt sie Harkness hin. »Das ist die Aufnahme der Überwachungskameras aus der Lobby des John Hancock Tower. Ich habe es in dem Chaos nach der Explosion geschafft, sie mitgehen zu lassen. Das Gesicht des Verdächtigen ist drei Sekunden lang deutlich zu erkennen – mehr als ausreichend für jemanden mit Ihren Mitteln, um einen Gesichtsabgleich mit den Daten der Zulassungsbehörde durchzuführen. Helfen Sie mir, und ich verspreche, dass ich Ihnen helfe, Ihre bisher größte Beute zu fangen.«

Harkness hatte die Augen weit aufgerissen, sie verrieten seine Erregung. Er sank tiefer auf seinem Stuhl zusammen, ein lauter Atemzug entwich seinen Lippen. Er verschränkte die Arme vor dem Körper.

Sarah schauderte leicht, während die Spannung immer greifbarer wurde. Ein Blick auf Harkness sagte ihr, dass er noch nicht völlig überzeugt war. Er wollte ihren Worten Glauben schenken – so viel stand fest –, zögerte aber noch. Das war gefährlich. Das Leben ihres Vaters stand auf dem Spiel. Sie musste Harkness davon überzeugen, dass er von ihr nichts zu befürchten hatte. Sie musste ihn glauben machen, dass sie alles tun würde, um ihren Vater zu retten, alles. Was nicht schwer sein würde – es entsprach der Wahrheit. Harkness würde erst dann entspannt mit der ganzen Sache umgehen, wenn er sich als derjenige fühlte, der alles unter Kontrolle hatte.

David Harkness beobachtete Sarah ganz genau. Ihre Enthüllungen hatten ihn offen gesagt ein wenig überrascht. Dennoch war er sicher, dass sie nicht genügend Informationen besaß, um eine ernsthafte Bedrohung für ihn oder seine Mission darzustellen. Hätte es in dieser Hinsicht auch nur den leisesten Zweifel gegeben, wäre sie jetzt nicht mehr am Leben. Ob sie den Rest der Nacht erleben würde, war eine andere Sache. Sie war anders als alle anderen Frauen, die er kannte; und er kannte viele. In äußerst schwierigen Situationen war sie zwar unruhig, aber nicht ängstlich.

Er löste die Arme. »Ich stimme Ihren Konditionen zu.«

Drew war unglücklich. Sarah schien die ganze Nacht da drinnen zu verbringen. Er hatte in der ganzen Zeit nur ein Auto hinausfahren sehen. Am Steuer hatte er einen Mann mit silbrigem Haar ausgemacht, der offenbar die Bediensteten nach Hause fuhr. Etwas spät, hatte Drew gedacht. Er wusste, dass das Haupttor der einzige Zugang zu dieser Siedlung war; Sarah konnte also nicht unbemerkt hinausgefahren sein. Die gesamte Siedlung stand auf einer schmalen Landzunge, die in den Ozean hineinragte. Wenn jemand auf einem anderen Weg hier wegwollte, so brauchte er schon einen äußerst robusten Geländewagen, der auch wassertauglich war.

Das Ganze gefiel ihm nicht – er hatte ein mieses Gefühl dabei. Was zum Teufel machte Sarah da drin? Drew kannte sie gut genug, um zu wissen, dass sie alles tun würde, um Harry zu finden. Sie glaubte vermutlich, dass ihr hier jemand helfen könnte.

Drew setzte sich aufrechter hin und suchte mit den Augen den Zaun ab. Vor der gesamten Außenfassade führten hohe Mauern entlang, die bis hinunter zu den Felsen der Bucht reichten. Von seinem Platz konnte er die andere Seite der Landzunge nicht sehen, doch er war sicher, dass es dort ähnlich aussah.

Gott leise für die Kenntnisse dankend, die er sich bei der Marine erworben hatte, schloss er die Augen und versuchte, sich die Seitenansicht der Siedlung vorzustellen, die er sich eingeprägt hatte, als er die Straße nach Plymouth hinuntergefahren war.

Die Mauer zog sich nicht an der Küste entlang, da war er ganz sicher. Er hatte mehrere Hafenbecken und private Anlegestege mit Bootshäusern gesehen, die auf Meeresniveau in die Felsen gebaut waren.

Obgleich er keinen Beweis hatte, war Drew sicher, dass Sarah sich in Harkness' Villa befand. Die wenigen Informationen, die er über Funk erhalten hatte, hatten ihm gesagt, dass der Eigentümer reich und geheimnisvoll sei. Alle anderen Bewohner waren Prominente. Er konnte sich nicht vorstellen, wie Sarah die für ihre Zwecke nutzen wollte. Er hatte keine Ahnung, mit welchen Sicherheitsvorkehrungen Harkness sein Anwesen ausgerüstet hatte. Vermutlich handelte es sich um hochmodernste Technik. Doch kein System war perfekt.

Okay, sagte Drew sich. Angenommen, du schaffst es, an den Wachen vorbeizukommen und Harkness' Grundstück zu finden. Was dann? Einfach darauf zuschlendern und an die Tür klopfen?

Verdammt, wieso nicht? Vermutlich war Harkness nur irgendein rückständiger Sonderling, der sich gar nicht groß um seine Sicherheit kümmerte. Drew war den Umgang mit aufgeblasenen reichen Mistkerlen gewöhnt – beispielsweise denen, die in Boston Beacon Hill bevölkerten. Es brauchte nicht viel, damit sie sich vor Angst in die Hose machten und einem tough aussehenden FBI-Agenten gefällig waren.

Er würde hineingehen. Drew rutschte ein wenig tiefer auf seinem Sitz, als ein Sedan mit dem Logo einer privaten Sicherheitsfirma vorbeifuhr, und bereitete sich innerlich auf seine Aufgabe vor.

Leise entriegelte er die Tür und glitt aus dem Wagen. Er nahm einen tiefen Atemzug und huschte geduckt über den gepflegten Rasen zu einem dichten Gebüsch, das in Taillenhöhe an der Mauer der Siedlung entlanglief. Dort blickte er hinüber zum Sicherheitsposten. Alles war ruhig.

Drew begann bäuchlings in Richtung Meer zu robben, weg von den Eingangstoren. Der Boden war vom Regen aufgeweicht. Doch er wagte nicht aufzustehen und zu rennen, für den Fall, dass Sicherheitskameras die Gegend absuchten. Bis zum Ende der Mauer hatte er bestimmt noch fünfzig Meter vor sich.

Drew biss sich auf die Lippen, als sein Ellbogen auf einen harten Stein traf. Er hatte das schon lange nicht mehr gemacht und war längst nicht mehr so beweglich wie mit neunzehn. Er fragte sich, ob er sich mit seiner Aktion nicht lächerlich machte. Vielleicht war das alles ein wenig übertrieben. Doch dann dachte er an Sarah und robbte weiter, entschlossen, sie zu finden. Als er das Ende der Mauer erreicht hatte, glitt er um die Ecke. Ungefähr zwanzig Meter unter ihm peitschten die Wellen laut gegen die Felsen. Er spähte an der Mauer vorbei zurück zur Pforte und sah dort mehrere Wachleute locker herumstehen. Nichts an ihrer Haltung ließ darauf schließen, dass sie in Alarmbereitschaft waren. Er war fürs Erste unentdeckt, doch er durfte keine Zeit vergeuden.

Drew zog sich hinter die Mauer zurück, wo die Wachmänner ihn nicht im Blick hatten. Er richtete sich auf und tastete sich den schmalen Pfad entlang, der sich zwischen die hohe Siedlungsmauer und die darunterliegenden Felsen schmiegte. Er bewegte sich sehr vorsichtig, um nicht abzurutschen. Doch so kam er nur frustrierend langsam vorwärts, und nach zehn Minuten musste er anhalten. Der Pfad war verschwunden; der Boden fiel in einem spitzen Winkel etwa zwanzig Meter tief ab und gab den Blick auf Felsen frei.

Drew tat das Einzige, was ihm noch übrig blieb, wenn er weiterkommen wollte. Vorsichtig ließ er sich den Abhang hinuntergleiten zum Saum des Wassers. Wind und Regen erschwerten sein Vorhaben. Seine Jacke flatterte im Wind, während er versuchte, mit den Füßen einen sicheren Halt zu finden. Zweimal rutschte Drew beinahe ab, bevor er den verhältnismäßig ebenen Grund der Bucht erreichte. Er hielt einen Moment inne und betrachtete die Blitze über dem Meer.

Er musste durch kleine Tümpel und größere überflutete Bereiche waten. Seine Stiefel schlugen dumpf auf den Felsen auf, doch das Geräusch war bei dem Wind und dem Regen kaum zu hören. Nach fünf Minuten erreichte er die Stelle, an der die Mauer endete und die Wasserfront der Villen begann. Drew kletterte eine grasige Böschung hinauf und rannte durch einen Garten, der vermutlich einem der reichsten Bewohner von ganz Massachusetts gehörte.

Wenn er weiter so schnell vorwärtskam, würde er das letzte Anwesen, das von Harkness, im Nu erreichen. Es war das größte Grundstück von allen und befand sich am Ende der Halbinsel.

Als er nur noch wenige Hundert Meter davon entfernt war, beschleunigte er unbewusst die Schritte. Er war durchnässt bis auf die Haut, und der eiskalte Wind, der in Böen direkt vom Atlantik herüberwehte, drang ihm bis in die Knochen. Er knetete im Laufen seine Hände, damit das Blut in den eisigen Fingern wieder zu zirkulieren begann. Dann ballte er die Hände zu Fäusten und rannte mit wild pumpenden Armen weiter; der ansteigende Adrenalinpegel machte ihn immer schneller.

Die letzte Strecke hatte Drew in wenigen Sekunden hinter sich gebracht, und als er die Einzäunung der Harkness-Villa erreicht hatte, wurde er langsamer und duckte sich. Auf einem Knie hockend, spähte er durch den Zaun. Fast hundert Meter lang erstreckte sich eine offene Fläche kurz geschnittenen Rasens; hier und dort standen vereinzelt Kiefern. Alles wirkte friedlich und ungefährlich. Doch er wusste, dass der Schein trügen konnte.

Er richtete seine Aufmerksamkeit nun auf die kleineren Nebengebäude neben dem Haupthaus. Vielleicht waren es Lagerschuppen. Neben zwei von ihnen befand sich eine breite Betonfläche, auf der zwei große, mit einer schwarzen Abdeckplane zugedeckte Objekte standen. Er blickte zurück zum Haupthaus, beobachtete und wartete.

David Harkness ging den mit Teppichboden ausgelegten Flur entlang, bis er zu einem Eckraum des Gebäudes kam. Er hatte Sarah ein Gästezimmer zugewiesen und sich dann an die Arbeit gemacht. Ohne anzuklopfen, öffnete er die Tür und schaute hinein. Bates, Bull, Danny und Hammer blickten von dem Material auf, das ausgebreitet auf dem Tisch vor ihnen und in Ordnern zu ihren Füßen lag. Sie trafen akribische Vorbereitungen, wie sie es am Vorabend eines Kampfes zu tun pflegten. Harkness nickte Bates zu, der sofort aufstand und zu ihm in den Flur trat. Harkness reichte ihm eine CD.

»Das ist das Überwachungsvideo von dem Anschlag im John Hancock Tower. Daraus können Sie brauchbare Gesichtsparameter ziehen. Vergleichen Sie die Ergebnisse mit den Daten der Zulassungsstelle.«

Bates nickte. »In einer Stunde sollte das erledigt sein.«

»Gut. Danach leiten Sie den Geldtransfer von allen meinen amerikanischen Konten ein. Verkaufen Sie meine Aktien – das ganze Portfolio.« Er blickte in den Raum, wo die Männer ihre Vorbereitungen fortsetzten. »Machen Sie so viel flüssig, wie Sie können. Buchen Sie alles auf die Konten in Saudi Arabien und der Schweiz.«

Bates blickte ihn einen Moment lang schweigend an, bevor er vorsichtig fragte: »Sir, wollen Sie damit sagen, dass die geplante Verlagerungsaktion anläuft?«

»Das tut sie. Machen Sie die Sprengstoffkörper scharf, die wir am Haupthaus vorbereitet haben. Ich will, dass nichts mehr steht, wenn wir weg sind.«

Ohne ein weiteres Wort betrat er den Raum und wandte sich an die anderen.

»Die heutige Nacht ist der Grund dafür, dass wir die Suche begonnen haben. Heute Nacht setzen wir der mörderischen Herrschaft des Mannes ein Ende, der aller Wahrscheinlichkeit nach der schlimmste Serienkiller in der Geschichte dieses Landes ist. Nur weil er seine Verbrechen so geschickt getarnt hat, ist er immer damit durchgekommen – bis heute. Er ist ein eiskalter Killer, aber er wird ein grausames Ende finden. Sind Sie bereit, in den Krieg zu ziehen?«

»Jawohl, Sir!«, schrien die Männer einstimmig, und ihre Augen glänzten.

»Achten Sie darauf, dass nichts übersehen wird!« Harkness blickte jedem von ihnen in die Augen. »Bleiben Sie konzentriert. Wir haben lange auf diesen Tag gewartet. Wir können es uns nicht leisten, die Sache jetzt zu vermasseln.«

»Wir sind bereit, Sir«, sagte Bates.

David wusste das. Es waren gute Männer.

»Ich werde mir noch ein paar Stunden Schlaf gönnen. Kurz vor dem Morgengrauen geht's los. Ich will, dass die Ausrüstung bereits lange vorher in den Helikoptern verstaut ist.«

»Verstanden«, antwortete Bull.

Harkness schloss die Tür. Als er leise zu dem Raum zurückging, in dem Sarah schlief, lächelte er. Sein Körper prickelte. Vorfreude war ein herrliches Gefühl.

Sie würden erneut in den Krieg ziehen.

Drew bewegte sich langsam auf das Haupthaus zu.

An der ersten Kiefer stieß sein Fuß auf etwas, was sich merkwürdig anfühlte. Als er hinunterblickte, krampfte sich sein Magen zusammen.

Es war ein Druckkissen, das in den Boden eingelassen und sorgfältig getarnt worden war. Drew hielt den Atem an, während er das Gewicht vorsichtig davon weg verlagerte, und blickte erwartungsvoll zum Haus.

Es gab keinen röhrenden Alarm, keine Suchscheinwerfer, die plötzlich die Nacht erhellten, kein Gebell scharfer Rottweiler, die freigelassen wurden. Kein Licht ging an im Haus, und niemand erschien an den Hintertüren. Drew atmete langsam aus. Vielleicht war die Alarmanlage schlecht gewartet. Er blickte sich noch einmal um, um sich zu vergewissern, dass er auch wirklich weitergehen konnte, und schlich weiter aufs Haus zu.

Der Schatten schoss hinter einem nahe stehenden Baum hervor und bewegte sich mit unmenschlicher Geschwindigkeit von hinten auf Drew zu. Der FBI-Agent hatte keine Zeit zu reagieren, als die schwarze Gestalt sich mit gekonnter Bewegung auf ihn stürzte und ihn umwarf.

Drew schlug hart auf dem Boden auf, holte jedoch sofort mit

dem Stiefel aus und verpasste dem Angreifer einen schmerzvollen Tritt gegen das Schienbein. Die Person schrie auf und trat einen Schritt zurück, was Drew wertvolle Sekunden verschaffte, um wieder auf die Beine zu kommen. Im Aufstehen zog er seine Pistole, wirbelte herum und richtete sie auf den Angreifer.

Dessen Hand schoss in gefährlichem Bogen durch die Luft und landete mit der Kante genau unterhalb von Drews Handgelenk. Ein wenig fester, und der Knochen wäre glatt gebrochen gewesen. Die Pistole flog durch die Luft. Der nächste Schlag zielte auf Drews Brustbein, doch der wehrte ihn geschickt ab, indem er sich zur Seite warf. Mit der Linken packte Drew die ausgestreckte Hand des Angreifers, nahm seine Rechte zu Hilfe und schleuderte ihn seitwärts zu Boden.

Doch der Mann wandte den Sturz ab, indem er sich krümmte und sauber auf dem Boden abrollte. Mühelos sprang er wieder auf die Beine, und die beiden standen sich in Angriffsposition gegenüber. Ihr Atem ging jetzt ein wenig schneller.

»Kumpel, ich bin vom FBI. Gib mir 'ne Sekunde, und ich zeig dir meinen Ausweis.«

»Wir wissen, wer du bist. Du hast Glück, dass der Boss dich lebend will«, knurrte der Mann Drew zu. »Sonst wärst du schon längst tot.«

Drews Fingerknöchel wurden weiß, als seine Hände sich zu Fäusten ballten. Wo zum Teufel war er hingeraten? Ohne zu zögern, stieß er einen Marine-Schlachtruf aus und stürmte voran.

Der Mann ließ ihn kommen; er wartete bis zur letztmöglichen Sekunde, bevor er die Hände hob und in einer bizarren scherenähnlichen Bewegung die Arme kreuzte.

Drew gelang es, sich mit vollem Gewicht auf den Angreifer zu stürzen, und beide fielen längs zu Boden. Die Männer richteten sich auf, und jeder landete mehrere grässliche Schläge.

Drew glaubte zu gewinnen, bis sein Gegner ihm mit beiden

Händen die Kehle zudrückte. Drew wusste, dass der Sauerstoffmangel ihn in weniger als dreißig Sekunden in Ohnmacht versetzen würde. Er versuchte alles, was ihm einfiel, doch es gelang ihm nicht, den Griff zu lockern. Sein Widersacher war wie eine Bronzestatue, die ihren Standort gefunden hatte und nun zufrieden auf der Stelle verweilte, reglos bis in alle Ewigkeit, wenn es sein musste.

Drew hatte ein Flimmern vor den Augen. Seine Arme wurden schlaff. Er wollte kämpfen, er wollte leben, doch er hatte keine Kraft mehr.

Er hörte den Mann lachen und spürte, dass der den Druck auf seinen Hals noch verstärkte. Aber der Angreifer hatte nicht erwartet, dass Drew noch einmal zum letzten Kampf ausholen würde. Blitzschnell schlang Drew die Beine um die Taille seines Gegners und legte ihm das rechte Bein über die Schulter. Drews Fußgelenke verschränkten sich hinter ihm, und zu spät realisierte der Mann, in welcher Gefahr er sich befand.

Drew aktivierte seine allerletzten Reserven und presste mit aller Kraft die Schenkel zusammen. Der Mann wehrte sich vergeblich. Er hatte keine Chance. Er würgte und winselte leise, doch dann war Stille. Mit einem einzigen kräftigen Ruck, begleitet von einem dumpfen Knacken, hatte Drew ihm das Genick gebrochen.

Er kickte den leblosen Körper zur Seite und taumelte auf die Füße. Dankbar sog er die Luft ein. Heftige Hustenkrämpfe schüttelten ihn. Was zum Teufel war da gerade passiert? Drew blickte von dem Toten zur Villa.

Plötzlich peitschte ein Schuss, eine Hochgeschwindigkeitskugel zischte heran. Drew warf sich zu Boden und tastete in der Dunkelheit verzweifelt nach seiner Waffe.

Er suchte das Gelände nach dem Schützen ab.

Es dauerte nur wenige Sekunden, bis er ihn entdeckt hatte. Völlig in Schwarz gekleidet, kauerte der Mann in einer Ecke auf dem Dach der Villa, und war fast unsichtbar. Doch als er das Gewehr verlagerte, verriet ihn die Bewegung.

Blitze zuckten jetzt am Himmel, und in dem pulsierenden Licht entdeckte Drew seine Waffe, die nur wenige Meter von ihm entfernt lag.

Dass der Schütze in einer verregneten, dunklen Nacht einen solchen Schuss hatte abfeuern können, bedeutete, dass er entweder ein Warmbild- oder ein Nachtsichtgerät hatte. Drew dachte nach. Wenn der Blitz die Nacht erhellte, war das Nachtsichtgerät unbrauchbar, sodass er es vielleicht schaffen könnte, seine Waffe zu erreichen und aus dieser verdammten Todeszone zu entkommen.

Drew spannte alle Muskeln an und wartete, bis er das erste Flackern wahrnahm, schnellte vor und rannte auf die Pistole zu. Er warf sich der Länge nach zu Boden, wobei er wegen des feuchten Untergrunds fast an seinem Ziel vorbeirutschte. Kein Schuss durchbrach die Nacht; demnach hatte der Schütze ihn nicht bemerkt. Er überprüfte, ob das Magazin voll war, und positionierte sich so, dass er den Schützen sehen konnte. Er konnte nicht sagen, in welche Richtung der Mann blickte, doch Drew wusste, dass es nicht mehr lange dauern würde, bis der ihn entdeckt hatte. Er musste also schnell sein, wenn er die letzten hundert Meter bis zum Haupthaus unbeschadet hinter sich bringen wollte. Wieder wartete er auf den richtigen Moment. Als das Licht über ihm aufleuchtete, sprintete er los.

Es dauerte eine Weile, bis Danny begriffen hatte, was der FBI-Agent vorhatte. Als er dessen Taktik schließlich verstanden hatte, wusste er, dass er gewonnen hatte. Jetzt wartete auch er den Blitz ab; erst wenn der erloschen war, würde er wieder durch das Zielfernrohr spähen.

Sekundenlang wurde das Anwesen in Licht getaucht. Danny legte das Gewehr an, führte es auf der Suche nach dem Zielobjekt unstet hin und her und schaute wütend durch das Visier. Er sah die dunkle, regungslose Gestalt seines Teamkollegen Jesse und verlagerte von dort die Suche nach rechts und links. Nichts. Er konzentrierte sich auf den Bereich näher am Haus.

Nichts.

Verdammt!

Danny senkte das Gewehr und rieb sich die Augen.

»Lagebericht.« Die Stimme des Jägers drang durch das Ohrstück.

»Jesse ist erledigt. Der Eindringling ist schnell – ich habe Schwierigkeiten, ihn zu lokalisieren.«

»Töten Sie ihn nicht!«, schärfte der Jäger dem Scharfschützen ein. »Wir wollen uns noch mit ihm unterhalten. Hammer und Bull sind auf Position. Sobald Sie uns wissen lassen, dass die Luft rein ist, gehen sie los.«

»Verstanden.«

Danny riss das Gewehr in die Höhe, als der Blitz wieder glänzend über der Bucht zuckte. Vorsichtig suchte er das Gelände nach einer Bewegung ab. Nichts.

Verzweifelt fokussierte er die letzten fünfundzwanzig Meter vor dem Haus, und tatsächlich, da war der Eindringling; er preschte in einem allerletzten Sprint zur Rückseite des Hauses.

Danny sprang auf die Beine, bewegte sich langsam am Rand des Daches entlang und zielte auf den Eindringling.

Das Fadenkreuz glitt sanft von Drews Stirn hinunter auf seine Brust und dann auf die rechte Seite.

Der Rückstoß warf Danny um.

»Zielobjekt neutralisiert«, sagte er in das Mikrofon. »Sie können ihn einsammeln.«

Der Schütze seufzte und setzte das Gewehr ab. Er beobachtete, wie Bull und Hammer zum Vorschein kamen, beide mit Maschinenpistolen bewaffnet, und sich dem Eindringling näherten.

Danny legte das Gewehr zusammen und blickte ein letztes Mal auf den Mann, dem Hammer gerade mit Kabelbinder die Handgelenke zusammenschnürte.

Der arme Kerl!, dachte Danny. Der hat eine harte Nacht vor sich.

26

Sarah setzte sich kerzengerade im Bett auf und starrte in die Dunkelheit. Einen Moment lang hatte sie keine Ahnung, wo sie war oder wie sie hergekommen war. Etwas hatte sie aufgeweckt – es hatte sich angehört wie Schüsse. Sie horchte angespannt, doch da war nichts. Sie beruhigte sich wieder, und ihr Herzschlag normalisierte sich.

Die Glut im Kamin, den Ralston für sie angefeuert hatte, glühte schwach und warf ein gespenstisches Licht in den Raum. Sarah blickte zu den hohen Fenstern gegenüber und betrachtete die aufwändigen Muster, die der Regen auf der Fensterscheibe hinterließ.

Sie brauchte noch Schlaf. So viel hing davon ab, dass sie klar im Kopf war. Und sie musste dabei sein, um ihrem Vater zu helfen, wenn sie ihn da herausholten – sie hatte keine Ahnung, was dieser Psychopath ihm antun würde. Doch in welchem Zustand Sarah ihren Vater auch antreffen würde, einen Trost hatte sie wenigstens: Harkness würde bei diesem Psychopathen keine Gnade walten lassen. Es war zwar kein großer Trost, aber immerhin etwas.

Sie schloss die Augen und versuchte, Nervosität und Angst zu unterdrücken. Doch sie konnte sich nichts vormachen. Wenig später öffnete sich die Tür zu ihrem Zimmer. David Harkness kam herein und schaltete das Licht an. Er hatte Jeans und Pullover durch einen schwarzen Tarnanzug, die Wanderstiefel durch Kampfstiefel ersetzt. Er trug eine schwarze Weste, in der sich ein wahres Arsenal an Handgranaten und Messern sowie eine

Handfeuerwaffe und verschiedene kleinere Werkzeuge befanden. Auch sein Gesicht ist verändert, dachte Sarah. Als er sprach, merkte sie, dass seine Stimme die gleiche eiserne Entschlossenheit angenommen hatte wie seine Züge. Das war nicht der David Harkness, mit dem sie noch am Abend zuvor zusammen gegessen hatte. Das war ein anderer Mensch. Eine andere *Kreatur.*

»Es hat unvermutete Entwicklungen geben«, sagte er scharf und trat weiter in den Raum hinein. Er warf ihr eine ausgeblichene grüne Tarnhose zu, einen gestrickten schwarzen Rollkragenpullover und ein paar Stiefel. »Wir haben nicht viel Zeit. Wir müssen weg. Vorher möchte ich Ihnen allerdings noch etwas zeigen.«

»Gut.« Sarah beeilte sich, die Sachen überzuziehen. Sie waren etwas unförmig, doch die Stiefel passten gut. »Was ist los?«

»Sie bekommen Ihre Antwort, aber ich muss wissen, ob es nicht vielleicht doch etwas gibt, was Sie mir verheimlicht haben.«

In seiner Stimme schwang ein leicht bedrohlicher Unterton mit, der Sarah ganz und gar nicht gefiel. Als sie sich angezogen hatte, folgte sie ihm durch Bereiche des Hauses, die sie vorher nicht gesehen hatte, bis sie schließlich in ein riesiges Kellergeschoss hinabstiegen. Sie blieb stehen, während er auf eine Wand zuging und eine versteckte Tür zur Seite schob. Harkness forderte sie auf hindurchzutreten.

Die Wände im Raum dahinter bestanden aus den gleichen Betonziegeln wie der übrige Keller. Am Ende des Raums befand sich eine große, verspiegelte Glasscheibe. Dahinter lag die getreue Nachbildung eines Beobachtungs- und Verhörraums, wie es ihn auf den meisten Polizeiwachen gab. Nur dass das dies hier ein privater Keller war.

Ein Schauer durchfuhr Sarah, als sie sich an Harkness wandte. Er stand vor dem Vernehmungszimmer. Alles war dunkel. Sie konnte sehen, dass seine Hand auf dem Lichtschalter ruhte.

»Was ist das?«, flüsterte Sarah mit angespannter Stimme.

»Ich denke, man könnte es als eine Art Test bezeichnen.« Harkness' Stimme war ruhig und teilnahmslos. »Ich bin nicht sicher, ob Sie mir die Wahrheit erzählt haben. Sie haben mir gesagt, dass Sie sich gern mit uns zusammentun würden, dass Sie sich völlig mir unterstellen wollen und dass Ihre Loyalität zu anderen zweitranging ist. Ist das korrekt?«

Sarah schluckte, ihre Kehle war so trocken, dass es schmerzte. Sie wusste, dass sie keinen Spielraum zum Taktieren hatte; eine falsche Antwort wäre verheerend.

»Es war keine Falle. Alles, was ich erzählt habe, entspricht der Wahrheit«, erklärte sie.

Harkness blickte sie einen Moment prüfend an, seine Augen suchten nach einem Anzeichen von Betrug. Plötzlich betätigte er den Lichtschalter, und der Vernehmungsraum hinter der Scheibe wurde erleuchtet.

Sarah stöhnte unwillkürlich auf.

Drew war nackt an einen Stuhl gebunden. Die Haut um seine Augen war so geschwollen, dass er sie fast nicht mehr öffnen konnte.

Er war permanent bearbeitet worden, seit sie ihn gefangen genommen hatten. Der Schock aufgrund der Schusswunde in seiner Schulter hatte sein Schmerzempfinden zwar größtenteils blockiert, aber er war trotzdem mehrfach ohnmächtig geworden. Man hatte ihm die Nase gebrochen und dennoch immer weiter gezielt darauf eingeschlagen. Die Tortur war pausenlos weitergegangen, und bis jetzt hatten sie ihm nicht eine einzige Frage gestellt.

Als sein Peiniger die Taktik änderte und ihm in andere Bereiche des Gesichts schlug, wollte Drew ihn anschreien, doch er blieb still. Das Letzte, was er wollte, war, seine Kidnapper noch zusätzlich anzustacheln. Schließlich würde *er* den Preis dafür zahlen. Nicht sie.

Drews Geist schwankte zwischen Realität und der schwarzen Leere, die ihn zu locken schien. Er hörte, wie eine Tür hinter ihm geöffnet wurde, und war sich sicher, dass die gesamte Tortur nun von vorn beginnen würde.

»Wieso tust du dir das alles an?«, säuselte eine Stimme mit falscher Anteilnahme. »Wir wissen, dass ihr, du und deine Partnerin, Nachforschungen über uns angestellt habt. Wir haben deine Personalakte gelesen. Als FBI-Agent musst du doch bestimmt wollen, dass alle Serienkiller ausgerottet werden, so wie es auch mit allen anderen gestörten Bestien geschehen sollte.«

Hammer trat neben Drews rechten Arm und hielt eine mit einer durchsichtigen Flüssigkeit gefüllte Spritze in die Höhe.

Er hielt die Kanüle von sich weg und klopfte zweimal mit dem Finger dagegen. Mit geübter Bewegung schob er den unteren Teil der Spritze so weit nach oben, dass die sich vereinzelt darin befindenden Sauerstoffbläschen hinausgeschoben wurden. Der große Mann beugte sich über Drew und drückte mit der linken Hand auf den rechten Oberarm des Agenten, kurz über der Ellbeuge.

Drew wollte dagegen ankämpfen, doch die Lederfesseln machten es ihm unmöglich. Mühelos fand Hammer eine Vene und stieß die Nadel hinein.

»Dieser kleine Trick hebt die schmerzlindernde Wirkung jeden Schocks auf. Dann kannst du nicht mehr so einfach in Ohnmacht fallen. Im Gegenteil, deine Nervensynapsen werden so energisch wieder aktiviert, dass du sogar mehr Schmerzen haben wirst als vorher.«

Gleich im Anschluss zog der große Mann eine Kneifzange aus der Tasche und kniete sich neben dem Agenten auf den Boden.

»Wie viel weiß das FBI über uns, und was beabsichtigt es zu tun?«

Drew starrte ihn an, sagte jedoch nichts.

Hammer nahm Drews linken kleinen Finger und klemmte die Spitze in den Zangenkopf. Dann drückte er die Zange langsam zusammen. Er blickte dem Agenten unentwegt in die Augen und wartete geduldig auf ein Anzeichen, dass seine Versuchsperson schwach wurde.

Doch das Anzeichen blieb aus.

Ein lautes knirschendes Geräusch durchbrach die Stille des Verhörraums, als Fleisch und Knochen langsam zerquetscht wurden.

Drew würgte und versuchte, einen Schrei zu unterdrücken; sein Rücken streckte sich reflexartig. Tränen rannen seine blutigen Wangen hinunter, und sein Schrei entlud sich als trauriges Wimmern. Als sein Peiniger den Druck verringerte, röchelte er und sackte zusammen.

Alles, was Sarah tun konnte, war, nicht in den Knien nachzugeben und zusammenzubrechen. Den Mann, den sie liebte, so brutal behandelt zu sehen wie ein Tier brachte sie fast um den Verstand. Vielleicht kann ich Harkness in einem unbedachten Moment überwältigen, dachte sie, seine Waffe stehlen, ihn und seine Schlägertypen töten und Drew in Sicherheit bringen. Doch insgeheim wusste sie, dass es unmöglich war. Sie hätte nicht die Kraft, Drew durch den Raum zu zerren, geschweige denn die Treppen hinauf, durch das ganze Haus und über das Grundstück, ohne dabei entdeckt zu werden. Doch es gab noch etwas, was sie davon abhielt, es zu tun, auch wenn sie es sich nicht eingestehen wollte. Selbst wenn sie den Deal mit Harkness jetzt beendete, würde Drew auf jeden Fall sterben. Es blieb ihr nur die allerkleinste Wahl: Loyalität zu Drew und Tod oder das eigene Leben und das ihres Vaters.

Sie streckte die Hand nach Drew aus, obwohl sie wusste, dass er sie nicht sehen konnte. Sarah kämpfte darum, ihre Stimme wiederzufinden.

»Bitte!«, flüsterte sie. »Hören Sie auf damit! Er weiß nichts. Ich habe niemandem davon erzählt, nicht einmal meinem Va-

ter. Drew weiß überhaupt nichts von Ihnen, David. Er bedeutet keine Gefahr für Sie oder für Ihre Pläne. *Ich schwöre es.*«

Harkness stand gegen die Wand gelehnt da, die Arme vor der Brust gekreuzt, und blickte teilnahmslos auf Drew und den Mann, der schweigend neben Drew stand. Er dachte darüber nach, welche Möglichkeiten es gab. Die Zeit war jetzt der entscheidende Faktor. Nichts durfte die Jagd gefährden. Er wandte sich Sarah zu, die immer noch durch die Glasscheibe schaute.

»Was erwarten Sie von mir, Sarah?«, fragte er leise. »Dieser Mann wurde bewaffnet auf meinem Grundstück aufgegriffen und wollte ganz offensichtlich zu mir gelangen. Sie haben mir nichts von ihm oder seinen Absichten erzählt. Normalerweise würde ich niemanden auf diese Weise verhören. Schlafentzug in Verbindung mit einigen subtileren Methoden funktioniert wesentlich besser und führt zu verlässlicheren Informationen. Doch ich habe *keine Zeit*, Sarah.«

Er trat von der Wand weg und ging auf sie zu. Er blickte zu Drew und schüttelte den Kopf. »Ich kann ihn nicht gehen lassen. Er wird sich uns nicht anschließen, und nach dem psychologischen Gutachten des FBI zu urteilen wird er sich auch nicht bestechen lassen. Doch ich kann nicht einfach blind darauf vertrauen, dass er sich an eine Abmachung hält. Sobald er die Möglichkeit dazu hat, wird er mir das FBI, die Polizei und Gott weiß wen auf den Hals schicken.«

Sarah spürte, dass ihr Tränen die Wangen hinunterliefen; sie machte sich nicht die Mühe, sie wegzuwischen. Sie wusste, dass er Drew umbringen würde – uns sie konnte nichts tun, um ihn davon abzuhalten.

»Können Sie ihn nicht einfach hierbehalten?«, fragte sie vergeblich.

»Nein«, antwortete Harkness entschieden. »Wenn wir einmal gegangen sind, können wir nicht mehr zurückkommen. Sie nicht und ich auch nicht.«

»Wir könnten ihn mitnehmen.«

»Unmöglich. Er würde an seinen Wunden sterben. Er wird sowieso sterben.«

Sarah bebte vor Schuldgefühlen. Drew war ihr gefolgt. Hätte sie ihm von ihren Plänen erzählt, hätte er ihr nicht nachkommen müssen.

»Gibt es keine andere Möglichkeit?«, fragte Sarah mit leerer Stimme.

»Es tut mir leid.«

Sarah drehte sich um, um Harkness anzublicken; aus ihren Augen sprach die Verzweiflung, die sie fühlte. »Wenn Sie glauben, dass ich dem Mord an einem Menschen, den ich liebe, zustimme, dann sind Sie zum Teufel noch mal verrückt.«

Sie konnte nicht glauben, was hier geschah – dass dieser Mann, der so normal gewirkt hatte, so gestört war.

»Na schön.« Harkness drückte einen großen schwarzen Knopf der Gegensprechanlage. »Beenden Sie es!«

Sarah wirbelte herum und sah, dass der Vernehmende eine schallgedämpfte halbautomatische Beretta .22 aus dem Hosenbund zog. Ohne eine Sekunde zu zögern, feuerte er zweimal auf Drews Stirn.

Sarah fiel nach vorn und begann, unkontrolliert zu zittern. Sie hätte es verhindern können. Sie hätte ihn retten können. Er war tot, weil sie hergekommen war. Er war ihr gefolgt, weil er sie beschützen wollte. *Ich* sollte jetzt in diesem Stuhl liegen, dachte sie, nicht er.

Harkness rührte sich nicht. Er stand nur da und beobachtete sie. Als sie schließlich aufstand, wollte er sie fortführen. Doch sie schlug seinen ausgestreckten Arm weg und wankte auf zitternden Beinen allein hinaus.

27

Kurz vor Morgengrauen verließen sieben schwarz gekleidete Gestalten den Hintereingang der Harkness-Villa und näherten sich der asphaltierten Fläche. Zwei große in Planen gehüllte Objekte standen dort in etwa zwanzig Meter Entfernung. Cooper und Danny streiften die dicken Planen ab, und zum Vorschein traten schwarze Kiowa-Scout-Helikopter.

David Harkness zog bei einem die Tür zur Seite und nahm auf dem Pilotensitz Platz. Sarah wurde von Bull behutsam auf einen der Rücksitze bugsiert. Sarah, die sich von der Wirklichkeit völlig abgeschnitten fühlte, wehrte sich nicht, doch sie half auch nicht mit. Sie beobachtete, wie die Männer, die ihr als Hammer und Danny vorgestellt worden waren, mit einem weiteren Mann in den zweiten Helikopter stiegen.

Harkness legte den Soldatenhelm ab und setzte den Pilotenhelm auf. Nachdem er das Funkgerät überprüft hatte, klappte er die Nachtsichtbrille hinunter und suchte die Gegend ab. Sarah konnte hören, wie er etwas in das Funkgerät sprach, doch der Triebswerksrotor war zu laut, als dass sie es hätte verstehen können. Er bereitete den Abflug vor.

Sie lehnte sich in ihrem Sitz zurück, als der Hubschrauber mit Getöse abhob. Er legte sich schräg, und sie entfernten sich von dem Grundstück. Der zweite Helikopter folgte dicht hinter ihnen. Harkness zog ein Handy aus der Westentasche und drückte auf einen Knopf.

Aus einem Blickwinkel heraus nahm Sarah einen intensiven Lichtstrahl wahr, und sie hörte über dem Geräusch des Regens und dem entfernten Donner hinweg eine Explosion. Sie blickte hinunter und konnte nicht glauben, was sie da sah:

Offenbar war die Harkness-Villa ausradiert worden. Flammen schossen in den Himmel empor, und Rauchschwaden vernebelten den Blick. Es sah aus, als habe die Hölle auf Erden Einzug gehalten. Sarah begann zu weinen. Drews Leiche war noch in dem Gebäude gewesen. Sie starrte hinunter und fühlte sich wie betäubt.

Der Helikopter legte sich wieder schräg und flog jetzt die Küste entlang nach Süden. Sie befanden sich nur knappe dreißig Meter über dem Wasser und kamen in ungeheurem Tempo vorwärts. Sarah blickte auf die schwarze See unter ihnen und zwang sich nachzudenken.

Da erinnerte sie sich.

Sie lehnte sich zurück und tat, als kratze sie sich am Ohrläppchen. Dabei drückte sie den Edelstein an dem Ohrring, den Jack ihr vor einigen Tagen gegeben hatte, und betete, dass er auf das Signal lauschte.

28

»Verdammt!«, sagte Jack plötzlich und stieß sich auf seinem Stuhl derart heftig nach hinten ab, dass ihm fast die Brille von der Nasenspitze fiel.

Dann hämmerte er mit dem Zeigefinger so hart auf die Tastatur ein, als wolle er sie zerstören.

»Was ist los?«, fragte Frank.

»Ich hatte sie!«, sagte Jack. »Das Handysignal war wieder da, und ich konnte sie orten. Aber jetzt ist es weg.«

»Was meinen Sie … weg?«

»Pffft«, machte Jack und schnitt sich zur Verdeutlichung mit der Hand über die Kehle. »Futsch. Ich habe das Signal verloren. Es ist einfach weg.«

Frank stützte den Kopf auf die Hände. »Sie sagen, Sie hatten ihre Position. Wie genau konnten Sie sie orten?«

»Bis auf wenige Meter«, erwiderte Jack. »Mehr oder weniger. Aber wenn Sie noch immer unterwegs ist –«

»Jetzt noch?«, sagte Frank und schüttelte den Kopf. »Unwahrscheinlich. Wer *so* lange unterwegs ist, kann nicht nur eine kurze Entfernung hinter sich gebracht haben. Sie muss irgendwo Zwischenstopp gemacht haben. Gibt es eine Möglichkeit, dass wir die Koordinaten, die Sie haben, mit einer Karte abgleichen?«

»Schon dabei«, sagte Jack und hämmerte die nötigen Daten in die Tastatur.

Frank zog sein Handy aus der Jackentasche. Er trat ein Stück von Jack weg, wählte eine Nummer, und nach einer Pause sprach er leise hinein. Dann legte er auf.

»Das war ein Freund von mir von der Geiselrettung. Ich hatte ihn bereits vorhin gebeten, eins seiner Teams einsatzbereit zu halten. Sie sind draußen am Flugplatz und können jeden Moment aufbrechen. Wenn Sie uns den Ort nennen, bringen Sie uns hin, wo immer Sarah auch ist.« Frank schüttelte den Kopf. »Das wird mich vermutlich den Job kosten, aber zum Teufel – ich habe hart genug gearbeitet in meinem Leben. Außerdem bin ich es Harry schuldig. Sarah ist höchstwahrscheinlich losgefahren, um ihn zu suchen.«

Frank blickte auf den Bildschirm. »Wie kommen Sie voran?«

»Bin fast so weit.«

Jack ließ die letzten Koordinaten, die sie von Sarahs Handy bekommen hatten, über eine Karte der Ostküste laufen. Es dauerte einen Moment, bis die Karte herangezoomt war und statt der gesamten Küste zuerst Massachusetts und schließlich nur Plymouth sichtbar wurde.

»Nun komm schon!«, murmelte Jack.

Schließlich erschien das detaillierte Bild einer Halbinsel in der Nähe von Plymouth. Im Süden, ganz am Ende der Insel, befand sich ein leuchtend roter Punkt.

»Was ist das?«, fragte Frank.

»Eine Straße ist es nicht«, sagte Jack. »Sie hat also definitiv irgendwo angehalten. Der Lage nach zu urteilen eine ziemlich protzige Gegend. Grundstücke und Häuser so nah am Meer und in der Nähe von Plymouth sind nicht gerade billig.«

Frank zog wieder sein Handy hervor, wählte eine Nummer und erteilte mehrere Anweisungen.

»Gut gemacht, Jack!«, sagte Frank und klopfte dem jungen Mann auf die Schulter. »Das Rettungsteam ist unterwegs. Wir müssen aufs Dach.«

Minuten später, den Blick nach East Boston gerichtet, sah Jack in der Ferne die Blinklichter zweier Hubschrauber, die sehr schnell auf sie zuflogen. Es würde jetzt nicht mehr lange dauern, bis das Tageslicht anbrach. Beide Hubschrauber waren mattschwarz lackiert. Hätte er ihre Lichter nicht gesehen, wären sie am dunklen Himmel praktisch unsichtbar gewesen.

Einer der Hubschrauber landete, und Jack stieg als Erster ein. Frank folgte ihm und grüßte den Mann neben dem Piloten mit einem Nicken. Man gab ihnen Kopfhörer, damit sie sich verständigen konnten. Jack erkannte den Mann neben dem Piloten als Spezialagent Kelly wieder, den Mann, der das Geiselrettungsteam an jenem Tag angeführt hatte, an dem Harry Reilly gekidnappt worden war.

Sie hoben ab und brausten kurz darauf die Küste entlang. Als die beiden Kiowa-Warrior-Helikopter des FBI sich dem nördlichsten Punkt der Plymouth Bay näherten, hatten sie immer noch kein neues Signal von Sarah.

Frank war schlecht gelaunt. Gerade hatte er die Information erhalten, dass Drews Auto anhand des GPS-Peilsenders gefunden worden war. Es befand sich ebenfalls in der Plymouth Bay, Massachusetts. Seit gestern am späten Nachmittag hatte er erfolglos versucht, Drew zu erreichen. Frank wusste instinktiv, dass *irgendetwas* nicht stimmte. Frank hatte Drew gesagt, er solle in der Nähe des Büros bleiben – doch er war nicht überrascht, dass er nicht gehorcht hatte. Er sorgte sich um Sarah.

Aber was zum Teufel machten die beiden in Plymouth? Eins stand fest: Er würde ihnen ordentlich in den Hintern treten, wenn er sie gefunden hatte.

In Franks Kopfhörer surrte es, als der Hubschrauberpilot etwas sagte.

»Fünf Minuten.«

Frank blickte Jack an, um sich zu vergewissern, dass er mitbekommen hatte, dass sie bald da sein würden. Frank hatte keine Ahnung, wohin sie flogen, doch er wollte kein Risiko eingehen. Er ordnete höchste Alarmbereitschaft an und griff nach seiner 9-Millimeter-Pistole.

Jack tat es ihm nach und prüfte ebenfalls seine Waffe. Er schob die randlose Brille auf der Nase ein Stück höher und schaute zum anderen Helikopter hinüber, der sich direkt neben ihnen befand. Die ernst dreinblickenden Männer des Rettungsteams überprüften ihre Maschinenpistolen. Einer von ihnen blickte hinüber zu Jack und reckte den Daumen. Jack tat es ihm nach. Sie flogen jetzt bestimmt dreißig Meter niedriger als zuvor. Jack schloss die Augen und sprach ein Gebet. Er war wirklich nicht gemacht für solche Einsätze.

»Noch zwei Minuten, Jungs«, sagte der Pilot mit ruhiger Stimme.

Frank schaute Jack an. »Halten Sie sich erst mal außen vor, und lassen die Jungs den Ort überprüfen! Sobald wir wissen, was los ist, folgen wir ihnen.«

Er warf Jack ein kurzes Lächeln zu, um ihm Mut zu machen, und schaute aus dem Fenster.

Sein Kiefer verkrampfte sich.

»Sieht aus, als hätte es da unten ein Feuer gegeben«, bemerkte der Pilot trocken. »Noch dazu ein sehr großes.«

»Was?« Frank richtete sich auf seinem Sitz auf. »Sind Sie sicher, dass das der richtige Ort ist?«

»Ja«, antwortete der Pilot. »Das große Gelände genau hier. Stimmt mit Ihren GPS-Daten bis auf fünfzig Meter überein. Da gibt's kein Vertun.«

»Zerstörung« war das einzige Wort, das beschreiben konnte, was mit dem, was auch immer hier vorher gestanden hatte, passiert war. Aus mehreren klaffenden Löchern in den Trümmern schlängelte sich noch immer Rauch gen Himmel; die Flammen waren von zahlreichen Feuerwehrfahrzeugen, die verstreut auf dem Grundstück standen, bereits gelöscht worden.

»O Gott … Bitte nicht!« Franks Kinnlade fiel hinunter.

Während der Landung hielt Jack den Atem an und betete, dass es Sarah und Drew gut gehen möge.

Jack sprang aus der Tür, doch Frank zögerte, seine Hände zitterten. Er ballte sie zu Fäusten, sprang auf den Boden und rannte zu einem älteren Polizisten.

»So etwas Furchtbares habe ich wirklich noch nie erlebt«, sagte der und zeigte auf die Ruinen. »Einfach schrecklich. Die Harkness-Familie hat hier gewohnt, seit ich denken kann. Es muss das Werk von Terroristen gewesen sein. Die Familie hatte Firmen im Nahen Osten, müssen Sie wissen. Wir suchen jetzt nach Leichen.«

Frank dankte ihm höflich und wandte sich wieder Jack zu.

»Glauben Sie, die beiden waren da drin?«, fragte Jack leise.

Frank schüttelte mit ernstem Gesicht den Kopf.

»Ähm …«, stammelte Jack, der mit dem Ganzen einfach überfordert war. »Ich weiß ja nicht … Ich meine, Sarahs Handy *war* da. Aber das Signal ist jetzt tot. Also nehme ich an … Also, ich meine, es könnte ja durch die Explosion zerstört worden sein.« Er war kurz davor, in Tränen auszubrechen. »Ich hoffe wirklich, dass die beiden nicht da drin waren.«

»Das hoffe ich auch«, sagte Frank sanft.

Sie standen schweigend nebeneinander, ohne zu wissen, was sie tun sollten, als der Polizist zu ihnen trat.

»Es tut mir leid«, sagte er und verschnaufte. »Wir haben da drinnen eine Leiche gefunden, die weder mit der Beschreibung der Bediensteten noch mit der des Eigentümers übereinstimmt. Sie ist ziemlich übel zugerichtet. Er – wir glauben, dass es sich aufgrund der Größe um einen Mann handelt – hat ziemlich schwere Verbrennungen, aber …«

»Aber?«, fragte Frank, der die Antwort nicht wirklich hören wollte.

»Es sieht aus, als sei er vor seinem Tod gefoltert worden. Er weist viele Fleischwunden auf, die nicht von der Explosion stammen können.«

»Ist die Leiche hier?«

Der Polizist zeigte auf den Wagen des Coroners. Zwei Assistenten standen neben der offenen Hintertür. »Wenn es *wirklich* einer von Ihren Leuten ist, dann könnten Sie ihn vielleicht identifizieren.«

Frank blickte Jack an. »Wieso gehen Sie nicht zurück zum Hubschrauber und sagen dem Piloten, dass wir noch mindestens eine Stunde bleiben werden? Wir werden den Leuten helfen, alles zu durchsuchen – und vielleicht finden wir etwas, was uns Aufschluss darüber gibt, wo Sarah und Drew sind.« Er klang hoffnungsvoller, als er sich fühlte.

Frank ging mit dem Polizisten zu dem Wagen des Gerichtsmediziners. Die beiden Assistenten zogen sofort die Bahre heraus und öffneten den Reißverschluss des Leichensacks. Sie wichen einen Schritt zurück, sodass Frank etwas sehen konnte.

Die Leiche war nur schwer als menschliches Wesen zu erkennen. Sie war stark geschwärzt und angeschwollen. Frank hatte im Laufe seiner Laufbahn bereits eine beträchtliche Anzahl Leichen gesehen, in jeglichem Stadium der Zerstörung und Verwesung. Und doch war der widerwärtige Geruch des verbrannten Fleischs so penetrant, dass er reflexartig die Hände vors Gesicht schlug. Er versuchte, etwas – irgendetwas – Vertrautes zu erkennen.

Doch er fand nichts.

Er drehte sich langsam um und wollte gerade gehen, als einer der Assistenten – der ältere von beiden – einen verärgerten Seufzer ausstieß. »Ach, verdammt, Bernie«, sagte er, an seinen Partner gerichtet. »Der Ring an der rechten Hand, wie konntest du den vergessen? Der muss eingepackt werden. Das weißt du doch.«

»Ring?« Franks Hoffnung schwand, noch bevor er den goldenen Siegelring zu Gesicht bekam. Als er den Ring sah, dessen glänzendes Metall unter einer Schicht dickem schwarzen Ruß begraben war, bebte Frank am ganzen Körper. Es war Drews Ring von den US Marines, das einzige Schmuckstück, von dem der geradlinige junge Cop sich nie hatte trennen wollen. Es gab keinen Zweifel. Die verkohlte Masse in dem Leichensack war Drew Dyson.

»Gibt es auch nur die geringste Hoffnung, dass da unten noch jemand am Leben ist?«, fragte Frank den Polizisten aus Plymouth County, nachdem er sich gefasst hatte.

Der Cop schüttelte den Kopf. »Unwahrscheinlich. Wir haben alles mit Abhörgeräten abgesucht. Haben nicht das Geringste gefunden. Die Jungs vom Bombenräumkommando meinten, die Druckwelle war so stark, dass im Umkreis von hundert Metern niemand überlebt hat. Und verdammt, bei den meisten Nachbarn wurden alle Fenster herausgesprengt.«

Frank ging langsam zu den Hubschraubern.

29

Sarah Reilly würde ihren Vater nicht aufgeben. Drews Tod musste für irgendetwas gut sein. Während sie im Helikopter saß, verwandelte sich ihre Verzweiflung langsam in kalte Wut und Entschlossenheit.

Die beiden wespenartigen Hubschrauber flogen nebeneinander. Sie preschten dicht über das hügelige Gelände und über Strandhäuser und Campingplätze hinweg. Von dem Moment an, als sie David Harkness das Video des Mannes mit den veilchenblauen Augen gegeben hatte, bis zu ihrem frühmorgendlichen Abflug war Harkness sehr beschäftigt gewesen. Und zwar nicht nur damit, Drew umzubringen, dachte sie verbittert. Irgendwie hatte er es geschafft, den Entführer ihres Vaters ausfindig zu machen. Er besaß dessen Name, Adresse und eine vollständige Akte mit seiner Lebensgeschichte. Sie hatte keine Ahnung, wie er das geschafft hatte – selbst das FBI hätte Probleme gehabt, so schnell etwas Derartiges zu beschaffen, und das mitten in der Nacht.

Offensichtlich konnte man mit Geld mehr kaufen als nur eine Villa in Plymouth. Harkness hatte ihr nicht viel gesagt, doch er hatte ihr Ziel verraten – Sussex, Delaware. Es war ein weiter Weg von Plymouth nach Sussex, doch die zwei zusätzlichen Abwurftanks, die an den beiden Helikoptern montiert waren, bedeuteten, dass sie nicht zwischenlanden mussten, um zu tanken. Sarah ließ ihrem Zorn freien Lauf. Sie war bereit.

Als sie sich Delaware näherten, wurden Waffen und Kommunikationsgeräte ein letztes Mal überprüft, Patronen in die Patronenlager eingeführt, Sicherungshebel gelöst und Pistolenschlitten betätigt. Was Sarah an Plastiksprengstoff gesehen hatte, erschien ihr ausreichend, um damit ein riesiges Gebäude in die Luft zu sprengen. Dadurch, dass sie die Unterhaltung der Männer mitgehört hatte, konnte sie sich den Angriffsplan ausmalen; erst als Harkness bemerkt hatte, dass sie zuhörte, hatte er die Frequenz gewechselt. Auf widernatürliche Weise war sie erleichtert, dass diese Männer das Handwerk des Todes so gut zu beherrschen schienen. Es beruhigte sie, dass die Chance, dass Harry gerettet würde, nicht bei null lag. Doch David Harkness' Geisteszustand beunruhigte sie dennoch. Auf diese Beute hatte er so lange gewartet. Wenn man ihn vor die Wahl stellte, würde er sich für Harrys sichere Rettung oder für seine letzte Beute entscheiden?

Die Helikopter drehten nach Südosten ab. Sarah blickte hinunter. Sie flogen über Sümpfen nahe der Küste. Sie bemerkte, dass Harkness eine Nachricht erhielt, und knapp eine Sekunde später stürzten beide Helikopter in einem magenverdrehenden Kopfüber-Sturzflug auf das Wasser zu, um sich dann knapp fünfzehn Meter über den Wellen wieder waagerecht zu legen.

»O mein Gott«, sagte Sarah laut.

»Es ist alles in Ordnung.« Harkness sprach über die Kopfhörer zu ihr. »Cooper hat den Suchradar des Luftwaffenstützpunkts Dover unterlaufen. Sie senden automatisch Abfangjäger, wenn sie unbekannte Flugobjekte in der Nähe größerer Verteidigungseinrichtungen ausmachen. Wir müssen niedrig fliegen, um nicht entdeckt zu werden.«

Der große Mann namens Bull lächelte ihr beruhigend zu. Sarah blickte weg.

Beide Hubschrauber erhöhten die Geschwindigkeit, sodass das Meer unter ihnen nur noch als unscharfe Oberfläche wahrzunehmen war. Kurze Zeit später überflogen sie die Bucht des Indian River. Sarah bemerkte, dass die Gesichter der Männer völlig emotionslos waren, als hätten sie plötzlich einen Schalter umgelegt.

»Fünf Minuten bis zur Landung«, ließ Harkness über die Kopfhörer verlauten.

Er war jetzt wieder die *Kreatur*, die sie schon einmal in ihm erkannt hatte. Jemand, den die anderen »Jäger« nannten. Das war der Mann, der ihren Verdächtigen in East Boston getötet hatte. Die Person, die Lucas' Tod befohlen hatte. Der Mann, der auch für Drews Tod verantwortlich war. Und wenn er die Chance bekäme, würde er auch den Mann mit den veilchenblauen Augen töten. Sarah verschränkte die Arme vor der Brust. Vor ihnen zeichnete sich das Ufer ab.

Er kann diesen Bastard so brutal ausschalten, wie er will – solange es Dad gut geht.

Als sie das Ufer erreicht hatten, folgten die Hubschrauber der Krümmung des Indian River nach Süden, wo er in den Assawoman Canal mündete. Der Wasserlauf unter ihnen wurde schmaler; der Kanal trennte einen Bereich von der Delaware-Halbinsel ab. Sie flogen gefährlich niedrig über einen hohen Damm des Kanals; er hatte eine Fahrbahn für Autos, doch die war leer.

Das Land, das sich vor ihnen erstreckte, war wunderschön. Ausgedehnte Flächen grünen und goldenen Graslandes wechselten mit hohen Kiefern und anderen Nadelbäumen. An der Meeresseite sah es nicht anders aus, doch hier kamen noch sanft abfallende Hügel, lange Abschnitte mit Sanddünen und abgelegene Gehöfte in Küstennähe hinzu.

Sarahs Sinne waren in höchster Alarmbereitschaft. Jeder Nerv schien angespannt. Sie flogen jetzt langsamer. Eine große, von Bäumen gesäumte Wiese gähnte unter ihnen, und sie setzten zur Landung an. Bis zu den Häusern von Ocean View waren es zwar bestimmt noch zwei oder drei Meilen, doch hier war die Chance am geringsten, entdeckt zu werden.

Als sie gelandet waren, drängte Bull sie aus der Tür. Er brachte sie vom Helikopter weg, und sie rannten zum Rand der Lichtung. Sie kniete sich auf den Boden, wie er es ihr befahl, und sah zu, wie Hammer und Danny aus dem zweiten Hubschrauber sprangen, knapp eine Sekunde, nachdem dieser den Boden berührt hatte. Sie liefen beide mit der Waffe im Anschlag in entgegengesetzte Richtungen und überprüften die Umgebung. Nach einer Minute tauchten sie mit gereckten Daumen am Rand der Lichtung wieder auf. Das Heulen der Rotoren wurde schwächer, und Harkness legte den Helm ab. Als Sarah auf die Uhr blickte, war sie überrascht, dass es schon fast vier Uhr nachmittags war.

»Ich hoffe, Sie planen nicht, meinen Vater am helllichten Tag zu retten«, sagte sie trocken zu Bull.

Der große Mann lachte. »Ach, machen Sie sich darüber keine Sorgen! Die Gegend hier ist ziemlich ruhig. Wir halten uns bis Sonnenuntergang versteckt. Ob wir dann losschlagen oder in der Morgendämmerung, das entscheidet der Boss.«

»Sie haben zwei meiner Freunde getötet, darunter ein Kind«, sagte Sarah und schaute Bull eindringlich an. Ihr Gesicht zeigte nicht das geringste Anzeichen von Furcht. »Sorgen Sie dafür, dass mein Vater gerettet wird! Wenn nicht, dann werde ich jeden Einzelnen von Ihnen zur Strecke bringen.«

Bull blickte mit einem seltsamen Ausdruck zurück – vielleicht Bedauern. Er nickte. »In Ordnung.«

Harkness kam zu ihnen und wandte sich an Bull. »Wir bleiben hier wie geplant. Achten Sie auf Fußgänger. Jeder, der vorbeikommt, wird so lange gefesselt und hier festgehalten, bis wir fertig sind.«

»Wann geht's los?«, fragte Sarah.

»Nach Sonnenuntergang«, antwortete Harkness. »Ich würde lieber bis morgen warten, doch die unerwartete Ankunft Ihres Freundes in Plymouth hat mich nervös gemacht.«

»Was ist meine Aufgabe?«, wollte Sarah wissen, die bei der Erwähnung von Drew die Fingernägel in die Handflächen gegraben hatte.

Harkness schüttelte den Kopf. »Nichts. Sie würden uns nur im Weg stehen. Sie bleiben hier mit Hammer bei den Übertragungsgeräten. Bates, Bull, Danny und ich gehen allein.« Er richtete das Wort an Bates: »Kundschaften Sie das Haus aus! Ich will eine vollständige Einschätzung von dem, was uns erwartet.«

Bates nickte und rannte davon.

Sarah stellte sich auf ein langes Warten ein.

Nachdem Bates einen guten Beobachtungspunkt gefunden hatte, holte er einen Feldstecher hervor und überprüfte das Grundstück. Zwei Männer wanderten darauf umher, offenbar Wachen. Er suchte durch das Glas den Strand ab und ließ den Blick von dort in einem Einhundertachtzig-Grad-Bogen langsam wieder zurück schweifen. Kein anderes Haus in Sicht. Das war gut. Doch ihren Informationen zufolge sollte das Zielobjekt allein sein. Aber wieso waren dort weitere Männer? Bates spähte noch einmal zu ihnen und beobachtete sie genauer. Sie bewegten sich selbstbewusst und wirkten körperlich äußerst fit.

Dann bemerkte er ihre Ausrüstung. Beide trugen eine Heckler und Koch-Maschinenpistole *made in Germany* über der Schulter. Schlechte Nachrichten. Trainiert, wachsam und schwer bewaffnet. Dafür konnte es nur eine Erklärung geben – ein Hinterhalt.

Der Killer erwartete sie.

Bates fluchte leise und zog das Handy aus der Tasche.

»Nennen Sie Ihren Standort!« Harkness hatte bereits vor dem zweiten Klingeln abgenommen.

»Ich befinde mich circa einen halben Kilometer nordwestlich des Zielgebäudes.«

»Lagebericht.«

»Schwieriges Angriffsziel«, antwortete Bates. »Feindliche Personen vor dem Haus, vermutlich weitere im Inneren des Gebäudes. Zwei tragen Schnellfeuerwaffen. Das Gebäude ist höchst problematisch. Es liegt mitten auf dem Grundstück, zu allen Seiten gibt es klare Schusslinien. Keine verdeckte Annäherung möglich.«

»Wie schätzen Sie die Männer ein?«

»Sie sind in höchster Alarmbereitschaft.«

In der Leitung herrschte Stille, nur das Geräusch von Harkness' Atem wurde übertragen. So unentschlossen hatte Bates seinen Commander noch nie erlebt, was ihn nur noch mehr verunsicherte.

»Wir machen's trotzdem«, sagte Harkness schließlich. »Kehren Sie sofort zum Stützpunkt zurück!«

Bates schob das Handy wieder in die Jackentasche. Er warf einen letzten Blick auf das Haus und begann den langsamen, vorsichtigen Rückzug durch das Unterholz. Während er auf dem Bauch zurückrobbte, versuchte er, das vage Gefühl des nahenden Untergangs zu ignorieren. Er hatte bisher nur einmal so gefühlt – als er in Afghanistan in die Schlacht von Tarin Kowt gezogen war.

30

Der Mann, der sich als Bill Gunther vorgestellt hatte, saß am Fenster und beobachtete den Sonnenuntergang. Hier hatte es ihm schon immer sehr gefallen, es war sein Zufluchtsort, der einzige Platz in der Welt, an dem er sich je zu Hause gefühlt hatte. Wann immer er gespürt hatte, dass seine Instinkte schwächer wurden, war er hierher zurückgekehrt, um sich auszuruhen und den nächsten Plan auszutüfteln.

Nur einmal, nach der Rückkehr aus Vietnam, hatte er sich gefragt, ob er vielleicht wahnsinnig sei. Doch er hatte den Gedanke verworfen. Er wusste, dass das, was er tat, das Verständnis der meisten Menschen überstieg. Sie hatten kein Vergnügen an seiner Kunst – deren Raffinement ihnen völlig entging. Doch das waren Idioten. Idioten, die sich mit todlangweiligen Banalitäten aufhielten. Er wusste, dass es keinen anderen Zweck, keine andere Bedeutung gab als jene, die man selbst erschuf. Es gab keinen Gott, keinen höheren Sinn. Es gab nur das Hier und Jetzt, den Augenblick. Wer das akzeptiert hatte, war sein eigener Gott.

Gunther trank seinen Kaffee aus und beendete die Grübelei. Er hatte zu tun. Er hatte es geschafft, Pisanos Männer zu überreden, noch für einen kleinen Wettkampf zu bleiben. Es war so einfach gewesen. Alles, was er hatte tun müssen, war, Don herauszufordern. Männer wie er konnten so einer Verlockung einfach nicht widerstehen. Als Senior hatte er das Sagen. Die beiden anderen hatten keine andere Wahl gehabt, als zu bleiben. Sie wollten ihr Gesicht nicht verlieren, indem sie sich einfach davonmachten.

Er ging hinunter zum Keller. Es gab keinen Grund zur Vorsicht. Er hatte Harry Reilly so fest angebunden, dass er sich auf keinen Fall befreien konnte. Er entriegelte die Tür zur Zelle und trat ein. Harrys Kopf war nach vorn gesunken, seine Brust hob und senkte sich langsam.

»Aufwachen, Harry!«, sagte Gunther leise.

Als Harry nicht antwortete, hockte Gunther sich vor den Stuhl und boxte den Gefangenen fest in den Bauch.

Um Atem ringend, wachte Harry auf.

Gunther lachte. »Guten Abend, Harry! Wie geht es Ihnen?«

»Ich würde mich um einiges besser fühlen, wenn Sie nicht unbedingt Ihre Boxkünste angewandt hätten.«

Gunther schaute Harry prüfend an. »Vermutlich müssen Sie auf die Toilette.«

»Ja«, murmelte Harry. »Dringend.«

»Muss ich Sie warnen, was passiert, wenn Sie irgendwelche Fluchtversuche unternehmen?«

Harry schüttelte den Kopf.

»Sehr gut.« Mit der linken Hand löste Gunther die Riemen an Harrys Arm, mit der rechten griff er nach hinten und holte eine Pistole hervor, die er mitten auf Harrys Brust richtete. »Nur für den Fall.«

Gunther ging dicht hinter Harry die Treppe hinauf und stieß ihn in die kleine Toilette am Ende des Flurs. Er ließ nicht zu, dass Harry die Tür hinter sich schloss und beobachtete ihn die ganze Zeit über.

»Sie sind ein richtiger Mistkerl«, sagte Harry, während er sich die Hände wusch. Als er fertig war, schaute er seinem Kidnapper kühn in die Augen und sagte mit aufgesetztem Lächeln: »Und wie wär's jetzt mit etwas zu essen?«

Bill Gunther lachte. »Na schön. Aber zuerst setzen Sie sich wieder auf Ihren Stuhl. Ich will kein unnötiges Risiko eingehen mit Ihnen.«

Zurück im Keller, musste Harry nicht lange warten, bevor Gunther mit einem Sandwich und einer Dose Cola erschien. Er genoss es nicht gerade, von einem Serienkiller gefüttert zu werden, doch er aß hungrig in dem Wissen, dass er Kraft brauchte, sollte sich eine Möglichkeit zur Flucht ergeben.

»Darf ich Ihnen eine Frage stellen?«, fragte Harry. »Eine Sache interessiert mich.«

»Das hängt von der Frage ab.«

»Sie sind in meinem Alter, richtig?«

»So ungefähr, würde ich sagen. Wieso?«

»Ermüdet Sie dieser ganze Scheiß nicht allmählich?« Harry blickte ihn an. »Ich meine, als ich jung war, mochte ich Action. Aber in Ihrem Alter? Zum Teufel, selbst Musik stört mich heutzutage. Und ich war mal AC/DC-Fan.«

Der Killer lächelte. »Man könnte den Spieß auch umdrehen. Wieso gehen Sie immer noch Tag für Tag zur Arbeit? Sie haben mittlerweile alles Recht der Welt, in Rente zu gehen. Wieso *dieser* ganze Scheiß?«

Darauf wusste Harry keine Antwort.

Bill Gunther zuckte mit den Achseln und wandte sich zum Gehen. »Vielleicht sind wir letztlich doch gar nicht so verschieden.«

Wir sind wie Tag und Nacht, du Arschloch, dachte Harry. Tag und Nacht.

Als Bull in seinem Rücken ein lautes Rascheln hörte, wirbelte er herum und brachte seinen M4-Karabiner in Position. Im Schutz der Dunkelheit bewegte sich jemand durch das Unterholz. Auch David Harkness zog blitzschnell die Pistole, doch es war nur Bates, der nun lächelnd mit erhobenen Armen auf die Lichtung trat. Bull warf ihm einen vorwurfsvollen Blick zu, entspannte sich und ließ die Waffe sinken. Bates nahm die Arme herunter.

»Sie hätten uns per Funk Bescheid sagen sollen, dass Sie in der Nähe sind«, sagte Harkness.

»Sorry, Boss«, erwiderte Bates. »Um ehrlich zu sein, war ich nicht sicher, ob es diese Lichtung war, die Sie sich ausgesucht hatten, oder die hinter dem nächsten Hügel.«

»Was ist mit dem Zielort?«, fragte Harkness.

Bates Lächeln erstarb. »Ich denke, es gibt da ein Problem.«

»Welches denn?«

»Es wäre besser, Sie würden es selbst sehen, Sir«, sagte Bates.

Harkness nickte. Er drehte sich um und winkte Hammer zu sich. »Sichern Sie die Gegend! Ich erkunde mit Bates die Lage.«

»Ja, Sir.« Hammer ging zu den Hubschraubern hinüber, wo Cooper und Danny Ausrüstung, Waffen und Munition ausluden.

Harkness folgte Bates ins Gebüsch und verschwand.

»Durst?«, fragte Bull und hielt Sarah seine Feldflasche hin.

Am liebsten hätte sie ihm die Flasche ins Gesicht geworfen, doch sie nahm sie schweigend. Das kalte Wasser fühlte sich wunderbar an, als es ihre geschwollene Kehle hinunterlief, und sie trank durstig mehrere Schlucke, bevor sie die Flasche zurückgab. Ihre Beine schmerzten, und sie setzte sich ins Gras.

Sie blickte nach Süden. Bei dem Gedanken, dass ihr Vater nur wenige Kilometer von ihr entfernt war, konnte sie kaum erwarten, dass es endlich losging. Sie saß mit angewinkelten Beinen da und hatte die Arme um die Knie geschlungen. Niemand hatte bemerkt, dass sie das Jagdmesser eingesteckt hatte, das Hammer achtlos auf dem Tisch zurückgelassen hatte. Sie legte die Hand darauf, strich über die scharfe Klinge und wartete.

Frank beobachtete Jack mit einem wachsenden Gefühl der Aussichtslosigkeit. Der junge Mann ging bereits zum dritten Mal dieselbe Strecke ab. Er hatte die Kopfhörer der Wechselsprechanlage des Helikopters aufgesetzt und einen Funkempfänger in der

Hand, der per Kabel mit der Funkstation des Helikopters verbunden war. Er hätte das Signal des Transmitters in Sarahs Ohrringen im Grunde sofort empfangen müssen, wenn sie sie noch trug, selbst wenn sie sich unter den Trümmern befand.

Ein müde aussehender Feuerwehrmann folgte dem jungen Techniker auf Schritt und Tritt, um sicherzustellen, dass der nicht auf lose Trümmerteile trat und stürzte.

Die Sonne ging bereits unter. Bald würde das Licht nicht mehr ausreichen, um etwas zu sehen, sodass sie zwangsläufig aufhören müssten. Der Chef der lokalen Feuerwehr wollte nicht, dass sich nach Sonnenuntergang noch jemand an der Unglücksstelle aufhielt. Er hatte allen, die sein Verbot missachteten, mit Verhaftung gedroht, und Frank wusste, dass der Mann sehr wohl die Befugnis dazu hatte.

Sie hätten schon vor einer Stunde fort sein sollen. Den ganzen Tag über hatten Franks Vorgesetzte ihn mit Anrufen bombardiert. Sie waren zunehmend bedrohlicher geworden. Allmählich war er an dem Punkt, an dem keine Entschuldigung seine Karriere noch retten konnte, wenn er sich ihren Anweisungen noch länger widersetzte.

Jack versuchte vorsichtig zu sein, doch immer wieder stolperte er über Trümmer. Er spürte die Anspannung in seinem Magen. Wann immer er sich so zusammenkrampfte, dass es unerträglich wurde, dachte er an Sarah, was ihm half weiterzumachen.

Frank hörte, dass sich das Funkgerät im Helikopter wohl zum fünfzigsten Mal an diesem Tag meldete. Wie zuvor ging der Pilot ran und lehnte sich aus dem Fenster, um ihm zu sagen, wer es war.

Diesmal war der Pilot kreidebleich. »Sir, es ist der Direktor persönlich. Er will mit Ihnen sprechen, und zwar sofort. Er sagt, dass er uns beide sofort feuern wird, wenn Sie sich weigern, mit ihm zu sprechen.«

Franks Kinnlade fiel hinunter. »Na schön«, sagte er nach einer kurzen Pause. Er klang resigniert. »Das war's dann wohl.«

Nachdem Frank mit dem Direktor gesprochen hatte, rief er Jack zu sich. Keiner der Männer war zufrieden, als sie mehrere Minuten später an Bord des Hubschraubers kletterten und losflogen.

»Machen Sie sich keine Vorwürfe!«, rief Frank Jack über das Motorengeräusch hinweg zu.

»Könnten Sie damit aufhören, nur weil Ihnen jemand sagt, Sie sollen sich keine Vorwürfe machen?«, fragte er.

Frank schüttelte den Kopf. »Nein, könnte ich nicht.«

»Verdammte Dinger!« Der Agent, der Jack gegenübersaß, fluchte laut und riss sich die Kopfhörer vom Kopf.

»Nichts funktioniert mehr heutzutage.«

»Was ist los?«, fragte Frank.

»Die Kopfhörer«, erwiderte er frustriert. »Bei diesem lauten Piepen kann ich nicht hören, was die Piloten sagen. Muss eine Interferenz sein.«

»Geben Sie her!«, brüllte Jack und schoss in seinem Sitz nach vorn. Nachdem er einige Sekunden lang zugehört hatte, erhellte sich sein Gesicht.

»Es ist Sarah, und sie ist nicht da unten!«

»Was?«, sagte Frank. »Worüber reden Sie?«

»Das *Signal*«, erklärte Jack. »Es stammt von den Ohrringen, die ich ihr gegeben habe. Und es kommt nicht von der Unglücksstelle. Es kommt von …« Er brauchte eine Sekunde, um grob einzuschätzen, woher das Signal herkam. »Süden … Definitiv von Süden! Das Signal ist schwach, aber sie ist es. Sie konnte entkommen. Sie ist nicht da unten.«

Frank wandte sich an den Hubschrauberpiloten. »Lieutenant, wir müssen umkehren. Wir müssen nach Süden fliegen. Wir haben ein positives Signal unserer Agentin, und wir müssen ihm folgen.«

»Sorry, Sir«, erwiderte der Pilot gelassen. »Ich habe meine Befehle, und zwar geradewegs von Direktor Watkins. Ich muss Sie zurück nach Boston bringen.«

»Ach, kommen Sie«, sagte Frank und versuchte, ihn zu beschwatzen, ohne durchscheinen zu lassen, wie verzweifelt er in Wirklichkeit war. »Es ist eine von uns, über die wir da reden. Sie könnte in den allergrößten Schwierigkeiten stecken. Wir müssen ihr beistehen.«

»Sorry.«

»Hören Sie«, sagte Frank, der mit seiner Geduld am Ende war. »Der Vater dieser Frau – auch ein FBI-Agent – wurde gekidnappt. Sie ist auf eigene Faust losgezogen, um ihn zu retten. Wir können sie verflucht noch mal nicht einfach im Stich lassen. Was ist mit dem Kodex? Was ist mit Ihrer Ehre?«

Der Pilot drehte sich herum, um Frank anzublicken. »Sie meinen, es ist Harry Reillys Tochter, über die wir hier reden?«

»Ganz genau die.«

Der Pilot grinste, drehte sich wieder um und schaltete das Langstreckenfunkgerät aus. Nachdem er mit dem anderen Piloten geredet hatte, griff er nach dem Schalthebel, brachte den Hubschrauber in Schräglage und drehte nach Süden ab. Als sie beschleunigten, beugte Jack sich konzentriert über das Funkgerät. Frank setzte sich aufrecht hin, den Kiefer angespannt. Einen Moment später schloss er die Augen und sprach leise ein Gebet.

31

Zwei getarnte Männer robbten geräuschlos durch das hohe Gras. Keiner der Männer sprach; sie verständigten sich nur durch Gesten.

Bates erreichte den Gipfel eines Hügels als Erster und zog einen Feldstecher aus der Weste. Er suchte das Gelände ab, bis sein Boss neben ihm angekommen war. Die Wachen, die er zuvor gesehen hatte, waren immer noch dort, obgleich sie jetzt weniger wachsam wirkten.

Bates hörte, wie David Harkness beim Anblick der bewaffneten Männer scharf einatmete.

»Sir«, sagte Bates. »Sie mussten einfach selbst sehen, wie schwierig das Angriffsziel ist. Das verkompliziert alles. Der Ort ist unnahbar. Die Männer scheinen jemanden zu erwarten.«

»Was schlagen Sie vor?«, schnauzte der Commander. »Dass wir alles abbrechen? Dass wir Harry Reilly seinem Schicksal überlassen?«

»Ziel der Mission war nie Reilly, Sir«, erklärte Bates rundweg und erwiderte Harkness' intensiven Blick. »Die Beute war das oberste Ziel. Und wir können sie immer noch schnappen. Nur nicht hier. Nicht jetzt.«

»Wir können Verstärkung holen. Die Reservisten aus Fort Campbell. Wir könnten sie nutzen, um unseren Sturm zu verstärken.«

»Es würde *Stunden* dauern, bis die hier sind. Und wir würden riskieren, ins Licht der Öffentlichkeit zu geraten. Ein Förster könnte jederzeit auf die Helikopter stoßen.«

»Wir würden ihn festhalten, bis die Mission beendet ist.«

»Und dann was?«, feuerte Bates zurück. »Sollen wir ihn vielleicht auch töten? Wenn Sie mich fragen, hat es in der letzten Zeit schon viel zu viele Kollateralschäden gegeben. Ich habe bei Ihnen angeheuert, um wahnsinnige Killer umzubringen, nicht kleine Kinder aus Boston.«

»Halten Sie Ihr verdammtes Maul!«, schnauzte Harkness. Er schaute weg, zog ein Funkgerät aus der Weste und sprach hinein.

»Ja, Sir?«, antwortete Hammers Stimme fast augenblicklich.

»Wie sieht's aus?«

»Alles klar, Sir, keine Fußgänger, keine nennenswerten Zwischenfälle. Hier ist alles in Ordnung.«

»Ausgezeichnet. Sagen Sie Bull, Danny und Cooper, sie sollen in Stellung gehen. Es ist so weit. Sechzig Minuten bis zur Stunde X.«

»Verstanden.« Hammer beendete das Gespräch.

Bates starrte seinen Commander ungläubig an. »Sie warnen Sie nicht mal vor den Schwierigkeiten des Angriffsziels?«

Harkness verstaute das Funkgerät wieder in der Weste und blickte durch den Feldstecher zum Haus.

»Bulls und Coopers Rolle ist es immer gewesen, den Beschuss von uns abzulenken. Das können sie auch hier tun.«

»Aber dann werden sie niedergemetzelt«, flüsterte Bates wütend.

Harkness drehte den Kopf in seine Richtung, und der eisige Blick seiner blau-grünen Augen durchbohrte ihn beinahe. Nach fünf langen Sekunden, in denen er nicht einmal blinzelte, wandte er sich ab. »Gehen Sie in Stellung, *Sergeant*!«

»Ja, Sir«, sagte Bates und schob die Nachtsichtbrille über die Augen, froh, sich von seinem Commander entfernen zu können, bevor die Situation eskalierte.

So nah waren die beiden Männer einer offenen Auseinandersetzung noch nie gewesen. Es war das erste Mal, dass Harkness den Rat seines besten Kämpfers missachtete. Bates schäumte innerlich. Er war ein ergebener Soldat, doch was hier geschah, das war einfach nicht richtig.

Unter ihnen herrschte die unausgesprochene Regel, dass sie unter solchen Umständen wählen konnten, ob sie mitmachen oder lieber aussteigen wollten. Bates hatte angenommen, dass die Sicherheit der Männer in den Augen seines Bosses höchste Priorität besaß. Doch jetzt zweifelte er daran.

Als Bates den sandigen Fuß des Hügels erreichte, zögerte er. Er hasste Sand als Untergrund. Er erinnerte ihn zu sehr an Afghanistan. Als er weiterkroch, dachte er zurück an jene Zeit. Er rief sich die höllischen Bedingungen ins Gedächtnis, die sie dort hatten ertragen müssen. Das half ihm, bei Laune zu bleiben. Die meisten Situationen, die sie überstanden hatten, waren viel schlimmer gewesen als die gegenwärtige. Keiner von ihnen hatte geglaubt, jemals lebend aus der Schlacht von Tarin Kowt herauszukommen.

Doch Bates wusste, dass sie nur überlebt hatten, weil sie gemeinsam gekämpft hatten. Jetzt war ihr Team eine blasse Kopie dessen, was es einmal gewesen war. Die neuen Jungs, die der Commander als Verstärkung ins Spiel bringen wollte, waren zwar erfahren. Dennoch: Es würde nicht dasselbe sein wie früher. *Sie* selbst waren nicht mehr dieselben. Sie hatten sich verändert. Und nicht einmal die gute Bezahlung konnte den Mord an dem kleinen Jungen vergessen machen.

Als Bates den Rand einer der höheren Dünen erklommen hatte, erstarrte er. Er duckte sich tief und hielt den Atem an. Er war so in Gedanken versunken gewesen, dass er nicht bemerkt hatte, wie nah er dem Wachposten gekommen war, der direkt hinter dem Haus am Strand patrouillierte. Dieser Mann trug keine offen sichtbare Maschinenpistole, aber seine Jacke war unförmig; bestimmt verbarg er seine tödliche Schusswaffe darunter.

Bates neigte den Kopf ein wenig zur Seite und suchte nach Anzeichen von Anspannung im Verhalten des Mannes. Doch der drehte sich unbeschwert um und wanderte nun in die entgegengesetzte Richtung am Strand entlang.

Bates rührte sich erst wieder, als der Mann gut fünfzig Meter von ihm entfernt war, und das auch nur, um langsam wieder landeinwärts zu kriechen und sich hinter die Düne zurückziehen.

Bates kroch gerade einen flachen Graben entlang, der durch das Zusammentreffen zweier Dünen entstanden war, als er einen Stolperdraht bemerkte. Er war dünn wie eine Angelschnur und in der Dunkelheit so gut wie unsichtbar. Bates hatte ihn nur durch das Nachtsichtgerät erkannt. Er war genau auf der richtigen Höhe angebracht, um jeden zu Fall zu bringen, der sich dem Haus vom Meer her näherte.

Bates kroch näher heran und wollte gerade nach dem Drahtschneider in seiner Weste greifen, als seine Sinne ihm ein Feuerwerk von Alarmsignalen sandten. Er erstarrte. Er hatte gelernt, auf seine Intuition zu vertrauen. Mit angehaltenem Atem ließ er den Blick so weit schweifen, wie es der beschränkte Winkel der Nachtsichtbrille erlaubte. Zuerst nahm er nichts Außergewöhnliches wahr, doch dann sah er ihn: Am Hang der Düne stand ein Bewegungsmelder, der genau auf den Raum zwischen seiner Hand und dem Stolperdraht ausgerichtet war. Hätte er den Draht durchtrennt, wäre er vermutlich in die Luft gejagt worden oder hätte zumindest den Wächtern im Haus einen netten Gruß geschickt.

Bates überlegte. Er befand sich bereits innerhalb der Reichweite des Geräts. Er betrachtete den Sensor genauer und erkannte den Typ. Er selbst hatte solche Bewegungsmelder in der Vergangenheit eingesetzt; deshalb wusste er: Sie waren so eingestellt, dass sie auf natürliche Bewegungen wie Vogelflug oder die eines durch den Sand krabbelnden Krebses nicht reagierten. Schnelle und sehr langsame Bewegungen nahm der Melder nicht wahr. Das Schneckentempo, in dem Bates sich dem Haus genähert hatte, hatte ihn gerettet.

Er drehte langsam, ganz langsam den Kopf. Mit den Augen verfolgte er das Kabel, das vom Sensor weg zu einer Metallkiste führte.

Eine Claymore-Mine!, dachte Bates bitter.

Äußerst vorsichtig trat er den Rückzug an. Als er sicher war, dass er sich nicht mehr in Gefahr befand, schlug er um beide Hindernisse einen großen Bogen.

Seine Muskeln spannten sich an, als der Commander über Kopfhörer zu ihm sprach. Harkness informierte ihn, dass er in Stellung und Cooper und Danny noch unterwegs seien. Bates bestätigte die Nachricht, indem er zweimal auf eine Taste drückte.

Als Bates nur noch fünfzehn Meter vom hinteren Balkon des Hauses entfernt war, sah er, dass er eine gute Wahl getroffen hatte. Er hatte sich diese Position ausgesucht, weil sie für die Wachposten auf den Streifgängen als Einzige im toten Winkel zu liegen schien.

Er würde hier ausharren müssen, bis der Commander grünes Licht gab. Es würde ein nervenaufreibendes Warten werden. Bates machte es sich in der Dunkelheit bequem.

Sarah blickte hinauf zum Mond, der am Nachthimmel emporstieg. Angesichts des schlechten Wetters, das sie vorhin an der Küste gehabt hatten, war es überraschend, dass hier keine Wolkendecke zu sehen war. Aber die Luft war dennoch geladen. Sarah hatte das Gefühl, in Ereignisse hineingerissen zu werden, die sie nicht beeinflussen konnte. Sie hasste dieses Gefühl. Sie bemerkte, dass Hammer, der ein Stück von ihr entfernt vor den Übertragungsgeräten hockte, sie anstarrte.

Sarah stand auf und streckte die Beine, als seien sie eingeschlafen. Dann ging sie hinüber zu Hammer, der auf einem Campinghocker saß. Sie blieb genau hinter seiner rechten Schulter stehen, und er drehte sich um und schaute zu ihr auf.

Er warf ihr einen schmierigen Blick zu und begann, über die »Mission« zu reden. Sarah wollte nicht hinhören, doch Hammer machte sich jetzt über ihre Bemühungen in der Gasse von Boston lustig. Sarah ärgerte sich. Dann sprach er über Lucas. Es brauchte nicht viel, um Sarahs Fass zum Überlaufen zu bringen. Als er das Wort »Kollateralschaden« in den Mund nahm, wusste sie, dass sie sich nicht mehr lange würde beherrschen können.

Hammer bemerkte, dass ihr die Zornesröte ins Gesicht stieg. Es war ihm egal. Es war ihre Schuld, dass sie diesen Jungen töten mussten. Hätte sie ihn in Ruhe gelassen, dann wäre ihm auch nichts passiert. Warum überhaupt nachträglich Ermittlungen anstellen über den Tod irgendeines erbärmlichen Serienkillers? Ihm war Gerechtigkeit widerfahren.

»Was für ein Leben hätte dieses Kind denn schon gehabt?«, fragte Hammer flapsig.

Sarah spürte, wie ihr Blut in Wallung geriet und ein weiterer Adrenalinstoß sie durchfuhr. Ohne nachzudenken, fuhr ihre Hand an den rechten Stiefel. Sie zitterte.

Hammer drehte sich um, um zu sehen, was sie tat, doch es war zu spät. Sarah rammte ihm das Messer seitlich in die Schläfe. Der große Mann sank schwer nach vorn. Der Tisch vor ihm geriet unter seinem Gewicht ins Wanken, und eine große Konsole fiel mit einem widerlichen Knirschen auf Hammers Hinterkopf.

Sarah beugte sich hinunter und fühlte seinen Puls. Er war tot. Sie war überrascht, dass sie so ruhig war. Sie stand einfach nur da und rief sich in Erinnerung, dass Hammer erst vor wenigen Stunden Drew kaltblütig ermordet hatte. Sie bedauerte nicht, was sie getan hatte.

Sarah nahm Hammer die Angriffsweste, die Nachtsichtbrille und die MP5-Maschinenpistole ab. Dann griff sie sich eine Leuchtpistole und ein paar übrig gebliebene Magazine aus dem

Helikopter und ging nach Südosten auf das schattige Gebüsch zu, in die Richtung, wo sie hoffentlich ihren Vater finden würde. Nach zehn Schritten kehrte sie noch einmal zurück, um auch Hammers Headset zu holen. Sie musste wissen, wo Harkness war – sie musste ihm stets einen Schritt voraus sein. Ihr Leben und das ihres Vaters hingen davon ab.

Harkness und seine Männer waren bereit. Bates war schon in Stellung gegangen, die anderen näherten sich dem Haus. Jeder der Männer kannte seine Rolle. Sie warteten jetzt nur noch auf den Befehl anzugreifen.

Bull, Cooper und Danny rückten ein Stück gemeinsam vor, bevor Danny, ein langes Präzisionsgewehr in der Hand, ausbrach und auf einen höher gelegeneren Ort zusteuerte, wo er bleiben würde. Die beiden anderen bewegten sich weiter zu den Eingangstoren. Sie würden die Einfahrt unter Beschuss nehmen, sobald der Befehl kam.

Bull kauerte in der Dunkelheit und grinste. Ganz gleich, wie oft er Dinge wie diese tat, sie versetzten ihn immer in einen Rausch. Er blickte zum Haus und schätzte, dass sie die Entfernung bis zur Veranda in weniger als einer Minute würden zurücklegen können.

»In Stellung«, hörte Bull Danny über das Ohrstück.

Er drehte den Kopf leicht nach Westen, um den Scharfschützen auf dem nahe gelegenen Hügel auszumachen, konnte aber keine Spur von ihm entdecken. Es beruhigte ihn, dass Danny ihnen Rückendeckung gab. Bull bemerkte zwei Männer an der Vorderseite des Hauses.

»In Position«, sagte Bull leise in sein Kehlkopfmikrofon. »Zwei Zielobjekte in Sicht.«

David Harkness glitt eine Düne hinunter und suchte Deckung in einem Gebüsch. Er befand sich südöstlich des Hauses, nahe dem Meer. Er hatte eine unverstellte Sicht auf die Rückseite und den seitlichen Teil des Gebäudes. Der Plan war simpel. Wenn die Beute – durch das konzentrierte Feuer des Angriffsteams von vorn – hinten aus dem Haus getrieben würde, wollte er zuschlagen.

Er drehte sich auf die Seite und stellte die MP5 auf »automatisches Feuer«. In gewisser Hinsicht bedauerte er beinahe, dass alles so schnell vorbei sein würde. Ein Teil von ihm wünschte sich eine direkte Begegnung mit dem ultimativen Killer. Er war das Zielobjekt, von dem er immer geträumt hatte.

Harkness war in höchster Alarmbereitschaft – hellwach. Nach diesem Gefühl hatte er sich gesehnt – es war eine einzigartige, seltene Empfindung. Er war bereit. Er schaltete auf eine andere Frequenz, um zu hören, ob mit Hammer bei den Hubschraubern alles in Ordnung sei.

Nachdem er zwei Minuten vergeblich versucht hatte, ihn anzufunken, schaltete er zurück auf die Angriffsfrequenz und bat Danny, es von seiner erhöhten Position aus zu versuchen. Doch auch Danny erhielt keine Antwort.

Harkness rammte die Faust in den Sand. Was war da los? Hammer war von Anfang an dabei gewesen. Er war ein aufopfernder Soldat, der eine Mission niemals aufs Spiel setzen würde. Irgendetwas hielt ihn davon ab, ihren Funkverkehr zu verfolgen. Harkness fluchte. Wenn nur Sarah Reilly nichts damit zu tun hatte! Er hatte gegen seinen Instinkt gehandelt, als er sie mitgenommen hatte. Sollte sich das als Fehler erweisen, würde sie dafür büßen.

Zum ersten Mal, solange er denken konnte, wusste Harkness nicht, was er als Nächstes tun sollte. Er war seiner besten Trophäe so nahe, was seinen Verstand benebelte. Im Grunde war ihm alles egal. Nichts zählte mehr – weder Hammer noch Sarah und auch Harry Reilly nicht. Es gab jetzt nur noch die Beute. Er konnte nicht länger warten. Einen Rückzieher konnte er sich nicht erlauben. Ein zweites Mal würde er den Killer vielleicht nicht mehr finden.

Langsam führte er die Hand an die Kehle und drückte die Übertragungstaste an seinem Mikrofon.

»Alle Teams …« Er befeuchtete die Lippen. »Alle Teams *los*.«

»Wir sind ganz nah dran!«, schrie Jack aufgeregt und vergaß einen Moment, dass die meisten Männer im Hubschrauber ihn wegen des Geräuschs der Rotorblätter gar nicht hören konnten.

Er stellte die Frequenz seiner Kopfhörer auf die interne Sprechanlage des Helikopters um und wiederholte seine Worte.

»Wie nah?«, fragte Frank.

»Wenn wir den Kurs halten, sind wir bei der momentanen Geschwindigkeit in fünf Minuten da.«

Die Männer vom Geiselrettungsteam trafen die letzten Vorbereitungen, überprüften Waffen und Funkverkehr. Dann setzten sie sich mit den Teamkameraden im anderen Hubschrauber in Verbindung, und beide Piloten begannen den Landeanflug.

»Du hast gute Arbeit geleistet, Jack«, sagte Frank.

»Ich will nur, dass wir Harry und Sarah gesund wiedersehen«, sagte Jack leise.

»Ich auch.« Frank zog seine Pistole und entsicherte sie, bevor er sie zurück ins Halfter steckte.

»Wo sind wir?«, fragte Jack den Piloten.

»Der kleine Ort da vorn heißt Ocean View.«

»Ich bin mir ziemlich sicher, dass das Signal von dort kommt«, erklärte Jack.

»Okay. Wir gehen jetzt runter. Ich werde versuchen, einen guten Landeplatz zu finden.«

Die Wipfel der Kiefern unter ihnen leuchteten zusehends, als sie dröhnend auf das offene hügelige Gelände von Ocean View zuflogen.

Jack blickte aus dem Kabinenfenster. »Heiliger Strohsack, schaut euch das an!«, schrie er und zeigte auf eine lange Fläche offenes Land am Meer.

Alle an Bord drehten die Köpfe, um zu sehen, weshalb Jack so schrie.

»Da ist definitiv ein Feuergefecht im Gange«, sagte einer der Jungs vom Geiselrettungsteam.

Glühendes Leuchtspurfeuer erhellte die Dunkelheit, und hin und wieder wurde die Stille durch dumpfe Geräusche durchbrochen, die sich wie Explosionen anhörten. Von Weitem war es beinahe ein schöner Anblick, doch alle Insassen des Hubschraubers, die so etwas schon einmal erlebt hatten, wussten, dass es für die da unten kämpfenden Männer die Hölle auf Erden war.

»Abdrehen!«, befahl Frank augenblicklich. »Zu der Querstraße, die wir gesehen habe. Meiner Karte nach ist es der einzige Weg hinein. Wir errichten dort einen Stützpunkt und sichern das angrenzende Gelände.«

»Was?« Jack konnte nicht glauben, was er da hörte. »Das soll wohl ein Witz sein … Sir, wir müssen hier runter!«

»Jack, ich werde keinen von uns in dieses Kriegsgebiet bringen. Harry und Sarah zu retten ist eine Sache, aber ich werde nicht riskieren, dass noch mehr Agenten dabei draufgehen.«

Jack lehnte sich zurück.

»Vergewissert euch, dass die Gurte fest sitzen«, sagte der Pilot, als sie sich den kahlen weißen Lichtern einer Kreuzung näherten. »Der Seitenwind ist stark – es könnte ein wenig ungemütlich werden.«

32

Sarah erschrak, als eine Garbe aus dem Lauf einer Maschinenpistole in den Dünen vor ihr einschlug. Sie warf sich flach in den Sand und brauchte eine Sekunde, um zu realisieren, dass die Kugeln gar nicht über ihren Kopf hinwegzischten.

Sie nahm all ihren Mut zusammen, stand wieder auf und ging vorsichtig weiter auf das Gefecht zu. Ihr Gesicht zeugte von purer Entschlossenheit. Mit jedem Schritt umklammerte sie den Griff ihrer Maschinenpistole fester.

Sarah Reilly bezwang ihre Zweifel und steuerte auf das Auge des Sturms zu.

»Wir müssen den Rückzug antreten!«, schrie Bull in sein Kehlkopfmikro. »Haben Sie verstanden? Cooper ist verletzt, wir stehen unter Beschuss. Können nicht – ich wiederhole –, können das angestrebte Ziel *nicht* erreichen. Over.«

Doch er erhielt keine Antwort.

Bull griff nach unten, um Cooper weiter hinter den kleinen Wassertank zu ziehen, hinter dem sie Schutz gesucht hatten, und feuerte einen Kugelhagel auf die Fenster der Vorderfront des Hauses, von wo das meiste Sperrfeuer kam.

Sie hatten mit Widerstand gerechnet, doch nicht mit einem nahezu konstanten Kugelhagel, bei dem jeder Annäherungsversuch der reine Wahnsinn war. Sie waren machtlos.

Bull hörte Dannys Scharfschützengewehr in der Ferne. Er blickte nach links und sah die Leiche des Mannes, den Danny erledigt hatte, als er und Cooper den ersten Annäherungsversuch gestartet hatten. Der erste Typ hatte keine Chance gehabt, den anderen hatte Danny verfehlt; er war entkommen.

Also was nun? Bull hatte keine Ahnung. Sie konnten weder zurückweichen, ohne sich damit zur leichten Beute zu machen, noch konnten sie weiter vorrücken.

Mehrere Patronen donnerten in die andere Seite des Wassertanks. *Komm schon,* dachte Bull wütend. *Denk nach!* Er war so konzentriert, dass er Cooper erst wahrnahm, als dieser die Hand ausstreckte und ihn auf die Schulter tippte.

»O mein Gott!«, sagte Bull. »Ich dachte, du wärst verletzt.«

»Die Weste hat das Schlimmste abgehalten«, sagte Cooper und tätschelte die Panzerplatten über seiner Brust. »Aber gib mir 'ne Sekunde, um Atem zu holen.«

»Wir haben keine Sekunde, Kumpel. Es muss uns nur eins dieser Arschlöcher von der Flanke aus angreifen, und dann war's das mit unserem Versteck.«

»Okay«, sagte Cooper. »Aber ich brauche noch einen Moment. Lauf du als Erster zurück! Ich werde inzwischen den ganzen Ladestreifen abfeuern. Das sollte die Arschlöcher in Schach halten. Wenn du das Tor erreicht hast, gibst du mir Feuerschutz.«

»Ich weiß nicht«, sagte Bull unsicher. »Der Captain hat keinen Befehl zum Rückzug gegeben.«

»Hast du versucht, Verbindung mit ihm aufzunehmen?«

»Er antwortet nicht.«

»Dann versuch es bei Bates«, sagte Cooper. »Er ist näher an uns dran.«

Bull drückte das Mikrofon an seiner Kehle. »Bates, hier ist Bull. Bitte kommen!«

»Warte einen Moment.« Bates war kaum zu hören.

Er befand sich fünfzig Meter entfernt von ihnen hinter einer Ecke der über zwei Seiten des Hauses verlaufenden Veranda, wo er mit dem Rücken gegen die Wand gepresst stand und wartete.

Als sich Schritte näherten, legte er die Hand um den Griff seines Messers. Ein dunkelhaariger junger Mann in Ledermantel tauchte vor ihm auf. Bates sprang auf ihn zu.

Vinnie nahm den Schatten aus einem Augenwinkel heraus wahr, doch er brauchte zu lange, um darauf zu reagieren. Bates schlang den Unterarm um Vinnies Kehle und zog ihn an sich. Dann riss er ihm die Maschinenpistole aus der Hand. Sie fiel ins Gras. Der Gangster zuckte wild, als Bates ihm von hinten ein Messer in den Rücken rammte; die Klinge glitt widerstandslos zwischen seine Rippen.

Bates nahm eine Bewegung wahr. Sofort ließ er das Messer fallen, packte Vinnie mit beiden Händen und schleuderte ihn herum, um ihn als menschlichen Schutzschild zu benutzen.

Ein zweiter, älterer Mann mit einer Maschinenpistole kam um die Ecke; seine Augen strotzten vor Bosheit.

Bates schleuderte den Sterbenden in seine Richtung und nutzte die Ablenkung, um vom Haus fortzusprinten und sich hinter eine Düne zu werfen. Der ältere Mann schoss hinter ihm her, doch die Kugeln zischten über ihn hinweg. Bates kroch tiefer in die Dünen hinein, streifte die MP5 ab, bereit, auf jeden Verfolger zu schießen. Doch niemand kam. Nach einer Minute hob er die linke Hand, um das Kehlkopfmikro zu betätigen.

»Bates hier. Was ist los, Bull?«

»Wir können Entwarnung geben«, ließ der verlauten. »Wir haben die Ablenkung genutzt, die du da vorn veranstaltet hast. Befinden uns jetzt in der Nähe der Tore, bergab vom Haus. Das Problem ist, dass wir den Captain nicht erreichen können.«

Das überraschte Bates nicht – der Captain ging davon aus, dass die beiden längst tot waren. Bates unterdrückte das Verlangen, etwas zu sagen, aus Angst, den Kampfgeist der Männer zu untergraben.

»Er nähert sich vermutlich gerade dem Haus und kann nicht antworten«, log Bates.

Er hasste es, Bull zu belügen, doch sie mussten völliges Vertrauen in ihren befehlshabenden Offizier haben, selbst wenn Bates dieses Vertrauen nicht länger teilte. Er wollte ihnen gerade den Befehl geben, sich zu den Hubschraubern zurückzuziehen, als etwas ihn veranlasste, sich umzudrehen. Er spürte, wie sich ihm die Nackenhaare aufstellten.

»Bull, wie ist Coopers Zustand?«, fragte er leise.

»Er hat vielleicht eine gebrochene Rippe, aber das nur im schlimmsten Fall«, erwiderte Bull. »Er versichert mir, dass er kämpfen kann.«

»Ihr beide kommt jetzt zu mir. Ich befinde mich nordöstlich des Hauses, ungefähr sechzig oder siebzig Meter entfernt in den Dünen. Lasst mich wissen, wenn ihr in der Nähe seid.«

»Stimmt was nicht?«, fragte Bull, dessen Stimme erkennen ließ, dass er bereits in Bewegung war.

»Beeilt euch einfach!«

33

Harrys Magen zog sich zusammen. Er hatte die Schießerei über ihm gehört und hoffte auf das Geiselrettungsteam.

Als seine Zellentür geöffnet wurde, sah er das aufgebrachte Gesicht von Bill Gunther. Der Mann wirkte erschöpft. Harry fragte sich, ob seine Zeit jetzt gekommen war.

Doch anstatt ihm eine Waffe an den Kopf zu halten, löste Gunther Harrys Fesseln. Er zog ihn vom Stuhl hoch und stieß ihn durch den Raum auf die Tür zu.

»Wohin bringen Sie mich?«

»Sie haben gesagt, Sie waren Sanitäter in Vietnam, richtig?«, sagte Gunther und trieb Harry die Treppe hinauf.

»Richtig.«

»Wir brauchen einen Sanitäter.«

Als Harry am oberen Ende der Treppe angekommen war, erkannte er, wieso. Einer der Mafia-Gauner lag auf dem Boden, umgeben von einer Lache Blut. Es sah nicht gut aus.

»Legen Sie ihn auf den Tisch!«, sagte Harry. »Und ziehen Sie ihn aus.«

Gunther und der Mann, von dem Harry wusste, dass er Don hieß, rissen dem jungen Mann die Kleider vom Leib. Eine klaffende Messerwunde trat zum Vorschein.

Sie ist gezielt und sehr gekonnt platziert worden, dachte Harry, ganz offensichtlich in der Absicht, den Mann augenblicklich zu töten.

»Sein Name ist Vinnie«, sagte Don. »Er ist mein Neffe. Helfen Sie ihm! Eigentlich sollten wir gar nicht mehr hier sein. Ich hätte mich niemals von ihm überreden lassen dürfen«, sagte Don und blickte Gunther zornig an.

Harry ging nicht darauf ein. Er sah, dass Vinnie große Schwierigkeiten beim Atmen hatte. »Drehen Sie ihn auf die Seite!«, befahl er Don. Immer mehr Blut floss aus der Wunde des Verletzten den Rücken hinunter, und Harry presste die Hände darauf. »Haben Sie einen Erste-Hilfe-Koffer?«

»Nein«, sagte Gunther.

»Meine Güte!«, flüsterte Harry. Er bemühte sich, die Wunde so fest zu verschließen, wie er nur konnte, und rief sich seine Ausbildung ins Gedächtnis zurück. »Okay«, sagte er und konzentrierte sich. »Er hat ziemlich viel Blut verloren, aber eine Arterie ist vermutlich nicht getroffen.«

»Woher wissen Sie das?«, fragte Don.

»Er ist noch am Leben«, antwortete Harry. »Aber ich denke, er hat einen Pneumothorax.«

»Einen was?«, fragte Don.

»Eine Verletzung des Brustkorbs. Es hat sich im Brustraum Luft gesammelt, und die Lunge kann sich nicht mehr ausdehnen.«

»Diese verdammten Zigaretten«, sagte Don wütend. »Ich habe ihm doch immer gesagt –«

Harry ignorierte Don und blickte sich nach etwas Brauchbarem um. Er entdeckte eine Art Rohr, das am Wasserhahn der Spüle befestigt war und vorn einen kleinen Duschkopf besaß. Er befahl Gunther, es für ihn zu holen.

»Das wird gehen, denke ich. Schrauben Sie den Aufsatz ab.«

»Was haben Sie vor?«, fragte Gunther, während er gehorchte.

»Sie werden sehen. Ich brauche einen Eimer voll Wasser.«

Gunther lief in einen anderen Raum und kam mit dem Gewünschten zurück.

»Wo soll ich ihn hinstellen?«, fragte er.

»Auf den Boden. Neben den Tisch. Gut. Halten Sie den Mann für mich fest! Ich kann mir hierbei keinen Fehler erlauben.«

Don und Gunther traten vor, um Vinnie festzuhalten. Vinnie stöhnte, als Harry einen Schnitt setzte und ihm das Rohr in die Brust schob. Es dauerte einige unruhige Minuten, doch bald schon bildete sich ein Bläschen nach dem anderen in dem Eimer, während die Luft aus dem Pleuraraum entwich und Vinnies Lunge sich ausdehnte. Nach wenigen Minuten atmete er bereits nicht mehr so schwer.

»Achten Sie darauf, rund um den Schnitt genug Druck zu erzeugen, ohne die Drainage zu zerstören! Er muss immer noch ins Krankenhaus, aber fürs Erste ist er außer Gefahr.«

»Hey«, sagte der hart aussehende Mafioso und blickte Harry direkt in die Augen. »Vinnie ist der Junge meiner Schwester. Das werde ich Ihnen nie vergessen. Darauf gebe ich mein Wort.«

»Rührend«, sagte Gunther. Er blickte Don zornig an. »Bringen Sie Mr Reilly wieder nach unten und fesseln Sie ihn.«

Sarah hörte, wie das Blut in ihren Ohren pochte. Das Pochen wurde immer lauter, je näher sie dem Haus kam. Die Schießerei und die Explosionen hatte aufgehört, aber der Wind in den Dünen war noch heftiger geworden. Sie malte sich aus, dass überall schwarz gekleidete Feinde lauerten.

Sie wusste nicht, was sie eher verspürte: Angst oder Zorn. Jedenfalls war sie nicht mehr dieselbe Person, die sie noch vor einer Woche gewesen war. Ihr innerer Kompass wies ihr den Weg. Sie musste weiter. Nur so konnte sie ihrem Vater helfen.

Sarah duckte sich am Fuß einer Düne. Ihre Haut prickelte angesichts der Gefahr. Das Gebiet vor ihr eignete sich schlecht fürs Anpirschen. Von den Dünen bis zum Haus erstreckte sich nur ödes, flaches Land.

Es war die perfekte Todeszone. Wenn sie sie durchquerte und dabei von gegenüber beobachtet wurde, würde sie in kurzer Zeit erschossen werden. Sarah drehte den Lautstärkeregler des Headsets, das sie Hammer abgenommen hatte, auf, ließ die Nachtsichtbrille über die Augen gleiten und spähte vorsichtig über die Düne. Nach wenigen Minuten hatte sie einen Entschluss gefasst. Sie zog sich wieder zurück, nahm die Brille ab und holte eine Nebelkerze und zwei Splittergranaten aus ihrer Weste. Sie legte sie zusammen mit der Leuchtpistole zur Seite und wartete, bis sich ihre Augen wieder an die Dunkelheit gewöhnt hatten.

Dann nahm Sarah die Nebelkerze, zog an dem Stift, wartete eine Sekunde und warf sie in die sandige Vertiefung vor ihr. Sie warf sich die MP5 über die Schulter, sammelte die verbliebenen Granaten und die Leuchtpistole ein und robbte bäuchlings am Rand der Düne entlang.

Die Granate detonierte mit einem lautem Knall. Eine Säule aus weißem Rauch stieg in den Himmel, und in wenigen Sekunden bestand die Welt nur noch aus Artilleriefeuer.

»Eröffnet das Feuer!«, schrie Bates, als er die Explosion sah. Er wusste, wer auch immer die Nebelkerze geworfen hatte, würde jeden Moment angreifen, und je mehr von ihnen sie niedermetzelten, desto besser. Wie sind die Cops bloß so schnell dahin gekommen?, fragte er sich eine kurze Sekunde lang, bevor er das Feuer eröffnete.

Bull und Cooper sprangen auf, einer stellte sich rechts, der andere links von Bates, sodass sie sich nicht gegenseitig gefährdeten. Sie hatten ihre Maschinenpistolen auf vollautomatisches Feuer gestellt, und als auch Bates aufstand und seine Waffe einsetzte, vereinte sich das laute Rattern ihrer Waffen zu einem tödlichen Crescendo.

Sarah vergrub das Gesicht im Boden. Sie wollte schreien, wollte rennen, doch alles, was sie tun konnte, war, sich tiefer in den Sand zu graben. Die Angst drohte sie zu überwältigen, doch plötzlich wurde ein Riegel umgelegt und ihre Furcht verwandelte sich in Wut. Sie ertappte sich dabei, wie sie nach der

Leuchtpistole tastete. Sie zielte auf die seitliche Häuserwand, direkt hinter die Soldaten, und feuerte. Ohne das Ergebnis abzuwarten, legte sie die Pistole zur Seite, nahm eine der beiden Splittergranaten und warf sie hoch in die Luft auf das Mündungsfeuer zu. Die Granate detonierte genau vor dem Haus und tauchte die unmittelbare Umgebung in blendendes grelles Licht. Harkness' Männer trugen alle Nachtsichtgeräte, die das Licht massiv verstärkten. Augenblicklich endete der Beschuss, die Männer schrien und rissen sich die Nachtsichtbrillen vom Gesicht.

Sarah sah Cooper, der sich bei dem Versuch, seine Waffe wiederzufinden, ein wenig zu sehr aufrichtete. Sie warf eine Granate, sie explodierte neben ihm und schleuderte den Mann wie eine Stoffpuppe in die Luft.

Dann nahm Sarah die zweite Granate und warf sie dorthin, wo sie einen der anderen Männer gesehen hatte. Sie griff nach der Maschinenpistole, ging in Stellung und bereitete sich darauf vor, auf das erste Ziel zu feuern, das ihr vor Augen kam.

Bates fluchte und ging in Deckung, als die Explosion ihn blendete. Er hörte die Granate, die Cooper wegriss. Eine zweite Granate schlug irgendwo rechts neben ihm auf. Sein Team wurde ausgelöscht, und er wusste immer noch nicht, wo sich der Feind befand!

Zehn Meter zu Bates' Rechten zog Bull sich in eine sitzende Position. Die Granate hatte ihm das linke Bein unterhalb des Knies weggerissen. Trotz des gleißenden Lichts hatte er gesehen, dass Cooper getroffen wurde und die Düne hinunterrollte. Er wusste, dass Cooper tot war. Er hatte zu oft Verwundete und Sterbende gesehen. In einem winzigen Augenblick wurden Jahre der Freundschaft ausgelöscht, und anstatt das Feuer zu erwidern, saß Bull einfach nur dort und starrte über die Dünen hinweg auf das Meer.

Bates' Blick klärte sich, und Bill eröffnete das Feuer. Er blickte nach rechts und erkannte, dass Bull aufgegeben hatte. Die Situation war aussichtslos. Alles lag in Scherben. Bates hörte auf zu schießen und warf sich die Waffe über die Schulter. Er nickte Bull zu und verschwand in der Dunkelheit.

Bull schaute ihm nach, ohne sich die Mühe zu machen, ihm etwas hinterherzurufen oder ihn aufzuhalten. Es war vorbei. Er konnte versuchen zu entkommen, aber wohin? Selbst wenn er es schaffte, die Blutung an seinem Bein zu stoppen, so wäre er für den Rest seines Lebens ein gejagter Mann.

Er legte die Maschinenpistole neben sich auf den Boden und gab sich seinen Gedanken hin. Alles, was er gewollt hatte, war, Monster davon abzuhalten, unschuldige Menschen umzubringen. Tränen quollen ihm in die Augen. Doch das Einzige, was er vor sich sah, war die Gestalt eines kleinen Jungen, der in seinem Bett lag und schlief.

Bull nahm die Pistole aus dem Halfter und betrachtete sie einen Moment lang. Dann führte er den Lauf entschlossen in den Mund und drückte ab.

Sarah ließ die MP5 sinken, als sie den Schuss hörte. Das Feuergefecht hallte noch in ihren Ohren nach, und sie wartete, bis das Pfeifen nachließ. Vorsichtig kroch sie auf das Haus zu, die Maschinenpistole vor sich ausgestreckt. Doch es gab nichts mehr zu fürchten. Sie überprüfte, ob Bull und Cooper wirklich tot waren, und wandte sich wieder dem Haus zu. Sie war jetzt nur noch fünfzehn Meter davon entfernt. Der Schweiß lief ihr in die Augenbrauen. Aber sie fühlte sich großartig. Sie hatte einen Hinterhalt gemeistert und überlebt. Adrenalin pumpte wie wild durch ihren Körper; sie war bereit zum Kampf. Sie lud die MP5 und bereitete sich darauf vor, über den Rasen neben dem Haus zu stürmen.

David Harkness befand sich hundert Meter vom Haus entfernt. Er hatte die Niederlage seines letzten Mannes und den Selbstmord von Bull beobachtet. Für jeden anderen wäre es ein traumatischer Anblick gewesen, für Harkness jedoch war das Ganze nur ein taktischer Rückschlag, den es zu meistern galt. Das Ziel blieb bestehen, und die Beute befand sich im Gebäude. Er konnte *immer noch* siegen.

Sein Blick wanderte zum Haus. Die Lichter waren ausgeschaltet. Einen der Männer im Inneren aufs Geratewohl zu treffen war so gut wie unmöglich, selbst für jemanden mit seinen Fähigkeiten. Nichtsdestotrotz legte er die Nachtsichtbrille ab und nahm ein Fenster nach dem anderen ins Visier seiner MP5. Hin und wieder nahm er eine Bewegung im Innern wahr. Doch ohne eindeutiges Ziel würde er nicht schießen und seine Position verraten, vor allem nicht, wenn noch andere feindliche Kräfte in den Dünen umherstreunten.

Er schwenkte die Waffe und erhaschte eine Bewegung im Visier; die hintere Verandatür schwang auf, und der Torso eines Mannes zeichnete sich ab. In weniger als einer Sekunde hatte Harkness das Fadenkreuz auf ihn gerichtet. So verfolgte er den Mann, der sich elegant, den Rücken gegen die Wand gepresst, über die Veranda bewegte.

Das war der Serienkiller, keiner dieser plumpen Wachen. Es bestand kein Zweifel: Dies war ein Raubtier, und es bewegte sich mit graziöser Anmut.

Harkness lächelte, sein Herz schlug schneller. Hatte er sich soeben noch müde und machtlos gefühlt, so war er beim Anblick der Beute sofort wieder hellwach. Jede Faser seines Körpers war angespannt. Er würde nicht zulassen, dass ihm jemand in die Quere kam.

Das Zielobjekt bewegte sich auf die Ecke des Hauses zu. Wenn es sie erst einmal umrundet hätte, wäre es außer Sichtweite. Harkness legte den Finger auf das kalte Metall des Abzugs.

»Was zum Teufel tun Sie da?!«, schrie Don Gunther aus dem sicheren Eingangsbereich zu, als er sah, dass der sich vorsichtig zum hinteren Teil der Veranda vortastete.

»Ich will wissen, wer da schießt«, erklärte Gunther und war augenblicklich abgelenkt. »Durch die Fenster kann ich nichts erkennen.«

»Das ist genau der Punkt. Kommen Sie sofort zurück!«, sagte Don wütend und mit drohendem Unterton. »Seien Sie nicht dumm! Sie präsentieren sich als Zielscheibe. Wir haben keine Ahnung, wer da draußen ist. Oder wo.«

»Mir passiert schon nichts.« Gunther riskierte einen Blick um die Ecke der Veranda. »Ich glaube, einer Ihrer Männer ist stiften gegangen – Michael. Ich kann ihn nirgends entdecken.«

»Bill«, begann Don, »kommen Sie wieder rein!«

»Mir passiert schon ni-«

Nur wenige Zentimeter von Gunthers Nase entfernt drang eine Kugel in die Veranda. Der Serienkiller duckte sich und hechtete zurück in die Deckung der Tür. Einen Moment lang war er geschockt. Dann schrie er vor Wut. Er trat so weit vor die Schwelle, wie er es wagte, und brüllte:

»Du bist tot! Hörst du mich? Und wenn ich nur noch ein Leben mit mir nehme, bevor ich sterbe, es wird deins sein – das schwöre ich!«

Don zog ihn hinter die Tür.

»Sie können nichts machen«, sagte Don. »Ihr Spiel ist aus. Jetzt müssen wir überlegen, wie zum Teufel wir hier rauskommen. Ich will Ihnen ja helfen; aber ich hab hier nicht die ganze Zeit rumgehangen, damit Sie jetzt so leichtfertig sind.«

Gunther ignorierte ihn, schob seine Hände weg und stürmte hinein. Dann drehte er sich um und blickte von Don zu Vinnie, der noch immer auf dem Tisch lag.

»Schaffen Sie Ihren Neffen hier raus!«, sagte er entschieden. »Ich gehe runter, um unserem Gast Lebewohl zu sagen. Wenn ich wieder hochkomme, werde ich das Haus in die Luft jagen, um meine Flucht zu verdecken. Ich habe überall Sprengstoff platziert. Es wird eine starke Explosion geben, Sie sollten sich also besser schnell aus dem Staub machen.«

Don zögerte keine Sekunde. Vorsichtig hievte er seinen Neffen in eine aufrechte Position. Es dauerte eine Weile, doch bald stand der junge Mann auf eigenen Füßen, und sie traten aus der Tür und verschwanden. Kein Schuss folgte ihnen.

Bill Gunther blickte sich um. Dies war einmal sein Zuhause gewesen, und nun war alles dahin. Es war so schnell gegangen. Dann ging er zur Kellertreppe.

»Das ist das Ende, Harry«, sagte Gunther, während er sich seinem Gefangenen näherte. »Bedauerlicherweise für uns alle.«

»Das ist nicht gerade eine ermutigende Begrüßung«, erwiderte Harry, dessen Kehle trocken wurde. »Dürfte ich fragen, was passiert ist?«

Bill zuckte mit den Achseln – eine schlichte Geste, die ihn völlig hilflos aussehen ließ und angesichts der Entschlossenheit, mit der er sonst agierte, vollkommen unangemessen wirkte. »Es gibt keinen Ausweg, soweit ich das sehe. Und die da draußen sehen es genauso.«

»Sie gehen also mit Glanz und Gloria, hm?«, fragte Harry. »Sehr heldenhaft.«

»Nicht ganz«, sagte Bill und rang sich ein kleines Lächeln ab, während er Harry umrundete. Er fasste sich an die Brusttasche, um sicherzugehen, dass der Funkzünder für den Sprengstoff noch da war. »Sie gehen. Nicht ich. Sie werden dann für ewig ein Held sein, Harry. Vielleicht stellt man irgendwo in Boston sogar ein Denkmal für Sie auf.« Gunther legte eine Hand auf Harrys Schulter. »Es ist schade«, sagte er mit aufrichtiger Enttäuschung. »Ich hatte nie die Gelegenheit herauszufinden, wie Sie mich entdeckt haben.«

»Wie wär's, wenn Sie mich gehen lassen«, schlug Harry vor.

»Dann erzähl ich Ihnen die ganze Geschichte bei ein paar Gläsern Guinness.«

»Ich bin sicher, es wäre eine schöne Geschichte«, sagte Gunther leise.

Er ließ die andere Hand sinken und schlug Harry mit dem Griff der schallgedämpften Ruger .22 gegen die rechte Schläfe. Der Polizist sackte augenblicklich in sich zusammen.

»Auf Wiedersehen, Harry«, sagte Gunther, als er hinausging und die Waffe wieder in die Hose steckte.

Er musste noch ein paar Dinge zusammensuchen, bevor er sich davonmachte.

34

Das Kellerfenster wurde von außen eingeschlagen. Das Klirren des zerbrechenden Glases wurde von Dons Jacke gedämpft, die er vorher um seine Faust geschlungen hatte. Er brach die letzten Scherben heraus und schlängelte sich durch die kleine Öffnung. Seine Behändigkeit passte so gar nicht zu dem gedrungenen Körperbau. Doch lange vor seiner Zeit als Anführer der Pisano-Sippe und ihrer dunklen Machenschaften war Don Einbrecher gewesen. Es war für ihn ein Kinderspiel, in den dunklen Keller zu gelangen.

Er sah den im Stuhl zusammengesackten Harry und fürchtete, es sei bereits zu spät. Er schnallte die Lederfesseln auf und versetzte Harry ein paar schmerzhafte Ohrfeigen.

»Jetzt kommen Sie schon«, knurrte Don ungeduldig, als der Cop sich immer noch nicht rührte. »Wachen Sie endlich auf, Mann. Ich kann nicht die ganze Nacht hier sitzen und mit Ihnen Händchen halten.«

Er hob die Hand, um Harry noch einmal zu schlagen, hielt aber mitten in der Luft inne.

»Ich bin wach«, sagte Harry, und Don ließ die Hand sinken.

Harry hievte sich von seinem Stuhl hoch. Ihm war schummerig, und er betastete die große Beule, die sich über seinem Ohr gebildet hatte.

»Wir müssen hier raus«, sagte Don schnell. »Hier wird alles in die Luft fliegen.«

»Ich weiß«, sagte Harry. Er versuchte auf den Beinen zu bleiben, verlor jedoch das Gleichgewicht. Sein Kopf schmerzte, als sei eine Bombe darin explodiert. Er blickte zu Don. »Versuchen Sie etwa, meinen Arsch zu retten?«

»Ja«, sagte Don. »Makaber, nicht wahr?« Der große Mann fischte in seiner Tasche. »Wenn Sie hier rauskommen, nehmen Sie meinen Caddie«, sagte er und hielt Harry die Autoschlüssel hin. »Ich habe meinen Neffen schon hinten in Gunthers Van gelegt. Dort hat er es sicher bequemer als auf dem Rücksitz des Caddies. Außerdem brauchen Sie den.« Der Mann reichte ihm einen geladenen Colt .45. »Hier, nehmen Sie«, insistierte er.

»Wird Gunther nicht selbst versuchen, mit dem Van abzuhauen«, fragte Harry.

»Er wird es versuchen, aber ich bezweifle, dass er es ohne das hier schafft.« Er hielt den Zündfinger des Van in die Höhe.

»Danke«, sagte Harry.

»Sehen Sie einfach zu, dass Sie hier heil wieder rauskommen.«

Don klopfte Harry auf den Arm, ging hinüber zum Fenster, kletterte hindurch und verschwand.

Harry nahm all seine Kräfte zusammen. Bemüht, das Gleichgewicht nicht zu verlieren, tat er ein paar Schritte. Mit dem Schmerz, der ihm das Bein hochschoss, und dem schmerzenden Kopf war es keine leichte Aufgabe, in einer geraden Linie zu gehen. Langsam torkelte er auf die Kellertür zu.

Bill Gunther schlug mit der Handfläche auf das Lenkrad seines Vans. Das verdammte Ding wollte nicht anspringen. Es hatte zwar seit über zehn Minuten keine Schüsse mehr gegeben, aber wer wusste, was noch kommen würde.

Er konnte nicht riskieren, sich damit aufzuhalten, den Motor ans Laufen zu bringen. Die Dinge waren außer Kontrolle geraten. Er hatte sich stets für unbesiegbar gehalten, doch allmählich zweifelte er daran. Er zog den Zünder aus der Tasche und überlegte, ob er nicht einfach sofort alles in die Luft jagen sollte.

Dann würde wenigstens er entscheiden, wann er starb. Er versuchte ein letztes Mal, den Motor anzulassen.

Er legte den Zünder auf den Beifahrersitz, stieg aus dem Van und ging zur Motorhaube. Er warf einen Blick hinein, doch auch eine schnelle Kontrolle des Motors brachte ihn nicht weiter. Er schlug die Motorhaube wieder zu, drehte sich um und stand Sarah Reilly gegenüber; sie trug einen Tarnanzug, das Haar hatte sie nach hinten gebunden, die Wangen waren mit schwarzer Farbe beschmiert. Mit dem Lauf ihrer MP5-Maschinenpistole zielte sie genau auf sein Gesicht.

»Keine Bewegung!«, knurrte sie.

Sie hatte den Finger am Abzug, und ihr Gesichtsausdruck ließ keinen Zweifel daran, dass sie gewillt war zu schießen.

»In Ordnung«, antwortete Bill Gunther und senkte langsam die Arme.

Sarah trat auf ihn zu, ohne mit dem Lauf der Pistole zu zittern.

»Ist mein Vater noch am Leben?«, fragte sie mit eisigem Ton.

»Ja, natürlich.«

»Bringen Sie mich zu ihm.«

Plötzlich drang ein Geräusch aus dem Haus, und eine Sekunde lang war Sarah abgelenkt.

Gunther sprang vor und war sofort bei ihr. Er holte aus und schlug ihr mit der Rechten gegen den Kiefer. Als sie durch die Wucht zu Boden fiel, lief ihr Angreifer in die Dünen und verschwand.

Als Sarah sich wieder aufrichtete, sah sie, wie ein großer Mann in schwarzem Anzug auf sie zukam. Sie richtete die Pistole auf ihn.

Als er sie sah, blieb er stehen und hob die Arme in die Luft. »Nicht schießen!«

»Sagen Sie mir, wo Harry Reilly ist«, sagte Sarah.

»Im Haus«, antwortete Don. »Ich habe ihm geholfen, sich zu

befreien. Der andere Typ wollte ihn da drinnen sterben lassen. Ehrlich, Sie können ihn fragen.« Er blickte unruhig zum Haus.

»Wer ist sonst noch im Haus?«

»Niemand außer Harry«, antwortete Don. »Er ist unten im Keller. Einer meiner Männer fehlt. Ich habe ihn seit Stunden nicht gesehen. Hören Sie«, sagte er. »Ich sage die Wahrheit. Mein Neffe liegt dort im Van, es geht im ziemlich dreckig. Ich muss ihn ins Krankenhaus bringen, sonst wird er verdammt noch mal sterben.«

Sarah musterte den Mann eindringlich, unschlüssig, was sie tun sollte. Sie ging hinüber zum Wagen und befahl Don, die Seitentür zu öffnen. Im Inneren des Vans lag ein junger Mann; er war bewusstlos und offensichtlich ernsthaft verwundet.

Don blickte sie fragend an. Sarah glaubte ihm. Sie nickte und ließ die Waffe sinken.

»Dann fahre ich jetzt.«

Don lief zur Vorderseite des Vans und riss die Motorhaube auf. Mit fachmännischem Griff löste er die kleinen Klemmen, die die Verteilerkappe am richtigen Ort hielten, öffnete sie und setzte den Zündfinger wieder ein. Dann nahm er auf dem Fahrersitz Platz und startete den Motor.

Als er gerade losgefahren war, hielt er noch einmal an und rief nach Sarah. Er warf ihr etwas zu, winkte kurz und raste davon.

Sarah betrachtete den Gegenstand, den sie gefangen hatte, offenbar eine Art Zünder. Sie hatte keine Zeit zu verlieren. Von Harkness oder seinen Männern war keine Spur zu entdecken. Sie rannte auf das Haus zu.

Sarah hielt die Pistole vor sich ausgestreckt, als sie ins Innere trat. Durch das Feuergefecht war alles zerstört worden. Die Fenster waren zerschlagen, und in den Wänden klafften Löcher. Sie kam sich eher vor wie in Beirut als in einem Küstenörtchen in Delaware.

Als sie auf eine leicht angelehnte Tür zuging, die sich im Hausflur befand, nahm Sarah eine Bewegung wahr. Ihr Herz hämmerte, als sie das Geräusch langsamer, schwerfälliger Fußtritte auf knarrenden Treppenstufen vernahm. Sie hob die Waffe, bereit zu schießen. Ihr Finger schwebte über dem Abzug.

Harry stolperte auf der letzten Stufe und fiel mit dem Gesicht nach unten in den Flur. Er stöhnte, als eine Schmerzwelle durch seinen Kopf strömte.

»Dad!«

Sarah ließ die Waffen fallen, stürzte nach vorn und hockte sich neben ihn. Sie zögerte, ihn zu berühren, aus Angst, ihm wehzutun. Gott, er war voller Blut! Sie nahm seinen Kopf in die Hände, und er schaute ihr ins Gesicht.

»Sarah«, sagte Harry und grinste. »Wieso hast du so lange gebraucht? So wie du fährst, hatte ich schon vor Stunden mit dir gerechnet.«

»Sehr witzig!«, sagte sie, und Tränen rannen ihr übers Gesicht. Es gab so vieles, was sie ihm erzählen musste. So vieles, was sie ihm sagen wollte, doch sie musste warten, bis sie in Sicherheit waren.

»Du bist verletzt.«

»Es ist nicht mein Blut«, sagte Harry. »Ich musste Sanitäter spielen und einen der Bösewichte operieren.« Er blickte sich misstrauisch um. »Gunther – der Killer – hast du ihn gesehen?«

»Er ist in die Dünen entkommen.«

»Wir müssen hier raus. Er will das ganze Gebäude in die Luft jagen, wir haben nicht viel Zeit.«

Sarah streckte die Hand aus und brachte einen kleinen schwarzen Zünder zum Vorschein. »Er muss ihn im Van vergessen haben, als ich seine Flucht unterbrochen habe.«

Harry lächelte seiner Tochter zu. »Lass uns verschwinden.«

»Hier, nimm die«, sagte Sarah. Sie reichte ihrem Vater die Pistole, die sie Bull abgenommen hatte. »Gott weiß, wer da draußen noch so alles rumläuft.«

Vorsichtig verließen sie das Haus und gingen hinüber zu der schwarzen Limousine. Einzig die Grillen in den Dünen und das Geräusch von Wind und Wellen waren zu hören.

»Her mit dem Schlüssel!«, zischte plötzlich eine Stimme hinter ihnen und ließ Sarah und Harry erstarren. »Her damit!«

Harry erkannte die Stimme sofort. Es war einer der Mafia-Typen, der verschwunden war, als die Schießerei begonnen hatte.

Harry ließ die Schlüssel neben seine Füße in den Sand fallen und trat mit dem Fuß darauf.

Der Mann ging um sie herum, um ihnen ins Gesicht zu blicken. »Ich will es nicht noch einmal sagen.«

Er trug eine Maschinenpistole an der Hüfte und hatte einen wahnsinnigen Ausdruck im Gesicht. Auf seiner Brust sickerte Blut durch sein Hemd.

»Okay«, sagte Sarah, ihr Geist arbeitete wie wild. »Ich habe ihn.«

Sie streckte dem Arm aus, die Hand zur Faust geballt, als hielte sie etwas darin versteckt. Ihr Plan war, vor Harry zu treten, damit der seine Waffe ziehen konnte.

»Zurück mit dir, verdammt noch mal!«, schrie der Mann. »Ich bin kein Idiot.« Er grinste sie höhnisch an. »Wenn mir einer von euch jetzt den Schlüssel gibt, dann sorge ich dafür, dass ihr nicht leidet. Aber wenn nicht …« Er ließ die Waffe sinken, sodass der Lauf auf Sarahs Bauch zielte. »Ein Schuss in den Bauch tut *verdammt* weh.«

Ein Schatten huschte an der Hauswand vorbei. Eine Flamme zuckte auf, ein einzelner Schuss verhallte in den Dünen. Das Gesicht des Mafioso wurde zu rotem Brei, sein lebloser Körper sank zu Boden.

Bates ging auf Sarah zu. Er hielt die Waffe locker in der Hand, der Lauf zeigte von ihnen weg, doch es war klar, dass er sie jederzeit benutzen würde, um sie beide zu töten, wenn es sein musste.

»Scheint mir die Rettung in letzter Sekunde gewesen zu sein«, bemerkte Bates gelassen.

»Danke«, sagte Sarah und versuchte, ihre Stimme nicht nervös klingen zu lassen. »Was haben Sie mit uns vor? Wenn Sie wütend sind wegen Ihrer Freunde, dann müssen Sie meinen Vater verschonen. Ich war es, die sie umgebracht hat. Wenn Sie jemanden bestrafen wollen, dann –«

»Deshalb mag ich Sie, Sarah«, unterbrach Bates sie. »Sie sind integer.«

Er kam näher, sodass Sarah seine Augen sehen konnte. Sie war überrascht zu sehen, wie freundlich sie wirkten.

»Es tut mir leid, dass wir diesen Jungen in Boston getötet haben – und Ihren Partner in Plymouth.« Bates zögerte einen Moment, als suche er nach den richtigen Worten. »Unser Plan war, Gutes zu tun, doch das Ganze ist aus dem Ruder gelaufen. Jetzt will ich nur noch verschwinden. Werden Sie mich weiter jagen?« Seine Augen schweiften von Sarah zu Harry, was erkennen ließ, dass er die Frage an beide richtete. »Ich habe nicht vor, dieser Arbeit weiter nachzugehen, ich will nur wissen, ob Sie weiterhin versuchen werden, mich zu finden?«

»Nein«, antwortete Harry, bevor Sarah etwas sagen konnte. »Das werden wir nicht. Sie haben mein Wort darauf.«

Bates nickte Harry zu und schaute dann Sarah an.

Sie dachte an Lucas. Und Drew. Sie war nicht sicher, ob sie versprechen konnte, worum er sie bat. Sie betrachtete sein Gesicht und dachte über die Männer nach, die sie in dieser Nacht getötet hatte. Ihr Tod hatte Drew nicht wieder lebendig gemacht.

»Ich werde Sie nicht verfolgen«, sagte sie schließlich mit fester Stimme.

Bates nickte auch ihr zu und blickte wieder von einem zum anderen. Dann lächelte er schief. Er verbeugte sich langsam, drehte sich um und verschwand hinter dem Haus.

Ohne ein weiteres Wort stiegen sie in den Cadillac und fuhren davon. Keiner von ihnen blickte zurück.

35

Bill Gunther blieb stehen, um Atem zu schöpfen. Er war durch Dünen und Buschwerk gerannt, bis er in die Nähe der Zufahrtsstraße gelangt war. Soweit er es beurteilen konnte, wurde er nicht verfolgt. Er hatte die 9-Millimeter-Handfeuerwaffe die ganze Zeit vor sich gehalten, stets bereit zum Kampf. Vor ihm sah er den Schein der Straßenlaternen; er näherte sich der Kreuzung zum Highway.

So schnell es seine Vorsicht erlaubte, eilte er den Lichtern entgegen. Die Zeit zählte, denn er war sicher, dass bereits Straßensperren errichtet wurden. In den Morgenstunden würden sie dann mit großem Aufgebot nach ihm suchen. Er musste den Staat verlassen. Es war unabdingbar, dass er sich so weit wie möglich von Ocean View entfernte.

Kurz bevor er die Straße erreichte, duckte er sich. Sehr vorsichtig hob er den Kopf, um sie zu überblicken.

Er war nicht erfreut über das, was er sah. Eine Gruppe von Agenten des Geiselrettungsteams stand dort in voller Ausrüstung neben zwei Helikoptern. Sie bemerkten ihn nicht und redeten weiter; die eine Hälfte von ihnen hielt eine Ecke der Kreuzung im Auge, die andere beobachtete die Zufahrtsstraße.

Er musste noch vor dem Morgengrauen hier wegkommen, ansonsten hatte er keine Chance.

Er beobachtete, wie die Beamten mehrere Zivilfahrzeuge umlenkten, die die Zufahrtsstraße nach Ocean View nehmen wollten. Die Fahrer verhielten sich höflich und kooperativ; die Einheimischen schienen gesetzestreu und bemüht, den Behörden zu gefallen – sie akzeptierten die Unannehmlichkeiten ohne Murren.

Bill Gunther lächelte. Er wusste, was er zu tun hatte.

Er kroch zunächst wieder rückwärts, bis er außer Sichtweite war, und bewegte sich dann, immer noch geduckt, nach Norden weiter, stets parallel zur Straße. Glücklicherweise hatten die Cops nicht daran gedacht, auch neben den Wegen Wachen aufzustellen.

Die nach Norden und von der Kreuzung wegführende Straße machte eine scharfe Rechtskurve, sodass der dahinterliegende Teil nicht in Sichtweite der Männer an der Straßensperre lag. Hinter der Kurve ging Gunther noch fünfzig Meter die Straße hinunter – nur für den Fall, dass einer der Männer vom Geiselrettungstrupp neugierig war.

Er legte sich am Straßenrand in einem dichten Gestrüpp auf die Lauer. Lange musste er nicht warten. Ein Auto fuhr vorbei. Drei Männer saßen darin. Das zweite Auto enttäuschte ihn nicht – darin saß ein prüde wirkendes Paar mittleren Alters, das in dem glänzenden Mercedes Benz gen Norden fuhr und sich dabei genau an die vorgeschriebene Geschwindigkeit hielt. Bill Gunther ließ sie bis auf dreißig Meter herankommen, trat dann seelenruhig auf die Mitte der Straße und hielt ihnen die geöffnete Brieftasche entgegen, als handele es sich um ein offizielles Dokument. Die rechte Hand hielt er neben dem Körper, halb unter der Jacke versteckt.

Das Auto wurde langsamer und hielt. Der Fahrer schaltete den Motor aus, und Gunther schritt mit leicht entschuldigendem Gesichtsausdruck zur Fahrerseite.

»Ja, Officer?«, fragte der Mann. »Ich dachte, ihr Jungs würdet nur da vorne stehen. Zum Glück war ich so aufmerksam.«

»Ja, das war gut«, stimmte Gunther ihm zu.

Der Mann war übergewichtig und schwitzte stark. Die Frau war dünn, und ihr Gesichtsausdruck verriet ein permanent unzufriedenes Wesen.

»Es tut mir leid, doch es gab ein Problem«, sagte er und beugte sich tiefer zu ihnen hinunter; durch die Tür sah das Paar nicht, wie seine Hand immer höher wanderte.

»Was ist d-« Die Kinnlade des Mannes fiel herunter, als er die Waffe sah. »Mein Gott!«, flüsterte er.

Gunther schoss dem erstaunten Mann in die Schläfe. Die Frau hatte nicht einmal Zeit zu schreien, bevor er ihr zweimal in die Brust schoss. Der am Lauf der Ruger befestigte Schalldämpfer hatte den Großteil des Knalls geschluckt.

Er warf die Leichen in das Gebüsch, in dem er sich versteckt hatte, setzte sich ans Steuer und startete den Motor. Er nahm sich eine Sekunde Zeit, um zu prüfen, ob sich im Handschuhfach eine Karte befand, doch er hatte kein Glück. Er legte den Gang ein und fuhr gen Norden.

Sarah sah die Lichter vor ihnen, als der Cadillac sich der Kreuzung näherte. Überall standen schwer bewaffnete Männer in Kampfanzügen und hielten den Verkehr an. Sie atmete erleichtert aus, als sie die Männer vom Geiselrettungsteam erkannte. Als der Mercedes vor ihnen durchgewunken wurde, sah sie Frank und Jack neben einem der Hubschrauber stehen.

»Die ganze Truppe scheint da zu sein«, sagte Harry, als kämen sie von einem Ferientrip zurück und nicht von der Hölle auf Erden. »Wir sagen ihnen besser Bescheid, dass es uns gut geht.«

Frank war sprachlos, als sein alter Partner aus dem Cadillac stieg. Als er Sarah am Steuer erkannte, breitete sich ein Lächeln auf seinem Gesicht aus. Jack schien jeden Moment in Tränen auszubrechen.

Sie rannten beide zu ihnen herüber, und Frank schlang die Arme um Harry. »Willkommen zurück, ihr zwei. Wie gut, euch beide wiederzusehen!«

»Wie zum Henker habt ihr es geschafft, da rauszukommen?«, fragte Jack.

»Das ist eine ziemlich lange Geschichte«, meinte Sarah.

Sie war zittrig auf den Beinen, sodass Jack sie packte und fest umarmte.

Harry sah fürchterlich aus, doch er bestand darauf, Jack alles zu erzählen. Er begann mit Bill Gunther und seinen furchtbaren Morden. Er fasste sich so kurz wie möglich, aber es dauerte dennoch ziemlich lange.

Frank hörte ihm die ganze Zeit aufmerksam zu. Als Harry zu Ende erzählt hatte, rief er Jack zu, er solle ein Foto aus den Datenbeständen der Zulassungsstelle besorgen.

Frank berichtete Sarah und Harry von einem Van, der wie ein geölter Blitz über die Kreuzung geschossen sei, als sie gerade die Sperren aufstellten.

»Wir konnten nichts tun«, sagte Frank. »Denn ihn zu durchlöchern stand außer Frage. Meint ihr, es war der Killer, der da am Steuer saß?«

»Garantiert nicht«, antwortete Sarah voller Überzeugung.

»Also, wo fangen wir mit der Suche an?«, fragte Jack genau in dem Moment, als die blau-roten Blinklichter der Streifenwagen des Polizeidepartments von Sussex County auf die Kreuzung zusausten.

»Oh, Scheiße!«, sagte Frank. »Das kann ja lustig werden.«

Das erste Auto hielt an, und heraus trat der Chef der örtlichen Polizei. Nach einer allgemeinen Vorstellung und diversen Entschuldigungen scharten sich alle um eine Karte der County, die sie auf dem Kofferraum eines Streifenwagens ausgebreitet hatten.

»Er wird sich nach Norden wenden«, sagte der Sheriff. »Das ist der schnellste Weg, um auf eine Fernstraße zu gelangen.«

»Er ist zu Fuß unterwegs«, sagte Frank.

»Aber nicht mehr lange«, fügte Harry hinzu. »Der Typ wird alles tun, um mobil zu sein.«

»Nördlich von hier ist ein Fernfahrerrastplatz«, erklärte Sarah. »Ich habe ihn vom Helikopter aus gesehen. Vielleicht lässt er sich gegen Bezahlung in einem Sattelschlepper mitnehmen.«

Die einheimischen Polizisten antworteten nicht. Sie waren es nicht gewohnt, eine Frau in einem militärischen Tarnanzug und mit geschwärztem Gesicht zu sehen.

»Was ich sagen wollte«, fuhr der Sheriff fort, »es hat keinen Sinn, dass Sie die Straßensperre hier aufrechterhalten. Ich denke, der Schwerpunkt sollte nach Norden verlagert werden, zu den Auffahrten auf die Interstate. Meine Männer können Sperren an Verkehrsknotenpunkten errichten und die vorbeikommenden Wagen anhalten und durchsuchen.«

»Danke, Sheriff«, sagte Frank.

»Sheriff?«, rief einer der lokalen Beamten. »Sam hat uns angefunkt. Er sagt, er hat zwei Leichen gefunden, die nicht weit von hier an den Straßenrand geworfen wurden.«

»Verdammt!«, sagte der Sheriff. »Wie ist die Beschreibung?«

Der Mann gab die Frage weiter und hörte zu. »Älteres Ehepaar. Gut gekleidet.«

»Klingt wie das Paar im Mercedes, das vorhin vorbeifuhr«, sagte Frank. »Das bedeutet, er ist jetzt mit ihrem Auto unterwegs.«

»Erinnert sich jemand an das Kennzeichen?«, fragte Jack.

Die Frage wurde an alle Männer vom Geiselrettungsteam weitergegeben, doch keiner erinnerte sich.

»Wie dem auch sei«, sagte der Sheriff und holte das Funkgerät aus dem Streifenwagen. »Ich werde einfach nach jedem Mercedes fahnden lassen, der nördlich von hier unterwegs ist. Welche Farbe sagten sie doch gleich hatte der Wagen?«

»Silber«, sagte Frank.

»Okay.« Der Sheriff überlegte einen Moment lang. »Wir informieren die anderen Departments und sagen ihnen, sie können ihn abfangen, wenn er sich östlich des Assawoman Canal befindet und nach Clarksville will. Er muss dort vorbei, wenn er auf die Interstate will. Ich fahre mit unseren Einheiten nach Ocean View, um das Haus für die Spurensicherung abzusichern.«

Er blickte zu Frank.

»Vielleicht könnten Sie ja Ihren Leuten hier helfen, alles einzupacken.«

Frank war nicht gerade begeistert von der Idee, doch er konnte sich nicht beschweren. Er hatte Harry und Sarah wieder, und der Sheriff sah auch nicht aus, als würde er irgendwelche gerichtlichen Beschwerden gegen ihn einreichen. Er hatte nicht wirklich die Wahl.

»Klingt gut«, sagte er nur.

Sarah gab Jack einen Wink, und beide schlichen sich leise von der Gruppe weg zum Cadillac. Sie stiegen ein. Sarah hatte gerade den Motor angelassen, um davonzufahren, als ihr Vater eine hintere Tür aufriss und sich auf die Rückbank fallen ließ.

Als Sarah ihn durch den Rückspiegel anblickte, grinste er nur.

»Worauf zum Teufel wartest du noch?«, fragte er. »Dann zeig mal, was du draufhast in einem etwas sportlicheren Modell als dem Explorer.«

Sarah legte den Gang ein und stieg aufs Gaspedal.

36

Gunther war müde und äußerst nervös. Mit mehr als achtzig Stundenkilometern fuhr er zu schnell um eine dunkle Kurve, und der Mercedes kam von der Straße ab. Er raste mitten in den Wald und prallte gegen den Stamm einer großen Eiche.

Durch den Aufprall wurde Gunther nach vorn geworfen, doch der Airbag reagierte sofort und bewahrte ihn vor einer ernsthaften Verletzung. Langsam richtete er sich auf und prüfte mit den Händen die Brust, indem er vorsichtig dagegendrückte. Vermutlich hatte er sich nichts gebrochen. Auf seiner Haut zeichneten sich tiefe rote Striemen ab, wo der Gurt ihn gehalten hatte, doch das war alles.

Er lachte hysterisch und wollte aus dem Wagen klettern, doch die Tür öffnete sich erst nach mehrmaligem kräftigem Drücken.

Er blickte sich suchend nach seiner Waffe um. Nach einem leichten Anflug von Panik fand er sie ein Stück weit vom demolierten Fahrzeug entfernt. Er prüfte, ob sie noch funktionierte, und ersetzte das halb leere Magazin durch ein volles. Dann griff er in den Wagen und zog die kleine schwarze Campingtasche heraus, die er mitgenommen hatte. Darin befanden sich Unterlagen über seine Bankkonten, falsche Führerscheine und Reisepässe.

Während er sich langsam von der Unglücksstelle entfernte, überlegte er sich, dass er sein Äußeres verändern musste. Die FBI-Agenten kannten sein Aussehen jetzt bis zum kleinsten Schönheitsfleck. Nur gut, dass er Geld geerbt hatte. Er musste irgendwo untertauchen, wo ein Mann wie er sich verstecken und diskrete ärztliche Betreuung erhalten konnte. Brasilien, entschied er. Ja, das klang perfekt.

Doch das war erst später an der Reihe. Jetzt musste er erst einmal weiter. Die Cops waren zu nah. Er erreichte die Baumgrenze am Straßenrand, die nur zehn Meter vom Eingang eines Staudamms entfernt war. Er stellte die Tasche ab und wechselte die Pistole von der linken in die rechte Hand. Er musste den nächstbesten Wagen anhalten. Er durfte nicht wählerisch sein.

Sarah konzentrierte sich auf die Straße, als sie in der Ferne dunklen Rauch aufsteigen sah. Sie alarmierte Harry und Jack, und die Spannung im Wagen stieg.

»Ich hoffe, das ist unser Mann«, sagte Harry.

»Wir werden es in einer Sekunde wissen«, antwortete Sarah und bog um eine Kurve. Eine lange gerade Strecke lag vor ihnen. »Ich glaube, der Rauch kommt von da vorn.«

»Was ist das?«, fragte Harry und zeigte auf die Lichter am Ende der Straße. »Eine Mautstation?«

»Ein Damm«, sagte Sarah. »Ich habe ihn letzte Nacht auf der Karte gesehen. Wir sind genau drübergeflogen.«

Keiner von ihnen konnte rechtzeitig reagieren, als Bill Gunther hervortrat und mit einer Handfeuerwaffe auf die Windschutzscheibe zielte. Sarah riss das Lenkrad herum, und das Auto schoss zur Seite. Mündungsfeuer flammte auf, mehrere Kugeln prallten laut gegen die Kühlerblende. Eine gut platzierte Kugel schlug genau in der Mitte der Windschutzscheibe ein, verursachte jedoch nur einen lauten Knall. Wer auch immer die Scheiben gepanzert hat, dachte Sarah, er hat gute Arbeit geleistet.

Sie nahm den Fuß von der Bremse und trat aufs Gaspedal. Der Motor des Cadillac heulte auf, und das große Fahrzeug machte einen Satz nach vorn. Gunther konnte gerade noch aus dem Weg springen, bevor Sarah den Wagen mit lautem Gequietsche zum Stehen brachte.

Harry war als Erster draußen, in der Hand Sarahs MP5. Er duckte sich hinter ein Hinterrad, hob die Waffe und feuerte.

Einen Moment später waren Jack und Sarah neben ihm. Keiner von ihnen konnte den Killer sehen, aber alle feuerten blindlings in die Schatten am Straßenrand.

»Ich höre ihn nicht«, sagte Jack leise, als sie einen Moment innehielten.

»Ich auch nicht«, sagte Sarah. »Vielleicht hat er keine Munition mehr.«

Harry suchte vorsichtig die Gegend ab und legte mit geschlossenen Augen den Kopf auf die Seite, als lausche er angespannt.

»Was ist los?«, fragte Sarah, die sich geduckt hielt. »Kannst du ihn hören?«

»Nein, aber wir haben ein anderes Problem.«

In dem Moment drehten sich alle um und blickten auf die Straße. Ein Streifenwagen näherte sich mit hoher Geschwindigkeit, die Innenbeleuchtung war angeschaltet, und die Sirenen heulten.

»Ein leichtes Angriffsziel«, sagte Jack besorgt. Er dachte einen Augenblick nach und wandte sich dann an die anderen. »Ich renne die Straße entlang auf die Bäume zu, vielleicht können wir den Mann so aus dem Wald hervorlocken. Ihr gebt mir von hier aus Rückendeckung.«

Bevor Sarah protestieren konnte, war Jack bereits losgelaufen. Sie gaben ihm Rückendeckung, doch niemand schoss auf ihn, und ohne Zwischenfälle erreichte er den Wald.

Der Fahrer des Streifenwagens hatte nicht den Hauch einer Chance. Drei perfekt gezielte Schüsse durchschlugen die Windschutzscheibe und trafen ihn in der Brust. Mit achtzig Stundenkilometern raste der Wagen gegen eine Leitplanke aus Beton.

Harry wandte sich an Sarah. »Hast du ihn gesehen?«

»Nein.«

Da hörten sie Jacks Stimme. »Ich komme zurück«, sagte er,

Enttäuschung klang in seiner Stimme mit. »Nicht schießen!« Einen Augenblick später kam er in Sichtweite, die MP5 hielt er schlaff neben dem Körper.

Harry rannte zum zerstörten Streifenwagen. Als er die Fahrertür aufriss, sah er, dass Frank Gideon am Steuer saß, Blut strömte aus seiner Brust. Mit Sarahs Hilfe zog er Frank aus dem Wrack. Sie legten ihn auf die Wiese hinter der Unglücksstelle, rissen ihm das Hemd auf und versuchten, die Blutung zu stillen. Doch es war zu spät. Eine der Kugeln hatte ihn genau unterhalb der Aorta getroffen. Es würde mindestens eine halbe Stunde dauern, bis ein Krankenwagen eintraf. Er würde nur noch wenige Minuten überleben, und alle wussten es. Seine Haut hatte sich bereits grau verfärbt, die Augen waren merkwürdig nach hinten verdreht. Für einen kurzen Augenblick kam er wieder zu Bewusstsein.

»Du wusstest schon immer, wie man einen perfekten Abend ruiniert, Harry.«

Harry hielt Frank Gideons Kopf, während er starb. Als er tot war, bettete er ihn sacht auf den Boden und legte seine Jacke über ihn. Als er sich zu Jack umdrehte, war seine Stimme gefasst.

»Wo ist er?«

»Ich bin seiner Spur in den Wald gefolgt«, sagte Jack. »Wenn wir ihn nicht bald einholen, ist er weg.«

»Ich gehe«, sagte Sarah sofort.

»Nein«, sagte Harry, während Jack ihm aufhalf. »Der Typ gehört mir. Du musst mit Jack hierbleiben und den anderen die Richtung weisen, wenn sie kommen.«

Sarah schüttelte vehement den Kopf. »Du kannst da nicht reingehen.«

Harrys Antwort wurde von dem ohrenbetäubenden Lärm eines Kiowa-Scout-Helikopters übertönt, der sich vom Fluss aus näherte und über den Damm flog.

»In Deckung!«, schrie Sarah, als sie den Piloten erkannte.

Gemeinsam rannten sie, Jack und ihr Vater in die Büsche am Rand der Straße.

David Harkness landete den Hubschrauber sanft, und das Geräusch der Rotorblätter und des Motors wurde schwächer.

Harkness ließ sich Zeit und legte das Headset ab, bevor er ausstieg. Über die Schulter trug er eine MP5, am rechten Oberschenkel eine Pistole. Doch er machte keine Anstalten, sie zu benutzen. Stattdessen ging er langsam zur Straßenmitte und streifte sich die eng sitzenden Fliegerhandschuhe von den Händen.

Sarah blickte von Harkness zu ihrem Vater und wusste, was sie zu tun hatte. Sie stand auf und ging auf Harkness zu.

»Was tust du da?«, zischte Jack, als sie an ihm vorbeiging.

»Gib mir einfach Rückendeckung«, sagte sie leise. Harrys aufmunternder Blick half ihr, gegen die Angst anzukämpfen, die sich in ihrem Bauch zusammenbraute. Harkness wartete am Rand des Damms auf sie. Sie konnte keinerlei Aggression feststellen in seinem Auftreten. Doch sie wusste, dass dieser Mann den Befehl zu einer Hinrichtung erteilen konnte, ohne mit der Wimper zu zucken. Der Schein konnte trügen.

Im Gehen bemühte sie sich, den Lauf ihrer MP5 niedrig zu halten. Als sie nur noch zwei Meter von ihm entfernt war, blieb sie stehen. Er schaute sie an, und sie erwiderte seinen Blick teilnahmslos. Sie war bereit sich anzuhören, was er ihr zu sagen hatte.

Nach einem Moment nickte er unmerklich. »So«, hauchte er, »offenbar habe ich Sie und Ihren Vater unterschätzt.«

»Sieht so aus«, antwortete Sarah. »Was wollen Sie, Harkness?«

»Das wissen Sie. Ich könnte Sie erschießen, wenn ich wollte.«

»Dann würden Jack oder mein Vater *Sie* erschießen«, erwiderte Sarah.

»Da könnten Sie Recht haben.« Er schwieg. »Na schön. Ich

werde Sie nicht bitten, sich uns anzuschließen. Ich weiß, das steht außer Frage. Dennoch gibt es etwas, was ich wissen muss.«

Sie neigte den Kopf. »Er ist da reingegangen«, sagte sie.

Harkness lächelte, und das Lächeln wirkte beinahe echt. Doch es erreichte seine kalten blaugrünen Augen nicht. »Danke. Muss ich Sie vor den Folgen warnen, sofern Sie und Ihr Vater zu genaue Zeugenaussagen machen sollten, wenn Sie wieder in Boston sind?«

»Nein«, erwiderte Sarah. »Das müssen Sie nicht. Obwohl ich noch nicht sicher bin, wie ich das Verschwinden eines Millionärs erklären soll … und das eines Serienkillers.«

»Ihr Serienkiller ist Ihnen irgendwo in den Dünen von Ocean View abhandengekommen«, sagte Harkness. »Meiner ist da drin. Es tut mir leid, wie alles gelaufen ist, Sarah.«

Sarah antwortete nicht.

Sie hörten beide, wie irgendwo im Dickicht der Schlitten einer Handfeuerwaffe betätigt wurde.

»Keine Bewegung!« Eine Stimme drang aus den Schatten zu ihnen. »Sollte ich mich von einem eurer Freunde – die mich übrigens nicht sehen können – irgendwie bedroht fühlen, bringe ich euch um. Und jetzt legt die Maschinenpistolen mit dem Kolben nach vorn auf den Boden, und tretet einen Schritt zurück!«

Sarahs Knie wurden weich. Diese Stimme war ihr ins Gedächtnis geätzt, seit sie sie an jenem Nachmittag in Boston gehört hatte. Sie hatte gegen jede Regel verstoßen, nur um an diesen Mann heranzukommen, und fast hätte ihr Vater mit seinem Leben dafür bezahlt. Was würde er ihr als Nächstes nehmen?

»Macht schon«, drohte Bill, »oder ich bringe euch um!«

Harkness zeigte keinerlei Anzeichen von Anspannung, als er einen Schritt von Sarah wegtrat, die MP5 von der Schulter nahm und sie auf den Boden legte. Sarah tat es ihm nach.

»Gut«, sagte die Stimme zufrieden. »Sarah, verschränk die Hände hinter dem Kopf. Ich habe keine Ahnung, wer dein

Freund ist, aber er kann es sicherlich kaum erwarten, meine Bekanntschaft zu machen. Wer immer Sie sind – schön, Ihre Bekanntschaft zu machen. Ich bin sicher, wir werden uns alle sehr viel zu erzählen haben. Wenn Sie nun so freundlich wären, auch Ihre Pistole auf den Boden zu legen und zusammen mit Sarah ins Gebüsch zu treten.«

Sarah blickte zu Harkness. Er reagierte nicht sofort. Seine Augen glühten. Sarah malte sich aus, was ihm durch den Kopf ging. Ihre Blicke trafen sich, und sie wusste Bescheid.

Ohne den Blick von ihr abzuwenden, ließ Harkness die Hand sinken, öffnete das Pistolenhalfter und zog die 9-Millimeter SIG-Sauer heraus.

Sarah ließ sich flach auf den Boden fallen. Schmerzhaft schrammten ihre Hände über den rauen Asphalt.

Den Bruchteil einer Sekunde später wirbelte Harkness herum und duckte sich. Blitzschnell hob er die 9-Millimeter und feuerte in die Dunkelheit. Er konnte die Position des Killers nur aufgrund dessen Stimme abschätzen, doch in den dunklen Höhlen unterhalb der afghanischen Gefängnisfestung Qala-i-Janghi hatte er als junger Mann gelernt, dass das genügte. Er verschoss ein halbes Magazin und machte sich gar nicht erst die Mühe nachzusehen, ob seine Schüsse Wirkung gezeigt hatten. Er sprintete ins Gebüsch und verschwand.

Einen Moment später kam Jack angelaufen, die Waffe noch immer auf den Wald gerichtet. »Was zum Teufel ist da gerade passiert?« Er blickte sich um. »Und wo zum Teufel ist Harry?«

Bill Gunther raste durch das Unterholz. Er bemühte sich, im schwachen Licht einen sicheren Halt für seine Füße zu finden. Wenn er stürzte, wäre dies das Ende. Er keuchte schwer. Als er eine kleine Anhöhe erreicht hatte, blieb er hinter dem dicken Stamm eines Nadelbaums stehen, um wieder einen klaren Kopf zu bekommen.

Er wusste, dass sein Verfolger dicht hinter ihm war. Vielleicht trennten sie nur dreißig Sekunden. Er hatte falsche Fährten gelegt und alles versucht, was ihm in den Sinn gekommen war, doch sein Verfolger durchschaute alles.

In zwanzig Meter Entfernung knackte ein Ast. Ohne zu zögern, lehnte Gunther sich nach vorn und feuerte drei Patronen schnell hintereinander in die Richtung, aus der das Geräusch gekommen war.

Zu spät realisierte er, dass er auf einen Trick hereingefallen war. Aus einer völlig anderen Richtung wurden nun vier Kugeln auf ihn abgefeuert.

Er rannte wieder los. Die Bäume standen dicht beieinander und boten ihm ausreichend Deckung, doch es war eine demütigende, verzweifelte Flucht – eine völlig neue Erfahrung für ihn.

Der Abstand zu seinem Verfolger blieb immer gleich. Plötzlich rammte Gunther die Hacken in den Boden und blieb stehen. Kleine Steine rieselten über den Rand eines Abgrunds vor ihm. Sein Magen verkrampfte sich, als er hörte, wie sie in den reißenden Kanal achtzig Meter unter ihm stürzten.

Ein Sprung würde den sicheren Tod bedeuten, aber ein Selbstmord gehörte nicht zu Bill Gunthers Plan.

Harkness stand auf einer kleinen Anhöhe nur wenige Meter entfernt und beobachtete, wie der Killer sich vom Abgrund abwandte und ihn schließlich anschaute.

Keiner der Männer regte sich. Beide hielten die Waffen locker neben dem Körper.

Dann rannte Bill Gunther auf seinen Verfolger zu, die Pistole im Anschlag. Er wusste, ihm blieben nur noch fünf Schüsse, doch er feuerte eine Patrone nach der anderen auf Kopf und Oberkörper des Mannes. Es war seine letzte Chance, den Gegner zu treffen.

Die Kugeln verfehlten ihr Ziel. Harkness feuerte zurück, bis auch sein Magazin leer war.

Beide Männer warfen die Waffen weg und zogen ein Messer hervor.

Sie stürzten sich hochkonzentriert aufeinander, gewillt zu töten. Gunther traf seinen Verfolger am Arm. Er grunzte zufrieden, als er spürte, dass das Fleisch seines Gegners aufgerissen wurde. Er glaubte sich im Vorteil und brüllte vor Enttäuschung, als er merkte, dass jeder seiner Angriffe erwidert wurde. Er musste eine andere Strategie verfolgen.

Er ließ das Messer fallen und schlug dem Mann ins Gesicht. Er hatte auf die Nase gezielt, traf jedoch die Wangenknochen. Die gewünschte Wirkung trat dennoch ein – sein Verfolger taumelte.

Gunther griff mit beiden Händen an die Weste seines Widersachers. Er zog ihn fest zu sich heran und rammte ihm die Stirn gegen die Nase.

Ein lautes Knacken ertönte. Als Gunther ausholte, um Harkness noch einen Schlag auf den Kiefer zu versetzen, wich der zurück und der Schlag ging ins Leere. Durch den Schwung der Bewegung wurden sein Arm und seine Schulter zur Seite gerissen.

Harkness reagierte mehr instinktiv als bewusst, als er mit der rechten Hand Gunthers Handgelenk packte, einen Schritt vortrat und den linken Arm erst über, dann unter den Arm des Killers schlang. Dann stützte er seinen Unterarm genau unterhalb vom Ellbogen des Killers auf, und lehnte sich mit ganzem Gewicht auf dessen Unterarm, bis der Knochen glatt brach. Der Unterarm hing jetzt lose am Oberarm.

Gunther schrie gellend auf. Er schlang den linken Arm um den Nacken seines Peinigers und nutzte sein gesamtes Körpergewicht, um ihn zu Boden zu ziehen. Da er die Bewegung verursacht hatte, war er besser darauf vorbereitet als sein Gegenspieler und landete genau auf dem Rücken des Mannes. In purer Verzweiflung griff er in dessen Gesicht und bohrte seine Nägel in dessen Augäpfel.

Harkness heulte auf vor Schmerz. Zorn brandete in ihm auf.

Mit aller Brutalität packte er das Handgelenk des Killers und schlug es dreimal kräftig gegen den Boden. Beim dritten Mal brach es. Harkness begann, die gebrochenen Knochen noch zu drehen und zu manipulieren.

Bill Gunther brüllte. Er konnte nichts tun, dieser Mann war unsterblich. Jeder Gedanke an Sieg war verloren, und ein tiefes, instinktives Verlangen zu fliehen erfüllte ihn.

Er drückte sich hoch und schaffte es, sich von seinem Peiniger loszureißen. Mit zittrigen Beinen drehte er sich um, um die Flucht zu ergreifen. Er kam jedoch nicht weit, denn er stolperte über Harkness' ausgestrecktes Bein und fiel längs zu Boden.

Er konnte sich nicht rühren. Er konnte nicht aufstehen.

»Es ist vorbei«, sagte Harkness. Er lachte kurz auf. »Dein Vater wäre stolz auf dich gewesen.«

Er packte den Mann mit beiden Händen unterm Kinn, presste ihm das Knie zwischen die Schulterblätter und riss Gunthers Kopf mit einem Ruck nach hinten. Die Wirbelsäule brach glatt unterhalb des Schädels.

Erschöpft und schwer verwundet kam Harkness langsam wieder auf die Beine und trat vom leblosen Körper des Killers weg.

Harry Reilly tauchte aus der Dunkelheit auf. Er hatte den tödlichen Kampf beobachtet. »Keine Bewegung!«, befahl er.

Harkness hob bewusst langsam die Hände hinter den Kopf und verschränkte die Finger hinter dem Nacken.

»Gut«, sagte Harry. Er wagte sich ein paar Schritte näher heran. »Ist er tot?«

»Ziemlich.«

»Sie sind verletzt.«

»Nicht tödlich«, erwiderte Harkness. »Werden Sie mich festnehmen?«

Harry dachte darüber nach. »Ja.«

Harkness spuckte Blut.

»Na los, gehen Sie schon!«, sagte Harry.

»Bis wir angekommen sind, bin ich verblutet.«

Harry zuckte mit den Achseln und trieb ihn mit der Pistole weiter. »Wenn es passiert, dann passiert es eben. Ich habe Sie nicht hergebracht. Es war Ihre eigene Entscheidung.«

»Ich gehe nirgendwohin«, sagte Harkness, wich zurück und senkte die Arme.

Harry hob die Waffe. »Wenn Sie so weitermachen, schieße ich!«

»Wenn Sie schießen, lasse ich das hier fallen.« Harkness lächelte finster.

Er öffnete die Finger der rechten Hand, und zum Vorschein kam eine schwarze M68 Splittergranate. Sie war in einer kleinen Tasche versteckt gewesen, die in den Rücken seiner Weste eingenäht war. Er hatte den Stift bereits gezogen und hielt den Sicherheitshebel nur zwischen Daumen und Zeigefinger. Sie würden beide sterben, wenn Harkness sie jetzt fallen ließ.

»Also«, sagte Harkness. »*Sie* bleiben, wo Sie sind.«

»Der Stift«, insistierte Harry. »Tun Sie ihn wieder zurück. Sofort!«

»Tun Sie, was er sagt, David!« Sarah tauchte aus den Büschen auf, die MP5 auf Harkness' Brust gerichtet. »Sie können nirgends mehr hin. Es ist vorbei.«

David Harkness blickte sie lange schweigend an und lächelte. Er führte die Hände zusammen, als wolle er gehorchen. Stattdessen warf er blitzschnell die Granate auf Harry Reilly und stolperte zurück zum Abgrund, von wo er den Kanal überblicken konnte.

Als die Granate wenige Meter neben ihm aufschlug, eröffnete Harry das Feuer. Erst als die Munition aufgebraucht und sein Zielobjekt über den Rand des Abgrunds verschwunden war, fiel ihm ein zu fliehen.

Es war zu spät.

Er duckte sich und rannte, so schnell er konnte. Sarah war

schneller als er und warf ihn flach auf den Boden. Die Druckwelle und das gigantische Geräusch der Explosion schnitten ihnen die Luft ab.

Harry blinzelte mehrmals und wartete, bis das Schwindelgefühl in seinem Kopf nachgelassen hatte. Dann drehte er den Kopf nach oben, um die Person anzuschauen, die ihm das Leben gerettet hatte.

Ihre Augen waren geschlossen.

Harry hatte keine Ahnung, wie viel Zeit verstrichen war, bis Jack über ihnen auftauchte und Sarah von ihrem Vater zog. Er wirkte entsetzt, rief ihren Namen und schüttelte sie sanft. Sie antwortete nicht. Er fühlte ihren Puls.

Sie atmete nicht.

Es gab kein Anzeichen einer Verletzung, doch sie war blass und leblos. Zusammen gaben sie ihr eine Herzdruckmassage.

Tränen liefen über Harrys Wangen. Sie hätte nicht herkommen dürfen.

»Ihr Puls ist wieder da …«, sagte Jack. Er blickte zu Harry. »Er wird stabiler.«

»Komm schon, Mädchen!«, sagte Harry. »Komm zurück zu uns!«

Sarah öffnete die smaragdgrünen Augen. Sie versuchte zu sprechen, schaffte es aber nicht.

»Versuch es nicht«, sagte Jack.

»Ich glaube nicht, dass sie von den Splittern getroffen wurde«, stellte Harry fest, nachdem er sie kurz untersucht hatte. Er wandte sich an seine Tochter. »Danke, dass du mich gerettet hast, aber wenn du das noch mal tust, dann versohle ich dir den Hintern!«

Sarah blickte sich fragend um. »Wo ist David?«

»Verdammt gute Frage«, sagte Jack, hob seine Waffe auf und ging zum Abgrund, wo er Harkness das letzte Mal gesehen hatte.

»Er ist ziemlich tief gefallen«, rief er und kehrte zurück.

»Bringen wir Sarah zum Auto«, sagte Harry. »Ich will, dass sie so schnell wie möglich ins Krankenhaus kommt.«

»Aber Dad, mir geht's –«

»Kein Aber, Sarah.«

»Harry hat Recht. Ihr müsst euch *beide* untersuchen lassen«, sagte Jack.

»Was ist mit ihm?«, fragte Sarah und zeigte auf die Leiche des Serienkillers.

»Lass ihn liegen!«, sagte Harry kalt.

Sie nahmen Sarah in die Mitte und stützten sie beim Gehen. Sie mussten oft anhalten, aber schließlich erreichten sie die Straße.

Harry hörte das leise Geräusch sich nähernder Sirenen. Nachdem er sich vergewissert hatte, dass es Sarah gut ging, schloss er die Augen. Es war vorbei.

Halbblind zog sich David Harkness ans schlammige Ufer. Blut sickerte aus seinem verwundeten Bein.

Er wusste weder, wie weit er stromabwärts gerissen worden war, noch wie viel Zeit er im Wasser verbracht hatte. Doch er hatte überlebt. Nicht, dass er daran je gezweifelt hätte.

Er unterdrückte das Verlangen, sich an Ort und Stelle der Bewusstlosigkeit hinzugeben, und schleifte den zerschundenen Körper weiter auf den Wald zu.

Immer wieder durchfuhren ihn Höllenqualen, doch er schüttelte den Schmerz ab. Wenn er es bis zu den Bäumen geschafft hatte, würde er sich ausruhen. Danach würde er sich frisches Trinkwasser suchen und seine Wunden versorgen. Wenn er wieder zu Kräften gekommen war, würde er ein Telefon finden und Ralston anrufen, damit der ihn abholte.

Er hatte gewonnen.

37

Bostoner Gemeindefriedhof

Sarah stand inmitten Hunderter anderer Trauernder neben Jack und ihrem Vater und fühlte sich einsam. Sie blickte vom dämmernden Abendhimmel hin zum Sarg, der über dem Grab stand, und spürte, wie sich ihre Einsamkeit in tiefen Schmerz über den Verlust verwandelte. Es war das zweite Begräbnis innerhalb weniger Tage. Frank Gideon war ein enger Freund ihrer Familie gewesen, solange sie denken konnte, und es war ihr schwergefallen, sich von ihm zu verabschieden. Doch dieser Abschied von Drew war unerträglich. Sie hatte nicht viele Männer geliebt vor Andrew Dyson. Und er hatte nie erfahren, wie viel er ihr bedeutete.

Das Geräusch ertönte zunächst leise, doch als die Dudelsackspieler mit ihren schwingenden Kilts über den Gipfel des Hügels marschierten, wurde die Klagemelodie immer lauter und verlieh der Traurigkeit in ihrem Herzen Ausdruck. Die Lieder strömten über sie hinweg, sie schloss die Augen und spürte, wie ihr die Tränen über die Wangen liefen.

Die Dudelsackspieler blieben in einiger Entfernung vom Grab stehen und brachten ihre Instrumente langsam zum Schweigen.

Sarah, Harry, Jack und einer von Drews alten Freunden traten vor, um Drews Sarg in den Boden hinunterzulassen. Sarah nahm eines der Seile, und als es stramm wurde und sie das Gewicht des Sargs spürte, spielten die Dudelsackspieler noch einmal auf.

Die sanfte Melodie von »Amazing Grace« begleitete sie, während sie den Sarg immer tiefer gleiten ließen. Die Ehrengarde feuerte mehrere Gewehrsalven zum Salut.

Sarah konnte an nichts anderes denken als daran, wie sehr sie Drew vermissen würde.

Sie legte das Seil ab und trat einen Schritt zurück. Bei dem Gedanken, dass Drew tot war, dass sie ihn nie wieder sehen würde, wollte sie schreien.

Die Dudelsackspieler kehrten bereits wieder auf den Hügel zurück. Sarah schaute ihnen nach, bis sie verschwunden waren. Die Leute um sie herum strömten davon, doch sie bemerkte es nicht. Sarah sah dem Farbspiel zu, das die untergehende Sonne auf den Abendhimmel zauberte. Ein Frösteln durchfuhr sie. Nichts würde je wieder sein wie zuvor.

Als alle Gäste verschwunden waren, wandte sich Harry an seine Tochter. »Alles in Ordnung?«

Sarah lächelte ihn an und nickte. »Es wird schon.«

Sie wusste, dass es das war, was Harry hören wollte. Sarah hoffte, das es der Wahrheit entsprach.

Danksagung

Einen Roman zu schreiben ist sicherlich nicht die Leistung eines Einzelnen. *Killer* wäre ein unerfüllter Traum geblieben, hätte es nicht die Bemühungen so vieler ganz besonderer Männer und Frauen gegeben. Sie standen mir unermüdlich mit Rat, Tat und Zuspruch zur Seite, und ihre Geduld war außerordentlich. Ich danke euch allen:

meiner Frau, meiner Mutter und meinem Vater, meiner Schwester und ihrem Partner, meiner Nichte und meiner Tante dafür, dass ihr mich so unterstützt habt, wie man es sich von seiner Familie nur wünschen kann; meiner Agentin Selwa Anthony, weil sie einem fremden, ungeduldigen Mann wie mir eine Chance gegeben hat; meiner Lektorin Vanessa Radnidge für ihre unermüdliche Begeisterung und ihren Glauben an das Projekt; meiner Verlegerin Kate Taperell dafür, durchweg meine »Hilfe« ertragen zu haben; und allen anderen Mitarbeitern von Hachette Livre Australia, deren vereinte Bemühungen ich sehr zu schätzen weiß.

Den Public Affairs Officers des FBI und der US Army danke ich für ihre Hilfe in technischen Angelegenheiten. Besonderer Dank geht an die folgenden Polizeibeamten diverser Dienststellen, deren Hilfe bei der Ausarbeitung und Verfeinerung der Handlung unbezahlbar war: Special Agent Kevin Abner, Detective Sergeant Daniel Walsh, Senior Officers Steve Tague und Robert Petrou, Officers Tejinder Singh, Tristan Abdini, Rolando Raffaut, Janine Thwaite, Russell Guider, Aldo Manganaro und Alison Cleary.

Ich möchte nicht versäumen, weitere Officers aufgrund ihrer besonderen Eigenschaften zu erwähnen: Ich danke Timothy »Two Guns« Raheb für seinen Humor und sein enzyklopädisches Wissen über Schusswaffen; Owen Ritchie für seine Geduld und seinen weisen Ratschlag; und Malcolm »Ash« Outlaw für sein Engagement und seine außergewöhnliche Integrität.

Alle, die ich hier aufgeführt habe, sind hervorragende, erfahrene Officers, die dazu beitragen, ihr Land sicherer zu machen. Es ist mir eine Ehre, dass ich sie zu meinen Freunden zählen darf.

Nicht alle, die mir geholfen haben, das Projekt in Gang zu bringen, kamen aus dem Bereich der Strafverfolgung, aber dennoch war deren Beitrag nicht minder bedeutend. Tiefer Dank geht an Fernseh-Superstar Shelly Horton, Debra »Bib« Flynn und Alana Hay, die alle emsig als »Realitätscheck«-Lektorinnen gewirkt haben. Ebenso bedanke ich mich bei Dawn Kent, Tracy Carspecken, Nan Martin, Kimberly Eckhardt, Alexandra Eckhardt und Colleen Carey für ihren wertvollen Input.

»Erstklassig ... Martin Edwards schreibt großartige Krimis!« GUARDIAN

Martin Edwards
DIE OHNE SCHULD SIND
Krimi
336 Seiten
ISBN 978-3-404-15881-2

In den sanften Hügeln des englischen Lake Districts wird die Leiche eines Mannes gefunden. Der Gärtner Warren Howe ist mit einer Sense ermordet worden. Die Polizei steht vor einem Rätsel – verdächtig sind viele, doch Beweise gibt es keine. Als Chief Inspector Hannah Scarlett Jahre später einen anonymen Hinweis erhält, erscheint der Fall in einem neuen Licht ...

Bastei Lübbe Taschenbuch

»Sehr intensiv, sehr traurig, sehr eisig.«

NORDIS

Arnaldur Indriðason
FROSTNACHT
Island-Krimi
400 Seiten
ISBN 978-3-404-15980-2

In Reykjavík wird an einem frostigen Wintertag die Leiche eines Kindes entdeckt. Die Kriminalbeamten sind schockiert: Der dunkelhäutige Junge liegt im eigenen Blut festgefroren, offenbar brutal niedergestochen. Wie konnte es zu so einer grausamen Tat kommen? Erlendur, Sigurður Óli und Elinborg nehmen die Ermittlungen auf und konzentrieren sich zunächst auf das direkte Umfeld des Kindes: die Lehrer, die Mitschüler, die Angehörigen. Je mehr die Beamten in Erfahrung bringen, desto tragischer erscheint der Tod des kleinen Jungen …

Kommissar Erlendur ermittelt in seinem siebten Fall.

Bastei Lübbe Taschenbuch